E'

Dello stesso autore nel catalogo Einaudi

Natalia Ginzburg
Tutti i nostri ieri

Introduzione di Giacomo Magrini

Einaudi

Prima edizione «Supercoralli» 1952

www.einaudi.it

ISBN 978-88-06-18741-5

Introduzione

L'inizio di *Tutti i nostri ieri* è l'inizio classico di tanta narrativa, a cominciare dalle sue «forme semplici». I bambini sono condotti dai genitori nel bosco, e lí abbandonati. Se la cavino da soli. In *Tutti i nostri ieri* i padri muoiono alla soglia della seconda guerra mondiale: è questo il bosco in cui lasciano e che lasciano ai figli.

Un'impostazione narrativa di tal genere può essere piú o meno determinante. Voglio dire che tutto dipende da se e come il narratore vuole che il trauma sia superato. Natalia Ginzburg non vuole che lo sia.

Il *Macbeth* non limita la sua presenza ai versi da lei scelti come epigrafe. Durante una sua visita alle «Visciole», a Cenzo Rena accade di rovesciare «una boccetta d'inchiostro su un tappeto nella sua stanza, e la signora Maria s'affannò a stropicciare col latte e con la mollica di pane su quella macchia ma non se ne andava, un bel tappeto sciupato per sempre. E Cenzo Rena la stava a guardare e diceva che quella era la macchia di Lady Macbeth, che tutti i profumi dell'Arabia non potevano levarla via» (I, VI). Molto piú avanti nel romanzo, la macchia ricompare, nuovamente associata a Cenzo Rena: ammalato di tifo, «non si sentiva molto male ma si sentiva venire la morte. Nella schiena sentiva venire la morte, c'era un punto nella sua schiena che tremava e pulsava, proprio in fondo alla schiena dove cominciava il sedere, un punto tutto freddo e tremante»; e, pochissimo dopo, questo punto si allarga: «Si sentiva molto bene adesso che aveva bevuto il brodo, disse, si sentiva leggero leggero e fresco, ma aveva sempre nella schiena quel punto dove stava per morire, una piccola macchia di pelle tutta rattrappita e gelata, si tirò su il pigiama per farle vedere dov'era» (II, x). Quando poi, nel penultimo capitolo, Cenzo Rena si consegna ai fascisti e ai tedeschi per salvare gli ostaggi presi per rappresaglia del tedesco trovato ucciso, la macchia è posta al centro dei suoi ultimi momenti: «Cenzo Rena chiedeva se avevano liberato gli ostaggi e nessuno gli rispondeva. Cenzo Rena si toccava sempre quel punto nella schiena dove aveva paura di morire. Una macchia di pelle tutta fredda e debole. Adesso la macchia s'era a poco a poco allargata, adesso quasi tutta la sua schiena era fredda e debole» (II, xiv).

Una macchia che non va via e che, anzi, si espande, non è una possibile definizione del trauma? Non è, anche, un possibile simbolo della letteratura?

L'epigrafe, dalla quale viene il titolo del romanzo, è tratta da uno dei luoghi piú famosi non del solo *Macbeth*, ma di tutto Shakespeare. Lo scudiero Seyton annuncia la morte della regina a Macbeth, e questi dice: «Sarebbe dovuta morire, prima o poi: | sarebbe venuto il momento per una parola siffatta. | Domani, e domani, e domani, | striscia a piccoli passi da un giorno all'altro, | fino all'ultima sillaba del tempo prescritto; | e tutti i nostri ieri hanno illuminato a degli stolti | la via che conduce alla morte polverosa. | Spegniti, spegniti, breve candela! | La vita non è che un'ombra che cammina; un povero attore | che si pavoneggia e si agita per la sua ora sulla scena | e del quale poi non si ode piú nulla: è una storia | raccontata da un idiota, piena di rumore e furore, | che non significa nulla» (trad. di Agostino Lombardo).

La Ginzburg non solo sapeva che questo discorso aveva regalato sue parole al titolo di un altro romanzo, poco piú di vent'anni prima – *The Sound and the Fury* di Faulkner –, ma lei stessa utilizza quelle parole (traducendole molto bene, meglio di come era stato tradotto in italiano, nel 1947, il titolo del romanzo faulkneriano) e qualcos'altro del discorso di Macbeth, proprio per chiudere il suo romanzo: «E risero un poco ed erano molto amici loro tre insieme Anna Emanuele e Giustino, ed erano contenti d'essere loro tre insieme a pensare a tutti quelli che erano morti, e alla lunga guerra e al dolore e al clamore e alla lunga vita difficile che si trovavano adesso davanti e che era piena di tutte le cose che non sapevano fare» (II, xv).

«Che non significa nulla», «che non sapevano fare»: non sarà casuale l'identità della negazione finale. Finale, nella Ginzburg, ma non definitiva. Pur sempre la vita «era piena di tutte le cose». Questo bilanciarsi di negatività e di positività rende possibile una doppia lettura degli stessi versi shakespeariani, che l'isolamento in epigrafe estrapola dal contesto. Prima lettura: tutta la nostra vita ed esperienza ad altro non sono servite che a mostrare a degli stolti (che siamo noi) ciò che da sempre si sa, ossia che quella vita ed esperienza erano né piú né meno che la via verso la morte. Seconda lettura: tutta la nostra vita ed esperienza hanno veramente illuminato a degli stolti (che possono essere altri, diversi da noi), hanno cosparso di luce e comprensione la via verso la morte. La frase shakespeariana possiede quella tranquilla forza poetica, che può mutare la tautologia in illuminazione e scoperta, che può aprire nell' A=A una voragine di luce. Attraverso di essa la Ginzburg ha fissato l'estrema povertà e l'estrema ricchezza della vita.

Con la seconda lettura dell'epigrafe si pone la tematica dell'eredità. Dei due padri che muoiono all'inizio del romanzo, diversa è l'eredità. Materiale, quella del padre di Emanuele, Giuma e Amalia: una fabbrica di sapone. Un vuoto, un vuoto ardente di memoria e di verità, quella del padre di Ippolito, Concettina, Anna e Giustino. Subito prima di morire, infatti, egli dà alle fiamme quel libro di memorie che «scriveva da molti anni, aveva smesso di far l'avvocato per poterlo scrivere. Era intitolato: "Niente altro che la verità" e c'erano cose di fuoco sui fascisti e sul re» (I, i).

Con deliberazione la Ginzburg raddoppia la condizione d'orfani dei quattro fratelli. E quello di loro che è stato piú vicino alla veridica memoria, per averne scritto a macchina sotto dettatura molti enunciati, Ippolito, non a caso si uccide. Il suicidio di Ippolito, che ha luogo poco avanti la fine della prima parte del romanzo, è un fatto che segna i pensieri e le azioni degli altri, familiari e amici. L'ultima spiegazione del suo atto è affidata a Concettina:

«Ippolito era morto per far vedere che nessuno doveva fare la guerra» (II, xv).

Ma, come con il padre non muore soltanto una persona, ma anche un valore, cosí con Ippolito viene estinto, di nuovo con precisa deliberazione, un altro valore: la bellezza. Che non si tratti della semplice, corruttibile, bellezza fisica, è evidentissimo dal passo in cui viene rivelata tale sua qualità: «Cenzo Rena gli diceva che era molto bello, ma anche questo glielo diceva per fargli dispetto. (...) Giustino e Anna guardavano Ippolito, per la prima volta venivano a sapere che era bello. (...) Cosí lo ricordarono poi Anna e Giustino per sempre, come l'avevan visto quell'estate alle "Visciole", quando si era scoperto che era bello perché l'aveva detto Cenzo Rena» (I, vi).

Ci si domanda: soppressi e scomparsi il vero e il bello, che ne è della terza persona di questa, per cosí dire, platonica trinità, che ne è del bene? Dilegua anch'esso, oppure prende il posto dei primi due? E, in questo caso, s'incarna forse in Cenzo Rena che, rispetto a colei che prende in sposa, Anna, accettando un figlio non suo, è, per la differenza d'età, al tempo stesso giovane padre e fratello maggiore?

Indubbiamente, Cenzo Rena si muove nell'ambito del bene; ma come può stare il bene senza il vero e il bello? Non può stare, è la risposta della Ginzburg. Non tanto perché anche Cenzo Rena muore, quanto perché il suo cosmopolitismo poliglotta, unito al suo forte radicamento nel paese natale, al suo amore per i contadini, fanno di lui meno un personaggio ricco o complesso o problematico che una figura fantastica e chimerica. In due momenti culminanti della sua vicenda egli appare come un fantasma. La prima volta, nell'incontro decisivo con Anna, che lo vede come la sua improvvisa e unica salvezza: «Sulla piazza del paese c'era ferma una macchina, un uomo stava uscendo dalla tabaccheria e cercava di accendere una sigaretta nella pioggia. Aveva un lungo impermeabile bianco che pareva una camicia da notte, e un cappello tutto sbertucciato e grondante. Si guardarono un attimo in faccia e lei scoperse a un tratto che quella era la sola faccia che avesse desiderio di vedere al mondo. Gli corse allora incon-

tro con un grido e si mise a piangere sulla spalla del suo impermeabile» (I, XVI). La seconda volta, quando si accinge a conse-
gnarsi ai fascisti e ai tedeschi: «Cenzo Rena si versò ancora del
cognac e s'infilò l'impermeabile e uscí fuori nel mattino chiaro,
con le campane che suonavano forte e dei piccoli aeroplani lucenti nell'alto del cielo. Non sapeva perché s'era messo l'impermeabile, si chiese se non era un po' ubriaco, l'impermeabile era
lungo e bianco e gli sembrava d'essere in camicia da notte» (II,
XIV).

Uno dopo l'altro, dunque, escono di scena i valori supremi. Il
loro esilio ha un duplice aspetto: è una parte della rappresentazione romanzesca, è una sua condizione. È necessario che ci siano, ma è altrettanto necessario che siano stati. *Tutti i nostri ieri*
non è un romanzo sulla tragica perdita dei valori supremi. Essi
muoiono come persone, con lo stesso enigmatico sorriso delle
persone; «portando nel mattino la sua piccola testa striata di
biondo e lo storto sorriso» (I, XIV), cosí si dice a un certo punto di
Ippolito.

Tutti i nostri ieri non è neppure un romanzo sulla guerra, sul
periodo della guerra, dell'occupazione e della Resistenza. La
gamma dei personaggi, dei loro atteggiamenti, delle loro opinio-
ni e comportamenti, è varia e sfumata; e ampio il ventaglio delle
vive questioni dibattute allora e dopo, la politica e l'individuo, il
Nord e il Sud, il riformismo e la rivoluzione.

Per entrare meglio nel romanzo, dobbiamo lasciarci guidare
dallo sguardo di Anna. Fin da subito, lo sguardo di Anna è lo
sguardo estraneo sul proprio. Anna va nella casa di fronte, appar-
tenente alla famiglia degli altri fratelli, a lei ancora ignoti: «La cameriera condusse Anna in una stanza al piano di sopra e le disse
di aspettare lí, che fra poco sarebbe venuto il signor Giuma a tenerle compagnia. Anna non sapeva chi fosse il signor Giuma. Vedeva dalle finestre la sua casa, tutta diversa vista cosí da quella
parte, piatta, piccola e vecchia, con il glicine secco sulla terrazza e
in un angolo del tetto la palla di Giustino, squarciata e lavata dalla pioggia» (I, II). Questo sguardo si ripete e si stabilizza nel corso del romanzo, al punto che si potrebbe dubitare se tutta la sua

seconda parte, nella quale Anna, sposata, vive lontano dalla sua famiglia e dal suo ambiente, non sia anche un artificio per l'esercizio smisurato di un tale tipo di sguardo. La sua lunga assenza e i rari contatti con i suoi fanno sí che, una volta ritornata fra loro, nell'ultimo capitolo, lei li veda e si faccia vedere nella loro e nella sua nuda realtà: cambiati, sí, ma, piú che cresciuti e maturati, invecchiati semplicemente. È una tonalità da *Temps retrouvé* che si posa sulle pagine finali del romanzo.

L'importante, per la Ginzburg, non è la coscienza, ma il cammino (*the way to dusty death*). La coscienza può anche venire, ma sempre subordinata e secondaria rispetto al cammino. Ciò che preme alla narratrice è di guidare i suoi personaggi attraverso tutto il bosco alla fine del bosco, lasciando insuperato e intatto il trauma che ha modificato o inciso i loro lineamenti. La guerra e la resistenza non le interessano tanto come oggetto di rappresentazione, quanto come contegno della guida e modalità del cammino. È quella che si potrebbe definire la tonalità *Esodo*, che investe tutta l'opera della Ginzburg, non solo *Tutti i nostri ieri*. Ora si scorge meglio la necessità della scomparsa dei valori supremi, senza la quale non si darebbe la possibilità del cammino. La durata del cammino si riempie, cosí, di ogni sorta di voci intorno ai valori supremi, intorno alla guida e alla sua legittimità, intorno al cammino stesso. Esse corrispondono a un altro tratto fondamentale dell'*Esodo*, le mormorazioni.

L'opera della Ginzburg è un vasto e complesso sistema di mormorazioni. L'affinità di queste voci con ricerche di scrittrici a lei coeve, la sotto-conversazione di Nathalie Sarraute, il «dialogare pervicace e maligno» di Ivy Compton Burnett, è piú formale che sostanziale. Anche se non ci deve sfuggire il primo aggettivo di quella sua definizione: «pervicace» è proprio il popolo dell'*Esodo*, il popolo «dalla dura cervice», e ancor meglio nella traduzione luterana, *hartnäckig*, dove la dura cervice fa tutt'uno con l'ostinazione.

Il tempo in cui fu concepito e scritto *Tutti i nostri ieri* era un tempo aspro per lo scrittore e l'intellettuale italiano, un tempo di preoccupazione e perfino di angoscia. Andare verso il popolo, essere il popolo, risvegliare o tenere desta la coscienza del popolo, analizzare la nozione di popolo, metterne in questione la chiusa e ingannevole totalità, queste e simili parole d'ordine e di responsabilità gremivano le menti e agitavano i cuori. La Ginzburg ha vissuto questo clima, certo non in modo passivo. Segretamente ispirata al modello dell'*Esodo*, la sua risposta a tanti assilli è stata di un'originalità schietta e grande, che oggi possiamo pienamente apprezzare. Il popolo nei confronti della sua guida non è in stato né di aperta ribellione né di complice accondiscendenza, né di chiacchiera né di silenzio, ma di mormorazione costante e caparbia. Sappiamo davvero che cos'è una guida, esiste qualcosa come una guida, non è sempre morto il padre, o assente? In quanto scrittrice e intellettuale, la Ginzburg non ha mai negato o camuffato la sua posizione e il suo ruolo di guida; in quanto Natalia Ginzburg, si è sentita uguale a tutti gli altri, e quindi anche ai suoi personaggi, coi quali ha intrapreso il cammino e la mormorazione da esso inseparabile, *the way to dusty death* e il *sound*. Riunendo in sé naturalmente le due figure, è come se avesse mormorato anche verso se stessa. In questa riunione si può ravvisare la giustificazione ultima e non tecnica in senso stretto della scelta di abolire, in *Tutti i nostri ieri*, il discorso diretto, il dialogo; scelta che altrimenti avrebbe l'aria di un artificioso *tour de force*. La voce della guida non è diversa da quella del suo «popolo».

Da un punto di vista tecnico, invece, l'abolizione del discorso diretto ha tenuto in gran conto, a mio avviso, un modello di struttura comunicativa che non è letterario. Questo modello è la radio. Oggetto che, peraltro, ha una notevole rilevanza nelle vicende narrate. Gli sbalzi e i salti di frequenza, le interferenze, gli effetti di *fading*, il passaggio da stazione a stazione, l'estinguersi dei programmi e il loro rinascere, l'illusione di totalità e di presenza, l'urgenza ma anche l'indifferente dissipazione e sonnolenza, l'ansia ma anche lo sciogliersi in stanchezza e dolcezza, il gracchiare ma anche la musica: della comunicazione radiofonica il romanzo ha tutto.

«Una maglia lavorata troppo stretta e fitta, che non lascia filtrare l'aria», cosí ha scritto la Ginzburg di *Tutti i nostri ieri*.

Questa sua metafora antica e femminile, volentieri la completerei con l'ininterrotto e il soffocante della radio. Anche con questo modello comunicativo la Ginzburg si è costruita la corazza della sua particolare illeggibilità o, se si vuole, la vulnerabilità della sua particolare leggibilità. Come della radio, di *Tutti i nostri ieri* si può dire che è il monologo interiore di nessuno. Che nel «tutti» del titolo si celi questo «nessuno», che nell'umano, troppo umano delle storie individuali si insedi l'imperturbabile necessità di una macchina, che i segmenti finiti siano intaccati ed erosi dal triste-gioioso infinito della radio, ci dice molto sull'arte solitaria e impervia, nella sua affabilità, di questa grande della nostra letteratura.

GIACOMO MAGRINI

[1996].

Bibliografia critica

Tutti i nostri ieri fu composto «fra il febbraio e l'agosto del 1952», ci informa la Ginzburg nel breve chiarimento bibliografico-cronologico apposto, nell'edizione mondadoriana del primo volume delle *Opere* (1986), alla *Nota* del 1964, scritta come introduzione alla raccolta *Cinque romanzi brevi*. In questa *Nota* si legge: «Nel '52 scrissi *Tutti i nostri ieri*, romanzo quasi lungo di cui non parlerò qui. Dirò soltanto che in esso i miei personaggi avevano perduto la facoltà di parlarsi. O meglio si parlavano, ma non piú in forma diretta. I dialoghi in forma diretta m'erano venuti in odio. Qui si svolgevano in forma indiretta, intersecati strettamente nel tessuto della storia; e il tessuto connettivo della storia era stretto, come una maglia lavorata troppo stretta e fitta, che non lascia filtrare l'aria» (è la frase che ho citato sopra; anche l'osservazione sulla Compton Burnett, che ho riportato, si trova nella *Nota*). *Tutti i nostri ieri* fu pubblicato da Einaudi nel 1952, nei Supercoralli. Nel medesimo anno vinse il premio Charles Veillon. L'importanza del romanzo, cosí nel percorso della scrittrice come nello sviluppo della narrativa italiana e delle immagini che essa dava della storia e dei problemi recenti, è testimoniata dall'accoglienza critica, immediata e no. È sembrato opportuno e utile offrirne qui una campionatura di una certa ampiezza.

«È raro trovare nel romanzo contemporaneo un esempio come questo in cui la storia civile, o la cronaca, sia inserita in modo cosí preciso e sensibile nella vicenda quotidiana di personaggi di fantasia. (...) È un libro, questo, di un pessimismo profondo, tanto profondo da farsi cantilena, ritmo, in certo senso consolazione a se stesso. Là dove dovrebbero essere, probabilmente, tutti condannati, sono tutti assolti; e lo stesso confine tra condanna e assoluzione è una cosa senza importanza, è veramente nulla di fronte alla dolce perfidia del lasciarsi vivere. (...) Ci sono pagine di una crudeltà amarissima, tanto piú penetrante quanto piú diffusa, sfumata, senza punte di acredine; anch'essa "fatale". C'è, adombrato, il fallimento di una classe politica storicamente incapace di divenire tale».

Geno Pampaloni, «L'Approdo», ottobre-dicembre 1952.

«Accade talvolta nell'opera d'arte che l'intuizione poetica dell'artista affondi nella vita piú di quanto non faccia l'indagine dell'intelligenza. Cosí dal libro della Ginzburg, accanto alla interpretazione "filosofica" della realtà umana, emerge una interpretazione artistica che non coincide sempre esattamente con quella, o le si oppone addirittura. E intanto il fatto stesso di aver voluto narrare la favola che non significa nulla, d'aver voluto concludere che non ha alcuna significazione, è stato uno sforzo per capirla, per darle una consistenza che la trae dal nulla, poiché la dispone nella memoria e nella coscienza secondo un ordine interpretativo nel quale si è impegnata l'umanità dell'autore. (...) nel momento stesso che lo scrittore negava, affermava; mentre respingeva come vani pensieri e atti dei suoi personaggi, li accoglieva amorosamente, ne cercava l'armonia, li sollevava in un'aura lirica ove potesse esprimersi il legame vivo fra lui – lo scrittore – e i personaggi, la presenza di questi nella sua anima, l'identità fra lui e loro. (...) L'autore di *Tutti i nostri ieri* è insieme giudice e difensore; onde una situazione aperta, drammatica, continuamente aguzzata dalla coscienza di tale intima drammaticità; e il tono fra l'acre e il pietoso, l'implacabile e il misericorde. (...) Tutto il romanzo potrebbe dirsi la dimostrazione dell'incolpevolezza dei personaggi: dimostrazione minuta, analitica, poiché la narrazione procede "a piccoli passi", per usare ancora il testo shakespeariano: e perciò dimostrazione che non vela per nulla la miseria di quell'innocenza passiva. Ma c'è nel racconto anche l'innocenza attiva e vi sta come un fermento che l'autore ha serrato nel grigio della sua visione, ma non ha potuto togliergli una rossa vitalità che non sai se sia memoria o speranza, ricordo d'una fiducia o certezza di persistenti valori. (...) uno stile lirico, che è il perenne commento ai fatti, la luce che dà ad essi – non paia controsenso – una solidità fantomatica, la proporzione cioè e la prospettiva per cui la realtà, pur analiticamente misurata e pesata, perde i nessi che la tengono su, che la spiegano nel suo insieme. Lo stile dice cosí l'angoscia di questo disintegrarsi, lo stupore per le forme con cui ciò avviene, l'accanimento conoscitivo con cui lo scrittore vuol comprenderle e definirle. Vi leggi una stanchezza intrisa di coraggio, una volontà di chiarezza senza pietà che reca in sé il desiderio del rifugio».

Raffaello Ramat, «Avanti!», 31 gennaio 1953.

«Massimo pregio di questa larga, corale autobiografia (...) è il carattere epico, di piccola epopea. E s'intende che con le disposizioni cosí sorvegliate e antiretoriche dell'autrice si tratterà di un'epopea fiorente a poco a poco, per propria virtú, fuori di ogni intenzione letteraria».

Valeria Silvi, «Il Ponte», aprile 1953, p. 559.

«Quel che si è sviluppato e si è esteso [rispetto alla produzione precedente] è soprattutto un vivo e colorato mondo minore, di «buffi», di omini e di vecchiette: il turco infreddolito rivenditore di tappeti, il raccoglitore di funghi, la marchesa col boa, il maestro di piano con la sua grammatica latina (...) Un mondo irreale e fiabesco, dove il problematico e idealista Cenzo Rena può anche sembrare un curioso spaventapasseri (...) mi par chiaro che, quanto a tono e gusto, le effettive parentele siano piuttosto figurative che letterarie, e vorremmo dire quella pittura bonaria che riconosce a maestro Henri Rousseau (...) Quanto invece al grosso tentativo di far storia, e cronaca, di questi anni, è davvero un'ambizione fallita. Il problema che la Ginzburg si trovava di fronte era quello di assimilare una dura realtà storica a un tono contemplativo e fiabesco (...) Di rado l'angoscioso vuoto delle anime che non sanno piú parlarsi, la solitudine dell'uomo di fronte al mistero dei fatti, aveva trovato una voce cosí accorata e partecipe. Quanto si diceva "indifferenza" o "assenza", ora, a tanta distanza di tono e di stile, la Ginzburg preferisce chiamarlo "silenzio"; c'è una partecipazione profonda per questi miti riassuntivi della "condizione umana". Ma la cronaca pare il destino di questo libro, e sia pure per vie indirette e tutte interiori; quel "silenzio" è talmente segnato dalla data, 1952, e si carica di un fallimento delle speranze, di una confessione di storica incapacità: la vita dopo il gioco di una rapida illusione (ma ne trovate appena i colori, tanto anche il '45 è livellato in quel ritmo

eguale) ha ripreso il suo corso e ha congiunto i tempi grigi del fascismo a
questi nostri anni».

> Pietro Citati, «Belfagor», maggio 1953.

«La scrittrice si è impegnata con cosciente energia nel dominare e ar-
monizzare i motivi che potevano essere contradditori e contrastanti, nel-
l'affrontare e risolvere i pericoli delle sue tesi. Ha voluto far sentire al let-
tore il punto di vista soggettivo dei suoi personaggi, ma insieme li ha co-
stretti nell'oggettività del racconto. Ha voluto rappresentare momenti
della lotta clandestina antifascista, smascherare le ipocrisie e le falsità della società rassegnata al fascismo, ma insieme ha scrutato, senza facile scet-
ticismo, ma con umana comprensione, i difetti, gli irrigidimenti, le invo-
luzioni, del mondo antifascista. (...) il valore artistico e letterario del libro
è piuttosto nella prima parte, dove il fermento lirico della storia dell'ado-
lescenza, l'inquietudine della giovinezza, il dolore e la gioia della sensua-
lità, ispirano un centinaio di pagine limpide e si concentrano in personaggi vivi e reali».

> Claudio Varese, «Nuova Antologia», luglio 1953.

«I tre racconti che N. Ginzburg pubblica ora sotto il titolo di *Valentino* (Einaudi), appartengono a tre tempi diversi nello sviluppo dell'arte di
questa nostra narratrice: uno solo di essi, l'ultimo, *Sagittario*, è recentissi-
mo, di quest'anno; gli altri due sono stati scritti nel '48 (*La madre*) e nel '51
(*Valentino*). Le tre date sono da segnare non per pura e semplice curiosi-
tà anagrafica, ma per collocare i tre racconti di questo volume rispetto al
capolavoro della Ginzburg, il romanzo *Tutti i nostri ieri* che, anche rilet-
to oggi a distanza, resiste come uno dei migliori libri apparsi nel dopoguerra, con netta superiorità rispetto agli altri due libri della scrittrice (*È
stato cosí* e *La strada che va in città*)».

> Adriano Seroni, *Racconti di Natalia Ginzburg* (1957), in *Esperimenti
> critici sul Novecento letterario*, Milano 1967.

«Assai belle sono le pagine relative all'idillio di Anna e Giuma, ai rapporti di Anna e Cenzo, alla morte di questi e di Franz, e altre ancora; ma

ve ne sono anche di monotone, e non di quella monotonia intimamente poetica in che consiste la peculiarità stilistica della Ginzburg, il suo suggestivo ron-ron, ma di una monotonia letteralmente tale, non vivificata dall'afflato ispirativo. Il che, come è probabile, va messo in conto anche a questa circostanza, che *Tutti i nostri ieri* risponde alla misura del romanzo vero e proprio, cioè supera di parecchio quella del romanzo breve, verso la quale propende in maniera piú congeniale la capacità di "tenuta" della nostra scrittrice. (...) Lo scarso peso annesso alla storia s'inquadra perfettamente, come sappiamo, nel pessimismo esistenziale della nostra scrittrice, ma in un romanzo come questo produce una sorta di mutilazione».

Piero De Tommaso, *Natalia Ginzburg*, in *I Contemporanei*,
Milano 1969, vol. III, pp. 827-28.

«Non è – né poteva essere – questo romanzo della Ginzburg, un documento di lotta partigiana, o una semplice "testimonianza". E non poteva esserlo, in quanto un tale esito sarebbe stato estraneo alla natura di una scrittrice usa a far maturare nell'intimità del proprio mondo interiore gli echi della vita, a filtrarne le immagini troppo accese attraverso la rete sottile della propria sensibilità per restituirle alla luce piú essenziali, piú durature nelle loro non effimere significazioni». «*Tutti i nostri ieri* restano dietro di noi, in una regione lontana, popolata di morti, in cui coloro che la falce della guerra ha mietuto a caso – come Franz – ucciso insieme a Cenzo Rena sulla piazza del Municipio di Borgo San Costanzo – o come la signora Maria – travolta durante un bombardamento nel crollo della pensione in cui era andata ad abitare a Torino – assumono sembianze di martiri di quella libertà che resta affidata alle nostre deboli forze. (...) Forse la trama del romanzo scaturiva via via dalla penna, inventandosi e costruendosi quasi automaticamente, sulla base dolorante di un ricordo le cui cicatrici non si erano rimarginate, né nella scrittrice né in altri; né si rimargineranno mai per tutta una generazione che, attraverso l'esperienza della guerra si era tanto profondamente mutata, da non riconoscersi piú».

Elena Clementelli, *Invito alla lettura di Natalia Ginzburg*,
Milano 1972, pp. 68-69 e 73.

«La bipartizione del romanzo permette di esaminare separatamente, ed in settori equidimensionali, l'impatto di una determinata situazione storica su due classi sociali: quella dei giovani intellettuali della borghesia formatisi tra gli ultimi anni della dittatura, la guerra e l'immediato dopoguerra; e quella dei contadini, incapaci di assurgere ad un ruolo definito e consapevole della storia politica nazionale». «Non manca, in quest'opera, l'emblematico rito sacrificale comune alla maggior parte dei romanzi d'impronta neorealista, che riassume visivamente il cumulo di violenze associate alle esperienze della guerra e ad inadeguate strutture di ordine sociale: ci avviciniamo al rapporto intercorrente fra Luca e i suoi contadini in *Terre del Sacramento* o a quello che collega Berardo ai fontamaresi nell'opera di Silone, o anche all'impegno umano e politico, tragicamente conclusosi, del pratoliniano Maciste di via del Corno. Ma l'elemento vittimistico-esemplare viene ridimensionato attraverso la funzionalità dissacrante dell'ironia e della comicità». «E come per il borghese interviene la funzione smitizzante dell'ironia a scongiurare la presentazione di un'umanità falsamente ideale, cosí per l'ambiente paesano di Cenzo Rena vengono evitate deviazioni ottimistiche collegate alla retorica del buon cuore contadino cosí diffusa – in questo periodo – nel trattamento letterario delle classi umili». «La vicenda evolve quindi, in *Tutti i nostri ieri*, a base di sfaccettature minutissime che recano sempre in sé l'impronta di una latente tensione verso il dispersivo; ma a controbilanciare quest'ultima interviene la pregnanza del clima storico in cui si ambienta la narrazione, che permette al vuoto esistenziale di involutive esistenze borghesi usualmente descritto dalla Ginzburg di aderire concretamente a scopi e reazioni precise collegate alla guerra e condivise da altri esseri al di là dei confini limitati e claustrofobici di isolati nuclei familiari». «La frequente regressione della voce narrante al punto di vista infantile o adolescenziale della ragazza [Anna] (simile, nelle sue implicazioni, al ritorno all'infanzia effettuato tramite Pin nel *Sentiero dei nidi di ragno* di Calvino) offre un pretesto realistico – nella dinamica dell'intreccio – ad una denuncia piú esteriore dei fatti bellici, legata al filone di un'embrionale vita interiore in lento sviluppo, e di un'astensione dal giudizio storico tipica di chi è ancora alla ricerca di valori cui conformare la propria visione interpretativa del mondo».

Luciana Marchionne Picchione, *Natalia Ginzburg*, Firenze 1978, pp. 42-43, 46, 48, 49, 50.

« Anche in *Tutti i nostri ieri* è protagonista quella borghesia che è sempre al centro delle rappresentazioni di Natalia Ginzburg, come l'ambiente naturale dal quale le vengono i suggerimenti piú vivi: essa ne riproduce i caratteri e gli umori, l'intima mediocrità e i limiti; come una matrice di cui ogni segno è impresso nella memoria e nell'immaginazione, la borghesia offre sempre nuovi motivi all'invenzione della scrittrice, che in tutta la sua opera ne ha tracciato con sempre maggiore approssimazione il ritratto ».

Olga Lombardi, *Natalia Ginzburg*, in *I Contemporanei*,
Milano 1979, vol. VIII p. 7612.

« Da notare, nello spessore abbastanza grigio della trama, un personaggio che non si ripeterà piú nella narrativa della Ginzburg, quello dell'antifascista Cenzo Rena, che paga con la vita la sua fede negli ideali. Piú mosso e scattante dell'analogo personaggio in rivolta de *La ciociara* di Moravia, Michele, destinato anch'egli a immolarsi per la sua causa, Rena sembra aver fugato ogni idea di orgogliosa solitudine intellettuale, e dal suo calore umano, dalla sua intesa con gli umili deriva alla narrazione un respiro che tocca in vari momenti un'autentica drammaticità. Se la storia fosse stata accentrata solo su di lui, forse avremmo avuto l'eroe positivo, che è mancato alla nostra letteratura della Resistenza (con la sola eccezione dell'*Agnese va a morire* della Viganò) ».

Giacinto Spagnoletti, « Belfagor », 1984.

« La tematica è dunque resistenziale, ma gli anni della stesura sono quelli in cui il ripensamento della Resistenza ha già prodotto le sue smagliature, e la narrativa ha recuperato – per il tramite di esempi anche indigeni – le sue figure di inettitudine e di sconfitta, il suo pessimismo ». « In *Tutti i nostri ieri* la mediazione narrativa segue vie oblique, ma proprio attraverso queste vie, uniformi e indirette, già passa una sorta di dissimulato compianto e nello stesso tempo una festosa malinconia che commemora i morti e gli sconfitti, guarda agli errori, alle viltà, alle delusioni con sguardo tuttavia fiducioso. Se c'è una distanza tra *Tutti i nostri ieri* e *Le voci della sera*, essa consiste, piú che nella qualità dei personaggi, nel tentativo di ordinarli in un'architettura romanzesca. Ed è anche per questo che nella figura ottimistica e (quasi) a tutto tondo di Cenzo Rena, vero e proprio *deus ex machina* narrativo, si avverte certamente uno sforzo».

Giovanni Tesio, *Natalia Ginzburg*, in «Studi piemontesi», 1984, pp. 447 e 450.

Fondamentali per lo studio di Natalia Ginzburg sono i due volumi di *Opere* ne «I Meridiani» di Mondadori (1986 e 1987), raccolte e ordinate dall'Autore, con prefazione e apparati bibliografici e fortuna critica di Cesare Garboli.

G.M.

[1996].

Cronologia della vita e delle opere

1916   Nasce il 14 luglio a Palermo, da Giuseppe Levi e Lidia Tanzi, ultima di cinque fratelli. È il caso a farla nascere a Palermo: il padre, triestino, insegnava anatomia comparata all'Università di Palermo, in quegli anni; divenne, piú tardi, un biologo e un istologo di grande fama. La madre era lombarda, ed era figlia di Carlo Tanzi, avvocato socialista, amico di Turati. Figure di primo piano erano, nella famiglia, Eugenio Tanzi, psichiatra, zio della madre, il musicologo Silvio Tanzi, morto giovane, fratello della madre, e Cesare Levi, fratello del padre, critico teatrale e studioso.

1919   La famiglia Levi si trasferisce a Torino. Natalia non frequenta le elementari; studia in casa.

1927   È iscritta al Liceo-Ginnasio Vittorio Alfieri.

1935   Consegue la maturità classica e s'iscrive alla Facoltà di Lettere. Frequenta i corsi di Augusto Rostagni e Ferdinando Neri. Non si è mai laureata. Scrive e pubblica i primi racconti su «Solaria», «Il Lavoro», «Letteratura» (1934-1937).

1938   Sposa Leone Ginzburg.

1940   Segue il marito al confino – senza limite di tempo – in Abruzzo, a Pizzoli, un villaggio a quindici chilometri dall'Aquila, coi figli Carlo e Andrea. All'Aquila nasce la figlia Alessandra.

1942   Pubblica, presso la casa editrice Einaudi, il suo primo romanzo, *La strada che va in città*, con lo pseudonimo di Alessandra Tornimparte.

1943   Il 26 luglio Leone Ginzburg lascia il confino, rientra a Torino e di lí passa a Roma, dove in settembre comincia la lotta clandestina. Il primo novembre, coi tre figli, Natalia raggiunge il marito a Roma, in un alloggio di fortuna in via XXI Aprile. Il 20 novembre Leone è arrestato dalla polizia italiana nella tipografia clandestina di via Basento. È trasferito nel braccio tedesco di Regina Coeli.

1944   Il 5 febbraio Ginzburg muore nelle carceri di Regina Coeli. Dal giorno dell'arresto fino a quello della morte, Natalia non vide mai il marito. Dopo una provvisoria sistemazione nel convento delle Orsoline al Nomentano, si trasferisce coi figli a Firenze, in casa della zia materna. Liberata Firenze, ritorna a Roma in ottobre. Prende alloggio in una pensione valdese a S. Maria Maggiore, poi in casa di un'amica, nel quartiere Prati. È assunta come redattrice dalla casa editrice Einaudi.

1945   In ottobre ritorna a Torino, nella vecchia casa dei genitori in via Pallamaglio (oggi via Morgari). Continua a lavorare nella casa editrice Einaudi.

1947   Pubblica il romanzo *È stato cosí*.

1950   Sposa Gabriele Baldini, professore incaricato di Letteratura inglese a Trieste; Natalia continua a vivere a Torino.

1952   Si trasferisce a Roma col marito, chiamato dalla locale Facoltà di Magistero. Pubblica il romanzo *Tutti i nostri ieri*.

1960   Si trasferisce a Londra, dove Baldini è chiamato a dirigere l'Istituto italiano di cultura.

1961   Pubblica la raccolta di saggi *Le piccole virtú*.

1962   Pubblica il romanzo breve *Le voci della sera*. Ritorna col marito a Roma. Prende alloggio in piazza Campo Marzio.

1963   Pubblica il romanzo autobiografico *Lessico famigliare*.

1965   Scrive la commedia *Ti ho sposato per allegria*, che viene rappresentata con successo. Seguono nel 1968 *L'inserzione* e *La segretaria*.

1969   Muore a Roma, all'Ospedale S. Giacomo, Gabriele Baldini.

1970   Pubblica la raccolta di saggi *Mai devi domandarmi*.

1973   Pubblica la raccolta di commedie *Paese di mare* e il romanzo, metà narrativo e metà epistolare, *Caro Michele*.

1974   Pubblica la raccolta di saggi e di articoli *Vita immaginaria*.

1977   Pubblica, col titolo *Famiglia*, due racconti lunghi, *Famiglia* e *Borghesia*.

1983   Pubblica la ricerca storico-epistolare *La famiglia Manzoni*. È eletta deputata alla Camera nel gruppo degli Indipendenti di sinistra.

1984   Pubblica il romanzo epistolare *La città e la casa*.

1990   Pubblica il saggio *Serena Cruz o la vera giustizia*.

1991   Muore nella sua casa di Roma durante la notte tra il 6 e il 7 ottobre.

Tutti i nostri ieri

And all our yesterdays have lighted fools
The way to dusty death.

Macbeth, V, v, 22-23.

Parte prima

I.

Il ritratto della madre era appeso nella stanza da pranzo: una donna seduta, con un cappello a piume e un lungo viso stanco e spaventato. Era sempre stata di salute debole, soffriva di vertigini e di batticuore e quattro figli erano stati troppi per lei. Era morta poco dopo la nascita di Anna.

Andavano al cimitero qualche domenica, Anna, Giustino e la signora Maria. Concettina no, perché non metteva mai piede fuori di casa la domenica, era una giornata che detestava e stava chiusa nella sua stanza a rammendarsi le calze col piú brutto dei suoi vestiti. E Ippolito doveva tenere compagnia al padre. Al cimitero la signora Maria pregava, i due ragazzi invece no perché il padre diceva sempre che pregare è stupido, e forse c'è Dio ma non occorre pregarlo, è Dio e sa da sé come stanno le cose.

Quando non era ancora morta la madre, la signora Maria non stava con loro ma con la nonna, la madre del padre, e viaggiavano insieme. Sulle valige della signora Maria c'erano le figure degli alberghi, e in un armadio c'era un suo vestito con dei bottoni a forma di piccoli abeti, comprato nel Tirolo. La nonna aveva la mania di viaggiare e non aveva mai voluto smettere, e cosí s'era mangiata tutti i suoi soldi, perché le piaceva andare negli alberghi eleganti. Negli ultimi tempi era diventata molto cattiva, raccontava la signora Maria, perché non si dava pace di non avere piú soldi, e non si spiegava come mai, e ogni tanto lo dimenticava e voleva comprarsi un cappello, e la signora Maria doveva trascinarla via dalla vetrina, che pestava l'ombrello per terra e si mangiava la veletta di rabbia. Adesso era sepolta a Nizza lí dov'era morta, lí dove si era divertita tanto da giovane, quando era fresca e bella e aveva tutti i suoi soldi.

La signora Maria era molto contenta se poteva parlare dei soldi che aveva avuto la nonna, e se poteva raccontare e vantarsi dei viaggi che avevano fatto. La signora Maria era molto piccola, e quando stava seduta, non toccava per terra con i piedi. Per questo quando stava seduta s'avvolgeva in una coperta, perché non le piaceva far vedere i suoi piedi che non toccavano terra. La coperta era quella della carrozza, quella che si tenevano sulle ginocchia lei e la nonna vent'anni prima, quando giravano in carrozza per la città. La signora Maria si dava un pochino di rossetto alle guance, e non le piaceva che la guardassero al mattino presto quando ancora non aveva il rossetto, e cosí scivolava nel bagno zitta zitta e curva, e trasaliva e s'arrabbiava molto se qualcuno la fermava nel corridoio per chiederle qualche cosa. Nel bagno ci restava sempre un pezzo e tutti allora venivano a picchiare alla porta e lei si metteva a gridare che era stufa di stare in quella casa, dove nessuno aveva rispetto per lei, e voleva far subito le valige e andare a Genova da sua sorella. Due o tre volte aveva tirato fuori le valige da sotto l'armadio e aveva cominciato a metter via le sue scarpe nei sacchettini di stoffa. Bisognava far finta di niente e dopo un po' tornava a tirar fuori le scarpe. Del resto tutti sapevano che quella sua sorella di Genova non ce la voleva in casa.

La signora Maria veniva fuori dal bagno tutta vestita e col cappello in testa, e correva nella strada con una paletta a raccogliere il letame per concimare i rosai, svelta svelta e badando che non passasse nessuno. Poi andava con la rete a fare la spesa, ed era capace di traversare la città in mezz'ora con i suoi piccoli piedi veloci nelle scarpette col fiocco. Ogni mattina frugava l'intera città per trovare la roba che costava meno, e tornava a casa stanca morta, ed era sempre di cattivo umore dopo la spesa, e se la prendeva con Concettina che era ancora in vestaglia, e diceva che mai avrebbe creduto di dover affannarsi per la città con la rete, quando sedeva in carrozza accanto alla nonna, con le ginocchia ben calde nella coperta e la gente che salutava. Concettina si spazzolava i capelli piano piano davanti allo specchio, e poi accostava il viso allo specchio e si guardava le lentiggini una per una, si guardava i denti e le gengive e tirava fuori la lingua e se la guardava. Si pettinava con i capelli annodati in un rotolo stretto sulla nuca e la frangia arruffata sulla fronte, e con quella frangia aveva proprio l'aria di una *cocotte*, diceva la signora Maria. Poi spalancava l'armadio e studiava che vestito mettere. Intanto la signora Maria buttava all'aria i letti e sbatteva i tappeti, con un fazzoletto in testa e le maniche rimboccate sulle braccia secche e vecchie, ma scappava via dalla finestra se vedeva affacciata al balcone la signora della casa di fronte, perché non le piaceva farsi vedere col fazzoletto a sbattere i tappeti, e ricordava che era entrata in casa come dama di compagnia, e adesso ecco che cosa le toccava di fare.

La signora della casa di fronte anche lei aveva la frangia, ma una frangia arricciata dal parrucchiere e scompigliata con grazia, e la signora Maria diceva che pareva piú giovane di Concettina, quando usciva fuori al mattino con certe vestagliette chiare e fresche, eppure si sapeva con certezza che aveva quarantacinque anni.

C'erano dei giorni che Concettina non riusciva a trovare un vestito da mettere. Provava sottane e camicette, cinture e fiori allo scollo, e non era contenta di niente. Allora si met-

teva a piangere e gridava com'era disgraziata, senza un vestito carino da mettere e poi con una figura tanto malfatta. La
signora Maria chiudeva le finestre, perché dalla casa di fronte nessuno sentisse. – Non sei malfatta, – diceva, – solo un
po' forte di fianchi e un po' piatta di seno. Come tua nonna,
che anche lei era piatta di seno –. Concettina gridava e singhiozzava, buttata mezzo svestita sul letto disfatto, e allora
venivan fuori tutti i dispiaceri che aveva, gli esami che doveva dare e le storie con i suoi fidanzati.

Concettina aveva tanti fidanzati. Li cambiava sempre. Ce
n'era uno sempre fermo davanti al cancello, uno con una faccia larga e quadrata e la sciarpa al posto della camicia, puntata con uno spillo da balia. Si chiamava Danilo. Concettina
diceva che l'aveva lasciato da un pezzo, ma lui ancora non si
rassegnava e passeggiava avanti e indietro davanti al cancello, con le mani dietro la schiena e col basco calato sulla fronte. La signora Maria aveva paura che tutt'a un tratto entras-
se a fare una sfuriata a Concettina, e andava dal padre a
lamentarsi di tutte le storie che aveva Concettina con quei
suoi fidanzati, e lo tirava alla finestra a vedere Danilo col
basco e con le mani dietro la schiena, e voleva che il padre
scendesse a mandarlo via. Ma il padre allora diceva che la
strada è di tutti e non si ha diritto di scacciare via un uomo
da una strada, e tirava fuori il suo vecchio revolver e lo metteva sul tavolo, per il caso che a un tratto Danilo scavalcas-
se il cancello. E spingeva fuori dalla stanza la signora Maria, perché voleva stare in pace a scrivere.

Il padre scriveva un grande libro di memorie. Lo scriveva da molti anni, aveva smesso di far l'avvocato per poterlo
scrivere. Era intitolato: *Niente altro che la verità* e c'erano
cose di fuoco sui fascisti e sul re. Il padre rideva e si stropicciava le mani a pensare che il re e Mussolini non ne sapevano niente, e in una piccola città dell'Italia un uomo scriveva

pagine di fuoco su di loro. Raccontava tutta la sua vita, la ritirata di Caporetto dove s'era trovato anche lui e tutte le cose che aveva visto, e i comizi dei socialisti e la Marcia su Roma e tutti i tipi che avevano voltato camicia nella sua piccola città, persone che sembravano per bene e le nere porcate che poi avevano fatto, « niente altro che la verità ». Per mesi e mesi scriveva e suonava il campanello ogni minuto per chiedere del caffè, e la stanza era piena di fumo, e anche la notte stava alzato a scrivere, oppure chiamava Ippolito che scrivesse mentre lui dettava. Ippolito picchiava forte sulla macchina da scrivere, e il padre dettava passeggiando in pigiama per la stanza, e nessuno poteva dormire, perché la casa aveva i muri sottili, e la signora Maria si rigirava nel letto, tremando di paura che dalla strada qualcuno sentisse la voce concitata del padre, e le cose di fuoco che lui diceva contro Mussolini. Ma poi a un tratto il padre si perdeva di coraggio, e il suo libro non gli sembrava piú tanto bello, e poi diceva che gli italiani erano tutti sbagliati e con un libro certo non si poteva cambiarli. Diceva che aveva voglia di uscire per la strada a sparare con il suo revolver, oppure niente, oppure stare sdraiato a dormire e aspettare che venisse la morte. Non usciva piú dalla sua stanza; passava le giornate a letto e voleva che Ippolito gli leggesse il *Faust*. E poi chiamava Giustino e Anna e gli chiedeva scusa, perché non aveva mai fatto le cose che fa di solito un padre, non li aveva mai portati al cinematografo e neppure a passeggio. E chiamava Concettina e voleva sapere dei suoi esami e dei suoi fidanzati. Diventava molto buono quando era triste. Si svegliava un mattino e non era piú tanto triste, voleva che Ippolito gli massaggiasse la schiena col guanto di crine, voleva i suoi calzoni di flanella bianca. Si metteva seduto in giardino e voleva che gli portassero lí il caffè, ma lo trovava sempre troppo leggero e lo buttava giú con disgusto. Se ne stava

seduto in giardino tutta la mattina, con la pipa stretta fra i
denti bianchi e lunghi, e col viso magro e rugoso contratto
da una smorfia, non si capiva bene se per via del sole o per
il disgusto del caffè o per lo sforzo di regger la pipa soltanto
coi denti. Non chiedeva scusa di niente a nessuno quando
non era piú triste, e frustava i rosai con la sua canna mentre
pensava di nuovo al libro di memorie, e allora la signora Maria si addolorava per i rosai, che le stavano tanto a cuore, e
faceva ogni mattina quel sacrificio di scendere giú in strada
a raccogliere il letame con la paletta, col rischio che qualcuno la vedesse e ridesse di lei.

Non aveva nessun amico il padre. A volte si metteva a
camminare per tutta la città, con un'aria dispettosa e cattiva, e si sedeva in un caffè del centro a guardare la gente che
passava, per farsi vedere da quelli che conosceva molto bene
una volta, per far vedere che era ancora vivo e pensava che
ci avessero rabbia. Allora tornava a casa abbastanza contento, quando aveva visto passare qualcuno di quelli che erano
socialisti come lui una volta, e che adesso erano fascisti, e
non sapevano che c'era scritto di loro nel libro di memorie,
del tempo che erano gente per bene e di tutte le nere porcate che poi avevano fatto. A tavola il padre si stropicciava le
mani e diceva che se c'era Dio, l'avrebbe lasciato vivere fino
alla fine del fascismo, perché potesse pubblicare il suo libro
e vedere le facce della gente. Diceva che cosí si sarebbe saputo finalmente se c'era o se non c'era questo Dio, ma lui
tutto sommato pensava piuttosto di no, o chissà, forse c'era
ma teneva per Mussolini. Dopo mangiato il padre diceva:
– Giustino, va' a comperarmi il giornale. Renditi utile, visto che non sei dilettevole –. Perché non era piú niente gentile quando non era triste.

Arrivavano ogni tanto delle grandi scatole di cioccolatini, che mandava Cenzo Rena, uno che era stato molto amico

del padre una volta. Arrivavano anche le sue cartoline illustrate da tutti i punti del mondo, perché Cenzo Rena viaggiava sempre, e la signora Maria riconosceva i posti dov'era stata con la nonna, e infilava le cartoline nello specchio del suo comò. Ma il padre non voleva sentirne parlare di Cenzo Rena, perché erano stati amici ma poi avevano litigato in un modo terribile, e quando vedeva arrivare i cioccolatini alzava le spalle e sbuffava, e Ippolito doveva scrivergli di nascosto a Cenzo Rena, per ringraziarlo e per dargli notizie del padre.

Concettina e Anna prendevano lezione di piano due volte la settimana. Si sentiva una piccola scampanellata paurosa, Anna apriva il cancello e il maestro di piano attraversava il giardino e si fermava a contemplare i rosai, perché anche lui sapeva la storia del letame e della paletta, e poi perché sperava che da un punto o dall'altro del giardino sbucasse fuori il padre. Da principio il padre gli aveva dato molta retta e s'era immaginato che fosse un grand'uomo quel maestro di piano, lo faceva sedere nella sua stanza e gli dava il suo tabacco da fumare, e gli batteva forte sul ginocchio e non la finiva piú di dire che era una persona straordinaria. Il maestro di piano stava scrivendo una grammatica latina in versi, la copiava su un quadernetto e ogni volta che veniva voleva che il padre sentisse qualche nuova strofa. E a un tratto il padre s'era stancato terribilmente di lui, non voleva piú sentire le strofe nuove della grammatica e quando squillava la piccola scampanellata paurosa del maestro di piano, si vedeva il padre fuggire su per le scale e nascondersi dove poteva. Il maestro di piano non si dava pace di non esser piú accolto nella stanza del padre, parlava ad alta voce nel corridoio e leggeva le sue strofette, sempre guardando da una parte e dall'altra. Poi si faceva triste e chiedeva a Concettina e Anna se forse aveva offeso il padre senza saperlo. Né Anna né

Concettina suonavano bene. Tutt'e due erano stufe di quelle lezioni e avrebbero voluto smetterle, ma la signora Maria non voleva perché il maestro di piano era l'unica faccia estranea che si vedeva in casa. E una casa è proprio troppo triste senza qualche visitatore ogni tanto, lei diceva. Assisteva alle lezioni, con la coperta sulle ginocchia e col suo lavoro a *crochet*. E dopo s'intratteneva col maestro di piano e ascoltava le sue strofette, e fino a tardi lui non se ne andava via, sempre con la speranza di vedere il padre.

Davvero il maestro di piano era la sola persona estranea che venisse in casa. C'era anche un nipote della signora Maria che si faceva vedere ogni tanto, il figlio di quella sua sorella di Genova; studiava da veterinario e a Genova lo bocciavano sempre, e cosí era venuto a studiare in quella città piccola dove gli esami erano molto piú facili, ma anche lí lo bocciavano ogni tanto. Del resto non era un vero estraneo perché tutti l'avevan sempre visto fin da piccolo, e la signora Maria era sempre sulle spine quando arrivava, per la paura che il padre lo trattasse male. Il padre non voleva nessuno per casa, e anche i fidanzati di Concettina non dovevano attraversare il cancello.

D'estate bisognava andare alle « Visciole », tutti gli anni. Ogni anno Concettina piangeva perché avrebbe voluto andare al mare, o restare in città con i suoi fidanzati. E anche la signora Maria era disperata per via della moglie del contadino, perché si erano litigate un giorno che il maiale aveva mangiato dei fazzoletti. E anche Giustino e Anna che da piccoli si erano divertiti alle « Visciole », adesso mettevano il muso quando bisognava partire. Speravano che il padre li lasciasse andare un'estate da Cenzo Rena, in una specie di castello che lui aveva, perché ogni anno Cenzo Rena scriveva per invitarli. Ma il padre non voleva e diceva che del resto era un brutto castello, un coso con delle piccole torri, Cenzo Rena credeva che fosse bello perché ci aveva speso dei soldi. I soldi sono sterco del diavolo, diceva il padre.

Alle « Visciole » ci si andava con un trenino. Era vicino ma era complicato partire, perché il padre non dava pace a nessuno nei giorni che si dovevano fare i bauli, tempestava con Ippolito e con la signora Maria e si dovevano fare e disfare i bauli cento volte. E intorno al cancello giravano i fidanzati di Concettina, venuti per salutarla, e lei piangeva perché aveva una rabbia tremenda di dover stare per tanti mesi alle « Visciole », dove ingrassava di noia e non c'era neppure un campo di tennis.

Partivano al mattino presto, e il padre era molto cattivo per tutto il viaggio, perché il trenino era affollato e la gente beveva e mangiava, e lui aveva paura che gli sporcassero di vino i calzoni. Non c'era volta che non attaccasse lite in treno. Poi ce l'aveva con la signora Maria, che aveva sempre tanti fagottini e cestini e le sue scarpe nei sacchetti di stoffa ficcate un po' dappertutto, e nella rete un fiasco di caffelatte; soprattutto al padre faceva schifo quel fiasco, gli pareva bruttissimo vedere il caffelatte in un fiasco; e diceva alla signora Maria che non riusciva a capire come la nonna ci avesse tenuto a portarsela dietro per tanti viaggi. Ma quando arrivavano alle « Visciole » era contento. Si metteva seduto sotto la pergola e respirava, respirava profondamente e forte, e diceva com'era buono il sapore dell'aria, un sapore così forte e fresco, che pareva di bere una bibita ogni volta che si respirava. E chiamava il contadino e gli faceva festa, e chiamava Ippolito a vedere se non pareva un quadro di Van Gogh il contadino, voleva che il contadino stesse seduto con la faccia appoggiata alla mano e gli metteva in testa il cappello, e chiedeva se non era un vero Van Gogh. Dopo che il contadino se n'era andato, Ippolito allora diceva che era forse un Van Gogh, ma era anche un ladro perché rubava sul grano e sul vino. Il padre s'arrabbiava molto. Ci aveva giocato da piccolo con quel contadino, e non poteva consentire che Ippolito si mettesse a sputacchiare cosí sulle cose della sua infanzia, ed è molto piú brutto sputacchiare sull'infanzia del proprio padre, che tenersi qualche chilo di grano quando se ne ha bisogno. Ippolito non rispondeva niente, si teneva il cane fra le gambe e gli accarezzava le orecchie. Appena arrivava alle « Visciole » metteva una vecchia giacchetta di fustagno e degli stivali, e per tutta l'estate stava vestito cosí, ed era sporco da fare orrore e poi doveva scoppiare dal caldo, diceva la signora Maria. Ma Ippolito non aveva mai l'aria d'aver caldo, non sudava e la sua faccia era sempre asciutta e liscia, e nel sole di mezzogiorno se ne andava per la campagna col cane. Il cane mangiava le poltrone e aveva le pulci, e la signora Maria voleva regalarlo via, ma Ippolito era matto per quel cane, e una volta che il cane era malato se l'era tenuto nella sua stanza la notte, alzandosi per fargli le pappine. Avrebbe voluto portarselo in città, e invece doveva lasciarlo alle « Visciole » dal contadino che non ne aveva cura e gli dava roba marcia da mangiare, e Ippolito era sempre molto addolorato in autunno quando doveva dire addio al cane, ma il padre era d'accordo con la signora Maria contro il cane e non voleva saperne d'averlo in città. Cosí Ippolito doveva aspettare pazientemente che lui fosse morto, diceva il padre, e chissà, forse Ippolito sperava molto che morisse fra poco, forse questo era il suo sogno biondo, per potersene andare a passeggio nella città col suo cane.

Ippolito stava zitto a sentire il padre che gli diceva delle parole cattive, non rispondeva mai e la sua faccia restava ferma e pallida, e la notte stava alzato a battere a macchina il libro di memorie, o a leggere Goethe ad alta voce quando il padre non poteva dormire. Perché aveva l'anima d'uno schiavo, diceva Concettina, e non sangue nelle vene ma camomilla, ed era come un vecchio di novant'anni, senza ragazze che gli piacevano e senza voglia di niente, capace di girare solo tutto il giorno per la campagna col cane.

Le «Visciole» era una casa alta e grande, con fucili e corna alle pareti, con dei letti alti e i materassi che frusciavano perché erano fatti di foglie di granoturco. Il giardino scendeva giú fino alla strada carrozzabile, un gran giardino boscoso e incolto, era inutile provare a piantarci dei rosai o altri fiori perché d'inverno il contadino certo non ne avrebbe avuto cura e sarebbero morti. Dietro la casa c'era il cortile, il carro e la casa del contadino, con la moglie del contadino che ogni tanto s'affacciava alla porta e rovesciava fuori un secchio d'acqua, e allora la signora Maria gridava che quell'acqua sporca faceva puzzare il cortile, e la moglie del contadino gridava che era acqua pulita, buona per lavarci la faccia della signora Maria, e litigavano per un pezzo tra loro due. Là intorno, a perdita d'occhio, si stendevano i campi di grano e di granoturco, e gli spaventapasseri stavano ritti là in mezzo, sventolando le loro maniche vuote; i vigneti e le querce cominciavano ai piedi della collina, e di là si sentiva ogni tanto risuonare uno sparo, e s'alzava una nuvola d'uccelli e si sentiva il cane di Ippolito che abbaiava, ma Concettina diceva che abbaiava per lo spavento, non per il gusto di acchiappare qualcosa. Il fiume era lontano, oltre la strada carrozzabile, una striscia chiara e lontana fra cespugli e sassi: e il paese era poco piú oltre, dieci case.

Al paese c'erano quelli che il padre chiamava «i farabutti», il segretario del fascio, il maresciallo dei carabinieri, il segretario comunale; e il padre ci andava ogni giorno al paese per farsi vedere dai farabutti, per far vedere che era ancora vivo e che non li salutava. I farabutti giocavano a bocce in maniche di camicia, senza sapere d'esserci anche loro nel libro di memorie; e le loro mogli lavoravano a maglia sulla piazzetta intorno al monumento, e allattavano i figli col fazzoletto sul seno. Il monumento era di pietra, grosso, un grosso ragazzo di pietra col gagliardetto e col fez: il padre si fermava lí davanti e si metteva la caramella, e guardava e ghignava, restava un pezzo a guardare e a ghignare: e la signora Maria aveva paura che i farabutti lo arrestassero un giorno o l'altro, e cercava di tirarlo via, come faceva un tempo con la nonna davanti alle vetrine dei cappelli. Alla signora Maria sarebbe piaciuto parlare còn le mogli dei farabutti, imparare nuovi punti a maglia e insegnarne a loro: e anche dirgli che avrebbero fatto bene a lavarsi il seno con l'acqua bollita prima d'allattare. Ma non osava mai avvicinarsi per paura del padre.

D'estate, sulla testa calva e lucida del padre si vedevano lentiggini e spellature, perché stava al sole a testa nuda; e le gambe di Concettina si facevano di un bruno dorato, dato che non c'era altro da fare alle « Visciole » che prendere il sole, e Concettina stava tutto il giorno sulla poltrona a sdraio davanti a casa, con gli occhiali neri e con un libro che non leggeva; si guardava le gambe e badava che s'abbronzassero bene, e poi aveva l'idea che a tenerle al sole a sudare smagrissero un poco; perché Concettina oltre a essere forte di fianchi era anche forte di gambe, e diceva che avrebbe dato dieci anni della sua vita per essere piú sottile dai fianchi in giú. La signora Maria s'aggiustava i vestiti sotto la pergola, i suoi straordinari vestiti tagliati fuori da vecchie tende o da vecchie coperte, con in testa un cappello di giornale e coi piedi incrociati sullo sgabello. Lontano, sul ciglio della collina, si vedeva passare e ripassare Ippolito col fucile e col cane: e il padre malediva quello stupido cane e quella smania di girare per la campagna, quando invece lui aveva bisogno di Ippolito per l'iniezione e per battere a macchina, e mandava Giustino a inseguirlo nella campagna.

II.

Fu alle « Visciole » che il padre si sentí male per la prima volta. Stava pigliando il caffè, e tutt'a un tratto la mano che reggeva la tazzina si mise a tremare, e il caffè gli si versò sui calzoni, e lui stava curvo e tremava e respirava forte. Ippolito andò in bicicletta a chiamare il dottore. Ma il padre non voleva il dottore e diceva che si sentiva un po' meglio, diceva che era un farabutto il dottore e voleva partire subito per la città. Venne il dottore, un farabutto da niente, alto solo un poco di piú della signora Maria, con dei capelli biondi che parevano piume di pulcino, e dei grandi calzoni alla zuava e dei calzettoni a quadri. E a un tratto fecero amicizia lui e il padre. Perché il padre scoprí che non era un farabutto, e che odiava il segretario del fascio e il maresciallo dei carabinieri, e il ragazzo di pietra sulla piazza del paese. Il padre diceva che era molto contento d'essere stato male, perché cosí aveva scoperto quel piccolo dottore, uno che lui credeva un farabutto mentre invece era un bravo ragazzo, e ogni giorno chiacchieravano insieme e si dicevano tante cose, e il padre quasi quasi aveva voglia di leggergli qualche pezzo del libro di memorie, ma Ippolito diceva che era meglio di no. Ippolito adesso non poteva piú andare a passeggio per la campagna, e doveva star seduto tutto il giorno nella stanza del padre e fargli le iniezioni e a dargli le gocce e a leggergli ad alta voce: ma il padre non voleva piú Goethe, voleva

adesso dei romanzi gialli. Per fortuna c'era il piccolo dottore che veniva sempre, e il padre era molto contento: soltanto gli aveva detto di non mettersi piú quei calzettoni a quadri, perché non gli stavano bene ed erano un po' ridicoli.

Partirono come sempre, alla fine di settembre: solo Giustino e la signora Maria partirono prima, perché Giustino
era stato rimandato di greco. In città il padre cominciò di
nuovo a star male, dimagrava e tossiva, e veniva un dottore
a vederlo, un dottore tutto diverso dal piccolo dottore coi
capelli come piume di pulcino, un dottore che non stava seduto a chiacchierare con lui, non lo ascoltava e lo trattava
male. Gli aveva proibito di fumare: e il padre dava la borsa
del tabacco a Ippolito e gli diceva di chiuderla in un cassetto e di tenersi la chiave; ma dopo un po' voleva quel tabacco, ne voleva un pochino, e Ippolito non dava retta e stava
là con le mani in tasca, e il padre allora diceva com'era ridicolo Ippolito, che capiva tutte le cose alla lettera e senza
buon senso, senza un po' di buon senso e di fantasia, e il
mondo era sciupato dalla gente cosí, dalla gente che capisce
tutto alla lettera, e lui non si sapeva dar pace d'aver fatto un
figlio cosí ridicolo e stupido, che stava lí con una faccia di
pietra e si teneva stretta la chiave: ed era un grande dolore
per lui avere un figlio stupido, un dolore che faceva piú male d'un po' di tabacco. Finché Ippolito dava un sospiro e
buttava la chiave sul tavolo: e il padre apriva il cassetto e
pigliava il tabacco, e si metteva a fumare e a tossire.

Poi un giorno mentr'erano a tavola se lo videro arrivare
davanti il padre, in pigiama e in ciabatte, con un fascio di
fogli tra le braccia. Era il libro di memorie: e domandò se
era accesa la stufa, ed era accesa perché faceva già freddo:
allora a un tratto lui prese a ficcarci dentro quei fogli, e tutti
lo guardavano a bocca aperta, solo Ippolito non pareva stupito. Grandi fiamme venivano su dalla stufa aperta, e il li-

bro di memorie bruciava, e nessuno capiva niente: ma Ippolito non pareva stupito, s'era alzato e guardava le fiamme
lisciandosi i capelli piano piano, e spingeva col ferro dentro
la stufa certi fogli che non erano bruciati ancora: e il padre
poi si stropicciò le mani, e disse: – Ora sono piú contento.
Bisogna scrivere tutto da capo. Cosí non andava –. Ma per
tutto quel giorno fu molto nervoso, e non voleva saperne né
di tornare a letto né di vestirsi, e passeggiava su e giú per la
stanza e tormentava Ippolito con la solita storia del tabacco: ce l'aveva moltissimo con Ippolito e finí col mandarlo
via dalla stanza, e volle che fosse Concettina a leggergli ad
alta voce: mentre lei leggeva le teneva una mano e l'accarezzava e le diceva che aveva delle belle mani e un bel profilo,
un profilo proprio bello: ma poi prese a dirle che leggeva
male e con la cantilena, e la fece smettere.

Si mise a letto e non gli fu piú possibile alzarsi. Stava
sempre peggio a poco a poco, e moriva, e tutti lo sapevano,
e certo anche lui lo sapeva ma faceva finta di niente, lui che
parlava sempre di morire prima d'ammalarsi davvero; diceva sempre meno cose col passare dei giorni, a poco a poco
soltanto chiedeva quello che gli serviva; a Giustino e Anna
era proibito entrare nella sua stanza e lo vedevano dalla porta, sdraiato lungo nel letto con le sue braccia magre e pelose
stese fuori della coperta, col naso sempre piú bianco e piú
magro; qualche volta faceva segno ai due ragazzi che entras-
sero ma poi non diceva niente che si capisse, erano parole
confuse e con le braccia si sgualciva il pigiama sul petto, e
tremava e sudava. C'era odore d'alcool nella stanza, e un
cencio rosso intorno alla lampadina, e da sotto l'armadio
spuntavano le scarpe lunghe e aguzze del padre, che si sapeva che non ci avrebbe camminato mai piú, perché presto
sarebbe morto. Anna e Concettina non avevan ripreso le lezioni di piano dopo l'estate, ma il maestro veniva sempre a

chiedere notizie, soltanto non osava suonare e stava fermo davanti al cancello, e aspettava che la signora Maria uscisse in giardino a dirgli se il padre aveva potuto riposare un po'. E davanti al cancello c'era quasi sempre anche Danilo, appoggiato al muretto con un libro, e la signora Maria diceva che era proprio un vero sfacciato a non lasciare in pace Concettina ora che il padre stava tanto male; e quando Concettina usciva un momento per fare delle spese, lui si metteva il libro sotto il braccio e le camminava dietro, e Concettina gli gettava ogni tanto delle occhiate torve, e tornava a casa rossa rossa, con la frangia tutta arruffata.

Il padre morí di mattina. Anna e Giustino erano a scuola e venne a prenderli la signora Maria, con un piccolissimo fazzoletto nero annodato intorno al collo; li baciò gravemente sulla fronte e li condusse via. Per baciarli aveva dovuto alzarsi in punta di piedi, perché tutti e due erano molto piú alti di lei; era stato nel corridoio della scuola e il preside era lí a vedere, di solito era sgarbato ma fu molto gentile quella mattina. Salirono su nella stanza del padre: c'era Concettina inginocchiata che singhiozzava, invece Ippolito stava fermo e zitto in piedi, col suo viso sempre asciutto e bianco. Il padre stava tutto vestito sul letto, con la cravatta, con le scarpe nei piedi, e il suo viso adesso era molto bello, non piú tremante e sudato, ma fermo e dolce.

Poi la signora Maria condusse Anna nella casa di fronte, perché quella signora aveva mandato a dire che la lasciassero da loro per tutto quel giorno. Anna aveva paura perché c'era un cane. Non un cane come quello di Ippolito, ricciuto e stupido, ma un cane lupo legato alla catena, e appeso a un albero del giardino c'era un cartello: *Cave canem*. E aveva paura anche perché c'era un ping-pong. Dalla siepe aveva visto un ragazzo giocare a ping-pong con un vecchio signore. Cosí aveva paura che il ragazzo le offrisse di giocare e lei non era capace. Pensò di dire che sapeva giocare ma non ne aveva voglia perché da loro alle « Visciole » c'era un ping-pong e non facevano nient'altro che giocare a quello tutta l'estate. Ma se poi a un tratto lei e il ragazzo facevano molta amicizia, forse bisognava invitarlo un'estate a venire alle « Visciole » e si sarebbe accorto che lí non c'era nessun tavolo da ping-pong.

Non era mai stata nella casa di fronte. Dalla siepe aveva guardato il ragazzo e il vecchio signore e il cane. La signora con la frangia che s'affacciava al balcone in vestaglia, e pareva tanto giovane, era la moglie del vecchio signore. Poi c'era una ragazza dai capelli rossi, che era figlia del vecchio signore e d'un'altra moglie che lui aveva avuto prima. Invece il ragazzo, e anche un altro ragazzo piú grande che doveva avere circa l'età di Ippolito, erano figli di questa qui con la frangia. La signora Maria diceva che era gente molto ricca, perché il vecchio signore era il padrone della fabbrica di sapone, una lunga casa di mattoni rossi sul fiume, con dei comignoli che fumavano sempre. Erano gente molto, molto ricca. Non facevano mai ribollire i fondi di caffè, ma li davano a certi frati che venivano a chiedere. La ragazza coi capelli rossi, figlia dell'altra moglie del vecchio signore, la sera veniva fuori con una scopa e scopava tutto il giardino, e intanto borbottava e s'arrabbiava tra sé. La signora Maria aveva guardato molto anche lei dalla siepe, perché era curiosa e s'interessava della gente ricca.

La signora Maria lasciò Anna alla cameriera venuta ad aprire, raccomandò che le facessero mettere la sciarpa al collo se usciva in giardino, e ritornò via. La cameriera condusse Anna in una stanza al piano di sopra e le disse di aspettare lí, che fra poco sarebbe venuto il signor Giuma a tenerle compagnia. Anna non sapeva chi fosse il signor Giuma. Vedeva dalle finestre la sua casa, tutta diversa vista cosí da quella parte, piatta, piccola e vecchia, con il glicine secco sulla terrazza e in un angolo del tetto la palla di Giustino, squarciata e lavata dalla pioggia. Eran chiuse le imposte nella stanza del padre: e ricordò a un tratto quando lui spalancava le imposte con fracasso e s'affacciava a guardare il mattino, e s'insaponava il mento col pennello tendendo il suo collo magro, e le diceva: – Va' a comprarmi il tabacco. Renditi utile, visto che non sei dilettevole –. E le parve di vederlo uscire nel giardino, con la caramella, con i suoi calzoni di flanella bianca, con le gambe lunghe un po' storte perché da giovane andava molto a cavallo. E si chiese dov'era adesso il padre. Lei credeva nell'inferno, nel purgatorio e nel paradiso, e pensò che adesso il padre doveva essere al purgatorio, a pentirsi delle cose cattive che aveva detto a loro tante volte, soprattutto quando tormentava Ippolito per il tabacco e per il cane; e chissà com'era stupito a vedere che c'era il purgatorio, lui che tante volte aveva detto che quasi di sicuro non c'è niente per i morti, ed è meglio cosí perché almeno finalmente si dorme, lui che dormiva sempre tanto male.

La cameriera venne a dirle che adesso il signor Giuma era arrivato. Era il ragazzo, quello del ping-pong. Entrò correndo e fischiando, coi capelli sugli occhi; gettò sul tavolo i libri stretti in una cinghia di cuoio. Restò sorpreso a vederla; fece un piccolo saluto freddo e timido, chinando un poco le spalle. Prese a cercar qualcosa nella stanza e a fischiare. Tirò fuori da un cassetto un quaderno e un barattolo di colla, e incollava qualcosa su un quaderno: erano grandi facce di attori del cinema, ritagliate da una rivista. Pareva che fosse molto importante incollarle e molto noioso perché il ragazzo respirava e sbuffava, scacciandosi i capelli dagli occhi. Accanto al tavolo c'era un grande mappamondo girevole e lui ogni tanto cercava qualche paese e poi scriveva in fretta nel quaderno sotto quelle facce di attori. Venne la ragazza coi capelli rossi. Erano capelli corti e tutti tagliuzzati in un modo che si usava quell'anno e che si chiamava *à la fièvre typhoïde*. Ma solo i capelli erano alla moda e invece il vestito era largo e senza grazia con una scollatura rotonda ed era di un brutto colorino limone. La ragazza aveva in mano la sua solita scopa e scopò furiosamente il tappeto e poi disse: – Giuma, questa bambina non può divertirsi cosí. Lascia stare gli attori e falle vedere *Il tesoro del fanciullo*, o portala in giardino a giocare a ping-pong.

Guardarono *Il tesoro del fanciullo*. Ce n'erano molti volumi e si vedeva ogni specie di cose: fiori e uccelli e macchine e città. Davanti a ogni figura, Giuma si fermava un momento e guardavano tutti e due: poi lui diceva: – Visto? – e lei diceva – Sí –. «Visto» e «sí» erano le loro sole parole. La mano magra e bruna di Giuma voltava le pagine. Anna si vergognava d'aver pensato che sarebbero diventati molto amici. Poi a un tratto si sentí un gran clamore per tutta la casa, e lei sussultò e Giuma rise: aveva i denti bianchi e aguzzi come quelli d'una volpe. Disse: – È il gong. Bisogna andare a pranzo.

Il vecchio signore sedeva a capotavola. Era sordo, e aveva una scatoletta nera sul petto, con un filo elettrico che teneva agganciato all'orecchio. Aveva una barba bianca che sollevò sopra il tovagliolo quando si mise a mangiare, aveva l'ulcera gastrica e poteva mangiare soltanto verdura cotta e pappette con l'olio. Aveva accanto la ragazza coi capelli rossi, che si chiamava Amalia, ed era lei che gli metteva la roba nel piatto e la condiva con l'olio e gli versava l'acqua minerale nel bicchiere. All'altro capo della tavola c'era la signora, con una maglia azzurra tutta pelosa e una piccola collana di perle al collo; poi c'era uno che non si capiva bene chi fosse, non era un invitato perché aveva le pantofole; aveva Giuma seduto vicino e Giuma gli versava dell'acqua nel vino per dispetto, e poi rideva col pugno sulla bocca; l'altro non gli badava e parlava di borsa col vecchio signore, ma doveva urlare, perché la scatoletta era un po' rotta. Poi si misero tutti a parlare della nuova pettinatura di Amalia, *à la fièvre typhoïde*, e la signora disse che voleva pettinarsi cosí anche lei perché della sua frangia era un po' stufa. Amalia gridava forte i discorsi nell'orecchio al vecchio signore. La scatoletta si chiamava «l'apparecchio di papà»; anche il vecchio signore diceva «papà» di se stesso. Diceva: – Papà oggi vuole fare una lunga nanna dopo mangiato. Papà è molto vecchio –. Poi la signora cominciò ad arrabbiarsi e a guardare fuori dalla finestra per via di Emanuele che non arrivava. Emanuele era quello che aveva circa l'età di Ippolito, e arrivò quasi alla fine del pranzo. Era zoppo, e arrivò tutto rosso e sudato dalla fatica di zoppicare. Rassomigliava a Giuma, soltanto non aveva i denti da volpe, aveva dei denti larghi e quadrati che sporgevano sulle labbra. Dopo pranzo involtarono il vecchio signore in una coperta sul divano e gli misero una sciarpa sugli occhi perché se no non poteva dormire e lo lasciarono lí.

Anna e Giuma giocarono a ping-pong. Lei gli aveva detto che non sapeva giocare, tanto adesso era certa che non sarebbero diventati amici e non le importava di quello che lui poteva pensare. Lui le disse che le avrebbe insegnato a giocare, era facile. Mentre giocavano venne quello con le pantofole a vedere. Si chiamava Franz. Era piccolo, con gli occhi chiari e una faccia abbronzata e tutta solchi. Lui e Giuma cominciarono a fare a pugni e a rincorrersi per il giardino. Anna restò seduta a guardare, giocherellando con la pallina del ping-pong. Il cane non c'era perché l'avevano mandato da certi amici a sposarsi. Quando fu buio, la signora Maria chiamò Anna dalla finestra e lei tornò a casa.

Al padre gli fecero il funerale. Anna aveva pensato un

vero funerale con i preti e le donne bianche e la croce. Ma si
era dimenticata che il padre ce l'aveva coi preti. Cosí niente
preti e donne bianche. C'era qualche fidanzato di Concettina, proprio i piú importanti: Danilo e altri due o tre. Poi
c'era il maestro di piano che ancora voleva sapere in che cosa
aveva offeso il padre, e lo chiedeva ai fidanzati di Concettina e al nipote della signora Maria. Mentre il padre era
ammalato gli aveva scritto delle lettere, dove diceva che
si struggeva dal dispiacere d'averlo offeso non sapeva come, e in ogni modo chiedeva perdono. Ma il padre non ne
aveva letta nessuna di quelle lettere, perché stava troppo
male.

Seppellirono il padre accanto alla madre nel cimitero e
Concettina si mise a singhiozzare forte. Poi quelli che erano
venuti salutarono con un'aria misteriosa e cerimoniosa come si usa salutare i parenti dei morti; e loro ritornarono a
casa, e a casa si sedettero a pranzo e c'era pasta e verdura,
come in un altro giorno qualunque.

La signora Maria fece venire suo nipote a farsi la doccia,
perché non aveva comodità in quella stanza d'affitto e i bagni pubblici erano tanto affollati; e Concettina ne fu secca-
ta e disse a Ippolito che ora l'avrebbero avuto sempre nei
piedi quel nipote della signora Maria. Ippolito non doveva
piú battere a macchina né leggere ad alta voce, e studiava
per i suoi esami di procuratore, passeggiando su e giú per la
terrazza con il libro in mano; ognuno sapeva che adesso poteva fare quello che voleva; Giustino portò a casa quattro
sorci bianchi in una gabbia che aveva comperata con i suoi
risparmi e diceva che li avrebbe addomesticati; e la signora
Maria si lamentava che puzzavano spaventosamente. Anna
credeva che in una casa dove è morto qualcuno non si deve
ridere per moltissimo tempo: e invece pochi giorni dopo il
funerale Concettina rideva come una matta con lei e Giusti-

no, perché si era fatta il petto finto con la lana di un materasso.

C'era una grande libertà nella casa. Ma era una libertà che metteva un po' di spavento. Non c'era piú nessuno a comandare. Ogni tanto Ippolito si provava un po' a comandare, ma nessuno gli dava retta, e lui alzava le spalle e tornava a passeggiare su e giú per la terrazza. Lui e la signora Maria litigavano per i soldi. La signora Maria diceva che Ippolito era avaro, e poi era sospettoso e non si fidava di lei. Adesso c'era da pensare ai vestiti da lutto. Ma Ippolito non volle dare i soldi perché disse che ce n'erano pochi: disse che s'arrangiassero in casa come faceva pure tanta gente. La signora Maria comperò dal droghiere certe buste di una polvere nera e mise a bagno i vestiti in una pentola grande: si vedeva una broda che pareva minestra di lenticchie. Ma quando furono asciutti e stirati i vestiti Concettina non rimase contenta perché non eran venuti di un bel nero profondo, era un nero che dava un po' sul marrone. Per la storia dei vestiti Concettina tenne il muso a Ippolito per molti giorni, perché diceva che si poteva pure comperare qualche stoffetta a buon prezzo: e non veniva a mangiare a tavola e si portava su il pranzo nella sua stanza.

Anna credeva che non sarebbe mai piú tornata a giocare nella casa di fronte. E invece Giuma la chiamò di nuovo. S'abituarono a giocare insieme e non c'era giorno che non la chiamasse. Anna non si divertiva molto con lui. Le piaceva molto di piú giocare in strada con le sue compagne di scuola. Ma quando Giuma la chiamava non aveva coraggio di dire di no. Non sapeva bene perché ma non aveva coraggio. Un po' sperava che le imprestasse *Il tesoro del fanciullo* una volta o l'altra: chiederlo non osava. E un po' si sentiva orgogliosa che lui la chiamasse. Non giocavano quasi mai a ping-pong, a Giuma piaceva il gioco di rifare dei film che aveva visto. La legava a un albero con una corda e le ballava intorno con una carta accesa e lei aveva male alle braccia tanto forte l'aveva legata. Se smettevano questo gioco lui allora cominciava a parlare. Quel primo giorno non aveva quasi parlato ma adesso parlava, era perfino noioso tanto parlava. Raccontava certe storie che gli erano successe ma a lei pareva che fosse quasi tutto inventato. Raccontava di certi premi che aveva vinto alle gare di *rugby* e di canottaggio, coppe d'oro e d'argento, ma non si potevano mai vedere quei premi, li aveva regalati via o mammina li aveva messi in un posto dove non si potevano prendere. Ogni tanto Emanuele e Amalia, i fratelli di Giuma, venivano fuori sul balcone e si mettevano ad ascoltare, e ridevano forte. – Buffone, – gli diceva Emanuele. Allora Giuma si arrabbiava molto e scappava su nella sua stanza. Tornava dopo un po' con gli occhi rossi e coi capelli arruffati. Per un po' stava seduto zitto sull'erba, ma poi trovava la corda e ricominciava il gioco della corda e dell'albero. Anna quando ritornava a casa la sera aveva la testa piena delle storie di Giuma, e dei suoi amici che facevano con lui le gare di *rugby* e di canottaggio: Cingalesi, Pucci Donadio, Priscilla e Toni. Avevano dei nomi strani e non si capiva mai se erano ragazzi o bambine. E anche non si capiva perché lui non li facesse mai venire a giocare nel suo giardino, e preferisse giocare da solo con una ragazzina che non aveva mai fatto una gara di canottaggio nella sua vita. Forse con quegli amici non gli riusciva tanto d'inventare e vantarsi. Passeggiava avanti e indietro sul prato trascinandosi dietro la corda e si vantava e inventava. Anna stava seduta sull'erba e le doleva il collo a forza di far segno di sí e le dolevano anche le labbra a forza di far finta di sorridere. Gli faceva qualche domanda ogni tanto. Erano domande prudenti e le pensava un pezzo dentro di sé. Chiedeva: – È bello il *rugby*? – o chiedeva: – Cingalesi c'era quel giorno? – Di Toni preferiva non parlare perché non aveva mai capito se era una bambina o un ragazzo.

Poi Giuma cominciò a dire di quando sarebbe partito. Andava a passare l'inverno a Mentone dove avevano una villa. Giuma non andava a scuola, gli davano lezioni dei professori, e poi forse sarebbe andato in collegio in Svizzera e lí avrebbe giocato a *rugby* tutto il giorno. E a pensare che sarebbe partito Anna sentiva un grande riposo. Sarebbe tornata a giocare nella strada con le sue amiche: c'erano anche dei ragazzi e la picchiavano qualche volta. Ma non la legavano agli alberi. Una volta che Giuma l'aveva legata all'albero, era già quasi buio, e lui le disse che andava in cucina a prendere un coltello per poterla sgozzare e mangiare. Cosí rimase sola nel giardino quasi buio, e legata, e ad un tratto le prese paura e si mise a gridare: – Giuma, Giuma! – e veniva sempre piú buio e le braccia le facevano male. Allora uscí fuori Emanuele e tagliò il nodo col suo temperino, e la condusse nel bagno e le unse le braccia con la vasellina perché erano viola e spellate. Disse: – Quella carogna di mio fratello.

Nella casa venivano arrotolando i tappeti e si vedevano bauli e valige. Solo Emanuele non partiva perché doveva frequentare le lezioni all'università. Veramente neanche Amalia voleva partire, e mammina diceva che se proprio non le andava di muoversi tanto valeva lasciarla lí a casa; ma il vecchio signore diceva che Amalia aveva l'esaurimento e aveva bisogno d'aria di mare. Si sentivano i pianti di Amalia che non voleva partire. Allora il vecchio signore disse a quel Franz che provasse a convincerla lui e Franz andò a parlarle e tornò dopo un poco a dire che l'aveva convinta e sarebbe partita.

Cosí si videro salire in automobile una mattina, Giuma con in braccio il cane e Amalia e quel Franz che doveva guidare e mammina e il vecchio signore. Mammina aveva un mantello sportivo larghissimo e gli occhiali neri: e Amalia s'era messa anche lei un mantello sportivo un po' copiato da quello ma Concettina che guardava dalla finestra disse che pareva la serva di tutti. Il vecchio signore si fece portare una quantità di giornali e se li ficcò a strati sotto l'impermeabile perché diceva che non c'è niente come i giornali per riparare la pancia dal freddo. Emanuele rimase solo sul marciapiede a salutare col fazzoletto: e vide Anna alla finestra e le disse che poteva venire quando voleva a leggere i libri di Giuma e a guardare nel mappamondo se doveva studiare la geografia. Non aveva l'aria niente triste d'essere solo e rientrò in casa zoppicando e saltando e fregandosi forte le mani.

III.

Anna provò due o tre volte a giocare in strada con le sue compagne di scuola, ma non si divertivano piú tanto a giocare e presero l'abitudine di passeggiare sul lungofiume chiacchierando e tenendosi a braccetto. C'erano molte cose da parlare, e giocare non era piú tanto bello. Anche Giustino passeggiava sul lungofiume con i suoi amici, era diventato un ragazzo grande Giustino, metteva i vestiti smessi di Ippolito e si dava la gommina ai capelli. A carnevale andò ai baracconi e raccontò poi a Anna che aveva fatto una partita a briscola con l'uomo che giocava a carte coi piedi. Gli occorrevano sempre dei soldi e vendette i sorci bianchi a un suo amico, ormai se n'era stufato dei sorci bianchi e non si ricordava mai di dargli da mangiare. Certe volte con Anna era molto gentile ma poi lei scopriva che aveva bisogno di qualche cosa, dieci lire in prestito o il *pullover* grigio che era di Anna ma gli piaceva metterselo lui. A forza di metterlo l'aveva tutto sformato. Studiava male e Ippolito gli dava ripetizione di greco la sera, e ogni tanto perdeva la pazienza e lo prendeva a pugni, e Giustino saltava giú dal balcone e scappava via. Ippolito alzava le spalle e diceva che lui se ne infischiava dopo tutto. Una sera Giustino rimase fuori tutta la notte, e al mattino la signora Maria stava quasi per telefonare in questura. Ma Giustino tornò. Non disse una parola a nessuno e andò in cucina a mangiare. Aveva i calzoni macchiati di fango e le mani tutte graffiate. Stette senza parlare tutto il giorno e poi alla signora Maria disse che era tornato, era tornato ma non voleva piú che Ippolito gli desse ripetizione e se no scappava via di nuovo e per sempre. E Ippolito allora disse che s'arrangiasse pure da solo Giustino col greco e che lui se ne infischiava moltissimo, oh, come se ne infischiava.

E poi a un tratto successe che Emanuele e Ippolito diventarono amici. Era strano perché Ippolito mai era stato amico di qualcuno, mai si era sentito parlare di un amico che avesse. Emanuele e lui cominciarono a parlarsi dal cancello, e s'imprestavano dei libri e un giorno Anna tornando a casa da scuola trovò Emanuele seduto a pranzo con gli altri, a mangiare la minestra di verdura. A lei strizzò l'occhio e disse: – Siamo vecchi amici noialtri, – e dopo pranzo volle che si tirasse su le maniche del *pullover* per vedere se sulle braccia aveva ancora il segno della corda.

Anna credeva che Emanuele sarebbe diventato uno dei soliti fidanzati di Concettina, di quelli che le scrivevano delle lettere e le regalavano dei fiori e l'accompagnavano al cinema e s'innamoravano. Invece no. Emanuele di Concettina non s'interessava un gran che. Era abbastanza gentile con lei, le portava dei figurini di mode che aveva trovato nella stanza di mammina o di Amalia. Era abbastanza gentile ma non faceva che dirle tutto quello che non andava di lei: il suo modo di vestirsi e il suo modo di camminare e il suo modo di darsi il rossetto. Quando non c'era Ippolito stava a chiacchierare con lei nel salotto e sfogliavano insieme i figurini, e lui le spiegava come avrebbe dovuto vestirsi. Concettina diceva che non aveva i soldi per vestirsi bene. Ma lui trovava che i soldi non c'entravano niente, e bastava guardare Amalia per capire che i soldi non c'entravano, si serviva in una grande sartoria di Torino ed era sempre conciata come una serva. Ogni volta che parlava di Amalia sospirava e si grattava la testa. Adesso si era tagliata i capelli *à la fièvre typhoïde* ed era proprio un mostro. Si era innamorata di quel Franz. Lui Emanuele se n'era accorto da un pezzo, e invece in casa nessuno l'aveva capito. Quel Franz era uno che mammina aveva pescato a Montecarlo e se l'era rimorchiato dietro fino a casa. Le aveva raccontato d'esser figlio d'un barone tedesco e d'essere scappato dalla Germania per via dei nazisti, perché suo padre era stato un grande generale del Kaiser e credeva ancora nella corona. Mammina era ingenua e credeva sempre a tutto, e papà era sordo e mansueto e accettava qualsiasi cosa che gli metteva davanti mammina, cosí come accettava le pappette che gli mettevano davanti a pranzo. Ma lui Emanuele fin dal primo momento aveva diffidato di quel Franz, e fin dal primo momento aveva pensato che nella sua storia c'era qualcosa che non tornava. E che Amalia si fosse innamorata di quel tipo era un guaio. A Emanuele pareva uno che non ci avrebbe pensato due volte a fare un matrimonio di soldi. – È meglio non averne niente di soldi, – diceva Emanuele a Concettina, e le dava uno schiaffetto sulla guancia. Ma se arrivava Ippolito, Emanuele voleva subito che Concettina andasse via dal salotto, e lei se ne andava offesa col fascio dei figurini.

Emanuele e Ippolito facevano un gran discutere, ma non si capiva bene di cosa, perché se c'era qualcuno davanti si mettevano a parlare in tedesco. Concettina diceva che certo parlavano di porcherie, perché se no non avrebbero avuto bisogno di usar quella lingua che sapevano soltanto loro, o di restare soli nel salotto. Certe volte Emanuele restava fino a sera tardi, e si sentiva discutere e camminare per il salotto, e poi si sentivano a un tratto le risate di Emanuele: aveva un modo di ridere che pareva il tubare d'un piccione. E poi Emanuele se ne andava e Ippolito rimaneva ancora alzato a studiare per i suoi esami, perché non aveva mai bisogno di dormire e s'era abituato a stare alzato la notte, fin dal tempo del libro di memorie. Ma adesso non pareva piú lo stesso ragazzo che faceva le iniezioni al padre e gli leggeva Goethe, il ragazzo dall'aria sottomessa e stanca, che il padre tormentava con la storia del tabacco e del cane. Adesso da quando era diventato amico di Emanuele, gli eran venuti degli occhi luccicanti e inquieti che pareva cercassero sempre qualcosa, e il suo passo si era fatto forte e svelto, quando correva incontro a Emanuele al cancello. Certe volte stava delle ore da solo in salotto, a carezzarsi la faccia e a sorridere e mormorare fra sé. Anna gli chiese se non sarebbe andato alle « Visciole » a prendere il cane; s'era immaginata che dopo la morte del padre dovesse correr subito a pigliarselo. Ma lui fece una faccia strana a sentir parlare del cane. Fece una bocca strana e amara, forse perché a un tratto ricordava le cose amare e cattive che il padre gli diceva sempre, quando non sapeva di morire e parlava sempre della propria morte, e del giorno che Ippolito sarebbe andato col cane a passeggio per la città. Intanto il cane restava alle « Visciole » a mangiare la roba marcia del contadino, e del resto erano tanti anni che mangiava quella roba marcia, e ormai si doveva essere abituato.

Una sera mentre stavano finendo di cenare, arrivò Emanuele con Danilo. Era la prima volta che Danilo metteva piede in casa, e Concettina diventò tutta rossa, con delle chiazze rosse perfino sul collo. Concettina pelava un'arancia e si fece molto assorta a pelarla, e non guardava Danilo, e Danilo le gettò solo un'occhiata rapida e furba seguitando a parlare con Ippolito che gli diceva che lo aspettava da un pezzo. La signora Maria era molto spaventata, perché Danilo le aveva sempre fatto spavento, con quel vizio che aveva di stare fermo davanti al loro cancello. Danilo e Concettina s'erano conosciuti in una sala da ballo, e poi erano andati qual-

che volta a spasso insieme, ma Concettina diceva che lui le
aveva detto una cosa volgare, una cosa molto volgare, la signora Maria chiedeva cos'era ma Concettina non voleva ri-
peterlo. Era d'una famiglia abbastanza distinta ma poi erano impoveriti e la madre s'era ridotta a fare la cassiera in
una pasticceria. E c'era una sorella poco seria. Concettina
gli aveva fatto sapere che non desiderava piú rivederlo. Ma
lui non s'era persuaso e stava sempre davanti al cancello, e
quando Concettina usciva le andava sempre dietro, senza
parlare ma con una faccia da schiaffi, diceva Concettina. E
adesso Emanuele l'aveva portato lí da loro e Ippolito gli
aveva detto che l'aspettava da tanto tempo, ed ecco che era
seduto lí tranquillo a tavola, a pelare un'arancia che Ippolito gli aveva offerto. Ma quando ebbe mangiato l'arancia Ippolito gli disse di salire con lui nel salotto, e invece Emanuele restò a tentar di convincere la signora Maria che Danilo era un caro ragazzo, il migliore del mondo, e non poteva
essere che avesse detto niente di volgare a Concettina, probabilmente si erano capiti male. E non era vero che sua sorella fosse poco seria, lui Emanuele l'aveva vista la sorella
e gli era sembrata serissima, del resto aveva una pioggia di
sorelle, dai sedici anni ai tre mesi. Ma Concettina disse che
si erano capiti benissimo, era stata proprio una cosa molto
volgare, lei non lo voleva in casa Danilo ed era molto arrabbiata, scappò via sbattendo la porta. Emanuele e Ippolito
restarono fino a tardi a parlare con Danilo in salotto, e la signora Maria aveva dimenticato là il suo lavoro e voleva an-
darselo a riprendere, ma Giustino le disse che lasciasse stare
e non era il caso di disturbarli. E da quella sera Danilo arrivava ogni momento con Emanuele, e Ippolito si chiudeva
con loro nel salotto. E Ippolito disse a Concettina che in casa riceveva chi gli pareva e Concettina si mise a singhiozzare forte e allora Emanuele per consolarla la portò al cinema

a vedere *Anna Karenina* con Greta Garbo, e quando tornarono Concettina era consolata; le piaceva sempre tanto vedere Greta Garbo e s'immaginava di somigliarle un pochino, perché Greta Garbo anche lei non aveva petto. – Quel
Danilo ha proprio una cotta per Concettina, – disse Anna a
Giustino. Aveva imparato a dire «una cotta» dalle sue compagne di scuola, e adesso era contenta quando aveva un'oc-
casione di dirlo. Ma Giustino allora disse che Danilo di Concettina se ne infischiava, e quando stava davanti al cancello
lo faceva per prenderla in giro. Danilo aveva altro per la testa. Anna chiese cos'aveva per la testa Danilo. Giustino ar-
ricciò il naso e le labbra, le venne vicino col viso facendosi
sempre piú brutto. – Po-litica, – le disse nell'orecchio, e
scappò via.

«Po-litica», Anna pensò. Passeggiava per il giardino, fra
i rosai della signora Maria, e ripeteva quella parola fra sé.
Era una ragazzina grassoccia, pallida e pigra, vestita d'una
sottana a pieghe e d'un *pullover* azzurro sbiadito, non molto alta per i suoi quattordici anni. «Po-litica», ripeteva pian
piano, e adesso a un tratto le pareva di capire: ecco perché
Danilo s'era messo a venire cosí sovente da loro: perché faceva politica con Ippolito e Emanuele. Le pareva di capire
il salotto, le frasi in tedesco, Ippolito che si accarezzava la
faccia con gli occhi inquieti che cercavano sempre qualcosa.
Facevano politica nel salotto, facevano di nuovo una cosa
pericolosa e segreta, com'era stato il libro di memorie. Volevano buttare giú i fascisti, cominciare la rivoluzione. Il
padre aveva detto sempre che i fascisti bisognava buttarli
giú, che lui sarebbe stato il primo a salire sulle barricate, il
giorno della rivoluzione. Diceva che sarebbe stato il giorno
piú bello della sua vita. E invece la sua vita era passata senza che ci fosse quel giorno. Adesso Anna s'immaginava d'esser lei sulle barricate, con Ippolito e con Danilo, a sparare

fucilate e a cantare. S'accostò piano piano al salotto, spinse adagio la porta. Erano seduti tutti e tre sul tappeto, con un gran pacco di giornali davanti, e si spaventarono molto a vederla entrare. Emanuele buttò il cappotto di Danilo sopra i giornali e le gridò di andarsene via e mentre lei se ne andava sentí Danilo che diceva a Ippolito che era stato un cretino a non chiudere la porta a chiave.

Lo volle raccontare a Giustino che aveva visto i giornali. Giustino prese a scuotere le braccia come se si fosse scottato, e poi si strinse con quattro dita le labbra, che cosí sporgevano in fuori e parevano labbra d'un negro, e intanto dava mugoli e guaiti. Strinse anche a lei con quattro dita le labbra, e cosí forte che le fece male. Finí che si presero a schiaffi. La signora Maria batteva le mani nella stanza accanto, perché era l'ora di andare a letto per loro due. Giustino soffiò con disprezzo verso quel battimani. – Giornali che vengono dalla Francia, – canticchiò sottovoce, riponendo i suoi libri nella cartella. Si voltò a lei, e di nuovo le strinse le labbra. Disse: – Bocca cucita.

E poi anche Concettina cominciò a capire. Danilo veniva in casa a tutte le ore, fino a notte tarda c'era la luce accesa in salotto e Ippolito pestava forte sulla macchina da scrivere, come al tempo del libro di memorie. Concettina e Danilo s'incontravano a volte sulle scale e si facevano un mezzo saluto, lei sempre un po' accigliata e rossa, lui con quel suo sorriso impertinente e sornione. Concettina andava a sedersi nella sala da pranzo con le calze da rammendare e si sentiva camminare e smuover le seggiole su nel salotto, e Ippolito che pestava forte sulla macchina da scrivere: e ogni tanto quella risata di Emanuele, che pareva il tubare d'un piccione. La signora Maria si lamentava che non si potesse piú stare in salotto, era la stanza piú calda e confortevole della casa, e c'era anche il pianoforte e Concettina poteva aver vo-

glia di suonare un po'. La signora Maria trovava che Ippolito era diventato davvero troppo prepotente, lui che pareva
cosí sottomesso quando c'era il padre, e ora a un tratto aveva preso a spadroneggiare. Avrebbe pur potuto ricevere i
suoi amici altrove; avevano anche il vizio di rovistare in cucina, di notte si mettevano a rovistare in cucina, e mangiavano pane e formaggio; perché quel Danilo certo a casa sua
non mangiava abbastanza, e cosí veniva da loro a levarsi la
fame. Concettina rammendava le calze senza rispondere; e
ogni volta che si sentiva suonare al cancello trasaliva e correva alla finestra a vedere chi c'era. La signora Maria le diceva che era molto nervosa da un po' di tempo, e che avrebbe avuto bisogno d'una bella cura a Chianciano, perché il
nervoso dipende solo dal fegato; ma Ippolito era troppo
avaro per pensare a mandarla a Chianciano, e solo del formaggio non era avaro, e ne offriva agli amici anche di notte.
La signora Maria non aveva capito niente, e credeva che Danilo venisse in casa per dare fastidio a Concettina e per mangiare il formaggio; e quando Emanuele e Ippolito si mettevano a parlare in tedesco, s'offendeva e diceva che non era
niente educato parlare in sua presenza una lingua che lei
non sapeva. Del resto se n'era un po' dimenticata dei fascisti, da quando non c'era piú il padre a parlare sempre di
quello: e se un momento se ne ricordava, le pareva che il
padre avesse esagerato molto ad avercela contro i fascisti,
perché loro in fondo avevan preso l'Africa, dove piú tardi
avrebbero piantato il caffè. Faceva sempre venire quel suo
nipote per la doccia, e poi voleva che si fermasse a scaldarsi
nella stanza da pranzo accanto alla stufa, perché aveva fatto
la pleurite da piccolo; e gli portava da leggere i libri di Ippolito, che s'istruisse. E Ippolito era molto seccato quando
vedeva la signora Maria in piedi su una seggiola, a cercare
nel suo scaffale qualche libro per il nipote.

IV.

– Ritornano papà e mammina, – disse Emanuele. Difatti c'era un grande sbattere di tappeti nella casa di fronte, e avevano messo in giardino tutte le seggiole, e le finestre erano spalancate in tutta la casa e si sentiva il ronzio dell'aspirapolvere. Tornarono papà e mammina, ma Giuma non tornò. Giuma era in collegio in Svizzera.

Neppure Amalia tornò, perché era andata a Firenze in una scuola d'infermiere; Emanuele raccontava che non si capiva bene cos'era successo, Franz d'improvviso era partito da Mentone, non s'era fatto piú vivo e non si sapeva niente di lui; e allora Amalia aveva tirato fuori quella cosa della scuola-infermiere, voleva diventare crocerossina, voleva curare dei feriti se veniva la guerra; Mentone le faceva schifo, tornare a casa anche le faceva schifo, voleva solo dei malati da assistere, niente altro. Intanto avrebbe avuto dei malati da assistere anche a casa, diceva Emanuele, perché papà soffriva molto con l'ulcera gastrica, e mammina aveva una specie d'esaurimento nervoso: stava tutto il giorno sdraiata sul letto nella sua stanza, con gli occhi chiusi, con le imposte chiuse, e non voleva vedere nessuno.

Anche Emanuele era stato in collegio in Svizzera per due anni, come Giuma, nello stesso collegio dove adesso era Giuma. Non ci si trovava molto bene, e pregava sempre mammina di farlo tornare: non gli riusciva mai di stare un po' da solo, e quando si metteva a leggere nella sua stanza, venivano a chiamarlo per fare delle passeggiate su quegli stupidi laghi. Ma invece Giuma in Svizzera sarebbe stato molto felice, diceva Emanuele, perché Giuma era una carogna e le carogne sono felici dovunque.

Emanuele era un po' seccato per il ritorno dei suoi genitori, perché papà stava alzato ad aspettarlo la notte, lo aspettava in cima alle scale e gli chiedeva dov'era stato cosí fino a tardi. Emanuele rispondeva che si preparava agli esami con certi suoi amici, ma doveva urlare, perché papà era sempre piú sordo e l'apparecchio non funzionava mai tanto bene; allora anche mammina si svegliava, chiedeva dalla sua stanza con voce debole cos'era stato; e papà s'arrabbiava molto perché a quel modo avevano svegliato mammina; una storia ogni notte. Emanuele diceva che non aveva piú pazienza con papà e mammina, l'avevano proprio stancato, non ne poteva piú. Danilo s'era messo anche lui a dire «mammina» quando parlava di sua madre, per prendere in giro Emanuele, diceva «mammina» e faceva una specie di miagolio. La mammina di Danilo, la cassiera della pasticceria, era una donnona grande grande, sempre seduta alla cassa a fare la calza, con degli occhi rotondi a fior di testa e con un gran cespuglio di capelli bianchi. Danilo diceva che la sua mammina l'aveva tirato su a furia di schiaffi, con l'idea che gli schiaffi fanno bene e rinforzano i muscoli del viso. Ma dopo che lui aveva compito quattordici anni l'aveva lasciato in pace, anzi gli aveva dichiarato che ne aveva abbastanza di educarlo, e che adesso pensasse a educarsi da sé. Suo padre invece non si era mai provato a educarlo, era un tipo che in casa contava poco, aveva cambiato una quantità di mestieri e adesso viaggiava per l'Italia a vendere cartoline. Quando Danilo rientrava tardi la notte, la madre era sempre ancora in piedi a lavare e a stirare, ma non gli diceva una sola parola e soltanto tirava fuori dal cassetto due o tre sigarette « tre stelle » che aveva tenuto in serbo per lui. I genitori, diceva Danilo, appena hanno finito di educarci bisogna cominciare noi a educarli, perché non è mica possibile lasciarli come sono.

Poi a un tratto Danilo scomparve. Era passata una settimana intera senza che si fosse piú vista la faccia di Danilo, e la signora Maria era molto contenta, e chiese a Emanuele se finalmente avevano rotti i rapporti con quell'odioso Danilo. Ma Emanuele subito la disilluse: Danilo era andato a Torino per certi suoi affari e fra poco tornava.

Una mattina, mentre Anna si vestiva per andare a scuola, suonarono forte al cancello. Andò lei ad aprire: la signora Maria era fuori a fare la spesa e Concettina dormiva ancora. Si trovò davanti una delle sorelle di Danilo, quella di sedici anni, quella che Concettina credeva fosse poco seria. Chiese di Ippolito, ma Ippolito era uscito. Chiese allora di Concettina. Anna salí a chiamare Concettina. Concettina dormiva profondamente, si vedeva spuntare dalla coperta la sua frangia arruffata. Non era niente facile svegliarla, continuò per un pezzo a gemere e a voltarsi dall'altra parte. Infine si svegliò. Quando sentí che c'era la sorella di Danilo fu presa dall'ansia, s'infilò le ciabatte nei piedi tremanti, per le scale s'andava allacciando la cintura della vestaglia.

La sorella di Danilo aspettava seduta in salotto. Aveva una quantità di ricciolini fatti a virgola sulla fronte e le tempie, e portava un berrettino piantato storto, con una lunga nappina di seta che le veniva fin giú sulla spalla. Era venuta a dire che Danilo era stato arrestato alla stazione di Torino. E Danilo prima di partire per Torino le aveva raccomandato che se per caso gli succedeva qualcosa di brutto, Ippolito era il primo da avvisare. Parlava piano piano, tutta tranquilla, e parlando si lisciava le virgole e scuoteva su e giú la nappina. Concettina si fece cosí pallida che pareva sul punto di svenire, e si stringeva addosso la vestaglia con le mani tremanti.

Quando la sorella di Danilo se ne fu andata via, con la nappina che le ballava su e giú sulla schiena, Concettina disse a Anna che facesse a meno di andare a scuola e corresse a cercare Emanuele e Ippolito, tutti e due.

Anna uscí fuori nella strada e chiamò Emanuele alla finestra e lui s'affacciò. Non sapeva dove fosse Ippolito, s'era appena alzato. Si poteva cercarlo in biblioteca, dove andava sempre al mattino. Anna gli disse di andare subito da Concettina che gli doveva parlare. Poi si mise a correre per la città, col cuore che le batteva di spavento e di gioia, perché Danilo era stato arrestato, e perché bisognava trovare Ippolito e lei si trovava immischiata per la prima volta in una storia importante, segreta e pericolosa, c'era stato bisogno di lei e Concettina non le aveva permesso di andare a scuola. Ippolito lo trovò sulle scale della biblioteca. Sottovoce gli disse di Danilo, e lui rimase un attimo fermo con la mano sulla ringhiera, sbattendo presto presto le palpebre e stringendo le labbra. Camminò verso casa, cosí veloce che Anna stentava a seguirlo.

Emanuele disse che bisognava tenere un consiglio di guerra. Andava zoppicando per il salotto, e diceva a Concettina e Anna che ormai non era piú il caso di fare misteri, che tanto loro avevano capito e in due parole la cosa era questa: Danilo era stato arrestato, e tra poco i poliziotti sarebbero venuti ad arrestare anche loro, e c'era della roba da bruciare e bisognava far presto. Ippolito aveva aperto la stufa e ci buttava dentro dei giornali, come il padre col libro di memorie. Ma i giornali erano tanti, non si finiva piú. E quando pareva che fossero finiti i giornali, Ippolito scostava il pianoforte e tirava fuori da lí dietro un mucchio di opu-

scoli rosa e verdi. Fuori s'era messo a nevicare e la stufa faceva fumo quando nevicava. Concettina e Anna aiutavano
a buttare la roba nella stufa, e badavano che bruciasse. Emanuele andava su e giú zoppicando, s'asciugava la faccia rossa
e sudata e spiegava cosa dovevano dire Concettina e Anna
quando venivano i poliziotti: dovevano dire che Danilo veniva in casa perché era tanto innamorato di Concettina poveretto e loro non sapevano niente altro, dovevano cercare
di sembrare piú sceme possibile, dovevano sembrare ragaz-
zine sceme che s'interessavano soltanto di balletti e fazzolettini. Diceva « balletti e fazzolettini » agitando le dita nel-
l'aria, come imitasse uno svolazzío di farfalle. Ippolito non
gli badava, stava muto a guardare le fiamme che divampava-
no su dalla stufa, in maniche di camicia e con gli occhi lagri-
mosi dal fumo; e sul suo viso non si poteva leggere nessun
pensiero, nessuno stupore, ma solo l'espressione calma e
stanca del giorno che era bruciato il libro di memorie.

Quando rientrò la signora Maria dalla spesa, non restava
piú niente da bruciare e lei non s'accorse di niente. Concettina le disse che non aveva lasciato andare Anna a scuola perché le sembrava un po' raffreddata: e Anna si sforzava di ra-
schiarsi in gola e tossire, e del resto non le riusciva difficile,
con tutto il fumo che aveva mangiato. E tornò da scuola
Giustino e Anna corse a raccontargli di Danilo, ma Giustino
già lo sapeva che era stato arrestato, perché ormai ne parlavano in città: del resto non era mai possibile raccontargli
qualcosa di nuovo a Giustino, perché lui era sempre infor-
mato di tutto e non si sapeva come.

Aspettarono i poliziotti. Aspettarono tutto quel giorno
e il giorno dopo ancora, seduti nel salotto. Ippolito disse a
Emanuele che avrebbe fatto meglio a rimanersene in casa
sua invece di star sempre da loro, perché quando venivano i
poliziotti non era tanto bello che li trovassero insieme. Ma

Emanuele rispose che non ce la faceva a rimanere in casa sua
col nervoso che aveva addosso, e pregò Ippolito di lasciarlo
stare con lui: quando venivano i poliziotti poteva sempre
raccontare che anche lui amava Concettina disperatamente
o magari anche Anna, perché ai poliziotti piacevano le storie
d'amore. Anna stava alla finestra a guardar nevicare, pareva
non finisse più di nevicare e la strada era silenziosa nella neve e vuota, non compariva nessun poliziotto. Nell'anticamera erano rimasti i guanti di Danilo, l'ultima volta che era
stato da loro li aveva dimenticati lí. Passando per l'anticamera Anna ci gettava un'occhiata e provava un'impressione
strana, e Danilo pareva lontanissimo, pareva un sogno che
un giorno lo si fosse potuto guardare e toccare. Pareva lontanissimo come i morti, e come per i morti pareva che non si
potesse mai più sapere di lui le cose nuove che vedeva e
pensava.

Anna chiese se non era forse il caso di bruciare anche i
guanti. Ma Emanuele scoppiò a ridere forte, non c'era mica
scritto il nome di Danilo sui guanti. A Giustino quei guanti
piacevano molto, erano bei guanti di finto cinghiale e voleva pigliarseli per sé. Ma Emanuele gli proibí di toccarli. Bisognava invece restituirli alla madre di Danilo, il cespuglio
di capelli dietro la cassa. Emanuele andò ad aspettarla una
sera davanti alla pasticceria. Le diede i guanti e anche del
danaro da mandare a Danilo, perché in prigione ci voleva
danaro, se no davano soltanto una minestra scondita, un po'
di pane e nient'altro. Danilo era alle Carceri Nuove a Torino, stava bene ed era tranquillo. Anche sua madre era tutta
tranquilla e Emanuele rimase stupito, il giorno che arresta-
vano lui mammina certo avrebbe avuto una crisi, con urla
fino al cielo.

Aspettavano i poliziotti. Ma non si vide nessun poliziotto e ci rimasero quasi un po' male. Emanuele diceva che cer-

to la questura li lasciava fuori lui e Ippolito, per spiare. Bisognava essere molto prudenti. Decisero che Ippolito se ne
andasse alle « Visciole » per un mese e Emanuele invece sarebbe andato a vedere Amalia, a vedere se aveva imparato
a fare l'infermiera e se aveva dimenticato Franz.

v.

Ippolito ritornò dalle « Visciole » con il cane. Gli fabbricò un canile in giardino con delle casse vecchie. Stette un giorno a segare e inchiodare, e quando il canile fu pronto lo verniciò di verde. Ma il cane non ne volle sapere di entrarci dentro. Forse era l'odore della vernice che non gli piaceva. Fiutava un po' lí intorno e se ne andava. Mangiava sempre le poltrone ed era sempre sporco, anche se Ippolito gli faceva il bagno tutti i venerdí nella vasca.

Invece il cane della casa di fronte non c'era piú, l'avevano dato via, perché la notte abbaiava e teneva sveglia mammina. Nessuno piú giocava a ping-pong nella casa di fronte, e il tavolo era là dimenticato con la rete lacera, e nel giardino si vedeva soltanto il vecchio signore sulla poltrona a sdraio a prendere il sole, con la pancia ben imbottita di giornali, cosí che quando s'alzava frusciava tutto. Un giorno ricomparve Franz. Era vestito di tela bianca perché ormai era venuto il caldo, con una blusa di maglia blu scura come andava di moda, e in mano aveva una gran valigia e delle racchette da tennis. Si sentirono le esclamazioni stupite del vecchio signore, e Franz che gli gridava nell'orecchio che veniva da un torneo di tennis.

Cosí Emanuele al suo ritorno si ritrovò davanti quel Franz, anzi fu la prima persona che si vide venire incontro, e raccontò poi a Concettina che gli era venuta voglia di riprendere il treno e ripartire subito, perché proprio la faccia di quel Franz non gli andava e aveva l'idea che fosse una spia, pagato dai fascisti per spiare lui e Ippolito, e intanto non si riusciva a capire da dove cavasse i soldi, perché non faceva niente ed era sempre vestito cosí bene. Emanuele era stato a Firenze da Amalia e poi a Roma e a Napoli con lei, perché l'aveva trovata molto deperita e le aveva proposto di piantar lí la scuola-infermiere e fare un viaggio. Si grattava forte la testa a ripensare a quel viaggio, era stata una cosa niente allegra, si era tirato dietro Amalia per i musei vaticani, le mostrava le logge di Raffaello e lei lagrimava, poi andavano a mangiare e lei ordinava un uovo alla *coque* e ci lagrimava dentro. Lagrimava per quel Franz. Emanuele si sforzava di spiegarle che a quel Franz non importava niente di lei. Ma Amalia diceva che invece gliene importava, lei aveva capito che gliene importava, ma c'era una cosa che lei non poteva dire, una cosa orribile, si copriva la faccia con le mani e si metteva a singhiozzare. Emanuele diceva che non si sentiva niente curioso di sapere cosa fosse questa cosa, questa cosa che Amalia aveva scoperto una sera a Mentone, e Franz il giorno dopo era partito, Emanuele alzava le spalle e diventava rosso e sbuffava. E poi era venuto fuori che a Amalia non piaceva niente fare l'infermiera, voleva smettere, non sapeva neanche lei cosa fare. Voleva studiare storia dell'arte. E intanto era passata per i musei vaticani senza guardar niente, diceva Emanuele, c'erano le logge di Raffaello e lei lagrimava. L'aveva lasciata in una pensione a Roma, a casa non voleva ritornare, e del resto adesso che c'era di nuovo Franz era meglio se non tornava. Emanuele era molto depresso, tra Danilo in prigione, sua sorella che non si sapeva cosa farne e suo padre con l'ulcera gastrica, e tanti esami da dare e niente politica, niente politica, nessuna speranza di poter fare mai piú niente di serio, con quel Franz pagato per spiare. Ma Ippolito scuoteva la testa e diceva che probabilmente Franz non era una spia, era un povero salame e basta, bravo solo a vincere i tornei di tennis.

Emanuele a casa sua ci andava solo per mangiare e dormire, e passava le giornate con Ippolito sulla terrazza, con le dispense che avrebbe dovuto studiare, ma non ne aveva nessuna voglia di studiare e gli dava sui nervi Ippolito che invece studiava, smettendo soltanto per fare la zuppa al cane. Diceva che Ippolito pareva una vecchia signora quando portava a passeggio il cane e gli dava la zuppa, diceva che a un tratto gli era venuta fuori l'anima d'una vecchia signora.

Veniva ogni tanto la sorella di Danilo a dare notizie. Non aveva piú la nappina ma un cappello a cocuzzolo, con dei mazzetti di fiori di panno, che le stava su ritto sulla testa. Non aveva piú la nappina e forse aveva nostalgia di qualcosa da dondolare, e dondolava la testa e le spalle, su e giú. Danilo stava bene ed era tranquillo, non avevano trovato niente contro di lui. Era stato arrestato soltanto per le persone che aveva frequentato a Torino in quei pochi giorni, un gruppetto di tre o quattro che adesso erano tutti dentro, e avrebbero avuto il processo al Tribunale Speciale. Danilo invece quasi di certo non andava al processo, lo mettevano fuori prima. Solo il brutto era che si sarebbe poi trovato indietro con gli studi, dopo un'interruzione di tanti mesi. Danilo studiava ragioneria e computisteria, ma diceva sempre che non gli piacevano quelle cose e che avrebbe voluto fare altro, chi sa cos'avrebbe voluto fare. In prigione s'era messo a studiare il tedesco, e scriveva alla madre che sperava non lo mettessero fuori prima che avesse imparato bene a leggere il tedesco e a parlarlo, scriveva delle lettere balorde e la madre s'arrabbiava. Quando veniva la sorella di Danilo Ippolito restava a studiare sulla terrazza, come se non gl'importasse niente di sentire le notizie di Danilo, e lasciava che la sorella di Danilo la ricevessero Emanuele e Concettina. Poi quando Emanuele e Concettina ritornavano sulla terrazza e gli davano le notizie, lui pareva che ascoltasse appena. E allora Emanuele gli gridava che era diventato freddo come un pesce, una cosa che dava freddo guardare. Ippolito faceva solo un piccolo sorriso storto, e seguitava a passeggiare avanti e indietro col libro in mano. Emanuele diceva che proprio gli dava sui nervi Ippolito, ma Concettina non gli dava sui nervi, Concettina era tanto cara, le prendeva la mano e gliela baciava sul palmo. E le diceva che era dimagrita e che era diventata piú bella, con quegli occhi cerchiati di scuro a forza di stare alzata la notte a studiare anche lei per i suoi esami. Concettina aveva piantato tutti i fidanzati, e pensava solo a studiare, e forse pensava anche a qualcosa d'altro, diceva Emanuele, forse si era messa a pensare a Danilo che era in prigione e si era un po' innamorata. Concettina allora s'arrabbiava e strappava via la mano da quelle di Emanuele e correva via dalla terrazza. Emanuele rideva e diceva che non c'era dubbio, Concettina adesso si pentiva degli sgarbi che aveva fatto a Danilo e di quelle lunghe ore che l'aveva lasciato al freddo davanti al cancello. « Bisogna andare in prigione perché le donne ci amino, – diceva Emanuele, – se no niente ».

Faceva molto caldo e mammina andava con Franz a fare il bagno in un lago vicino alla città, perché ormai era guarita dall'esaurimento nervoso, stava bene e aveva tanti vestiti a fiori e un grandissimo cappello di paglia. S'alzavano al mattino presto lei e Franz, prendevano la macchina e andavano a nuotare nel lago, e fino alle tre del pomeriggio non tornavano a casa. Emanuele stava sempre molto in pensiero finché non tornavano, perché Franz guidava la macchina come un pazzo, diceva sempre che se non andava forte non sentiva gusto a guidare. Intanto tutta la città mormorava sul conto di mammina e di Franz, ma Emanuele questo non lo sapeva o non dava a vedere di saperlo. Lo sapeva invece la signora Maria, e quando non c'era Emanuele si metteva a parlare di quei due sempre insieme senza vergogna, e guardava dalla finestra il vecchio signore seduto nel giardino e lo compativa, con quelle corna, povero vecchio signore. Ma il vecchio signore stava sulla sedia a sdraio a cullarsi la sua pancia tutta foderata di giornali anche in piena estate, perché aveva sempre paura di qualche corrente d'aria, e faceva addio con la mano a mammina e Franz che se ne andavano insieme; non pareva che le corna gli dessero molto fastidio, forse perché a poco a poco s'era abituato e s'era rassegnato a portarle, povero vecchio signore. Invece l'ulcera gli dava fastidio e in città dicevano che forse moriva, e morí, e Emanuele corse a chiamare mammina che stava nuotando nel lago insieme con Franz.

Il funerale del vecchio signore fu un grande funerale lungo lungo, un serpente che si snodava per la città. C'erano molte e grandi corone di fiori, e il cocchiere aveva una parrucca bianca e la tuba, e i cavalli avevano cappucci neri. In prima fila si vedeva mammina con un velo nero al braccio di Emanuele, e Amalia e Giuma che erano stati chiamati con un telegramma, e Franz in doppio petto grigio, guanti grigi e un'aria triste e severa. Dietro venivano tutti quelli della fabbrica di sapone, e fra loro si vedeva anche la madre di Danilo, con un gran pettine di tartaruga piantato nel cespuglio di capelli, perché era stata licenziata dalla pasticceria forse per la storia di Danilo e Emanuele l'aveva fatta assumere alla fabbrica di sapone. Al cimitero fu tenuto un lungo discorso sul vecchio signore, sulla fabbrica di sapone che prima era una cosa da niente e lui a poco a poco era riuscito a farla diventare grande e importante, e Anna e Concettina si annoiarono molto e c'era un caldo terribile. Anna guardava Giuma che era proprio lí davanti a lei. Adesso aveva i calzoni lunghi e una faccia quasi da uomo, dura e grande, ma si scacciava i capelli dagli occhi col gesto d'una volta. Anna lo vide solo quel giorno al funerale e non si dissero niente, e poco tempo dopo il funerale Giuma ritornò in collegio.

Subito dopo l'apertura del testamento ripartí anche Amalia, come se la terra le scottasse sotto i piedi. Tornava alla scuola-infermiere a finire il corso, cosí disse Emanuele, ma chi sa se diceva la verità, chi sa dove andava. Con mammina non s'erano quasi parlate e Amalia era rimasta quasi sempre nella sua stanza, e mammina anche lei, e Franz gironzolava per la casa con un viso infelice, e cercava di chiacchierare con Emanuele che gli rispondeva appena. La lettura del testamento fu una cerimonia molto lunga e noiosa, tutti seduti intorno alla tavola con lo zio colonnello e il notaio, lo zio colonnello era il fratello del vecchio signore e il vecchio signore nel testamento l'aveva nominato tutore di Giuma che era minorenne. Intanto Franz che non c'entrava niente con la lettura del testamento aspettava nella stanza vicina, e di quando in quando metteva dentro la testa per dire delle scemenze, che era arrivato il tappezziere o il tintore o che il pranzo era pronto, e lo zio colonnello lo guardava male. Secondo il testamento mammina aveva l'usufrutto del patrimonio, e le azioni della fabbrica di sapone andavano divise in parti uguali fra Amalia, Emanuele e Giuma. Mammina diventò molto rossa e chiese cos'era un usufrutto, ma lo zio colonnello le disse di tacere e che poi glielo avrebbero spiegato.

Pochi giorni dopo ch'era partita Amalia Franz disse che anche lui doveva partire per certi affari di borsa. Cosí Emanuele e mammina rimasero soli, a pranzo e a cena erano loro due soli a quella lunga tavola, e dopo mangiato mammina si sdraiava sul divano e si toglieva le scarpe, e diceva com'era stata cattiva Amalia con lei, non le aveva fatto niente di male, non capiva cos'avesse Amalia contro di lei. Poi chiedeva cos'era l'usufrutto e se era tanto o poco, e se avrebbe potuto ancora farsi fare ogni tanto qualche vestito, e Emanuele la baciava e diceva che si facesse pure tutti i vestiti che aveva voglia. E mammina diceva che Emanuele era sempre stato tanto buono con lei, e questo la consolava degli sgarbi di Amalia e dell'aria indifferente di Giuma, Giuma era diventato cosí freddo e superbo con lei. Emanuele proponeva di uscire un poco, e prendevano la macchina e andavano fuori città, ma quando passavano lungo il lago mammina diceva che non lo voleva vedere quel lago, e mai piú ci avrebbe nuotato dentro, perché il lago le ricordava il giorno che era morto papà, mentre lei si divertiva a nuotare. Emanuele accelerava il motore e mammina teneva gli occhi chiusi, fin quando lui l'avvertiva che il lago ormai non si vedeva piú. Mammina diceva che non poteva proprio immaginarselo che papà dovesse morire proprio quella mattina, era andata al lago perché le pareva che stesse tanto bene papà, quieto e roseo come un bambino. E poi diceva che bisognava far fare una bella statua in bronzo di papà da qualche bravo scultore, e metterla nel cortile della fabbrica di sapone.

Quando poteva lasciare mammina Emanuele tornava a studiare con Ippolito sulla terrazza, e Ippolito gli diceva che lui ormai era un capo, e sdegnava i poveri amici senza quattrini, e la fabbrica di sapone era sua, sua era la fabbrica di sapone, dalla terrazza gliela indicava col braccio teso, ma Emanuele si copriva gli occhi con le mani e non voleva guardare. Sarebbe andato a lavorare alla fabbrica dopo la laurea, perché l'aveva promesso a suo padre, ma non aveva voglia di lavorare lí dentro, Dio sa cosa avrebbe dato per lavorare altrove. Non gliene importava niente del sapone e gli sarebbe piaciuto rompere il muso a chiunque gli avesse fatto vedere un pezzettino di sapone grande cosí.

Gli esami andarono bene per tutti salvo per Giustino, che al solito fu rimandato a ottobre. E dopo gli esami Ippolito cominciò a domandare cosa si aspettava a partire per le « Visciole », e nessuno aveva voglia delle « Visciole » e gli proponevano di andarci lui da solo, ma lui da solo non si decideva a partire. La signora Maria sperava che la invitasse sua sorella a Genova, e Anna e Giustino speravano che arrivasse il solito invito di Cenzo Rena a quel suo castello con le piccole torri, e forse si poteva accettare adesso che non c'era piú il padre a proibirlo: ma Cenzo Rena era in Olanda e scrisse di là. Non arrivò nessun invito per nessuno e partirono per le « Visciole », se no Ippolito non dava pace; ma Concettina s'intestò a restare in città, perché doveva preparare la tesi e consultare libri in biblioteca. Preparava una tesi su Racine, ma finora ne aveva scritte solo tre pagine e Ippolito le aveva lette e le aveva trovate idiote. Emanuele doveva accompagnare mammina a Mentone ma promise che appena sistemata mammina sarebbe venuto anche lui alle « Visciole », e la signora Maria diceva se non era stupido, avere una villa a Mentone e venire alle « Visciole », dove non c'era nemmeno l'acqua corrente e per un secchio d'acqua bisognava pompare un'ora in cortile.

VI.

Emanuele arrivò alle «Visciole» al principio di luglio. Cosí adesso Ippolito non era piú solo a girare nella campagna, ma Emanuele correva zoppicando al suo fianco su per i sentieri, rosso dal sole e accalorato a discutere. Giustino stava sulla piazza del paese, insieme ai figli e alle figlie dei farabutti, e la sera andava a ballare sulla pedana all'aperto, con i lampioncini di carta che dondolavano fra il fogliame. Ora si facevano tante cose che il padre non aveva permesso, e Anna nuotava nel fiume in un punto dove c'era una pozza tranquilla, e la signora Maria prendeva il sole a riva, dove c'erano anche le mogli dei farabutti con i bambini, col lavoro e la merenda, e la signora Maria finalmente ci poteva parlare insieme.

Una sera, mentre cenavano sotto la pergola, una macchina si fermò davanti al loro cancello. Sentirono sbattere lo sportello e il cancello cigolare e aprirsi, e non capivano chi fosse a quell'ora, e videro in fondo al viale un uomo con un lungo impermeabile bianco e un cappello tutto sbertucciato. Emanuele s'alzò e prese a zoppicare nervosamente intorno alla tavola. Ma non era un poliziotto. Era Cenzo Rena e si mise ad abbracciare tutti.

Cosí lo vedevano finalmente questo Cenzo Rena, che mandava cioccolatini e cartoline da ogni parte del mondo. L'avevano immaginato sempre molto vecchio, vecchio come il padre, ma invece non pareva tanto vecchio, solo con qualche macchia grigia nei capelli e nei baffi. La signora Maria aveva detto sempre che era molto ricco, e anche adesso lo raccontava e se ne vantava, mentre gli preparava un po' di cena, e insieme malediva quella idea che avevan tutti di venire alle « Visciole », da Mentone, dall'Olanda, venivano tutti a ficcarsi in quel buco dove lei aveva già tanto da fare.

Cenzo Rena non pareva molto ricco così a vedersi. Aveva quell'impermeabile lungo lungo che pareva una camicia da notte, e sotto aveva un maglione calato fin giú sulla pancia, scolorito e sporco. Aveva delle enormi valige legate con delle corde, corse a tirarle fuori dalla macchina e si mise furiosamente a slacciare i nodi, e poi a tirar fuori alla rinfusa calzini e mutande. Anna e Giustino stavano a guardare e s'aspettavano qualche regalo, ma invece di sotto ai calzini Cenzo Rena cavò fuori soltanto certe fotografie dell'Olanda che aveva fatto, sembrava molto fiero di quelle fotografie, ma in verità non erano molto chiare e si vedeva tutto un tremolio, Cenzo Rena spiegò che le aveva prese nella pioggia. Poi a un tratto si batté sulla fronte e chiese scusa se si era scordato di portare dei regali, aveva in testa cento cose da portare a tutti e se n'era scordato. Di sotto ai calzini tirò fuori una scatola di tonno sott'olio, e ne assaggiarono tutti e rimasero fino a tardi sotto la pergola, perché Cenzo Rena mangiava e beveva e fumava e pareva che non avesse mai voglia di andare a dormire.

Quando rientrarono in casa, Cenzo Rena a un tratto si fermò ai piedi delle scale con gli occhi pieni di lagrime, e disse che gli pareva di vedere il padre scendere giú da quelle scale, con la caramella e coi calzoni di flanella bianca, e gli pareva di sentire ancora la sua voce scattante quando diceva: — Renditi utile, visto che non sei dilettevole —. Cenzo Rena si mise ad accarezzare la testa di Ippolito spettinando-

lo un poco, e disse che Ippolito era il ritratto del padre giovane: ma Ippolito rimase rigido e immobile, con gli occhi
bassi e le ciglia aggrottate, come sempre quando qualcuno
era tenero con lui.

Cenzo Rena si fermò alle « Visciole » diversi giorni. Al
mattino voleva fare il bagno, era sporco ma faceva il bagno,
disse che ricordava che non c'era il bagno alle « Visciole » e
s'era portato apposta un *tub* di gomma. Cosí la signora Maria doveva andare a pompar l'acqua in cortile, e correre su e
giú per le scale coi secchi, e non serviva perché lui veniva
fuori piú ispido e scompigliato di prima, dopo aver fatto
uno sguazzio per la stanza. Cenzo Rena era alto e grosso, e la
sua faccia era tutta capelli e sopracciglia e baffi, e poi c'erano anche gli occhiali, cerchiati di tartaruga. Non gli piaceva
vestirsi come gli altri uomini, con la cravatta e la giacca, ma
portava sempre camiciotti e maglioni e cose strane e anche
ai piedi aveva cose strane, ciabatte o galosce o sandali, mai
vere scarpe. Si era portato tante bottiglie di cognac e tante
scatole di tonno sott'olio, e dopo il pranzo appena finita la
frutta apriva una di quelle scatole di tonno e si metteva a
mandarlo giú a cucchiaiate, e la signora Maria restava offesa e ripensava al pranzo, se era stato abbastanza buono e ab-
bondante. Al mattino appena sveglio si metteva subito a fumare, a bere e a mangiare il tonno sott'olio, e a scrivere una
quantità di lettere in fretta in fretta, e rovesciò una boccetta
d'inchiostro su un tappeto nella sua stanza, e la signora Maria s'affannò a stropicciare col latte e con la mollica di pane
su quella macchia ma non se ne andava, un bel tappeto sciupato per sempre. E Cenzo Rena la stava a guardare mentre
stropicciava e diceva che quella era la macchia di lady Macbeth, che tutti i profumi dell'Arabia non potevano levarla
via. Ma anche Ippolito rimase seccato per il tappeto, non
disse niente ma si vedeva che era seccato. E Cenzo Rena

ogni tanto a tavola batteva forte sulla spalla di Ippolito, cosí forte da farlo sussultare, e prendeva a consolarlo per il
tappeto e prometteva che gli avrebbe mandato un tappeto
nuovo bellissimo, un tappeto di Smirne. Ma poi scuoteva la
testa e diceva che Ippolito rassomigliava sí al padre nel fisi-
co, ma nell'animo era molto diverso, perché il padre all'età
di Ippolito era pronto a dar fuoco a tutti i tappeti e alle seggiole di casa sua.

Cenzo Rena passeggiava sovente con Ippolito e Emanuele per la campagna, e andava a caccia con loro, ma diceva che
Ippolito non aveva un'idea di come bisogna appostarsi e
prendere la mira e difatti non acchiappava quasi mai niente,
e del resto non era possibile andar a caccia con quel cane.
Cenzo Rena quando ritornavano a casa era stanco e scontento, si buttava a sedere sotto la pergola e scuoteva la testa, a
lungo scuoteva la testa e diceva a Ippolito e Emanuele che
loro due eran pieni di fumo e di nebbia, e si credevano chi
sa che cosa ma poi non sapevano neppure sparare agli uccel-
lini. Due piccoli intellettuali di provincia, questo erano, e
cioè la cosa piú triste e piú stramba che possa esistere sulla
terra. Non avevano mai visto niente, lui Cenzo Rena era stato in America, a Costantinopoli e a Londra, e sapeva cos'era
l'Italia a guardarla dal Messico o da Londra, una pulce era
l'Italia, Mussolini la cacca d'una pulce. Ma Emanuele e Ippolito non conoscevano neppure l'Italia, non avevano mai
visto altro che la loro piccola città, e immaginavano tutta
l'Italia come la loro piccola città, un'Italia di professori e di
ragionieri con qualche operaio, ma anche gli operai e i ragionieri diventavano un po' dei professori nella loro immaginazione. E si erano scordati che in Italia c'erano anche i contadini e i preti, anzi a pensarci bene non c'era nient'altro,
perché professori e operai non erano altro che preti o contadini nel fondo. E in Italia c'era il Sud, gridava Cenzo Rena,

e saltava giú dalla seggiola quando diceva il Sud, e batteva la mano sulla tavola e spalancava le braccia. Non sapevano loro che cos'era il Sud, che cos'erano i contadini del Sud, solo con qualche fava da mangiare. Emanuele zoppicava su e giú per il prato e s'asciugava il sudore, e ogni tanto voltava la testa di scatto e tirava su il fiato come se volesse rispondere, ma non rispondeva. E neppure Ippolito rispondeva, seduto di traverso sulla seggiola col cane fra le ginocchia, e faceva solo un piccolo sorriso storto carezzando le orecchie del cane. Ma d'altronde erano tutte chiacchiere, continuava Cenzo Rena, perché fra poco sarebbe venuta la guerra, una guerra coi gas asfissianti e i bacilli del colera buttati a pioggia dagli aeroplani. E cosí sulla terra non sarebbe rimasto nessuno.

Poi a un tratto Cenzo Rena scoprí il contadino. Non era un contadino del Sud ma gli piaceva lo stesso. Non era un contadino che mangiava fave, era un contadino che mangiava polli e conigli, e grandi scodelle di minestre condite col lardo, molto meglio di quelle minestrine biancastre della signora Maria. Ad ogni modo era un contadino e a Cenzo Rena piaceva, e gli offriva le sue sigarette e il contadino gli offriva pane e salame. Passavano delle ore seduti insieme nel cortile, e il contadino si metteva a parlare di Ippolito che era sempre tanto sospettoso e superbo. Il contadino l'aveva visto nascere e l'aveva portato a passeggio piccolino sul carro, e adesso gli faceva dolore di vedersi trattare cosí male. Non era mai contento del raccolto, gli pareva sempre troppo poco, non ne sapeva niente delle cose della campagna e voleva far finta di sapere. Cenzo Rena ascoltava e aveva l'aria di godersela un mondo a sentir parlare male d'Ippolito, e quando Ippolito con Emanuele ritornava da caccia, correva da loro a dire che provava piú gusto a discorrere col contadino che con loro due, perché il contadino non aveva tanta nebbia nella sua testa. E spiegava a Ippolito che sul serio non era da furbi mettersi contro un contadino cosí. Rubare, certo che rubava, ma chi sa perché non avrebbe dovuto tenersi un po' di frumento dopo che ci aveva speso le giornate di tutto l'anno, mentre Ippolito stava in città a pensare la sua Italia senza contadini. E del resto rubava perché sapeva che il mondo era fatto male e si viveva rubando, strappandosi addosso la camicia gli uni agli altri, e certo una volta o l'altra bisognava smettere di fare cosí, ma non era semplice e chi sa perché doveva essere proprio il contadino di Ippolito a cominciare. Allora Emanuele mormorava che quelli erano luoghi comuni. Luoghi comuni, gridava Cenzo Rena, certo ch'erano luoghi comuni, ma perché non ripetere i luoghi comuni se erano veri, ed ecco a loro cos'era successo, per vergogna e paura dei luoghi comuni s'eran perduti nelle loro fantasticherie complicate e vuote, s'eran perduti nella nebbia e nel fumo. E a poco a poco eran diventati come due bambini vecchi, due vecchissimi bambini sapienti. S'eran creati intorno tutto un sogno come fanno i bambini, ma era un sogno senza gioia e senza speranza, un arido sogno di professori. E non guardavano le donne, non guardavano le donne, passavano tante donne per la campagna e loro non le guardavano, perduti in quel sogno di professori. Cenzo Rena chiamava Giustino, gli batteva sulla spalla e gli arruffava i capelli, e prendeva a dir bene di Giustino che era sano e saggio. E pregava Giustino di portarlo a ballare sulla pedana con le figlie dei farabutti, perché le trovava molto carine.

Cosí Ippolito aveva trovato un altro che provava piacere a tormentarlo, e pareva fosse il suo destino che la gente lo tormentasse. Cenzo Rena gli diceva che era molto bello, ma anche questo glielo diceva per fargli dispetto. Diceva: – Peccato, un ragazzo cosí bello, guardatelo com'è bello, potrebbe innamorare tante donne e invece delle donne non gliene importa. Gliene importa dei tappeti, del grano, dei suoi pensieri piovosi e fumosi, ma le donne non vuole guardarle e quando passano si volta dall'altra –. Giustino e Anna guardavano Ippolito, per la prima volta venivano a sapere che era bello. Stava sdraiato sulla poltrona sotto la pergola con la frusta giacca di fustagno svogliatamente buttata sulle spalle, con i logori stivali ai piedi, le sue lunghe mani delicate a carezzare le orecchie del cane, i capelli striati di biondo e ricciuti sulla nuca, la bocca storta in quel sorriso amaro che faceva quando la gente lo tormentava. Cosí lo ricordarono poi Anna e Giustino per sempre, come l'avevan visto quell'estate alle « Visciole », quando si era scoperto che era bello perché l'aveva detto Cenzo Rena.

Cenzo Rena si fermò a lungo alle « Visciole » perché ci stava bene. Gli piacevano le figlie dei farabutti e le portava a spasso in automobile. Gli piaceva nuotare con Anna e Giustino nel fiume, e poi stare sdraiato sulla riva al sole mentre loro gli facevano vento con una frasca. Gli piaceva il cane, lo chiamava con un fischio e lo portava al fiume con sé, un po' per far dispetto a Ippolito che cosí non poteva andare a caccia, e del resto Cenzo Rena diceva che quel cane soffriva a andare a caccia, perché non era mai stato un cane da caccia e le fucilate lo spaventavano, e invece aveva caldo e gli faceva bene tuffarsi nel fiume. Dopo il bagno si trascinava dietro Anna e Giustino a bere la granatina sulla piazza del paese, e poi giravano per le botteghe e Cenzo Rena comprava tutto quello che si poteva comprare in quel piccolo paese, cavatappi e formaggio e cappelli di paglia, e molti metri d'una tela grezza per farsi delle mutande. E il paese pareva trasformato da quando c'era lui a girarlo. Non pareva piú quel noioso paese di mosche e di polvere, ma pareva diventato a un tratto un luogo divertente e strano dove in ogni bottega c'era qualcosa di strano e divertente da comprare. Giustino ogni tanto diceva mollemente che forse doveva tornare a casa a studiare. Ma Cenzo Rena gli diceva di non studiare, che era inutile, le scuole in Italia erano fatte male e ai ragazzi davano da studiare certe cose che non servivano nella vita. Lui non aveva mai avuto voglia di studiare, eppure adesso era abbastanza contento di come aveva messo la sua vita. Tutto quello che gli avevano insegnato a scuola se l'era dimenticato, l'ablativo assoluto, trovava un buco nero se pensava all'ablativo assoluto e ne aveva spavento. Eppure mai nessuno gli chiedeva dell'ablativo assoluto quando andava a Costantinopoli o a Londra per trattare la vendita delle navi. Aveva trovato un lavoro che gli permetteva di fare dei lunghi viaggi, e poi ritornava a casa sua, in un piccolo paese del Sud, e lí poteva stare con i contadini e ascoltarli, perché non c'era nessuno che valesse la pena d'ascoltare come i contadini. Giustino e Anna dovevano venire per un po' di tempo nella sua casa, una casa era e non un castello, e non c'erano torri, chi sa com'erano uscite fuori quelle torri dalla testa del padre. Al paese lo chiamavano il castello perché da anni e anni lo avevano chiamato cosí. Era la casa dei suoi, una casa vecchissima, e lui l'aveva solo un po' aggiustata. Non c'erano torri, c'era solo una specie di terrazzina sul tetto, che da lontano forse poteva anche sembrare una torre, ma era solo una terrazzina e lui ci aveva messo un telescopio per guardare le stelle. Viaggiava e viaggiava, e poi tornava a casa ed era sempre contento di rivederla quella sua casa, su in alto sulla collina, con la pineta dietro e di sotto uno sfasciume di pietre. Era una casa senza tappeti, dei tappeti lui se ne infischiava, e gli piaceva sentire risuonare il suo passo per le grandi stanze. Certo che aveva fatto anche dei soldi con il suo lavoro, ma non era importante. Non era importante perché quei soldi poteva perderli tutti in un soffio senza battere ciglio. Non gli occorreva niente di speciale. Gli occorreva soltanto un po' di cognac e qualche sigaretta, pregava Anna e Giustino di non fargliene mai mancare, se a un tratto diventava poverissimo e finiva stracciato sulla panchina d'un giardino pubblico. Loro forse allora sarebbero stati ricchi e importanti e sarebbero arrivati in automobile con qualche bottiglia di cognac alla sua panchina.

Una sera che Cenzo Rena era andato con Giustino a ballare sulla pedana, rientrarono molto tardi e tutti e due ubriachi, tutti e due si sentivano male e la signora Maria dovette alzarsi a preparare limonate e caffè. Il giorno dopo Cenzo Rena rimase a letto, era tetro e verde in viso e si lamentava. Venne a vederlo il dottore dai capelli di piume di pulcino, e non aveva niente, solo il vino gli aveva fatto male. Ma il dottore coi capelli da pulcino raccontò a Ippolito che in paese era successo uno scandalo, perché Cenzo Rena ubriaco durante il ballo s'era messo a dar noia a una ragazza, la figlia del maresciallo dei carabinieri, e il maresciallo stava per prenderlo a pugni e a stento eran riusciti a separarli, e le donne s'erano spaventate. Giustino non voleva dir niente di quello che era successo, e anche lui era tetro e verde in viso e non usciva dalla sua stanza. Allora la signora Maria andò a far visita alla moglie del maresciallo, con l'ombrellino e le scarpette col fiocco, e spiegò che bisognava aver pazienza con Cenzo Rena, perché era un po' via con la testa, e del resto fra poco sarebbe partito. E anche trovò modo di dire che era molto ricco, perché al danaro si perdona sempre.

Ormai ne avevano abbastanza di questo Cenzo Rena, e anche lui a un tratto ne aveva abbastanza di loro, a un tratto s'era messo a odiare il paese coi farabutti e le figlie dei farabutti, e diceva che solo in Italia si vedono ancora certe cose, marescialli idioti che prendono a pugni e ragazze idiote. Le ragazze borghesi in Italia, diceva, impazziscono se vedono un uomo, e subito si mettono in testa di farsi corteggiare e sposare, non sanno avere dei rapporti sani con gli uomini. Che nausea le ragazze borghesi in Italia, diceva, e intanto s'era messo a far le valige per partire, e cacciava dentro alla rinfusa camicie e calzini, insieme con i cappelli di paglia che s'era comprato. Le mutande nuove che s'era fatto fare dalla moglie del contadino, con quella tela grezza che aveva comprato in paese, eran ruvide e gli raspavano tutto il sedere, e la signora Maria propose di lavargliele per smorbidirle, ma lui non aveva voglia d'aspettare che fossero lavate e asciugate. Non voleva restare piú neppure un'ora in quel tristo paese, voleva respirare aria libera, senza marescialli e ragazze.

Partí e ogni cosa tornò quieta alle « Visciole » e nel paese, e di lui non rimase che un paio di ciabatte sfondate sul mucchio dell'immondizia dietro il cortile, e il cane andava a prenderle e le mangiava, e ringhiava se gliele portavano via. Cenzo Rena mandò delle cartoline da Londra, a loro e al contadino, ma invece al piccolo dottore dai capelli di pulcino scrisse una lunga lettera, per dirgli che quando era stato alla farmacia del paese aveva scoperto che mancava il siero contro i morsi dei serpenti, ed era una grossa balordaggine in quel paese dove c'erano tanti serpenti, e cosí lui era meglio se smetteva di fare il dottore, perché non sapeva nemmeno cosa ci dev'essere in una farmacia. Il dottore venne alle « Visciole » a leggere la lettera, tra divertito e mortificato, e spiegava che l'aveva ordinato quel siero, e non era colpa sua se non l'avevano mandato ancora. Emanuele scoppiò in una gran risata, di quelle sue lunghe risate profonde. Adesso succedeva ancora di sentire quelle lunghe risate di Emanuele, come il tubare d'un piccione, ma per tutto il tempo che c'era stato Cenzo Rena, Emanuele girava per casa mortificato e aggrondato, e diceva che quasi aveva voglia di tornare a Mentone da mammina, perché non era tanto bello lasciarla sola per tutta l'estate. Invece subito dopo la partenza di Cenzo Rena ridiventò allegro, e anzi diceva che in fondo Cenzo Rena era un bel tipo, e gli rifaceva il verso quando si scrollava perché gli raspavano le mutande, o quando si alzava in piedi a gridare sui contadini.

Ma un giorno Emanuele ricevette una lettera di Amalia, dove gli faceva sapere che si era sposata con Franz. Allora le sue lunghe risate profonde tacquero di nuovo, per quanto lui dicesse che dopo tutto se ne infischiava.

VII.

Quando tornarono in città trovarono Concettina in lagrime, perché la sua tesi non era stata accettata. Ne aveva
scritte venticinque pagine, e la sorella di Danilo gliele aveva
ribattute a macchina e le aveva rilegate in un grande album,
che si chiudeva con dei nastrini rossi. Ma il professore aveva detto che non andava. Concettina aveva dormito un po'
in tutte le stanze, perché tra l'affanno e lo sconforto non aveva mai avuto voglia di rifarsi il letto, e in cucina c'era una
gran confusione di gusci d'uova e di barattoli aperti, e la signora Maria dovette pulire la casa per tre giorni di seguito
e diceva che sembrava che in quella casa non ci avesse abitato una ragazza, ma un intiero reggimento di bersaglieri.
Ma Concettina era cosí disperata che neppure Ippolito aveva
il coraggio d'arrabbiarsi con lei, anche se in cucina a forza di lasciare sporco c'eran venuti gli scarafaggi. Concettina
diceva che non aveva nessuna voglia di ritornare in biblioteca a cercare altri libri su Racine, del resto le era venuto in
odio Racine e voleva provare con un altro, ma chi non sapeva. Emanuele cercava di consolarla: di sicuro non avrebbe
avuto bisogno di presentare nessuna tesi perché entro l'anno si sarebbe sposata. Ma la signora Maria diceva che entro
l'anno era troppo presto, perché prima Concettina doveva
imparare come si tiene pulita una casa. Emanuele diceva:
– Se non trovi nessuno che ti sposa, Concettina, ti sposerò io.

A me non me ne importa che la casa sia molto pulita e non mi fanno molto schifo gli scarafaggi. Farei un po' un sacrificio a sposarti perché non mi piacciono tanto le donne senza petto. Ma se proprio non trovi nessun altro ti piglierò io. Oppure forse potresti sposare Cenzo Rena, che è molto ricco e ti farebbe vedere Costantinopoli e ti spiegherebbe cosa sono i contadini –. E per rallegrare Concettina Emanuele prendeva a raccontare di Cenzo Rena e a fare come faceva quando gli raspavano le mutande. Ma Concettina diceva che non le andava di scherzare perché aveva troppi guai. Allora Emanuele chiedeva se forse lui non ne aveva di guai. Sua sorella si era sposata con un tipo come quel Franz. E mammina stava per tornare dalla villeggiatura e ancora non sapeva niente e lui doveva darle la notizia a poco a poco. E c'era stato il trattato d'accordo fra la Germania e la Russia e adesso non si capiva piú niente, non si capiva cosa poteva succedere, era tutta una gran confusione. Cenzo Rena l'aveva detto che forse la Germania e la Russia s'accordavano insieme, e Emanuele non ci aveva creduto, ma invece era capitato davvero. Emanuele proponeva a Concettina di mettersi un bel vestito e un bel cappello e venire con lui a passeggio, avrebbero preso il gelato sul corso e poi sarebbero andati al cinema senza pensare piú a niente. Ma Concettina ogni sera andava dalla sorella di Danilo a studiare la stenografia. E appena lei usciva Emanuele diceva com'era ingenua Concettina a credere che i suoi piani restassero segreti. Era chiaro che studiava stenografia con la sorella di Danilo perché Danilo al suo ritorno pensasse bene di lei, una ragazza tanto coraggiosa e semplice che studiava stenografia insieme con sua sorella. E zoppicava per la stanza tutto contento a immaginare Danilo e Concettina sposati con un mucchio di figliolini. Ma gli tornava il ricordo del trattato russo-tedesco, chi mai l'avrebbe pensato, adesso chissà cosa poteva succedere. E intanto la signora Maria si lamentava che Concettina non le dava mai retta, lei l'aveva tanto pregata di non frequentare la sorella di Danilo perché certo era poco seria, e Danilo l'avevano messo in prigione. La politica certo era una storia e dovevano averlo messo in prigione per truffa o per contrabbando. Forse per contrabbando di orologi. E lei mai avrebbe consentito a un matrimonio fra Concettina e Danilo, Emanuele aveva proprio delle idee senza senso. Non le piaceva neppure che Concettina studiasse stenografia, chi sa cosa le poteva servire la stenografia, il padre non le aveva mica fatto fare l'università perché andasse a finire in un piccolo impiego a stenografare.

Mammina arrivò proprio il giorno che la Germania invase il corridoio polacco. L'Inghilterra e la Francia dichiararono guerra alla Germania e tutti credevano che adesso anche l'Italia sarebbe entrata in guerra, non si parlava d'altro in città. Mammina fu presa dal panico e volle che Emanuele telegrafasse a Giuma di tornare subito a casa. Era cosí spaventata che Emanuele non osò dirle niente di Amalia e di Franz. Mammina scese in cantina a vedere se in caso di bombardamenti potevano rifugiarsi lí. Fece chiamare uno del Genio Civile che lei conosceva, a vedere se la cantina era solida. Quello del Genio Civile si mise a battere muro per muro con un martelletto e disse che non c'era pericolo in quella cantina, la casa intera poteva crollare ma la cantina non sarebbe crollata. Mammina fece portare in cantina delle poltrone, delle coperte e una bottiglia di cognac. Intanto chiedeva anche come si faceva per le maschere contro i gas asfissianti, dove bisognava comprarle, voleva che Emanuele andasse a Torino a informarsi. Tutti ne parlavano di quelle maschere ma nessuno le aveva mai viste, e del resto non era sicuro che servissero per ogni tipo di gas. Mammina fiutava sempre l'aria e le pareva di sentire un odore strano, un odore che l'asfissiava. E Giuma ancora non arrivava, forse avevano già bloccato i confini, forse Giuma era stato travolto in un'orda di profughi.

Invece Giuma se la prese comoda e arrivò dopo quindici giorni, e disse che là in collegio c'erano le gare di *rugby* e lui era voluto restare perché si sentiva sicuro di vincere, e infatti aveva vinto. Era molto bello, sano e fresco e abbronzato dal sole, e mammina era felice di vederlo perché se l'era immaginato morto o travolto, e allora Emanuele finalmente le disse che Amalia e Franz si erano sposati. Mammina disse che già lo sapeva, lo disse, con una voce sottile sottile e un po' rauca, ma subito riprese a parlare della cantina e dei gas asfissianti, e di tutte le provviste che occorreva fare, zucchero e olio, perché fra poco sarebbe scomparsa ogni cosa. La signora Maria anche lei correva per la città in cerca d'olio e di zucchero, ma Ippolito non voleva darle i soldi e lei non riusciva a comperare che qualche etto di zucchero, veramente i negozi erano pieni di roba, ma tutti comperavano e salivano i prezzi. Anche la signora Maria pensava ai bombardamenti e sperava di poter andare a rifugiarsi nella cantina della casa di fronte, perché la cantina di casa loro non le pareva niente affatto solida. D'improvviso era diventata molto gentile con Emanuele, e lo pregava di persuadere sua madre a lasciarli venire in quella bella cantina se a un tratto cominciavano a bombardare.

Emanuele si staccava dalla radio soltanto per correre da Ippolito a dirgli le notizie. Ma la guerra era sempre lontana, in Polonia, l'Italia non si muoveva e Emanuele non sapeva cosa pensare, diceva che se l'Italia non entrava in guerra il fascismo non sarebbe mai più caduto. Ma Ippolito gli diceva che adesso non era più importante sapere se il fascismo sarebbe caduto o no. Perché in Polonia moriva la gente, ogni giorno ne moriva di gente da una parte o dall'altra,

mentre lui e Emanuele stavano seduti a parlare sulla terrazza e la signora Maria cercava lo zucchero per la città. Emanuele arrossiva e zoppicava su e giú. Aveva ragione Cenzo
Rena, diceva Ippolito, il fascismo era solo cacca di pulce.
Emanuele tornava a casa sua e spiegava a mammina che la
questione dell'Italia non era importante, perché in Polonia
venivan giú le bombe mentre lei stava seduta a bere il tè, in
Polonia le case crollavano e quando c'eran case che crollavano non era importante vedere se crollavano in un punto
o nell'altro del mondo.

Un giorno Emanuele ebbe una lettera di Franz, portata a
mano da un'amica di Amalia che li aveva visti. Abitavano in
una pensione a Roma. Franz nella lettera diceva a Emanuele
che lui non era tedesco, e non era un barone, aveva mentito
sempre. Era cresciuto a Friburgo, dove suo padre un tempo
vendeva impermeabili. Ma suo padre e sua madre erano po-
lacchi, e ora abitavano tutt'e due a Varsavia. E sua madre
era d'origine ebraica e i tedeschi l'avrebbero uccisa. Lui
ascoltava la radio tutto il giorno e piangeva. Se l'Italia entrava in guerra chi sa cosa sarebbe stato anche di lui, che
aveva in tasca un passaporto polacco. Se l'Italia entrava in
guerra a fianco della Germania per lui era tutto finito. Qualcuno diceva che forse l'Italia poteva ancora allearsi all'Inghilterra e alla Francia. Pregava Emanuele di fargli sapere se
poteva succedere cosí. Ma sarebbe stato troppo bello, non
poteva succedere. Chiedeva perdono d'aver sempre mentito, non aveva mentito per malizia, ma proprio come un bambino che racconta una favola. Pregava Emanuele di prendersi cura d'Amalia se a lui succedeva qualcosa. Pregava di
mandare un po' di soldi perché non avevano quasi piú niente. Emanuele si strinse nelle spalle, era vagamente commos-
so ma gli venne anche un po' da ridere, per quegl'impermeabili che venivano fuori cosí tutt'a un tratto. Chi sa perché

uno doveva vergognarsi d'esser polacco e d'aver venduto
impermeabili, confessarlo ad un tratto fra i singhiozzi. Mandò un assegno intestato ad Amalia, solo dopo si accorse che
non l'aveva intestato a Franz, pensò che dunque ancora dif-
fidava di lui. Fece leggere la lettera a mammina, mammina
ci gettò un'occhiata e subito la spinse via, disse che quelle
cose le sapeva da un pezzo, lo disse con quella voce sottile
sottile.

Alla fine di settembre cominciarono a pensare che ormai
l'Italia non avrebbe fatto piú niente, avrebbe lasciato che si
pelassero gli altri e lei sarebbe rimasta a guardare, per buttarsi all'ultimo momento dalla parte di quelli che vinceva-
no. Solo mammina continuava ad aver paura, non volle che
Giuma ritornasse in Svizzera, perché non avrebbe mai potuto dormire a saperlo lontano, col pericolo della guerra.
Giuma andava ora al liceo pubblico ed era nella classe di
Giustino, e Giustino raccontava che si dava un mucchio di
arie col *rugby* e la Svizzera, e in classe tutti l'avevano preso
in odio. Emanuele cominciò a lavorare alla fabbrica di sapone. Aveva una stanza tutta per sé, con una gran poltrona e
un largo tavolo e una quantità di riviste, e ai muri aveva appeso delle riproduzioni dei quadri che gli piacevano, Piero
della Francesca e Botticelli. E quando poteva scendeva giú
a discorrere con gli operai. Aveva in testa una quantità di
riforme, un grande asilo-nido per i bambini degli operai
e una mensa dove mangiare sarebbe costato uno scherzo,
adesso gli operai dovevano portarsi il mangiare da casa. Al
suo tavolo andava scrivendo lunghe liste di pranzi svariati e
buonissimi per ogni giorno della settimana, e a pensare a
quei pranzi gli veniva cosí fame che doveva suonare il campanello e mandare un fattorino a prendergli dei panini im-
bottiti nel bar di faccia. Ma quando parlava di quei suoi pro-
getti al direttore amministrativo, il direttore scrollava la te-

sta e gli diceva che era troppo giovane. Adesso anche Ippolito lavorava, era stato assunto nello studio d'un avvocato, e lui e Emanuele non potevano piú passare le giornate insieme, ma la sera dopo cena Emanuele correva subito da Ippolito e si sfogava contro il direttore amministrativo, lo odiava e diceva cosa avrebbe voluto fargli, scuoterlo forte dalla testa ai piedi, prendergli le due guance tra le dita e strizzargliele forte, staccare il suo cappello dall'attaccapanni e pesticciarlo per terra. E cosí avrebbe fatto appena fosse riuscito a ottenere un po' d'autorità nella fabbrica, adesso non era niente, era solo il figlio del padrone venuto a imparare. Non avrebbe licenziato il direttore amministrativo, non gli avrebbe fatto niente, solo avrebbe buttato il suo cappello per terra pesticciandolo un po'.

VIII.

Un giorno alle due del pomeriggio, mentr'erano tutti insieme in sala da pranzo e mangiavano un dolce che Emanuele aveva portato da casa sua, d'un tratto Danilo comparve nel vano della porta. Concettina gli aveva aperto il cancello, e adesso era accanto a Danilo nel vano della porta, pallida, un po' trafelata, con gli occhi spaventati e scintillanti. Emanuele corse ad abbracciare Danilo, e gli baciò le guance con due forti schiocchi. Danilo parve stupito, alzò un poco le sopracciglia. Emanuele subito si vergognò di quei baci, si fece rosso e spalancò la credenza in cerca d'un coltello e d'un piatto, Danilo doveva mangiare subito il dolce, Giustino doveva andare a comperare una bottiglia di *champagne* e farla segnare a suo credito, la signora Maria doveva lavare i bicchieri. Ma la signora Maria gli disse che non era la sua serva e non prendeva ordini, adesso voleva riposare perché aveva mal di testa. Si vedeva che era tutta arrabbiata e spaventata per via di Danilo, lo guardava lo guardava con un viso pieno d'orrore, e infine lasciò la stanza mormorando fra sé. A lavare i bicchieri andò Concettina. Ma Danilo non guardò dietro a Concettina che usciva col vassoio dei bicchieri. Era molto cambiato Danilo, quasi non si riconosceva piú. Era vestito di nuovo, con un cappello duro e un soprabito di un panno pesante, e in mano aveva perfino un ombrello perché quel giorno pioveva. Aveva un'aria compassata e prudente, un'aria un po' da poliziotto. Stava seduto sulla punta della seggiola col suo ombrello, col cappello sulle ginocchia, e una briciola di dolce gli cadde sulla manica e la fece saltar via con l'unghia e restò un pezzo a guardare se non c'era rimasta la macchia. Emanuele gli disse com'era diventato elegante, gettò lunghe esclamazioni sul soprabito e sul cappello, risuonarono le sue risate profonde. Danilo spiegò che s'era fermato qualche giorno a Torino a rifarsi il guardaroba, sua madre adesso guadagnava bene, ringraziò gravemente Emanuele d'averla fatta assumere alla fabbrica di sapone. Emanuele cominciò a raccontare come aveva litigato e brigato per convincere il direttore amministrativo, cominciò a parlare del direttore amministrativo e di tutte le cose che lui una volta o l'altra gli avrebbe fatto. Ma Danilo non rise. Si accorsero che aveva il viso ingiallito e come un po' gonfio, e non sembrava piú capace di ridere, non rideva. Soltanto rise un poco nell'alzarsi a chiudere la porta, disse che gli piaceva tanto poter di nuovo aprire e chiudere le porte, oh com'era bello. Emanuele voleva sapere mille cose insieme, se in prigione c'erano le cimici, se lasciavano leggere romanzi, se lui aveva imparato il tedesco. Tornò Giustino con lo *champagne* e tornò Concettina coi bicchieri. Concettina era molto bella, con la frangia gettata all'indietro che le lasciava scoperta la fronte, con gli occhi attoniti e le labbra bianche e tremanti. Emanuele chiese a Danilo se sapeva che ora Concettina andava da sua sorella a studiare stenografia. Danilo rispose di sí, che lo sapeva, e prese il bicchiere dalle mani di Concettina ma non s'illuminò nel guardarla, quella antica espressione maliziosa pareva svanita via dal suo viso. Bevvero lo *champagne* senza nessuna allegria, Ippolito rifiutò di bere e disse che lo *champagne* gli dava bruciore allo stomaco, Emanuele allora s'arrabbiò con lui, era possibile che pensasse tanto al suo stomaco, pareva proprio una vecchia signora. Non succedeva mica tutti i giorni che un amico tornasse dalla prigione. Danilo a un tratto annunciò che si sposava tra poco. A Torino in quei giorni prima che l'arrestassero aveva conosciuto una ragazza, un'operaia, e uscendo di prigione l'aveva rivista e avevano deciso di sposarsi. In prigione aveva pensato molto a tante cose, disse, e gli era sembrato d'esser vissuto sempre cosí da sciocco, d'aver perso tanto di quel tempo. In prigione si diventa adulti, disse, e viene un'insofferenza di tutti gli atteggiamenti e le pose. In prigione lui aveva fatto la censura di tutta la sua vita passata, disse, e si era accorto che non c'era stato niente di buono, solo le ore che aveva passato con quella ragazza non gli erano sembrate tanto oziose e inutili. Era una ragazza molto semplice e seria, e lui poteva sposarla tranquillamente perché non si sarebbe spaventata il giorno che l'avessero messo in prigione di nuovo, avrebbe tirato avanti a lavorare ed era preparata a questa idea, era una ragazza molto « preparata ». Emanuele domandò se era bella e Danilo rispose che non sapeva, non se l'era mai chiesto, lui del resto non aveva bisogno d'una grande bellezza, aveva bisogno d'una ragazza tranquilla e preparata a tutto. Per ora contavano di abitare dalla madre di Danilo, bastava un letto di piú, e Marisa – Marisa si chiamava la ragazza – si sarebbe cercata un lavoro lí in città, chi sa, forse Emanuele sarebbe riuscito a farla entrare anche lei alla fabbrica di sapone. Ippolito s'alzò e disse che avrebbe dovuto essere allo studio a lavorare da un pezzo, e Danilo disse che usciva anche lui perché doveva passare dal falegname a ordinare il letto per sua moglie. Cosí rimasero soli Emanuele e Concettina, davanti al tavolo ingombro di bicchieri e di piatti. Emanuele disse che non aveva voglia di andare quel giorno alla fabbrica, aveva sonno e si sentiva triste, quello *champagne* non era molto buono, era stato un errore mandare

Giustino perché lo *champagne* se non è molto buono fa male. Concettina a un tratto appoggiò la testa sul tavolo e cominciò a singhiozzare. Emanuele saltò su spaventato e prese a consolarla, chiese se era stata davvero una cosa tanto seria, se davvero si era un po' innamorata. Concettina scosse forte la testa, non si era innamorata, non sapeva neppure lei perché piangeva cosí. Emanuele disse che anche lui si sentiva molto triste e non sapeva bene perché. Anche lui era rimasto male a vedere Danilo cosí cambiato, con quel cappello duro e quell'aria prudente, era molto meglio quando aveva il basco e passava le ore davanti al cancello. Ma non c'era ragione di piangere, Concettina avrebbe trovato ancora tanti uomini che si sarebbero innamorati di lei, avrebbe dimenticato Danilo, aveva un po' fantasticato e sognato su Danilo che era in prigione, a un tratto l'aveva visto come un eroe, una cosa molto naturale e niente affatto tragica. Povera Concettina che si era messa perfino a studiare la stenografia. A sentir parlare della stenografia Concettina singhiozzò piú forte, le era venuta in odio la stenografia e non ne voleva piú sapere, non voleva piú andare la sera dalla sorella di Danilo, e adesso come fare con la sorella di Danilo che l'aspettava. Ma se bastava mandare un biglietto, disse Emanuele e rise, bastava una scusa qualunque, non era un problema. Emanuele restò fino a sera a consolare Concettina, a carezzarla e a tenerle strette le mani.

Danilo e la ragazza preparata si sposarono dopo qualche giorno. Tutti se l'erano immaginata bruttina quella ragazza preparata, invece bruttina non era, anzi sarebbe stata abbastanza bella se non avesse avuto un viso cosí patito e i capelli tutti bruciacchiati dall'ossigeno. I capelli erano un orrore, diceva Emanuele a Ippolito e Giustino per strada mentre tornavano dal matrimonio, lui mai avrebbe preso una moglie con dei capelli cosí bruciacchiati, ciocche ruvide e mor-

te, di un giallo che dava nel verde. Mai avrebbe potuto carezzare dei capelli cosí. Il viso era bello ma tanto sciupato,
la carnagione come già appassita, ruvida e spenta. Invece a
Giustino Marisa era piaciuta, diceva che non ne capiva niente Emanuele di ragazze, e chi sa che straccio di moglie si sarebbe presa, qualche vecchia snobbona che gli avrebbe im-
posto sua madre. Tornavano dalla bicchierata in casa di Danilo, era invitata anche Concettina ma non era venuta. La
madre di Danilo si era messa a parlare con Emanuele in un
angolo, chiedeva se era possibile far entrare anche Marisa
alla fabbrica di sapone, chiedeva se c'era stato buon senso a
sposarsi, uno come Danilo che non aveva ancora il diploma
di ragioniere, e non era nemmeno una gran cosa quella
ragazza, a vent'anni aveva una carnagione tanto sciupata.
Emanuele si lamentava che adesso avrebbe dovuto di nuovo
litigare e brigare, per far entrare anche Marisa alla fabbrica. Invece non fu necessario, perché Marisa trovò subito lavoro alla fonderia. Si alzava presto al mattino e prima d'andare al lavoro lustrava le scarpe di Danilo e gli spazzolava il
vestito, e spazzolava a lungo il suo cappello duro, che era
sempre piú duro e piú lustro. E poi puliva la stanza e adesso
non si riconosceva piú la stanza di Danilo, col pavimento lu-
cido e le tendine stirate, e un piccolo servizio da liquori sul
comò. Ma la madre di Danilo quando vedeva Emanuele al-
l'uscita della fabbrica, sempre si lamentava di quella ragazza, che forse non era cattiva ma non pareva mai contenta di
niente, e tornava a lavare l'insalata dopo che l'avevan lavata loro tante volte, e annusava il burro e la carne, tutto annusava. E lei era sicura che Danilo non si era sposato per
amore ma per ragionamento, e le cose che si fanno per ragionamento non vanno mai bene.

Danilo riprese a venire sempre da Ippolito, e la signora
Maria dovette rassegnarsi a vederlo arrivare alla fine della

cena, anche se ogni volta si sgomentava a pensare che era stato in prigione e che aveva sposato un'operaia, una che lavorava tutto il giorno in grembiale nero alla fonderia. Danilo veniva sempre solo, perché la moglie la sera era stanca e subito dopo cena si metteva a letto. La signora Maria scappava subito appena lo vedeva arrivare, Concettina invece non scappava, cominciava anzi a scherzare con Emanuele e faceva delle risate alte e stridule, ma appena smetteva di ridere il suo viso diventava di colpo tutto increspato e stanco. Spariva e ricompariva subito dopo col cappello in testa e infilandosi i guanti, e apriva la finestra e parlava a qualcuno che l'aspettava di sotto, poi correva giú per le scale e si sentivano ancora le sue risate alte e stridule, e il rumore d'una macchina che partiva. Aveva ripescato fuori i suoi fidanzati d'una volta, s'era rimessa a andare in biblioteca e aveva ripreso con Racine, e quello della macchina l'aspettava sulla porta della biblioteca, fumando una sigaretta dopo l'altra.

Emanuele raccontava le notizie che aveva sentito alla radio, ma non c'erano mai grandi notizie. I tedeschi e gli altri facevano la guerra fredda, sulla linea Maginot e sulla linea Siegfried, nessuno che perdeva o vinceva, solo qualche sparo in aria ogni tanto. Emanuele diceva che ora avevano inventato anche la guerra fredda per farlo languire di noia, nessuno mai avrebbe vinto o perduto, la guerra fredda sarebbe durata per sempre. Ma Ippolito si chiedeva soltanto cosa succedeva in Polonia, cosa poteva essere laggiú l'inverno con le case crollate e coi tedeschi, coi tedeschi che portavano la gente a morire nei *Lager*, e diceva che gli andava via la voglia di vivere a pensare a quei *Lager*, dove i tedeschi spegnevano le sigarette sulla fronte dei prigionieri. Allora anche Emanuele si chiedeva cos'era stato dei genitori di Franz. Ma Danilo diceva che per quelli che morivano nei *Lager* non si poteva far niente, e invece si poteva far qualco-

sa per i suoi amici ch'erano ancora in prigione, li avevano
portati a Roma in vagone-cellulare e adesso dovevano avere
il processo al Tribunale Speciale, e lo sapevano forse Emanuele e Ippolito cos'era un viaggio in vagone-cellulare, un
viaggio che durava in eterno, tutti incatenati gli uni agli altri. Lo sapevano forse loro cos'era la prigione, non spegnevano le sigarette sulla fronte ma non si stava bene, e si diventava tisici a mangiare soltanto la minestra che davano,
se non c'erano soldi per comprarsi qualcosa d'altro. E poi ci
volevano anche dei soldi per pagare l'avvocato al processo,
e dei soldi per soccorrere le famiglie. Trovare soldi, questa
era la cosa importante, e non annoiarsi alla radio perché la
guerra era fredda. Emanuele diventava rosso e diceva che
un pochino di soldi forse li poteva dare, non molto perché il
suo patrimonio non lo poteva toccare, lo zio colonnello l'a-
vrebbe saputo, si metteva un po' a balbettare quando parlava del suo patrimonio. Ma poteva risparmiare un poco sulle
piccole spese. Danilo alzava le spalle, ci voleva altro che i
piccoli risparmi di Emanuele, messi in serbo un poco per
giorno come fanno i buoni bambini. Ci voleva una bella som-
ma e bisognava farla saltar fuori a ogni costo.

   Anna sperava sempre che ricominciassero con la politica,
con i giornali e gli opuscoli, ma Giustino le disse che non
avrebbero ricominciato, pensavano soltanto a trovare i soldi per gli amici di Danilo in prigione, del resto era politica
anche quello, trovare i soldi si chiamava soccorso rosso ed
era molto pericoloso. Ma nessuno si chiudeva piú nel salotto e il salotto era sempre deserto, con le imposte chiuse e un
gelo da morire, perché Ippolito diceva che bisognava fare
economia di legna, e non occorreva accendere la stufa anche
lí. La signora Maria si lamentava che Concettina non potesse piú suonare il pianoforte, ma Concettina disse che non
gliene importava niente del pianoforte e anzi aveva deciso di

venderlo, era suo il pianoforte e poteva farne quello che voleva, era stato della nonna e la nonna prima di morire aveva detto che lo lasciava a lei. Ogni giorno a tavola parlava di vendere il pianoforte, e chiedeva a Emanuele come si faceva a mettere un'inserzione sul giornale, quanto costava e dove bisognava andare. Disse che aveva deciso di venderlo perché voleva farsi il corredo, non poteva mica andare nuda a sposarsi. Allora Ippolito disse che quando avesse avuto qualcuno da sposare avrebbe pensato se vendere o non vendere il pianoforte, adesso aveva soltanto quei suoi fidanzati, li aveva da tanti anni e nessuno era buono da sposare. E Concettina disse che ce n'era uno buonissimo da sposare, quello che la veniva sempre a prendere in macchina, e lei lo sposava subito, alla fine del mese. Ed era uno buonissimo da sposare, era uno molto meglio di Ippolito e di Emanuele e della gente che loro due frequentavano sempre, era uno che le voleva bene, e l'aspettava da tanti anni. E del resto lei non aveva bisogno di dare spiegazioni a nessuno e faceva di testa sua. Se ne andò sbattendo la porta e rimasero tutti sbalorditi a guardarsi, e d'improvviso si udirono i singhiozzi convulsi di Concettina nella sua stanza, e Emanuele voleva andare da lei, ma Ippolito lo trattenne. Giustino disse che lo conosceva bene quello della macchina, era un fascista e girava in camicia nera nei cortei. Emanuele lo conosceva anche lui e disse il nome, si chiamava Emilio Sbrancagna, Concettina sarebbe stata la signora Sbrancagna, un bel nome. Emanuele voleva che Ippolito corresse subito da Concettina e la persuadesse a lasciarlo perdere quel tipo, non sentivano forse come piangeva, lo sposava perché era disperata e avvilita e chi sa cosa s'era messa in testa, forse si era messa in testa che se non si sposava adesso non si sposava mai piú. Ma la signora Maria disse che l'aveva guardato dalla finestra quel giovane ed era alto e distinto, e aveva preso anche qualche informazione sulla famiglia, perché lei pensava sempre a tutto. Era un'ottima famiglia e stavano bene, abitavano in una villa un po' fuori città, il padre aveva un'industria di prodotti chimici e anche il figlio lavorava lí dentro. In quel momento comparve Danilo, e chiese come mai stavano intorno alla tavola con quell'aria sgomenta. Emanuele allora gli spiegò che Concettina voleva sposarsi col signor Sbrancagna, un fascista. Danilo chiese cosa c'era di tragico, il fascista li avrebbe aiutati quando fossero stati nei pasticci. Poi prese subito a parlare d'altro, come se Concettina fosse stata una persona qualunque, e come se lui mai l'avesse aspettata dei pomeriggi interi davanti al cancello.

Il giorno dopo la signora Maria prese a pulire la casa, perché Concettina le aveva detto che Emilio Sbrancagna con i suoi genitori sarebbe venuto a far visita. Furono spalancate le finestre in salotto e la signora Maria salí sulla scala a lavare i vetri. Anna intanto doveva spolverare il pianoforte e i mobili, e si provò a spostare il pianoforte per vedere se c'erano ancora opuscoli rosa e verdi nascosti dietro. Non c'era niente, solo per terra qualche fiocco di polvere. Concettina non aiutava a pulire, Concettina stava sdraiata sul letto nella sua stanza, soffocando un singhiozzo nel fazzoletto ogni tanto. La signora Maria pensava che piangesse per il corredo, e diceva che Ippolito non doveva lasciar vendere niente, doveva andare a prendere i soldi alla banca, era convinta che alla banca ci fosse un mucchio di soldi e che Ippolito non li volesse toccare. Ogni tanto scendeva dalla scala e andava a consolare Concettina, le diceva che in fondo non occorreva molto per un corredo, poche cose pratiche e lavabili, niente seta rayon perché era volgare, lino o batista. Alle otto di sera il salotto era pronto, con la stufa accesa e con le tazze del tè preparate sul pianoforte, e la signora Maria s'era messo il suo vestito nero col *jabot* di trina e d'improvviso s'era messa a comandare tutti, Giustino doveva avvertire Danilo che non si facesse vedere, Concettina doveva lavarsi gli occhi con l'acqua borica e lisciarsi all'indietro la frangia, Emanuele doveva comparire un attimo, salutare e andare subito via.

Emanuele invece non volle saperne di comparire in salotto, si rintanò in cucina con Anna e insieme guardarono i signori Sbrancagna che scendevano dall'automobile, il padre piccolino e un po' storto, con dei lunghi baffi color fieno, la madre grande e canuta, il ragazzo coi capelli tagliati a spazzola, un piumacchio nero su una fronte alta e stretta come una torre. Emanuele continuava a dire: – Povera Concettina, che pena, che pena, – e imprecava contro Ippolito che non faceva niente per impedire quel matrimonio, lasciava correre, lui sempre lasciava correre, in fondo non gliene importava niente di nessuno, in fondo era un cinico. Doveva andare a finire coi signori Sbrancagna Concettina che aveva aiutato a bruciare i giornali, doveva andare a finire in una famiglia di fascisti, col ritratto di Mussolini a capo del letto, lei che era figlia di suo padre, un uomo che era morto nel dolore di non vedere la rivoluzione. Doveva andare a finire così Concettina, per malinconia, per dispetto, chi sa perché. E oltre a tutto c'era anche il pericolo che un giorno raccontasse al marito di quando avevano bruciato i giornali, e lui già vedeva Emilio Sbrancagna che correva a ridirlo in questura, e allora sí che sarebbe successo qualcosa di bello. Emanuele zoppicava per la cucina e tirava calci nelle gambe del tavolo, e diceva povera Italia che doveva aspettarsi la rivoluzione dai tipi come Ippolito, Anna mangiucchiava biscotti, finché venne Concettina di corsa a portarle via la guantiera. Emanuele la inseguí nel corridoio e le disse che sulla memoria di suo padre doveva giurare di non dire mai niente di quel giorno che avevano bruciato i giornali. Concettina giurò, ma subito le venne una gran rabbia contro Emanuele, digrignò i denti e gli diede uno strattone all'orecchio, si liberò da lui e riapparve in salotto con la guantiera. Emanuele tornò in cucina a scalciare, fregandosi l'orecchio che gli doleva.

Nel salotto la signora Sbrancagna sedeva con la signora Maria sul divano, la signora Maria stava con due dita puntate sul ginocchio e parlava dei suoi viaggi, di quando era stata rubata la pelliccia della nonna al Grand-Hôtel di Cannes, una pelliccia di *skuntz*. Parlava e parlava ma ad un tratto fu presa dal timore, guardava i biscotti e le parevano pochi, guardava la porta con l'angoscia di veder entrare Danilo. Ippolito taceva e s'accarezzava la faccia, Concettina gualciva un fazzoletto tra le mani sudate, e alla signora Maria parve che Concettina fosse brutta quella sera, con la frangia lisciata all'indietro e con l'abito blu che s'era messo non aveva l'aria d'una *cocotte*, ma invece aveva l'aria d'un'istitutrice. Il signor Sbrancagna mangiava i biscotti e aveva i baffi tutti pieni di briciole, e cercava di far conversazione con Ippolito, ma non era facile strappare una parola a Ippolito quando si metteva a guardar nel vuoto e a carezzarsi la faccia. Ma il giovane Emilio Sbrancagna sembrava infischiarsene della conversazione e di tutto, e stava sdraiato in poltrona con le dita intrecciate, col suo piumacchio ritto sulla fronte, e guardava Concettina con un sorriso molto allegro e furbo, e stava in quella poltrona come se ci fosse stato sempre, cullandoci dentro il suo corpo lungo e snodato, poi saltò su di colpo e suonò qualche accordo al pianoforte, e la signora Maria sussultò sul divano e guardò il pianoforte pensando che ormai non si poteva piú venderlo, ormai che tutti l'avevano visto. La signora Sbrancagna voleva sapere di Cannes, lei non c'era mai stata, suo marito non ce l'aveva voluta portare perché aveva sentito che le donne andavano sulla spiaggia tutte nude. Anche a lei una volta avevano rubato una spilla in un albergo a Vicenza, una spilla di molto valore, ma il marito le disse di non raccontare sciocchezze, nessuno le aveva rubato mai niente, la spilla l'aveva perduta perché era mal chiusa, del resto era una spillaccia da pochi soldi. La signora Sbrancagna susurrò alla signora Maria che suo marito faceva sempre cosí, provava un gran piacere a mortificarla davanti alla gente. A un tratto quando nessuno se l'aspettava il signor Sbrancagna prese a dire che non c'era motivo di tacere su quello che stava a cuore a tutti, suo figlio e Concettina si volevano sposare, bene allora si sposassero pure, lui avrebbe preferito una ragazza con un po' di dote ma se la dote non c'era pazienza. La signora Maria disse che pure Concettina aveva qualcosa, una parte delle « Visciole » era sua, il signor Sbrancagna disse che lo sapeva ma non potevano chiamarla una dote quel piccolo pezzetto di terra, da spartirsi fra quattro fratelli. Ma insomma alla questione della dote ci passava sopra. C'era poi la questione della politica, quella era piú spinosa, lui voleva essere sincero e sapeva che il padre di Concettina era stato un sovversivo, e lui dei sovversivi aveva sempre avuto una grande paura, si rizzò in piedi e fissò Ippolito con due occhi sbarrati. Però sapeva che era stato anche una brava persona, sapeva che anche tra i sovversivi c'erano delle brave persone, sembrava strano ma di brave persone se ne trovavano un po' dappertutto. L'aveva detto molto sottovoce ma la moglie subito ebbe paura, si guardò attorno e chiese se la donna di servizio dormiva nella stanza accanto, con le donne di servizio non c'era mai da stare tranquilli, e uno poteva aver delle noie per una parola male intesa. Lui allora si stizzí con la moglie, non aveva detto niente di brutto, quello che aveva detto si sentiva di gridarlo ad alta voce in piazza, tra i sovversivi c'erano anche delle brave persone. La signora Maria disse allora che il padre era stato molto di piú d'una brava persona, era stato un uomo superiore, e tutta la sua vita l'aveva spesa nell'amore ai figli, e poi anche a scrivere un libro di memorie, ma infine l'aveva bruciato, chi sa perché. Il giovane Emilio Sbrancagna d'un tratto scoppiò a ridere, si cullava nella poltrona e rideva, tirando su le ginocchia e agitando i piedi. Tutti lo guardarono stupiti e sua madre gli chiese severamente perché rideva cosí. Disse che gli era venuto da ridere a immaginare suo padre in piazza che gridava per difendere i sovversivi. E dopo quella risata si sentirono tutti il cuore leggero, e anche Concettina parve acquetata e serena, e il signor Sbrancagna nell'andarsene strinse forte la mano a Ippolito e gli disse che sperava di poter conversare ancora con lui, perché appena l'aveva guardato negli occhi aveva sentito per lui una gran simpatia, e sperava che non fosse un sovversivo ma in fondo anche se lo era pazienza, e la moglie intanto gli tirava dei pugni nella schiena, e spiegava alla signora Maria che in casa sua era sempre cosí, suo marito e suo figlio dicevano delle parole che non dovevano dire. Finalmente i signori Sbrancagna se ne andarono via, e loro in cucina trovarono ancora Emanuele che dormiva con la testa sul tavolo, lo svegliarono e lo mandarono a letto.

L'indomani la signora Maria portò al Monte di Pietà i gioielli della nonna, e li avrebbero poi riscattati coi denari del prossimo raccolto. Poi andò per la città in cerca di una vera tela di lino, aveva orrore delle stoffe miste, si fermava un'ora in ogni negozio e correva su per le scalette a rovistare negli scaffali. Infine portò a casa metri e metri di tela e si mise a tagliare e a cucire sottovesti e camicie da notte, fino a tardi cuciva e ricamava e non parlava piú che di punto mosca e di punto ombra. Concettina voleva farsi una *redingote* nera attillata, identica a quella di mammina, e s'appostava alla finestra a guardare mammina che usciva con la *redingote*, ma non riusciva mai a veder bene e interrogava a lungo Emanuele sui bottoni e le tasche, Emanuele promise di andare di notte in punta di piedi a guardare la *redingote* nell'armadio e fissarsi bene in testa ogni cosa. Emanuele però non smetteva di tormentare Concettina con la politica, da sposata avrebbe dormito col ritratto di Mussolini a capo del letto. Concettina arrossiva e diceva che qualcosa di buono l'avevano pur fatto i fascisti, i ponti e le strade, ed era molto strano sentirla parlare cosí di ponti e di strade, lei che nella sua vita mai s'era curata d'una strada o d'un ponte, mai si era chiesta se ce n'erano abbastanza in Italia. Emanuele si copriva la faccia con le mani e gemeva, Dio com'era bastato poco a Concettina per mandarla in briciole, ormai di Concettina non restava che un pugno di briciole da buttarsi agli uccelli. Lui non lo voleva vedere Emilio Sbrancagna, e pregava che mettessero alla finestra un fazzoletto nero legato a un bastone se c'era Emilio Sbrancagna per casa, e se non c'era un fazzoletto bianco e lui allora sarebbe venuto. Invece Danilo disse che lo voleva conoscere questo Emilio Sbrancagna, perché ai fascisti bisognava pure discorrerci insieme, per capire cos'avevano in testa. Ma Ippolito disse che Emilio Sbrancagna di fascismo in testa ne aveva ben poco, metteva la camicia nera come avrebbe messo un'altra camicia, e tutta la retorica del fascismo gli era passata sopra senza deturparlo, era fresco e sano come un vitellino in un prato. E Danilo disse che il fascismo ne aveva tanti di quei vitellini, non era mica fatto solo di lupe e di aquile, c'erano anche i vitellini e domani sarebbero andati a morire in guerra, appunto proprio come vitellini al macello. E proprio ai vitellini nei prati bisognava parlare, a tutto quello che c'era di ancor vivo in Italia bisognava parlare.

Una volta sola Giustino si ricordò di appendere il fazzoletto nero al bastone, perché Emanuele sapesse che c'era Emilio Sbrancagna, ma quel fazzoletto era il *foulard* della signora Maria, e lei andò a riprenderlo per la paura che potesse sciuparsi. Da allora non ci furono piú fazzoletti, ed Emilio ed Emanuele cominciarono a incontrarsi sulle scale e a salutarsi, ma Emilio da principio faceva una faccia scura perché s'immaginava che fossero innamorati di Concettina tutti quelli che venivano in casa, finché la signora Maria gli spiegò che per Emanuele Concettina era come una sorella. E a poco a poco Emanuele smise di dire « Sbrancagna » digrignando i denti. E poi un giorno ci fu l'incontro fra Emilio e Danilo, Danilo cominciò a interrogarlo con quell'aria di poliziotto che aveva preso in prigione, Emilio si agitava inquieto nella poltrona, con una gran voglia di scappare da Concettina che prendeva il sole sulla terrazza. Danilo gli chiedeva una quantità di cose, se aveva letto questo e quello e se aveva paura della guerra, Emilio scuoteva il suo piumacchio nero di capelli e si rivoltolava nella poltrona, in guerra non aveva niente voglia di andarci, del resto adesso in Italia chi ci pensava alla guerra. Disse a Danilo e a Ippolito che si sentiva troppo stupido per parlare con loro, gli parlavano come se fosse molto intelligente e invece lui era stupido, non aveva mai letto né Spinoza né Kant, aveva provato ma aveva subito lasciato stare perché non capiva. Lui aveva voglia di sposare Concettina e basta, non guardava avanti negli anni, ogni giorno che veniva era bello. Sapeva che Danilo era stato in prigione, sentiva un grande rispetto per quelli che andavano in prigione ma lui mai avrebbe avuto il coraggio di andarci, lui metteva una camicia nera e sfilava nei cortei. Del resto gli pareva che qualcosa di buono l'avessero fatto i fascisti, per esempio avevano preso l'Africa e l'Albania, forse non ci voleva molto a prenderle ma intanto le avevano prese. Solo quello che non gli piaceva era l'Asse Roma-Berlino, i tedeschi non li poteva soffrire, suo padre aveva fatto la guerra contro i tedeschi e lui allora era piccolo ma non l'aveva dimenticato. L'Asse Roma-Berlino non gli piaceva ma difatti adesso Mussolini non faceva la guerra insieme ai tedeschi, forse anche lui non li poteva soffrire e l'Asse Roma-Berlino era stata tutta una commedia. Nell'insieme gli pareva che le cose in Italia non andassero poi tanto male, forse potevano andare anche meglio ma lui si accontentava, Danilo e Ippolito erano troppo intelligenti per accontentarsi e immaginavano altri governi, e invece lui era stupido, era di buona bocca e si accontentava. Finalmente lo lasciarono libero e scappò via, e pareva proprio un vitellino o un puledro a cui avessero slegato la corda perché potesse pascolare in pace, e Danilo rimase in salotto a ragionare sui vitellini, ce n'erano tanti in Italia ed erano tutti cosí.

La notte prima del matrimonio Concettina stette sveglia a piangere, ma era un pianto senza piú dolore, stava seduta sul letto con le mani intrecciate dietro la testa e lagrime chiare e quiete le scorrevano lungo il viso, e la signora Maria dormicchiava ai piedi del letto, e ogni tanto trasaliva e s'alzava tutta spettinata, con una guancia rossa e l'altra pallida, e scendeva a scaldare la camomilla. Quelle lagrime sul viso di Concettina non lasciarono traccia, al mattino era un viso puro e fresco, senza gonfiori o rossori, un bel viso lavato dalle lagrime, luminoso e mite. Nel salotto era stato preparato un rinfresco, e la signora Maria si era chiesta se bisognava invitare mammina, ma Emanuele disse che era inutile, mammina certo non sarebbe venuta. Invece mammina si offese di non essere stata invitata, e disse a Emanuele che sapeva benissimo che Concettina aveva copiato la sua *redingote* e per questo non aveva voluto invitarla, a lei non gliene importava niente se l'aveva copiata ma non credesse però di star bene, aveva le gambe e i fianchi troppo grossi per portare una *redingote* attillata, e avrebbe fatto meglio invece a copiare il suo paltò a sacco, per una col personale di Concettina sarebbe stato molto piú indicato. Emanuele corse a dire che dovevano invitare mammina ma ormai era tardi, mammina si era offesa e non venne, mandò una *corbeille*. Vennero Emanuele e Giuma, Emanuele disse che Giuma a un matrimonio ci stava bene, era molto elegante e faceva bella figura. Vennero anche Danilo e sua moglie, la signora Maria non li voleva a nessun costo, era disperata, cos'avrebbero mai pensato i signori Sbrancagna a trovarsi con Danilo e sua moglie. Ma Ippolito disse che in casa era lui a comandare, e aveva fissato apposta il matrimonio di domenica, in modo che anche la moglie di Danilo potesse venire. La signora Maria gli disse che si ricordava di comandare solo quando gli tornava comodo, di solito s'infischiava di tutto, e per il corredo di Concettina lei aveva dovuto mortificarsi a portare i gioielli al Monte di Pietà. Emanuele intanto se la rideva a pensare alla faccia che avrebbe fatto il signor Sbrancagna a trovarsi davanti Danilo, perché in città lo sapevano tutti che era stato in prigione. Ma il signor Sbrancagna viveva isolato con sua moglie in quella villa fuori città, e non sapeva niente di Danilo, e chiese a Ippolito chi era quel giovane dall'aria tanto intelligente e distinta. Per tutto il tempo della cerimonia in chiesa e poi anche a casa al rinfresco il signor Sbrancagna restò accanto a Ippolito, perché Ippolito era la sua simpatia, e prese a raccontargli tutto di sé, come aveva sposato sua moglie e come aveva messo su quell'industria di prodotti chimici, e sottovoce chiedeva se l'Italia sarebbe entrata in guerra insieme ai tedeschi, i tedeschi non li poteva soffrire, aveva fatto la guerra contro di loro e una volta che uno ha fatto la guerra contro un paese se ne ricorda per sempre, come può dopo diventarci amico, il cuore umano è pure il cuore umano e resta sordo alle opportunità politiche. E poi con i tedeschi adesso c'erano alleati anche i russi, che pasticcio era. Alla guerra fredda non ci si poteva credere, chissà quanti morti c'erano già stati, si muovevano poco perché s'avvicinava l'inverno, ma in primavera sarebbe scoppiato un disastro. E Ippolito disse che anche lui lo pensava.

Anna stava in un angolo della stanza con un vestito di velluto giallo che la signora Maria le aveva tagliato fuori da una tenda, pensava che era stufa di esser vestita di tende, nessuno poteva non accorgersi ch'era una tenda quella che lei aveva addosso, c'erano perfino ancora le nappine al fondo, perché la signora Maria aveva detto ch'erano un bel guarnimento e sarebbe stato un peccato levarle via. Guardava Giustino che faceva un po' lo stupido con la moglie di Danilo, sedeva sul bracciolo della sua poltrona e le diceva che d'inverno l'avrebbe portata a sciare, le avrebbe insegnato a scender giú a spazzaneve, era facile. La moglie di Danilo aveva una camicetta rosso-fiamma che stava male col colore dei suoi capelli, ma pure era una camicetta e non una tenda, Anna si chiedeva perché lei sola doveva esser vestita di una tenda. Le sarebbe piaciuto che Giustino portasse anche lei a sciare ma lui certo non l'avrebbe portata, sarebbe andato da solo con la moglie di Danilo per fare un po' lo stupido, come se la moglie di Danilo avesse voglia di dar retta a lui. La moglie di Danilo lo ascoltava distratta col suo viso stanco e patito, e ogni tanto dava in un riso che sembrava una tosse. Giuma era lí accanto a loro con le labbra incurvate in un sorriso sprezzante, dovevano sembrargli molto sciocche le vanterie di Giustino sullo spazzaneve, chissà com'era bravo a sciare e lo spazzaneve gli doveva sembrare una sciocchezza.

Giuma vide Anna che lo guardava e s'avvicinò a lei. Disse: – Noialtri due da piccoli si giocava insieme –. Lo disse come parlando di un tempo lontanissimo, remoto, dopo era stato in Svizzera, aveva vinto chissà quante gare di *rugby*, le guance gli si eran fatte dure e ispide, le spalle quadrate e robuste. Era diventato molto alto, elegante, aveva una ca-

micia di seta con le iniziali, alla cintola aveva appeso un orologio in una specie di guscio nero. Le stava davanti e faceva
ballare la catenina di quell'orologio, i capelli gli cascavano
sempre sugli occhi e li gettava indietro incurvando le labbra.
– Leggevamo *Il tesoro del fanciullo*, – lei disse. – *Il tesoro
del fanciullo*! sí sí –. Giuma si mise molto a ridere ricordando *Il tesoro del fanciullo*, gettò la testa all'indietro e rise, lei
rivide i piccoli denti da volpe. Lei si sarebbe divertita ancora a leggere *Il tesoro del fanciullo*, piú volte aveva chiesto a
Emanuele dov'erano andati a finire tutti quei volumi rile-
gati in azzurro, Emanuele non ne sapeva niente, forse mammina li aveva fatti portare in soffitta. – Mi legavi agli alberi
con una corda, – lei disse. – Davvero? mi dispiace. Spero
di non averti fatto troppo male –. Era diventato molto gentile, quando gli spariva quel sorriso sprezzante pareva perfino un po' timido, a lei parve che le stesse vicino per timi-
dezza, perché non conosceva nessun altro lí nel salotto. Ma
lei sentiva una grande noia, una grande fatica a stare con lui,
la stessa noia e la stessa fatica che aveva provato in quei
giorni che avevano giocato insieme. A lei non sembravano
tanto lontani quei giorni, le sembrava che fossero successe
cosí poche cose, avevano bruciato i giornali e avevano aspettato i poliziotti e invece poi non era venuto nessuno. Giuma sottovoce le chiese chi era quel mostro con la camicetta
rossa, lei disse che era la moglie di Danilo ma lui non sapeva
chi fosse Danilo, certo non sapeva niente di quella volta
che avevano bruciato i giornali, Emanuele aveva detto a
loro che suo fratello era una persona impossibile. Giuma
disse che non conosceva nessuno degli amici di Emanuele,
del resto lui e Emanuele si vedevano poco, solo al mattino un attimo sulla porta della stanza da bagno, a tavola
piuttosto di rado perché mangiavano a ore diverse, lui Giuma molto sovente doveva accompagnare mammina a pran-

zo fuori e a giocare a *bridge*. Fece scattare quel suo guscio
nero e guardò l'ora, anche quel giorno mammina lo aspettava, disse che Emanuele aveva avuto l'astuzia di non imparare il *bridge,* cosí non gli toccava accompagnare mammina in certi noiosi salotti. Chiese a Anna se era libera l'indomani per andare con lui al cinematografo dopo la scuola, l'avrebbe aspettata sul viale, avevano tanto giocato insieme da piccoli e adesso non c'era ragione di non frequentar-
si. Cosí avrebbe avuto una scusa per non fare il quarto al
bridge. Anna disse di sí, che era libera, e pensò con un senso
di fatica e paura a quel pomeriggio che avrebbero passato
insieme, forse d'ora innanzi Giuma avrebbe voluto stare
spesso con lei, ne era orgogliosa e insieme affaticata e impau-
rita e sentiva per lui un po' di pena e non sapeva perché.

Quando gli ospiti se ne furono andati, si dovettero chiudere in fretta le valige di Concettina, piene di quel suo corredo tutto di vera tela, e Concettina e Emilio partirono in
automobile per il loro viaggio di nozze.

IX.

L'indomani Anna uscendo da scuola trovò Giuma che l'aspettava sul viale, e andarono al cinematografo a vedere *Il segno di Zorro*. Giuma pagò per lei. Tutto quel giorno lei si era chiesta se i soldi che aveva le sarebbero bastati per il biglietto, se andavano in un cinematografo del centro quei soldi non potevano bastarle. Ne parlò a scuola alla sua vicina di banco, era la sua amica piú cara e si raccontavano tutto. La sua amica si mise a ridere, andava spesso al cinematografo con dei ragazzi e sapeva che pagavano sempre. Le disse che certo Giuma l'avrebbe baciata, i ragazzi portavano al cinematografo solo per baciare. Giuma invece pareva non pensasse a baciarla, le sedeva accanto nel salone quasi vuoto e buio e scalpitava e soffiava, non si poteva piú andare al cinematografo, non c'era mai caso che dessero un film decente. Solo all'ultimo smise di sbuffare, c'era un duello sulla balaustrata d'una terrazza e rimase anche lui senza fiato. Ma all'uscita parlò con disprezzo anche di quel duello, si mise a raccontare un lungo film di duelli che aveva visto a Ginevra, Anna non capiva niente perché era una storia molto pasticciata. Camminarono verso casa e sul lungofiume incontrarono Emanuele e Ippolito, Emanuele alzò le sopracciglia e sgranò gli occhi vedendoli insieme. Al cancello Giuma le disse che l'avrebbe aspettata sul viale anche il giorno dopo, anche senza andare al cinematografo potevano benissimo stare insieme.

Presero l'abitudine d'incontrarsi ogni giorno su quel viale. Anna avrebbe preferito andare dalla sua amica o tornare subito a casa a studiare. Cosí le toccava stare alzata dopo cena a fare i compiti. Ma era troppo orgogliosa che Giuma volesse stare con lei. Giuma era un ragazzo. Concettina le aveva detto tante volte che all'età sua aveva tanti ragazzi per uscirci insieme. Concettina le aveva dato dell'impiastro, perché dopo la scuola veniva subito a casa a studiare. Adesso era impaziente che tornasse Concettina dal viaggio di nozze, per farsi vedere con Giuma sul lungofiume. Invece la signora Maria non era molto contenta che andasse in giro con Giuma, non lo conosceva Giuma, non sapeva che tipo di ragazzo era. Emanuele le disse che era un tipo impossibile, presuntuoso e fatuo, ma sull'educazione non c'era da discutere, era educato dalla testa ai piedi e si poteva dargli da portare in giro cinquecento ragazze. Ma la signora Maria chiedeva perché non aveva fatto amicizia con Giustino che era nella stessa sua classe, perché con Anna. Giustino allora disse che anche con lui Giuma s'era provato a fare amicizia, ma lui non gli aveva dato retta e cosí aveva smesso subito.

Di Giustino e degli altri compagni, Giuma parlava sempre con grande disprezzo. Non leggevano libri, non si lavavano bene, non sapevano fare nessuno sport: si davano grandi arie sportive ma poi non sapevano fare niente di serio. Anna gli chiese se era ancora amico di Cingalesi, di Pucci Donadio: aveva sempre ricordato quei nomi che lui una volta le andava ripetendo di continuo. Giuma aggrottò la fronte. Pucci Donadio lo ricordava, non era mai stato proprio un suo amico, era il figlio d'un'amica di mammina, era molto piú piccolo di lui e glielo portavano a giocare sulla spiaggia a Mentone e lui doveva fargli dei castelli di sabbia. Cingalesi non sapeva chi fosse. Poi a forza di pensare ricordò Cingalesi, un ragazzo che vendeva arance sulla spiaggia.

No, adesso aveva altri amici. Tirò fuori di tasca un pacchetto di lettere, le mostrò i francobolli sulle buste, i suoi amici gli scrivevano da ogni parte del mondo, dall'America, dalla Danimarca, là in Svizzera al collegio s'era incontrato con gente di tutto il mondo. Alcuni erano ancora in collegio e aspettavano il suo ritorno, mettevano in disparte bottiglie di cognac e di gin per festeggiare il suo ritorno, lui aveva proprio voglia di un po' di gin, forse tra poco mammina l'avrebbe lasciato ripartire.

La portava al cinematografo, perché aveva sempre dei soldi da spendere. Oppure vagabondavano per la città, entravano nelle librerie e guardavano le riviste e i libri d'arte, Giuma andava in estasi su certe riproduzioni di quadri dove c'eran soltanto dei triangoli e dei cerchiolini. A volte compravano delle castagne arrosto e si sedevano a mangiarle su una panchina del giardino pubblico. Giuma tirava fuori le poesie di Montale e si metteva a leggerle ad alta voce. Le aveva spiegato chi era Montale, le aveva spiegato chi erano gli altri poeti che contavano un po'. Anna taceva senz'ascoltarlo, non riusciva a fissare l'attenzione sulle sue parole. Guardava il suo largo cappotto chiaro, la sciarpa, i ciuffi che gli cadevano sulla fronte, i piccoli denti da volpe. A poco a poco aveva smesso di annoiarsi con lui, non lo stava a sentire ma lo guardava, ed era infinitamente orgogliosa di sedere con Giuma sulla panchina del giardino pubblico, e le pareva che il cappotto chiaro di Giuma e la sciarpa e l'orologio nel guscio nero le appartenessero un poco, e le pareva che nessuna delle sue compagne di scuola avesse niente di simile, un ragazzo cosí da starci assieme, le sue compagne di scuola uscivano con dei ragazzi ridanciani e noiosi che non leggevano Montale e non sapevano niente di quei pittori dai cerchiolini. Taceva con le mani in grembo, con le bucce delle castagne impigliate nella lana del cappotto. Non avrebbe saputo dire una sola parola su Montale e non aveva capito molto di quelle poesie. Pure s'era affezionata a certi versi a forza di sentirli dire da Giuma: «Un'ora e mi riporta Cumerlotti – Lakmé nell'aria delle campanelle – o vero c'era il falòtico – mutarsi della mia vita – quando udii sugli scogli crepitare – la bomba ballerina». Tornava a casa con la bomba ballerina e il falòtico, per un pezzo la bomba ballerina le ballava davanti. Non chiese a Giuma chi era Cumerlotti, non gli chiese del falòtico, temeva che potesse arrabbiarsi, e temeva che il falòtico diventasse una cosa povera e da poco se si scopriva cos'era.

Al mattino a scuola, la sua amica le chiedeva sempre se Giuma l'aveva baciata e lei diceva di no. La sua amica era molto stupita, anche un po' scontenta e diceva che mai le era successo qualcosa di simile, i ragazzi la baciavano sempre. Finí con l'immaginare che si fossero baciati e Anna non volesse dirlo. A poco a poco diventarono un po' meno amiche. Anna non le raccontò niente del falòtico, quell'amica ora le pareva sciocca, e le pareva che avesse il collo un po' sudicio, anche lei come Giuma s'era messa a guardare se le persone si lavavano bene. Cosí quando Giuma la baciò davvero lei non disse niente a quell'amica. Non lo seppe nessuno.

Giuma la baciò un giorno che si sentiva triste. Aveva preso tre di greco, mammina s'era arrabbiata, e lui allora aveva detto che l'aveva fatto apposta a prendere tre, perché voleva ritornare in Svizzera, non gli piaceva quella brutta scuola e non voleva piú starci. A un tratto anche Emanuele s'era messo a gridare contro di lui. E lui allora aveva detto che della scuola non gli importava poi molto, ma non gli piaceva stare a casa e preferiva il collegio, non gli piaceva portare in giro mammina da quelle brutte signore che giocavano a *bridge*. Emanuele gli aveva gridato che non doveva mancare di rispetto a mammina, gli era saltato addosso e s'erano picchiati, mammina nel cercare di dividerli s'era storta un polso, poi era stata tutto il giorno a farsi degli impacchi d'acqua vegeto-minerale. Non lo lasciavano tornare in Svizzera, non c'era speranza. E lui era tanto stufo di tutto. Solo con Anna si trovava bene, lei sola era buona con lui. Restarono in silenzio, Giuma guardava per terra aggrottando la fronte, faceva dei segni nella polvere col piede. D'un tratto le mise un braccio intorno alla vita e si strinse un poco a lei. C'era un terribile silenzio fra loro, si guardarono spaventati, lo spavento e il silenzio durarono per molto tempo. E poi Giuma la baciò e sospirarono e si sorrisero in pace.

Anna sapeva da Giustino che in classe lo detestavano, gli voltavano subito le spalle appena lui s'avvicinava a parlare. In principio li aveva assordati con le sue gare di *rugby* e con le sue lettere da ogni parte del mondo, annoiava tutti con le sue lettere, ne voleva tradurre dei brani che gli sembravano immensamente buffi, spiegava com'erano buffi e raccontava certe lunghe storie di bevute e di gare, ridendo per conto suo. Adesso invece l'aveva con le poesie di Montale, andava fiero delle poesie di Montale come se fosse stato lui a scriverle, tirava fuori Montale ogni volta che il professore lo interrogava. Proponeva di riunirsi una volta alla settimana per leggere Montale e discuterne. E probabilmente di Montale lui non ci capiva niente. Emanuele chiedeva a Giustino perché non lo prendevano a pugni in testa, forse gli avrebbe fatto molto bene. Ma Giustino diceva che non avevano voglia neppure di prenderlo a pugni, neppure di canzonarlo, era troppo noioso, preferivano voltargli le spalle quando s'avvicinava. Solo Anna riusciva a sopportarlo e ci stava insieme, perché Anna era scema e ingenua e prendeva per buone tutte le frottole che lui le contava. Anna stava ad ascoltare, e provava a incurvare le labbra di sprezzo come faceva

Giuma. Ma si sentiva mortificata, pensava come lui s'avvicinava a parlare e come gli voltavano le spalle, e si sentiva mortificata nel profondo, come se avessero voltato le spalle a lei. E a volte la prendeva il sospetto che davvero Giuma del falòtico e di Cumerlotti non sapesse niente di piú di lei, che dovesse fingere di sapere per sentirsi forte e superbo, per incurvare le labbra di sprezzo e camminare superbo nella città, senza guardare troppo in fondo dentro di sé, là dov'era forse mortificato, sofferente e solo. Molto piú tardi forse si sarebbe scoperto che lui del falòtico non sapeva assolutamente nulla. Una volta andava sempre vantandosi di Cingalesi, lo infilava in ogni discorso, lei aveva pensato a Cingalesi come a una forza sprezzante e terribile. Poi l'antico Cingalesi era andato in polvere e al suo posto era rimasto un mite venditore di arance.

Sempre quando la baciava, il suo viso perdeva ogni traccia di disprezzo e di superbia. Il suo viso si faceva gentile, tenero e fraterno, mentre prendeva a levarle via dal cappotto le bucce di castagne una per una. Allora ridevano insieme di quelle bucce, e pareva che potessero ridere insieme di tante cose, perfino del falòtico pareva che potessero ridere insieme, dirsi l'uno all'altra che non sapevano bene cos'era. Ma non se lo dissero, non arrivarono mai a dirselo, Giuma solo per un attimo restava cosí tenero e gentile, subito incurvava le labbra e si guardava attorno con fastidio, che schifo quel giardino pubblico, che schifo quella città, bisognava vedere cos'erano i giardini pubblici a Ginevra e a Losanna. Poi faceva scattare il guscio nero e s'abbottonava il cappotto, mammina al solito lo aspettava per fargli fare da quarto al *bridge*.

Anna finí col raccontargli di quando avevano bruciato i giornali, lei e Concettina e Ippolito e Emanuele. Giuma non mostrò molto stupore, disse che l'aveva sospettato da un pezzo che Emanuele si immischiava nella politica, era proprio un cretino. Anche a lui non piaceva il fascismo ma tanto valeva tenerselo e non meritava la pena di correre dei rischi, Emanuele poi doveva pensare a mammina, se l'avessero messo in prigione mammina sarebbe diventata pazza. Il fascismo anche a lui non gli andava, soprattutto era una cosa provinciale, faceva dell'Italia una provincia, impediva che si mettessero su delle mostre con bei quadri venuti da fuori. Soprattutto il fascismo era brutto, provinciale e ignorante. Ma non meritava la pena di farsi mettere in carcere per una cosa tanto brutta e goffa, farsi mettere in carcere era un prenderlo troppo sul serio. Anna disse che bisognava pur fare la rivoluzione. Lui si mise molto a ridere, si piegava all'indietro e rideva, sgranava tutti i suoi denti da volpe. La rivoluzione voleva fare Anna, la rivoluzione. No, le disse, non ce n'era bisogno perché il fascismo sarebbe fischiato via da sé piano piano, come quei palloncini di gomma che si sgonfiano sibilando. No, non c'era nessuna rivoluzione da fare e in ogni modo anche se ci fosse stata una rivoluzione da fare non sarebbero stati Emanuele e Anna a farla. – E nemmeno Danilo? – chiese Anna. Nemmeno Danilo, le rispose Giuma, nemmeno Danilo perché si era preso una moglie troppo storta e racchia.

x.

Tornò Concettina dal viaggio di nozze, e andò ad abitare coi suoceri nella loro villa fuori città. Concettina era incinta e non faceva che vomitare e sputare. Non venne a casa. Anna e Giustino andarono a trovarla pochi giorni dopo ch'era arrivata, stava distesa su un gran letto matrimoniale e aveva addosso una trapunta gialla e sputava in un vaso da notte di porcellana a fiorami. Intorno a lei s'affannava la suocera e una quantità di nonne e vecchie zie e serve, chi le portava del brodo e chi dei limoni da succhiare e chi le metteva la borsa calda sui piedi. Concettina parlava piano piano, a denti stretti per non vomitare. Era stata a Napoli e a Capri, aveva fatto i bagni di mare quando ancora non vomitava. A Capri aveva comperato una scatola tutta fatta di conchiglie e delle scarpe di paglia intrecciata. C'erano dei vecchioni vestiti da pescatori che poi erano marchesi o principi, c'erano delle donne che parevano uomini e degli uomini che parevano donne. C'era una signora seduta al caffè, con un pappagallo sulla spalla e tre gatti legati al guinzaglio. Poi quando ebbe mostrato le scarpe e la scatola non trovarono niente altro da dirsi, Anna e Giustino stavano in piedi e aspettavano il momento di andarsene, non c'era più niente da dire a questa nuova Concettina incinta, in una casa piena di nonne e di serve. La vecchia signora Sbrancagna disse loro che non bisognava affaticare Concettina. Così se ne andarono via, c'e-

ra un bel tratto di strada prima d'arrivare a casa, tra loro e
Concettina c'era almeno un'ora di strada a piedi. La casa
dove abitava Concettina era in piena campagna, e aveva intorno un giardinetto umido, circondato da un muro con dei
pezzi di vetro conficcati sopra. – Che ha in cima cocci aguzzi di bottiglia, – disse Anna. Ma Giustino le disse di piantarla subito con Montale, lo sapeva che Giuma le leggeva le
poesie di Montale e chissà cosa si credevano, Montale l'a-
veva letto anche lui e non ci aveva capito molto, era un poeta non tanto facile da capire. Solo la poesia dei cocci di
bottiglia si capiva un po'. Le disse che stesse attenta con
Giuma, forse voleva baciarla e stesse attenta a non lasciarsi
baciare, non doveva mica diventare come Concettina, che
prima di sposarsi s'era fatta baciare un po' da tutti. Concettina si era sposata lo stesso perché era abbastanza carina,
lei non era niente carina e non si sarebbe sposata se andava
troppo in giro coi ragazzi e si lasciava baciare. Erano di cattivo umore tutti e due e litigarono durante tutta la strada,
Giustino diceva che lei gli camminava sui piedi, non poteva
tenersi un po' da una parte. Non gli andava proprio niente
che si vedesse ogni giorno con Giuma, chissà quante volte
si era fatta baciare, e quel Giuma era un tipo impossibile,
in classe gli voltavano le spalle quando s'avvicinava a parlare. Anna gli disse che quella ragazza che gli aveva visto insieme era un tipo impossibile, quella ragazza alta alta e secca, che passeggiava con lui verso sera. Del resto a lui piacevano le donne racchie, gli piaceva la moglie di Danilo che era
tanto racchia, gli piacevano le donne tutte secche e storte.
Giustino disse che la ragazza che si portava a passeggio verso sera non era niente per lui, non era la sua ragazza, era una
che gli serviva perché era bravissima a fare i temi d'italiano,
quando aveva un tema difficile andava da quella ragazza a
farselo fare, e allora per premio se la portava a passeggio.

Tornarono a casa e Emanuele corse loro incontro a chiedere se c'era il ritratto di Mussolini nella stanza di Concettina, gli risposero che non c'era e Emanuele rimase scontento, disse che forse Concettina l'aveva levato in gran furia quando li aveva sentiti arrivare. La signora Maria si mise a pregare che per carità la lasciassero in pace adesso Concettina con la politica, non si sentiva bene perché aspettava un bambino. Emanuele disse che avrebbe fatto una dozzina di bambini Concettina per amore del duce, per dare dei soldati all'Italia come il duce voleva. Anna e Giustino si sentivano un po' tristi, pareva strano ma ci si sentiva sperduti senza Concettina in casa, pareva strano perché lei mai si era occupata di nessuno e stava sempre chiusa nella sua stanza a rammendarsi le calze o a limarsi le unghie o a rosicchiare la matita pensando a Racine. E adesso pareva che non ci fosse piú Concettina in nessuna parte del mondo, pareva non fosse piú la vera Concettina quella donna incinta, che sputava in un vaso da notte a fiorami. Adesso Concettina si era liberata di Racine per sempre, ma in compenso aveva la nausea e avrebbe dovuto mettere al mondo una dozzina di bambini noiosi da lavare e cullare.

Giuma disse a Anna che lui e Danilo erano stati insieme al caffè. Era tutto eccitato ma non voleva mostrarlo. Si erano incontrati sul lungofiume, e Danilo gli si era accostato e avevan preso a parlare. Anna sapeva da un pezzo che doveva succedere, perché Danilo aveva detto piú volte a Emanuele che voleva conoscere quel suo fratello e scoprire un po' com'era fatto. Emanuele pregava di lasciar perdere, suo fratello era un tipo impossibile, un tipo impossibile e basta. Ma Danilo rispondeva che anche i tipi impossibili era bene vedere com'erano fatti. Giuma raccontò a Anna che lui e Danilo avevano parlato e parlato, e poi erano andati a finire in un piccolo caffè di periferia, dove c'era un grammofono a tromba che suonava delle vecchie canzoni. Lui e Danilo avevano parlato un po' di tutto, era venuta notte e non se n'erano accorti. Perfino di Montale avevano parlato, Danilo voleva sapere cos'era questo Montale e Giuma gliel'aveva spiegato. Tornando a casa avevano discusso anche un po' di politica, Giuma aveva detto le sue idee, il fascismo sarebbe fischiato via da sé piano piano. Danilo l'aveva invitato a venirlo a trovare qualche sera, dato che avevano avuto una conversazione cosí interessante. Anna era triste, voleva raccontare della visita a Concettina e delle cose che le aveva detto Giustino per strada, voleva chiedere se era vero che lei non era niente carina e che non si sarebbe sposata. Ma non le fu possibile parlare di niente, Giuma seguitava a dire di Danilo e Danilo e Danilo, non pensò neppure a baciarla.

Giuma andò a trovare Danilo ogni sera per una settimana. Durante quella settimana non faceva che parlare di Danilo e Danilo e Danilo, perfino la moglie non gli sembrava piú tanto racchia, i capelli li aveva ridotti cosí perché andava dai parrucchieri a buon mercato, se avesse avuto denari per aggiustarsi e vestirsi sarebbe stata piuttosto carina. In quei giorni si baciarono poco, Giuma aveva troppo da parlare, di continuo faceva scattare il guscio nero per vedere se arrivava l'ora di andare da Danilo, a mammina aveva dato da intendere che andava da un amico a stùdiare. Danilo e sua moglie trovavano che lui leggeva le poesie molto bene. Poi le cose tra lui e Danilo cominciarono a non andare piú tanto, Anna se ne accorse subito, lui cominciò a dire che nella stanza di Danilo si sentiva un odore cattivo, e poi quel servizio di liquori in mostra sul comò, quel servizio di liquori era una meraviglia, la cosa piú provinciale che si potesse vedere. Danilo voleva tirarlo nella politica ma lui non ci stava, non era un gaglioffo come Emanuele, non voleva correre dei rischi da scemi. Sul principio avevano letto Montale ma poi Danilo gli aveva chiesto se sapeva cos'era *Il capitale* di Carlo Marx, lui sapeva cos'era, aveva detto chiaro a Danilo che di quelle cose non voleva sentirne parlare. Lui piú tardi avrebbe dovuto dirigere la fabbrica di sapone, e anche Emanuele avrebbe dovuto dirigerla, e allora loro non potevano stare dalla parte di Carlo Marx, loro erano padroni di una fabbrica e non potevano stare dalla parte di quelli che volevano dare le fabbriche agli operai. Era tanto chiaro e se Emanuele non lo capiva era proprio un cretino, se si lasciava montare la testa da Danilo e leggeva Carlo Marx. Anna disse che forse non era giusto che loro due avessero una fabbrica di sapone e altri niente, nemmeno da vestirsi e da mangiare. Giuma s'arrabbiò molto e disse che invece era giusto, era giusto perché la fabbrica di sapone l'aveva messa in piedi suo padre dal niente, era prima una baracca da ridere e suo padre tutta la vita aveva lavorato per farla diventare grande e importante. Del resto la giustizia non è di questa terra, disse Giuma, la giustizia è del regno dei cieli. E disse che lui da piccolo ci aveva creduto al regno dei cieli, ma adesso aveva smesso di crederci, ormai era una cosa che ci credevano soltanto i bambini. Anna chiese allora dove si poteva trovare la giustizia, se il regno dei cieli non c'era dove si poteva trovarla. Giuma disse che infatti era un peccato non poterla trovare in nessun posto. Ma comunque lui non credeva alla giustizia di Carlo Marx. E da Danilo non voleva piú ritornare, non voleva mai piú sentire l'odore di quella stanza, se lo sentiva poi addosso nei vestiti quell'odore, li faceva tener fuori all'aria tutta la notte ma quell'odore non se ne andava. Anna si ricordò a un tratto quello che diceva Cenzo Rena sui contadini del Sud, che mangiavano soltanto fave, e disse che bisognava pur fare qualcosa per i contadini del Sud. Ma Giuma le disse di non pensarci adesso ai contadini del Sud, la trasse in un angolo solitario del giardino

pubblico e stettero per un poco a baciarsi. Poi Giuma volle
ritornare al caffè dov'era stato con Danilo, un caffè oltre il
fiume, affumicato e buio, Giuma disse che assomigliava a
certi caffè di Parigi, se si stava rincantucciati lí dentro con
quel vecchio grammofono a tromba e quelle vecchie stampe
alle pareti si poteva anche credere d'essere in un caffè sulla
Senna.

Anna a casa trovò Danilo. Stava raccontando che la sera
prima aveva perso la pazienza con Giuma, per tutte le sciocchezze che diceva a proposito della giustizia e di Marx. Danilo un po' s'era messo a ridere e un po' s'era arrabbiato, e
infine aveva perso la pazienza e l'aveva mandato via. Per
qualche sera era stato paziente, di buona voglia aveva cercato di farlo discorrere d'una cosa e dell'altra e Giuma a poco
a poco aveva rotto il ghiaccio, leggeva le poesie di Montale
e non riuscivano mai a mandarlo a dormire. Ma le sciocchezze che aveva detto su Marx. Danilo non era riuscito a tenersi
tranquillo, a un tratto gli aveva buttato addosso il cappello
e il soprabito e gli aveva detto di non farsi mai piú vedere
finché ragionava cosí. Emanuele era un po' mortificato, disse a Danilo che l'aveva pure avvertito ch'era inutile perdere
il tempo con Giuma, Giuma si sapeva bene cos'era, dopo
tutto aveva solo diciassette anni e mammina l'aveva tanto
viziato, e poi era stato in quel collegio in Svizzera, un collegio di ragazzini ricchi e viziati, del resto la Svizzera era un
paese tutto da bruciare. Che mania aveva Danilo di perdere
il tempo con tutti, che mania aveva di sapere com'era fatta
dentro tutta la gente. E Danilo disse che anche questo era
politica, cercar di sapere com'era fatta dentro la gente, cosa
pensava e come ragionava un ragazzo sui diciassette anni,
di una famiglia borghese, viziato, educato in Svizzera. Ma
Ippolito allora disse che Danilo non agiva bene, perché si
proponeva in astratto di sapere com'era fatta la gente den-

tro, e in ognuno vedeva un problema politico, e aveva un modo inquisitorio e offensivo di fare domande. E forse senza volere aveva fatto del male a Giuma, forse l'aveva profondamente ferito, invitandolo a venire a casa sua con dei modi forse umani e amichevoli e d'un tratto mettendosi a interrogarlo con quel fare inquisitorio e offensivo, crudele, Danilo non lo sapeva ma a volte poteva essere molto crudele. Danilo gli chiese perché non provava lui a discorrere un po' con Giuma, era un'esperienza interessante. Ippolito rispose che lui non faceva esperienze, disprezzava tutto quello che era esperienza, d'un tratto pareva molto arrabbiato, era diventato pallido e ansimava. Lui non faceva esperienze, lasciava vivere la gente e se ne infischiava, ma Danilo che amava avere dei seguaci doveva pure dominare i suoi nervi, non si fa venire un ragazzo a confidarsi e a parlare per poi ridergli in faccia e buttarlo fuori. Danilo stringeva le labbra e picchiava pian piano una matita sul tavolo, di quando in quando alzava gli occhi e fissava Ippolito con uno sguardo attento e freddo, Emanuele inquieto zoppicava su e giú. Ma intanto era arrivato anche Giustino e chiese perché non provavano mai a studiare lui Giustino per sapere com'era fatto, anche lui aveva diciassette anni ed era di famiglia borghese e chissà perché nessuno pensava mai a studiarlo. Allora scoppiarono a ridere tutti insieme e Danilo mise in tasca la matita e disse che andava a casa a dormire, erano tante sere che lui e sua moglie facevano le ore piccole a leggere Montale con Giuma.

XI.

Anna non raccontò niente a Giuma di quello che aveva sentito. Stava attenta a non dirgli niente che potesse fargli dispiacere o dispetto. Fingeva di credere a tutto quello che lui le diceva, fingeva di credere che non andasse piú da Danilo per via dell'odore. Fingeva di credere che non volesse stare con i suoi compagni di scuola perché si lavavano male ed erano sciocchi, fingeva di non sapere che gli voltavano le spalle quando s'avvicinava. Si sentiva vile di fronte a Giuma, sentiva un grande timore che potesse a un tratto stancarsi di stare con lei e di baciarla, se lei gli dava torto in qualcosa e si mettevano a litigare. Cosí cercava di non dargli mai torto e di non litigare. Non parlarono piú della giustizia, non parlarono piú della rivoluzione. Ma Anna pensava ancora alla rivoluzione quando era sola nella sua stanza, vedeva un Giuma diventato a un tratto diverso, che saliva con lei sulle barricate e sparava e cantava. Erano pensieri che lasciava crescere in segreto dentro di sé, ogni giorno aggiungeva una nuova avventura, fughe di lei e Giuma col fucile sui tetti, fascisti che Danilo e Ippolito non erano riusciti a catturare e che lei e Giuma conducevano incatenati davanti al tribunale del popolo. E lei e Giuma dopo le barricate si sarebbero sposati insieme, e avrebbero dato ai poveri la fabbrica di sapone. Quei pensieri mentre stava con Giuma si dissolvevano in polvere, ne aveva una grande vergogna e le pareva di non poterli piú ritrovare, ma sempre li ritrovava quando tornava a casa e si chiudeva nella sua stanza, non appena sedeva al tavolino nella sua stanza quei pensieri crescevano gioiosi e prepotenti dentro di lei.

Era venuta la neve e s'infreddolivano a passeggiare per i viali, ora andavano ogni giorno a quel caffè che sembrava Parigi. Stavano insieme ogni giorno ma non la domenica, la domenica Giuma andava a sciare, qualche volta doveva portarsi dietro mammina che non sciava, restava tutta impellicciata nella *hall* dell'albergo e giocava a *bridge*. Anche Giustino andava a sciare se riusciva a far su un po' di soldi, venducchiando dei libri vecchi o passando i compiti di matematica ai suoi compagni, perché di matematica Giustino era bravo. Anche a Giuma passava i compiti di matematica, diceva che a Giuma faceva pagare tariffa doppia, perché non lo poteva soffrire e perché sapeva ch'era sempre pieno di soldi. Quando aveva racimolato i soldi saliva su in soffitta e martellava, i suoi sci non erano mai a posto, erano vecchi sci con gli attacchi tutti sgangherati. Poi metteva i pantaloni da soldato di Ippolito con una gran toppa nel sedere, e un impermeabile di Concettina che la signora Maria gli aveva aggiustato a giacchetta. Giuma raccontava poi a Anna che aveva visto Giustino sul campo di sci, una cosa da morir dal ridere, Giustino con una giacchettina azzurra da donna che dava grandi urli e fischi e rotolava giú come un sacco, si copriva di neve dalla testa ai piedi. La domenica Anna restava a casa, sedeva al tavolo nella sua stanza e faceva i compiti per tutta la settimana, e ogni tanto posava la penna e pensava alla rivoluzione.

A poco a poco quelle domeniche diventarono molto tristi per lei. Aveva i soliti pensieri, fucilate e fughe sui tetti, ma in fondo a quei pensieri c'era il viso del vero Giuma, che rideva con i suoi denti da volpe, e le riusciva sempre piú difficile strappare quel vero viso dal suo cuore. In fondo a quei pensieri c'era la figura del vero Giuma che non scappava sui tetti, ma andava sui campi di neve o prendeva il tè nell'albergo con mammina tutta impellicciata, cosí lontano dalla rivoluzione e da lei. Sapeva da Giustino che s'era messo a sciare sempre con una ragazza, una ragazza con dei pantaloni di velluto bianco, sciavano tenendosi per la vita, Giustino ammise che era una ragazza abbastanza carina. Anna pregò Giustino di portare anche lei a sciare una volta. Ma Giustino disse che lei non aveva né gli sci né il costume, non poteva mica sciare in sottana e scarpette basse, e poi non sapeva sciare e lui certo non aveva voglia di starle dietro. Anna disse che Giuma le avrebbe insegnato. Ma Giustino alzò le spalle e rise, figuriamoci se il grande Giuma si sarebbe occupato di lei sul campo di sci, il grande Giuma aveva la ragazza dai pantaloni di velluto bianco. Anche Giuma finí col parlarle di quella ragazza, si chiamava Fiammetta, non era stupida e sciava bene. Anna gli chiese se era innamorato di quella ragazza. Giuma disse di no, lui non si era mai innamorato, se per caso s'innamorava forse s'innamorava di quella ragazza ma per ora non era innamorato, andava bene solo per sciare. Anna invece andava bene per discorrere e poi per baciarsi. Per baciarsi non c'era bisogno d'essere innamorati, un ragazzo e una ragazza quando sono molto amici può succedere che si diano qualche bacio ogni tanto. Anna gli chiese se aveva baciato la ragazza Fiammetta. Disse di no, che non l'aveva baciata, per adesso almeno. Anna d'un tratto si mise a piangere, erano seduti al caffè di Parigi e di là dai vetri si vedeva il fiume che andava via nella nebbia, fra i pali del telegrafo e le sponde macchiate di neve. Parve a Anna che al mondo-non ci fosse niente di orribile come quel fiume, quei pali del telegrafo e quel caffè, e quella neve, quelle macchie di neve, d'un tratto il desiderio la prese d'un'estate torrida, che facesse sparire ogni traccia di neve su tutta la terra. Giuma aggrottò la fronte alle sue lagrime, corse subito alla cassa a pagare e le disse di venir via, non voleva mica singhiozzare lí al caffè. Camminarono insieme nella sera, Giuma teneva le mani in tasca e la faccia nascosta nel bavero del cappotto, lei singhiozzava sussultando pian piano, mordicchiandosi i pollici nei guanti. D'un tratto lui la trasse con un'aria stanca e risoluta dietro i cespugli sulla riva del fiume, si baciarono e la pregò di non pensare tante sciocchezze, le mostrò che s'era fatta un buco nei guanti a forza di mordicchiare. Dovettero farsi strada attraverso i cespugli per risalire al ponte, lui le tolse via dal cappotto i pruni che c'erano rimasti impigliati come faceva prima con le bucce delle castagne, adesso non c'erano piú le castagne, il tempo delle castagne era finito. Avevano le scarpe infangate e se le pulirono con un giornale prima d'arrivare in città.

Giuma le raccontò che mammina stava male, perché dovevano arrivare Amalia e Franz. Lui sapeva com'erano le cose, mammina era stata tanto innamorata di Franz prima che Franz e Amalia si sposassero, e adesso non sapeva che faccia fare a ritrovarselo di nuovo davanti. Cosí si metteva a letto al buio e non voleva nessuno nella sua stanza, non voleva che la vedesse nessuno mentre pensava alla faccia da fare. Lui Giuma non era un puritano e non gliene importava se sua madre aveva fatto l'amore con Franz, povera mammina tanto meglio se aveva avuto dei giorni felici, gli uomini e le donne tanto meglio se potevano divertirsi insieme. Invece Emanuele era un puritano e avrebbe trovato scandaloso pensare mammina a far l'amore con Franz, forse gli era successo di pensarci ma aveva sotterrato in sé quel pensiero, era bravo a sotterrare dentro di sé tutti i pensieri che non gli piacevano, cosí profondamente da scordare se c'erano mai stati. Dopo morto papà Franz era stato un momento indeciso se sposare Amalia o mammina, ma si era risolto per Amalia perché mammina aveva solo l'usufrutto e Amalia invece aveva le azioni. E cosí alla povera mammina non era rimasto che il *bridge*.

Mammina fece poi una faccia risoluta e imperiosa, mentre aspettava sul cancello del giardino con la volpe buttata sulla spalla e con l'occhialetto, Emanuele era andato in macchina alla stazione, Giuma era rimasto con mammina accanto al cancello. Tornò la macchina e si videro scendere Amalia e Franz, mammina baciò Amalia in fronte, a Franz tese una mano lunga e molle senza volgere il capo.

Emanuele venne a raccontare a Ippolito com'era trasformata Amalia dopo il matrimonio, s'era messa a comandare e decideva per tutti, per sé e per Franz voleva la camera rossa, non la camera verde che aveva fatto preparare mammina, cosí lontana dal bagno e cosí senza sole. E Franz doveva cominciare subito a lavorare nella fabbrica di sapone. E il povero Franz era sottomesso e triste, sottovoce disse a Emanuele che avrebbe preferito la camera verde perché almeno dalle finestre non si vedeva la fabbrica di sapone, gli dava angoscia pensare alla fabbrica di sapone e avrebbe preferito non lavorarci subito, si sentiva un po' scosso di salute, non aveva saputo piú niente dei suoi genitori e ogni notte faceva dei sogni orribili, si svegliava tutto ansante e sudato e Amalia gli faceva delle iniezioni di canfora, da quel corso per allieve-infermiere le era rimasta la mania di fare iniezioni, Franz aveva il sedere bucherellato come una grattugia. Non era ben sicuro che la canfora gli facesse bene e gli sarebbe piaciuto consultare un medico, ma Amalia sosteneva che la canfora era quello che ci voleva per lui. Capiva che doveva lavorare alla fabbrica di sapone, capiva che doveva lavorare e non poteva stare sempre in ozio, la sua vita era stata piena di errori, era stata una lunga catena di ore oziose e di viltà e di menzogne, disse a Emanuele che un giorno forse gli avrebbe raccontato tutta la sua vita. Era deciso a ricominciare da capo ma solo non adesso, adesso ogni cosa gli metteva spavento, non riusciva a pensare che ai tedeschi e ai *Lager* e la notte vedeva i suoi genitori in quelle fosse dove bruciavano i morti. Ma Amalia era lei a comandare e pochi giorni dopo il loro arrivo Franz lavorava nella fabbrica di sapone, seduto a un tavolo con un viso infelice, e la sera Franz e Emanuele tornavano a casa insieme, e adesso era Franz a lamentarsi del direttore amministrativo, e invece Emanuele gli dava torto, il direttore amministrativo era piuttosto in gamba. Emanuele aveva compassione di Franz e insieme ne era irritato, e aveva sempre voglia di dargli torto, e la sua voce era sempre un po' aspra quando gli parlava.

XII.

Emanuele venne a svegliare Ippolito un mattino alle sette. I tedeschi erano sbarcati in Norvegia. Aveva sentito quella notizia per radio, non c'erano molti particolari. Era il principio di aprile e c'erano stati lunghi giorni di pioggia, ma adesso il sole splendeva sul fango della città, Anna pensava che certo in montagna s'era sciolta la neve e adesso Giuma sarebbe rimasto con lei la domenica, e i tedeschi erano sbarcati in Norvegia e li avrebbero buttati in mare e dispersi, il lungo inverno con la guerra fredda era finito. Ippolito andò allo studio ma Emanuele rimase lí da loro a zoppicare dietro alla signora Maria che scopava, quel mattino in fabbrica non aveva voglia di andare e a casa sua c'erano mammina e Amalia che litigavano sulla camera rossa e la camera verde.

Per qualche giorno vissero felici a sentire di tutte le navi tedesche che andavano a fondo. Ormai la marina da guerra tedesca giaceva in fondo al mare, e lo sbarco in Norvegia non era stato un successo per la Germania, fra poco la Norvegia si sarebbe scrollata di dosso i tedeschi e li avrebbe buttati in fondo al mare dov'erano già le corazzate e le navi, bastava una scrollatina da niente, la Norvegia non aveva fretta. Non c'era piú nessuna speranza di vincere per la Germania, ormai che era in fondo al mare la sua marina da guerra. Emanuele aveva portato via la radio da casa sua e l'aveva

messa nel salotto, e stavano di nuovo in salotto Emanuele e
Ippolito e Danilo, stretti intorno alla radio a cogliere quel
filo di voce delle stazioni proibite. Ippolito aveva di nuovo
l'aria inquieta e febbrile di quando trafficavano con gli opuscoli e coi giornali, forse pensava alla rivoluzione, forse pensava che appena vinti i tedeschi si sarebbe potuto fare subito la rivoluzione in Italia. Danilo diceva di non essere
troppo ottimisti, c'era caso che durasse ancora un pezzo la
storia, lo sbarco in Norvegia non gli piaceva troppo. Ma certo non era uno scherzo per la Germania quella fine che aveva fatto cosí d'un colpo tutta la sua marina da guerra.

Giuma disse ad Anna che lui se ne infischiava della Norvegia, della Germania e della marina da guerra. Solo era rimasto seccato quando Emanuele si era portato via la radio,
se l'era portata via come se fosse stata roba sua, l'altra radio
era in camera di mammina e adesso non c'era piú modo di
sentire un po' di musica se mammina stava riposando. Anna
gli disse che quando voleva sentire la musica poteva venire
da loro in salotto. Ma Giuma disse che non aveva voglia di
trovarsi con « quelli là ». Quelli là erano Emanuele, Ippolito e Danilo. Gli dava noia l'aria di mistero che avevano
quando erano tutti e tre insieme, un'aria di mistero e di
trionfo, come se l'avessero affondata loro la marina da guerra. A volte Anna e Giuma s'incontravano per strada con Danilo e sua moglie, Danilo andava a prendere sua moglie al-
l'uscita della fonderia e passeggiavano un po'. Giuma salutava con un piccolo inchino e si faceva rosso rosso in viso,
forse si ricordava di quando Danilo gli aveva buttato addosso il cappello e il soprabito e l'aveva mandato via. E appena
Danilo aveva svoltato l'angolo Giuma scoppiava a ridere
forte, Danilo camminava per la città come un grande generale vittorioso, come Nelson quando aveva vinto la battaglia di Trafalgar. Giuma si era ritirato da scuola perché pren-

deva voti troppo brutti, raccontava ad Anna che lo faceva apposta a prendere quei brutti voti appunto perché mammina si decidesse a lasciarlo ritirarsi da scuola. Finalmente mammina si decise, Amalia invece non era d'accordo, litigavano Amalia e mammina sugli studi di Giuma e su mille altre cose e in casa non c'era mai un momento di pace. Ma Franz le lasciava litigare e girava per casa anche lui con un'aria da grande generale vittorioso, anche lui come Nelson, Giuma raccontava a Anna che quelle quattro navi tedesche affondate avevano dato alla testa anche a Franz. Giuma era molto contento di non andare piú a scuola e al mattino prendeva i libri e studiava in giardino, studiava molto bene cosí da solo, a scuola facevano perdere un mucchio di tempo. Giuma adesso non andava piú a sciare ma lo stesso non era libero la domenica, doveva accompagnare mammina dalle sue amiche o andava a giocare a tennis, Anna dalla finestra lo vedeva uscire con la racchetta e coi calzoni bianchi. Anna gli chiese se la ragazza Fiammetta giocava a tennis con lui. Giuma disse di sí, qualche volta, se parlavano della ragazza Fiammetta lui arrossiva e gli veniva una voce sottile sottile. Cosí Anna non aveva niente da fare la domenica, dopo i compiti entrava in salotto e sedeva con gli altri accanto alla radio, i tedeschi s'erano messi a venire avanti in Olanda e nel Belgio. Non c'era niente di strano perché anche nell'altra guerra sul principio erano venuti avanti, poi erano di nuovo tornati indietro, ma intanto si pativa a sentire che venivano avanti. L'Olanda e il Belgio caddero in pochi giorni, i tedeschi attraversarono il confine francese, e lí non c'era da aver paura, disse Emanuele, la linea Maginot era invalicabile. Danilo disse che infatti era invalicabile ma la stavano valicando.

Giuma raccontò ad Anna che Franz di colpo aveva perduto le sue arie da Nelson, e la sera aspettava il ritorno di

Emanuele per sapere se i tedeschi si erano fermati, per sapere cos'aveva detto Danilo, anche lui si era messo a credere in Danilo come in una specie di profeta. Giuma diceva che aveva piacere se i tedeschi venivano un po' avanti, per godersi le facce di Emanuele e degli altri, Emanuele rientrava la sera sempre piú mortificato e dal modo che aveva di salire su per le scale si capiva come ancora i tedeschi eran venuti avanti. Solo gli seccava che Franz non ne volesse piú sapere di giocare a tennis. Anna gli disse che aveva pure la ragazza Fiammetta per giocare. Ma Giuma disse che la ragazza Fiammetta non era libera sempre, lo disse con una voce sottile sottile. Anna gli chiese perché non insegnava a lei a giocare a tennis, ma Giuma disse che lui non aveva pazienza d'insegnare niente a nessuno. Anna gli disse che pure le aveva insegnato a giocare a ping-pong. Ma allora erano bambini, disse Giuma, da bambino lui aveva fatto tante cose che poi aveva smesso di fare, per esempio aveva giocato a ping-pong che era un gioco molto noioso, ricordava come aveva tormentato suo padre perché giocasse con lui a ping-pong, suo padre non sapeva giocare e lui gli voleva insegnare. Adesso invece non avrebbe avuto pazienza d'insegnare niente a nessuno. Era caldo e quando andavano al caffè di Parigi si sedevano di fuori sotto al pergolato, ai tavolini di ferro, e mangiavano il gelato alla crema in certi grossi bicchieri da vino. Era caldo e la campagna intorno era tutta verde e ronzante, con l'odore dell'erba umida e tenera fra la terra smossa, con alte nuvole bianche e gonfie nel cielo. Giuma diceva che adesso non sembrava piú d'essere a Parigi stando a quel caffè, seduti lí di fuori sotto il pergolato, con i carri dei contadini e le greggi di pecore che passavano lí vicino, e la città in distanza non piú nascosta nella nebbia e nel buio, la città con i tetti di lamiera della fabbrica di sapone. Giuma sedeva davanti a lei e il suo viso a volte non era piú né superbo né tenero, era come forse era quando lui stava solo nella sua stanza, con le labbra molli e imbronciate e con gli occhi assonnati e vaganti. Pareva che d'un tratto si svegliasse quando portavano il gelato alla crema, mangiava avidamente il gelato come se fosse venuto solo per quello al caffè, leccava avidamente il cucchiaino tirando fuori la sua lingua rossa da volpe. Anna sentiva che qualcosa s'era perduto fra loro due, qualcosa che c'era stato quando mangiavano le castagne al giardino pubblico, c'era ancora forse nei primi giorni del caffè di Parigi, ma poi a poco a poco s'era perduto, chi sa perché e come. Se ne andavano e lui la traeva fra i cespugli sul fiume, e stavano a lungo sdraiati a baciarsi nell'erba, e lui la baciava sempre piú forte, la teneva sempre piú stretta e la baciava piú forte. A casa lei si diceva che niente era andato perduto, perché Giuma la baciava sempre piú forte. Cosí un giorno presero a far l'amore, stavano stretti l'uno all'altra nell'erba e il mondo intorno era verde e ronzante, fra i tiepidi soffi dell'erba e l'alto cielo di nuvole, e il viso di Giuma era assorto, rabbioso e segreto, con le palpebre strette sugli occhi e con un breve respiro. A casa lei sedette stordita al tavolino nella sua stanza, e rivide con uno strappo di dolore al cuore quel viso di Giuma, quel viso come immerso in un sonno rabbioso e segreto, quel viso che non aveva piú né parole né pensieri per lei. E dopo Giuma era rimasto a lungo sdraiato accanto a lei nell'erba, e ogni tanto le dava uno sguardo e le strizzava l'occhio, ma senza allegria né malizia, quella fiacca strizzatina d'occhio appariva e spariva come un'ombra sul suo viso cosí lontano da lei. Erano tornati a casa in silenzio. Anna si era seduta al tavolino nella sua stanza e aveva preso la penna per fare i compiti, ma non riusciva a scrivere, le sue mani tremavano forte. Avrebbe voluto che qualcuno venisse a sgridarla perché non faceva i compiti, che qualcuno venisse a dirle di non stare mai piú con Giuma fra i cespugli sul fiume. Ma nessuno veniva a dirle niente, nessuno veniva neppure a vedere se era tornata, Ippolito pensava soltanto ai tedeschi che avanzavano in Francia, la signora Maria passava le giornate da Concettina a cucire il corredo per il bambino che doveva nascere, Giustino studiava per gli esami con la ragazza alta e secca. Era sola, era sola e nessuno le diceva niente, era sola nella sua stanza col vestito macchiato d'erba e sgualcito e le mani che tremavano forte. Era sola col viso di Giuma che le dava uno strappo di dolore al cuore, e ogni giorno sarebbe tornata con Giuma fra i cespugli sul fiume, ogni giorno avrebbe rivisto quel viso con i ciuffi arruffati e le palpebre strette sugli occhi, quel viso che non aveva piú né parole né pensieri per lei.

La signora Maria raccontava cos'aveva sentito nei negozi e dal maestro di piano, che incontrava ancora a volte sul lungofiume. I tedeschi spargevano una polvere che faceva intontire, gli alleati respiravano quella polvere e combattevano mezzo nel sonno. E i generali francesi prendevano dei marenghi d'oro dai tedeschi per fare delle mosse sbagliate. E i tedeschi si travestivano da contadini francesi e da pescatori e tagliavano i fili del telegrafo e avvelenavano i fiumi. E le strade della Francia eran piene di profughi, donne che scappavano coi loro bambini, e i bambini andavano smarriti e i tedeschi li prendevano e li facevano partire per i loro laboratori, dove li usavano per esperimenti scientifici come rane o conigli. Emanuele si copriva le orecchie con le mani e supplicava che per carità la facessero tacere, lui aveva i nervi tutti a pezzi e non sapeva piú dominarsi, un giorno forse strozzava la signora Maria. Emanuele ce l'aveva coi belgi, coi francesi, con gl'inglesi, coi russi che si erano alleati ai tedeschi, zoppicava su e giú per la stanza e tirava calci nei mobili. Ce l'aveva con la signora Maria che spargeva il panico. A casa sua aveva anche Franz che spargeva il panico,

girava attorno come un fantasma e diceva che i tedeschi a
forza d'avanzare in Francia sarebbero traboccati in Italia.
Emanuele gli diceva che era come se già ci fossero i tedeschi in Italia, Mussolini non teneva forse per i tedeschi.
Ma Franz diceva che di Mussolini non aveva paura, aveva
paura solo dei tedeschi, se si fosse trovato davanti dei soldati tedeschi sarebbe impazzito. La notte veniva da Emanuele e si sedeva sul suo letto, e si faceva ripetere che la linea Maginot era invalicabile. Ma i tedeschi seguitavano a
valicarla. Una notte svegliò Emanuele per dirgli che non solo sua madre era ebrea ma anche suo padre, lui era tutto
ebreo e si sapeva bene cosa facevano i tedeschi agli ebrei, se
i tedeschi scendevano in Italia non gli restava che spararsi
un colpo alla tempia. Tante volte era stato sul punto d'andare in America ma gli piaceva troppo l'Italia, in Italia gli
pareva d'essere al sicuro anche se già da un pezzo c'erano le
leggi contro gli ebrei, bastava pagare un poco e la questura
lasciava stare. Ma adesso se li sentiva troppo vicini i tedeschi, erano in Francia là dietro le montagne e bastava che
attraversassero le montagne per venire dov'era lui.

I giornali eran pieni di quelle vittorie tedesche, c'erano
delle cartine geografiche e nera era la parte presa dai tedeschi, bianca l'altra, e ogni giorno la parte nera saliva sempre
piú in alto. Quei giorni ch'era andata a fondo la marina tedesca sembravano lontanissimi, non erano passati due mesi
e sembravano ormai molti anni. Loro erano stati felici in
quei giorni ma adesso sembrava sciocco d'essere stati tanto
felici, cosa se ne faceva la Germania d'una marina da guerra. I carri armati tedeschi riempivano le strade della Francia, donne e bambini in fuga erano dispersi e travolti. Emanuele cominciava anche lui a raccontare storie di marenghi
d'oro e di veleno nei fiumi, quelle cose che lo mandavano in
bestia quando le diceva la signora Maria. Venivano a volte

Emilio e Concettina per sentire da Ippolito cosa pensava di quell'avanzata. Emilio chiedeva se adesso anche l'Italia avrebbe voluto fare la guerra per pigliarsi un pezzettino di Francia, chiedeva se la guerra in Italia sarebbe scoppiata subito, Concettina fra poco doveva avere il bambino. Ippolito non rispondeva, guardava un attimo Concettina e il suo corpo diventato gonfio e grande, il suo viso smagrito e spaventato. Veniva anche il signor Sbrancagna e chiedeva a Ippolito cosa pensava. Ma Ippolito non aveva l'aria di pensare qualcosa, stava buttato in fondo alla poltrona e faceva quel suo piccolo sorriso storto, come quando la gente lo tormentava. Il signor Sbrancagna gli chiedeva se bisognava portare via Concettina a fare il suo bambino in qualche campagna tranquilla, dove la guerra non potesse mai arrivare. Ippolito si stringeva un poco nelle spalle, guardava la finestra e le montagne, tutti guardavano le montagne e pensavano a quel che succedeva là dietro, donne e bambini che scappavano via, carri armati che venivano avanti e si prendevano tutta la Francia. Danilo rispondeva lui al signor Sbrancagna che sulla terra fra poco non ci sarebbe piú stato un posto tranquillo dove fare bambini, a meno di non andare nel Madagascar. Probabilmente nel Madagascar i tedeschi non contavano d'arrivare. Allora la signora Maria gridava che non era il momento di scherzare, bisognava decidere dove poteva andare Concettina a fare il bambino, lo doveva decidere Ippolito, era il capo di famiglia e aveva la responsabilità di Concettina e degli altri. Ippolito stava un po' là col suo sorriso storto, e poi di colpo s'alzava e lo vedevano attraversare il cancello e allontanarsi col cane al guinzaglio, con la sigaretta fra le labbra e la piccola testa reclinata di storto sulla spalla.

XIII.

Mammina di colpo decise che avrebbe preso in affitto
una villa sul Lago Maggiore, era sicura che lí sarebbero stati
tranquilli, per quanto Emanuele le dicesse che si poteva stare tranquilli forse soltanto nel Madagascar. Mammina questa volta non aveva voglia di spaventarsi, scriveva lettere e
guardava fotografie di ville, e ogni tanto scendeva giú in cantina per vedere se ci si poteva star bene, nel caso che la guerra fosse scoppiata prima della loro partenza, ma era calma e
diceva che in ogni modo nel caso che la guerra fosse scoppiata in Italia sarebbe stata una cosa di pochi giorni, i tedeschi erano cosí forti e si sarebbero presa subito tutta l'Europa. Batteva un po' nei muri della cantina per sentire se
eran sempre solidi, e guardava le casse di sapone che aveva
fatto trasportare lí sotto, il sapone che mettevano in giro
adesso era una cosa orribile, grossi cubi verdastri e vischiosi
che nell'acqua si sfacevano in pappa. Mammina in cantina
aveva casse e casse di sapone buono, sacchi di zucchero e damigiane d'olio, e girava per la cantina e pensava cosa bisognava portare sul Lago Maggiore e cosa bisognava lasciare lí
per quando fossero ritornati. Era sicura che sarebbe stata
una guerra-lampo e l'inverno prossimo l'avrebbero passato
a Mentone, era ansiosa di vedere cos'era successo della villa
di Mentone, se ci avevan dormito dei soldati o dei profughi
bisognava disinfettarla. E adesso era ansiosa di andare sul

Lago Maggiore e partí da sola per vedere le ville, dalle fotografie non si poteva capire. Emanuele l'accompagnò alla stazione, mammina seguitava a dire come avrebbero fatto loro senza di lei, era lei che prendeva le iniziative e decideva per tutti. Franz girava attorno come un fantasma e spandeva il panico, Amalia pensava soltanto a ficcare il naso in cucina e dare ordini senza senso, Emanuele passava i giorni dai suoi amici della casa di fronte. Emanuele le disse che Franz non aveva tutti i torti d'aver paura, era ebreo e si sapeva bene cosa facevano i tedeschi agli ebrei. Mammina disse che Franz contava sempre tante bugie, lei lo conosceva molto bene, probabilmente non aveva una sola goccia di sangue ebreo e se l'era inventato per farsi commiserare e rendersi interessante. Del resto lei era sicura che i tedeschi appena vinta la guerra sarebbero stati cosí contenti che non avrebbero piú pensato a dar noia a nessuno.

Anna e Giuma non potevano piú andare al caffè di Parigi, perché lo stavano restaurando e sotto il pergolato non c'erano che scale, muratori e cumuli di calce. Fra i cespugli sul fiume sentivano le martellate e le grida dei muratori, e Giuma si stupiva che avessero scelto proprio quell'estate per rimetterlo a nuovo, il piccolo caffè di Parigi, proprio quell'estate che s'aspettava la guerra in Italia da un momento all'altro. Del resto sarebbe stata una guerra di pochi giorni, diceva Giuma e ripeteva le parole di mammina, i tedeschi avrebbero preso subito tutta l'Europa. Per la Francia intanto era finita, Emanuele seguitava a dire che i tedeschi si sarebbero fermati alle porte di Parigi ma Giuma non lo credeva, ormai avevano sfondato e com'era bastato poco alla Francia per mandarla in briciole, ormai della Francia non restava che un pugno di briciole da buttarsi agli uccelli. Giuma ricordava Parigi, c'era stato una volta con mammina, e certo gli dispiaceva pensare che sarebbe diventata una provincia tedesca. Gli dispiaceva ma non era un disastro, non valeva la pena di mangiarsi l'anima, Emanuele e gli altri si mangiavano l'anima perché si erano immaginati chi sa cosa, s'erano immaginati di fare la rivoluzione e diventare deputati o ministri, erano cosí pieni di presunzione. Giuma parlava un poco prima di far l'amore, ma dopo taceva sdraiato accanto a lei nell'erba, le martellate che rimettevano a nuovo il caffè di Parigi e le grida e le voci risuonavano alte nella campagna. Veniva il crepuscolo e il caffè di Parigi restava solo, abbandonato fra le travi e i mucchi di calce, con le sue piccole finestre imbrattate. Anna tuffava la testa nell'erba odorosa e umida, e lo spavento e il silenzio crescevano dentro di lei. Aveva fatto l'amore con Giuma e sapeva che lui non le voleva bene, sapeva che era un po' triste e mortificato dopo che avevan fatto l'amore insieme, e lei avrebbe voluto ritornare al tempo che leggevano le poesie di Montale e mangiavano le castagne, e la guerra era ancora fredda e lontana, i tedeschi non avevano ancora vinto. Adesso i tedeschi avevano vinto e non ci sarebbe piú stata nessuna rivoluzione, ci sarebbe stata una guerra di pochi giorni e poi tedeschi e tedeschi, carri armati tedeschi sulle strade di tutta la terra. E su quella terra piena di carri armati tedeschi la storia di lei e di Giuma non aveva nessuna importanza, era niente, era niente ed era cosí triste.

Il bambino di Concettina nacque un mese prima del tempo, prima che si fosse trovata una campagna tranquilla dove la guerra non potesse mai arrivare. Concettina giaceva silenziosa nel grande letto matrimoniale, con la finestra aperta sul giardino, e la signora Maria sedeva ai piedi del letto e finiva di ricamare a punto croce la coperta per la culla. La signora Maria aveva dimenticato la guerra, e adesso non pensava che a finire in fretta la coperta per la culla, funghi e fiorellini e casette ricamate a punto croce. In una grande culla rivestita di taffettà celeste, presso il letto di Concettina, spuntava sul guanciale la testa lunga e stretta del bambino, con un piumacchio di capelli neri, e la signora Maria ogni tanto posava il lavoro e prendeva a parlare a quel piumacchio. Ma Concettina non aveva dimenticato la guerra, e guardava incredula la culla e la coperta coi funghi che ricamava la signora Maria, e si chiedeva per quanti giorni ancora il bambino avrebbe dormito in quella grande culla nel taffettà celeste, lei già si vedeva scappare col bambino in braccio fra i carri armati e i sibili delle sirene, e odiava la signora Maria coi suoi funghi e il suo futile bisbigliare. E ogni tanto venivano le nonne e le vecchie serve a contemplare il bambino e a stupirsi del suo piumacchio nero e a bisbigliare. Verso sera a volte veniva anche Anna, sedeva un attimo accanto alla culla e guardava il piumacchio nero, lo guardava senza bisbigliare, lo guardava come se lo conoscesse da tantissimo tempo, faceva un viso mortificato e stanco quando lo guardava. Concettina allora si sentiva offesa, non le piaceva quel modo mortificato di stare accanto alla culla, senza stupirsi e senza bisbigliare. Per un attimo si domandava cos'aveva Anna, perché aveva quel viso cosí stanco e mortificato da un po' di tempo. Ma il suo pensiero si staccava subito via, il suo pensiero correva via col bambino per le strade fra i carri armati e i tedeschi, ormai non le restava piú tempo di domandarsi niente su nessuno, ormai aveva il bambino e doveva correre via col bambino per difenderlo dalla guerra. Cadeva in un sonno affannoso e buio, si svegliava e si trovava sola, la signora Maria e Anna se n'erano andate. Ricordava come una volta aveva creduto che avere un bambino fosse una cosa che faceva stare tanto tranquilli, una cosa che faceva voler bene a tutti e sentirsi in pace. E invece da quando aveva il bambino non pensava che a correre via per difenderlo dalla guerra, non voleva piú bene a nessuno, era

sola sulla terra col suo bambino e correva via. Aveva fatto
miglia e miglia di strada stando ferma in quel letto, ogni
volta che cadeva nel sonno prendeva in braccio il bambino e
correva via.

Anna adesso sapeva che anche lei doveva avere un bambino. Tornava a casa con la signora Maria, camminava in silenzio con la signora Maria che si trascinava dietro la borsa
col lavoro e seguitava a stupirsi del bambino di Concettina
e a bisbigliare sul piumacchio nero e sulle piccole mani. Aveva dimenticato la guerra. Anna non aveva dimenticato la
guerra, sperava che la guerra venisse a ucciderla con quel
bambino segreto nel suo corpo, sperava di sentire a un tratto un enorme fragore che squarciasse la terra. Camminava
col cuore in attesa di quell'enorme fragore. La signora Maria trotterellava dondolando la borsa e bisbigliava, e ogni
tanto smetteva di bisbigliare e s'arrabbiava con Anna perché camminava troppo forte. Anna credeva che a camminare forte il bambino le andasse via. Aveva sentito dire che
non era difficile farsi andar via un bambino, aveva sentito
dire che bastava camminare forte, fare lunghissime passeggiate nel caldo camminando forte. Sarebbe andata con Giuma a nuotare al lago, là dove avevano tanto nuotato mammina e Franz. Forse anche nuotare a lungo poteva servire.
Propose un giorno a Giuma di andare al lago ma Giuma le
disse che quello non era un lago, era una pozzanghera calda
che si riempiva di donne grasse d'estate. E poi avrebbero
preso un colpo di sole a andare a piedi fin là. Giuma non sapeva niente del bambino che era in lei. Si sdraiavano a fare
l'amore nei cespugli sul fiume, e poi tacevano col viso nel-
l'erba e Anna cercava delle parole per dirgli del bambino che
era in lei. Ma guardava il viso di Giuma nell'erba e lasciava
cader via tutte le parole. Le pareva d'essere diventata grande da quando s'era accorta che doveva avere un bambino, e

le pareva che lui fosse invece ancora un ragazzo piccolo, col suo viso arrossato dal caldo e i capelli arruffati. Lui prendeva a lamentarsi di Emanuele che non gli lasciava mai toccare la macchina, si metteva a ululare ogni volta che lo vedeva avvicinarsi al *garage*. Se avessero avuto la macchina forse avrebbero potuto andare a nuotare al lago, era una pozzanghera calda ma forse non sarebbe stato brutto farci un tuffo una volta. Ma a piedi non potevano andare. Lui del resto fra poco partiva, mammina aveva fissato la villa sopra Stresa e fra poco ritornava a prenderlo, aveva fissato anche un professore che gli desse lezione, in ottobre lui dava la licenza.

XIV.

Emanuele aveva un po' smesso di venire da Ippolito, compariva ogni tanto verso sera e diceva che aveva passato la giornata a dormire, quando aveva dei grossi dispiaceri si consolava dormendo. Compariva anche Danilo e aprivano un momento la radio ma la richiudevano subito, scappavano via dal salotto e prendevano a camminare mollemente per la città. Camminavano l'uno accanto all'altro ma era come se non camminassero insieme, pareva che non avessero piú niente da dirsi e che non fossero piú molto amici, si sedevano un momento in un caffè ma s'alzavano subito, non appena la radio si metteva a gridare nel caffè. Danilo li lasciava per andare a studiare computisteria, diceva che voleva prendere il diploma di ragioniere, visto che ormai non c'era niente di meglio da fare. Emanuele e Ippolito gironzolavano un poco sul lungofiume e si sedevano su una panchina del giardino pubblico, Emanuele faceva dispetti al cane, fingeva di lanciare una pietra perché s'affannasse a cercare, Ippolito diceva di lasciargli in pace il suo cane. Emanuele diceva che erano caduti ben in basso, là a sedere come due vecchietti su una panchina del giardino pubblico. Tornando a casa vedevano Anna e Giuma salutarsi al cancello, Emanuele diceva che adesso esageravano quei due a stare insieme, si vedevano sempre sempre insieme, diceva a Ippolito che avrebbe dovuto sorvegliare un po' meglio sua sorella, Ippolito era pure il capo di casa e aveva la responsabilità di tutti. Ippolito non rispondeva, faceva il solito sorriso storto, Emanuele allora si provava a imitare quel sorriso, se ne andava storcendo tutta la faccia. Ippolito gli gridava di venire da loro dopo cena, ma Emanuele faceva segno di no da lontano, lui adesso subito dopo cena si metteva a letto e dormiva come un sasso fino alle undici del mattino, aveva scoperto che il sonno è l'unica gioia dell'uomo. Ippolito invece non poteva dormire, Anna aveva la stanza accanto alla sua e lo sentiva passeggiare e rovistare per la stanza tutta la notte, spalancare e chiudere le persiane, aprire e chiudere i cassetti dello scrittoio. Anna se ne stava ferma nel suo letto e anche lei non dormiva, sentiva un oscuro spavento di quello che poteva fare Ippolito nella sua stanza, di tutto quel suo passeggiare e rovistare. Per un attimo aveva pietà di Ippolito, pensava al viso che aveva al mattino dopo quelle notti senza dormire, pensava come lo vedeva al mattino in cucina a bere il caffè, seduto al tavolo a carezzarsi pian piano le guance magre e ruvide di barba, si radeva molto di rado da quando c'erano i tedeschi in Francia. Poi s'alzava di colpo e se ne andava allo studio, portando nel mattino la sua piccola testa striata di biondo e lo storto sorriso. Aveva pietà di lui ma una pietà mescolata di rabbia, detestava quel sorriso storto e quell'alto corpo svogliato, chi sa cosa si era immaginato per avere quell'aria cosí svogliata e stralunata adesso, si era immaginato di fare proprio la rivoluzione con Emanuele e Danilo, in Italia, in Germania, chi sa che grande rivoluzione s'erano immaginati di fare. Anche lei aveva pensato alla rivoluzione ma adesso sapeva bene com'era stato stupido pensarci, aveva pensato alla rivoluzione e s'era immaginata di scappare con Giuma sui tetti, adesso quei pensieri le parevano tanto lontani, perduti in un tempo antico e remoto, non erano passati che pochi mesi e parevano tanti anni. Adesso aveva il bambino da farsi andar via. Non ci pensava sempre. Faceva le cose che aveva fatto sempre, andava a scuola e sedeva nel banco macchiato d'inchiostro e scalfito dal temperino, accanto alla ragazza che era stata la sua amica piú cara, ma adesso quasi non si parlavano piú. Tornava a casa e gettava la cartella sul tavolo rotondo dell'anticamera, saliva nella sua stanza e si guardava allo specchio, era la ragazzina grassoccia che era sempre stata, e d'improvviso ricordava il bambino, con un piccolo tuffo nel buio ricordava il bambino. Erano gli ultimi giorni di scuola e aveva molto da studiare. A volte quando sedeva al tavolino a studiare, prendeva a un tratto a pensare a un vero bambino, che sarebbe venuto al mondo e che avrebbe giocato nel giardino della casa di fronte, con mammina diventata a un tratto molto vecchia e gentile. Ma s'affacciava alla finestra e guardava le mura rivestite d'edera della casa di fronte, e sentiva le voci rabbiose di Emanuele e Giuma che si litigavano. E quel vero bambino spariva via con un tuffo nel buio, e non restava in lei che spavento e silenzio, il bambino di nuovo non era che del buio in lei. S'asciugava col fazzoletto le mani sudate e tremanti, e cercava delle parole per domandare a qualcuno cosa bisognava fare. Andava dalla signora Maria. La signora Maria stava preparando la valigia, partiva per le « Visciole » con Concettina e il suo bambino, Anna e Giustino e Ippolito li avrebbero raggiunti dopo una decina di giorni. La signora Maria era felice, era sempre felice quando aveva una valigia da preparare, e adesso era felice di andare là col bambino di Concettina, s'inteneriva a pensare a quel bambino e bisbigliava sul piumacchio nero, mentre riponeva nella valigia le sue scarpe nei sacchettini di stoffa. Anna capiva che mai avrebbe potuto dir niente alla signora Maria, per un attimo ci aveva pensato ma com'era stato sciocco pensarci, stava un poco a guardare la signora

Maria che andava avanti e indietro nella sua vecchia vestaglietta lilla, tutta assorta nei suoi sacchettini di stoffa. Lei s'aggirava incerta per la casa e aspettava la guerra, che squarciasse la città e quella casa con un grande fragore.

Sentí delle voci nel giardino di fronte e s'accostò alla finestra, vide che era tornata mammina, Emanuele le correva incontro zoppicando e mammina era molto irritata perché nessuno era venuto a prenderla alla stazione, aveva dovuto venire con una carrozza dalla stazione a casa. Non volle abbracciare Emanuele, era molto irritata, aveva sofferto il caldo in viaggio e diceva che era stufa di dover pensare sempre a tutto. E adesso c'era da fare i bauli e ripartire, giurava che non avrebbe toccato i bauli, non avrebbe messo via neppure un fazzoletto. Dei bauli doveva occuparsene Amalia. Anna ascoltava nascosta dietro le persiane socchiuse, e le pareva che mammina fosse irritata non con Emanuele o Amalia ma con lei. Stava là dietro le persiane e pensava che doveva parlare a Giuma prima che partisse, dovevano pensare subito insieme cosa fare contro il bambino. Le parve di non poter piú sopportare neppure per un momento quel bambino dentro di sé. Si staccò dalla finestra e sedette nella penombra, e d'un tratto prese a immaginare che Giuma decidesse di non partire e restasse e si sposasse con lei. Con una voce risoluta e tranquilla, Giuma le spiegava che non bisognava fare niente contro un bambino. Allora gli rispondeva che non potevano sposarsi e avere un bambino insieme, lui da sposare aveva la ragazza Fiammetta, che era ricca e mammina sarebbe stata contenta. Ma lui diceva che se ne infischiava di mammina e della ragazza Fiammetta. In quel momento venne Emanuele a ripigliarsi la radio, mammina voleva subito farla imballare e spedire alla villa sopra Stresa che aveva preso in affitto. Partivano fra due o tre giorni, il tempo di fare i bagagli. Emanuele chiamò Giustino che lo aiutasse a trasportare la radio giú per le scale, bisognava far presto, mammina aveva dei nervi feroci. In fondo alle scale sedette un attimo ad asciugarsi il sudore, disse che partiva anche lui con gli altri, mammina aveva paura la notte in quella villa isolata, con Franz che aveva gli incubi e la notte si svegliava gridando. Cosí partiva, non aveva niente voglia di partire ma partiva, perché non gli andava di discutere con mammina e perché del resto un luogo o l'altro era la stessa cosa per lui, che passava le giornate a dormire e non pensava piú a niente. E disse che in fondo era contento di partire e non vedere piú la faccia di Ippolito, quella faccia da morto che s'era messo a fare, da quando i tedeschi avevan cominciato a prendersi la Francia.

Anna vide Giuma il mattino dopo davanti alla scuola, c'eran fuori appese le tabelle degli scrutini e lui le disse che passando di là s'era fermato a guardare i voti dei suoi compagni, accanto al suo nome c'era solo una crocetta rossa perché s'era ritirato. Aveva il viso canzonatorio e superbo di quand'era fra i suoi compagni. Giustino era stato promosso, Anna invece aveva l'esame di matematica a ottobre. Giustino era là con la ragazza alta e secca che piangeva, era stata promossa ma non coi voti che aveva sperato. Giustino la consolava. Ad Anna invece disse che le stava bene quell'esame a ottobre, aveva battuto la fiacca negli ultimi tempi, lui quando entrava nella sua stanza la trovava sempre con gli occhi per aria. Le stava bene quell'esame a ottobre, gli esami a ottobre toccavano sempre a lui Giustino, e invece una volta tanto era libero per tutta l'estate. Anna e Giuma se ne andarono insieme. Giuma rideva della ragazza alta e secca, Dio com'era idiota, piangere cosí per un voto. Anna si mise anche lei a piangere. Giuma le disse di piantarla subito con quelle lagrime, non poteva soffrire le ragazze che piangevano sulle cose di scuola, un esame a ottobre non era poi una catastrofe cosmica. Si sedettero su una panchina del giardino pubblico, Anna continuava a piangere, lui disse allora che doveva andare presto a casa a fare il suo baule, Amalia gli aveva detto che il suo baule doveva farselo tutto da sé. E poi non c'era gusto a stare con una ragazza in lagrime. Le chiese se piangeva per l'esame o per la sua partenza. Anna disse: – Devo avere un figlio –. Giuma si voltò di scatto verso di lei; il ciuffo sventolò e gli ricadde a pioggia sugli occhi. Rimasero muti a guardarsi, e il viso di Giuma si coperse a poco a poco di un caldo rossore. Anna capí allora che era successa una cosa terribile per loro, mai a pensarci da sola aveva sentito tanto orrore dentro di sé. Il giardino era ardente e deserto nel sole del mezzogiorno, con le panchine abbandonate e scottanti e la fontana asciutta, sormontata da un grosso pesce di pietra che apriva al cielo la sua bocca vuota. Pareva non potessero piú alzarsi da quella panchina, stavano là appoggiati alla spalliera e lei piangeva pian piano, lui aveva acceso una sigaretta e fumava come a piccoli sorsi, pettinandosi il ciuffo con le dita tremanti. Lei gli chiese se non potevano dirlo a Emanuele, che spiegasse cosa bisognava fare. Giuma allora fu preso dalla rabbia, che sciocchezze diceva, guai se si lasciava scappare una parola con Emanuele o con qualcun altro, a Emanuele aveva pensato di dirlo, a Emanuele, proprio. Lei gli chiese se a fare delle passeggiate a piedi poteva succedere che le andasse via. Giuma scosse la testa, non credeva alle passeggiate, gli avevan detto che qualche volta il chinino serviva, si poteva prenderne fino a sentire come un rombo di tuono nelle orecchie. Ma appena c'era quel rombo di tuono bisognava smettere subito. Lei disse: – Perché non ci possiamo mica sposare, – e lui alzò la spalla e disse: – Lo so –. Lei allora d'un tratto si chiese che cosa mai faceva che non si potessero sposare, quali ragioni oscure lo vietavano, in fondo sarebbe stato cosí semplice,

avrebbe abitato nella casa di fronte, avrebbe visto dalle finestre la sua casa col glicine secco sulla terrazza, la signora Maria che agitava lo straccio della polvere, Giustino in mutan-
dine da bagno che faceva la ginnastica col manubrio, i lunghi fili di ferro con appese le sottovesti nere della signora
Maria. Ma le pareva che non le sarebbe piaciuto molto abitare nella casa di fronte. Disse: – Non ci possiamo sposare
perché non ci vogliamo tanto bene. Per questo –. Giuma
disse: – Non c'entra il bene o il non bene. Non ci possiamo sposare, siamo troppo giovani, e poi adesso verrà anche
la guerra –. Lei aveva quasi dimenticato la guerra. Disse:
– Vorrei che venisse subito la guerra, e morire.

Tornarono a casa in silenzio. Al cancello decisero di trovarsi nel pomeriggio, lui le avrebbe portato il chinino, mammina ne aveva tanto nell'armadietto dei medicinali. Adesso
che non c'era la signora Maria, lei doveva preparare il pranzo. Ma quando arrivò a casa Giustino e Ippolito avevan già
cominciato a mangiare, Giustino aveva fatto da pranzo, con
pomodori e uova e prosciutto messi a friggere insieme. In
ultimo aveva aggiunto un mezzo bicchiere di latte, era molto contento di quel mezzo bicchiere di latte, diceva che i
grandi cuochi aggiungono sempre un mezzo bicchiere di latte a un certo punto. Era fiero della sua pietanza e ne mangiò
piú di tutti. Ippolito se ne andò subito dopo mangiato, lo
videro attraversare il giardino e allontanarsi col cane al guinzaglio. Anna chiese se adesso portava allo studio anche il
cane. Ma Giustino disse che Ippolito da un po' di giorni non
andava allo studio, girava stralunato per la città col suo cane
al guinzaglio, si sedeva su una panchina del giardino pubblico e guardava il cane che inseguiva le lucertole nella polvere. Giustino disse che non gli piaceva la faccia di Ippolito, non l'aveva mai visto cosí stralunato, e la notte non dormiva mai e s'affacciava alla finestra a fumare e passeggiava

per la stanza e rovistava dentro i cassetti, chissà cosa rovistava. Lui Giustino aveva pensato un momento che avesse dei dispiaceri con qualche ragazza, ma Ippolito non aveva ragazze, se avesse avuto una ragazza si sarebbe saputo. Se la prendeva solo per la Francia, la storia della Francia gli era cascata addosso e l'aveva schiacciato, gli era sembrata la fine di tutto. E un giorno aveva detto a Danilo che se veniva la guerra in Italia e lo chiamavano in guerra lui non sparava, piuttosto che sparare in una guerra preferiva lasciarsi ammazzare. E Danilo aveva detto che invece lui avrebbe sparato tranquillo, in modo da tenersi vivo per il giorno della rivoluzione. Ma Ippolito aveva detto che ormai non ci sarebbe piú stata nessuna rivoluzione, solo tedeschi e tedeschi per tutta la vita e anche dopo, tedeschi e tedeschi nei secoli, tedeschi con carri armati e aeroplani, padroni di tutta la terra. Anna lavava i piatti e Giustino li asciugava. Giustino disse che anche la faccia di lei Anna non gli piaceva da un po' di tempo, già da prima dell'esame a ottobre. Disse: – Se hai un guaio ti conviene dirlo subito –. Lei lavava i piatti dentro al mastello, ci passava sopra lo straccetto pian piano. Gli disse: – Non ho un guaio. Che guaio dovrei avere? – Giustino disse: – Non so.

Giuma l'aspettava al ponte. Andarono nei cespugli sul fiume, lui tirò fuori subito il chinino, ma dopo due o tre pastiglie lei già credeva di sentire il rombo nelle orecchie. – Ho paura, – disse, – non voglio morire. – E stamattina invece volevi morire, – lui disse, – non ti ricordi piú –. Non era piú molto spaventato, diceva che lei forse l'aveva sognato quel bambino. Le disse di prendere ancora dell'altro chinino la sera prima di andare a dormire, le lasciò il tubetto. Poi a un tratto tirò fuori di tasca un biglietto da mille lire, erano i suoi risparmi, da un pezzo metteva via soldi per comprarsi una barca a motore. Adesso rinunziava alla barca, se lei

aveva davvero il bambino e col chinino non riusciva a niente poteva andare da una levatrice, mille lire bastavano. Lei
gli chiese dove c'era una levatrice, lui disse che dappertutto
ce n'erano, non si vedevano che targhe di levatrici nella città. Si facevano un po' pregare ma poi aiutavano. Anna prese le mille lire insieme al chinino, pensava come avrebbe cercato una levatrice e l'avrebbe pregata, pensava le parole che
avrebbe detto alla levatrice per pregarla. Si sentiva cosí
strana con quelle mille lire strette in mano, era la prima volta che teneva in mano mille lire nella sua vita, e le pareva
d'essere andata fuori della sua vita, lontano lontano da casa,
con mille lire lungo strade ignote dove c'erano delle levatrici da pregare. Disse: – Tu non vuoi sposarmi perché non
mi vuoi bene. Tu vuoi bene alla ragazza Fiammetta e vuoi
sposarti con lei –. Giuma disse: – Cos'è questo sposare e
sposare. Io non ho voglia di sposare nessuno, io avrei voglia
solo di una barca a motore ma per adesso devo rinunziarci –.
Restarono in silenzio. Non facevano l'amore, non avrebbero mai piú fatto l'amore, pensava Anna, mai piú. Non avrebbe mai piú rivisto il suo viso di quando faceva l'amore, il
suo viso rabbioso e segreto, con le palpebre strette sugli occhi e il respiro breve e profondo. Lui sarebbe partito l'indomani. E lei sarebbe andata a guardare le targhe delle levatrici nella città.

Si salutarono davanti al cancello. Lui le porse la sua magra mano abbronzata, non c'era bisogno di fare grandi addii
perché tra poco sarebbe tornato, di sicuro la guerra se veniva durava pochi giorni, in ottobre si sarebbero ritrovati a
scuola, lui a dar la licenza e lei quell'esame. Amalia s'affacciò alla finestra a chiamarlo e lui scomparve in casa. Anna
salí nella sua stanza, nascose le mille lire e il chinino in un
cassetto dello scrittoio.

L'indomani mattina s'affacciò a guardarli partire. Ave-

vano caricato una quantità di roba sulla macchina e ridevano di com'era carica, si sentivano le risate di Emanuele che
parevano il tubare d'un piccione. Dentro la macchina c'erano mammina e Amalia stipate fra tante cappelliere e valige,
Franz l'avevano mandato avanti in treno con la servitú.
Emanuele zoppicava intorno alla macchina scoperchiata e ci
versava dentro dell'acqua, e intanto imprecava contro Giuma che non l'aveva aiutato a caricare i bagagli. Finalmente
anche Giuma venne fuori, con l'impermeabile sul braccio e
le racchette da tennis. Vide Anna alla finestra e le fece una
fiacca strizzatina d'occhio, agitò leggermente la racchetta
nell'aria e salí in automobile. Stavano per partire quando
Ippolito s'affacciò. Emanuele si sporse fuori dalla macchina
a salutarlo, risuonò la sua lunga risata profonda, Ippolito rispose con un cenno. Mammina si spazientiva, Emanuele
chiuse lo sportello di scatto e se ne andarono via.

E adesso la casa di fronte era chiusa, tutta chiusa nella
sua pelliccia d'edera, con dei noccioli di ciliegia allineati sul
davanzale di Giuma e disseccati dal sole, lui a volte s'affacciava a mangiar le ciliege e allineava i noccioli sul davanzale.
Anna lo rivide quando s'affacciava a mangiar le ciliege, a
volte anche lei era affacciata ma non si dicevano niente dalla finestra, lui aveva l'idea che parlarsi dalla finestra era una
cosa da serve. Anna provò a mangiare dell'altro chinino, entrò Giustino e le chiese cosa succhiava, lei tranguiò in fretta la pastiglia, Giustino portava una lettera della signora
Maria che diceva che li aspettava alle « Visciole » e mandava una lunga lista delle cose che bisognava mettere nelle valige. Giustino disse a Anna di sbrigarsi a far le valige, se
aspettava che le facesse Ippolito poteva star fresca, Ippolito
era uscito col cane. Lui Giustino non ci teneva niente a andare alle « Visciole » ma visto che li aspettavano bisognava
partire, e poi forse a Ippolito avrebbe fatto bene l'aria del-

le « Visciole », e andare a caccia e dimenticare la Francia. Aspettarono Ippolito per il pranzo ma non ritornò. Anna tirò fuori le valige da sotto l'armadio. Ricordava di quando in quando le mille lire e il chinino, andava a vedere se c'erano sempre, pensò che avrebbe continuato a mangiare chinino alle « Visciole » e a un certo punto il bambino se ne sarebbe andato. Allora avrebbe rispedito le mille lire a Giuma in una lettera, e lui avrebbe potuto comprarsi la barca. Adesso era contenta d'andare alle « Visciole », per non avere piú sotto gli occhi la casa di fronte cosí tutta chiusa, dove nessuno s'affacciava piú.

Passarono il pomeriggio lei e Giustino a far le valige, e d'un tratto comparve Danilo e chiese di Ippolito, e raccontò che l'Italia entrava in guerra a fianco della Germania. Uscirono in strada con Danilo, dalle finestre aperte delle case gridava la radio, la gente stava raggruppata sotto le case e intorno ai caffè. La città era piena di quella voce che urlava, e la gente stava raggruppata in silenzio, e poi qualcuno disse che bisognava pensare all'oscuramento, mettere tende nere alle finestre che non filtrasse fuori neppure un filo di luce. Allora tutti andarono in cerca di stoffa nera, anche Anna e Giustino e Danilo che aveva trovato sua moglie. Comprarono metri e metri di stoffa nera. Danilo diceva a sua moglie che lui quasi di certo non lo mandavano in guerra, era stato un detenuto politico e quelli come lui non li mandavano al fronte, per paura che passassero dall'altra parte. Probabilmente uno come lui lo mettevano di nuovo in prigione.

Anna e Giustino tornarono a casa con quel gran pacco di stoffa nera, e in cucina trovarono Ippolito che dava da mangiare al cane, e gli chiesero se aveva saputo della guerra. Ippolito disse di sí. Aveva le scarpe polverose e il viso molto stanco, doveva aver camminato tutto il giorno, chi sa dove. Preparava la zuppa al cane, mischiava insieme della pasta avanzata e dei tozzi di pane e delle vecchie croste di formaggio. Giustino gli chiese se sarebbero andati l'indomani alle « Visciole », Ippolito pensò un attimo e disse di sí. Giustino disse che dovevano alzarsi molto presto per prendere il treno, quel trenino sarebbe stato molto affollato dato che tutti lasciavano la città, perché c'era la guerra e tutti avevan paura che cominciassero subito a bombardare. Ippolito disse che non avrebbero bombardato subito quella loro piccola città. Diceva molte parole, da giorni e giorni non gli avevano sentito dire tante parole. Pareva contento che fosse venuta finalmente la guerra. Guardò la stoffa nera che avevano comprato e rise un poco, chiese se forse volevano vestire a lutto l'intera città. Giustino prese le misure delle finestre e Anna tagliò delle gran tende nere e salirono sulla scala e le puntarono alle finestre con dei chiodini. Poi prepararono da mangiare, pomodori e uova fritti insieme con mezzo bicchiere di latte, e Ippolito disse che era una pietanza molto buona. Dopo mangiato restarono ancora un poco tutt'e tre attorno alla tavola, e Ippolito disse che se lui andava in guerra dovevano aver cura del suo cane. Raccomandò che lo mandassero alla mostra canina, aveva sentito dire che ci sarebbe stata fra poco una mostra canina in città. Giustino osservò che era difficile che facessero una mostra canina, con la guerra. Ma Ippolito disse che la guerra non era come loro immaginavano, continuavano le cose d'ogni giorno solo con tende nere alle finestre, continuavano i cinematografi, i teatri e le mostre canine. Solo con tende nere alle finestre. Giustino gli chiese se non andava a salutare Danilo, forse Danilo lo mettevano di nuovo in prigione subito l'indomani, perché quelli come Danilo non li volevano al fronte. Ippolito disse che infatti probabilmente sarebbe stato cosí. E invece lui non era tanto fortunato, lui tra poco certo lo mandavano in guerra e doveva sparare, e non c'era niente che

gli piacesse poco come sparare, gli piaceva sparare agli uccelli ma non alla gente. Disse che non sarebbe andato a salutare Danilo, era troppo stanco, voleva andare subito a letto, visto che l'indomani mattina bisognava svegliarsi presto
e partire. D'un tratto si chinò a baciare Anna, le diede una
piccola stretta al braccio, poi s'accostò a Giustino, fece il
suo solito sorriso storto e baciò anche lui. Sentirono i suoi
passi sulle scale e infine il tonfo delle sue scarpe sul pavimento, e il cigolio del letto dove s'era disteso. Rimasero
sbalorditi a guardarsi, li aveva baciati, non succedeva sovente che baciasse qualcuno. Li aveva baciati, dunque pensava che l'avrebbero mandato subito in guerra, e là forse pensava di morire subito, avrebbe buttato il fucile per terra ri-
fiutandosi di sparare, e allora l'avrebbero ammazzato subito, lui forse cosí pensava. Ma Giustino era sicuro che in
guerra anche Ippolito avrebbe sparato, sparavano tutti. Co-
m'era stato strano tutta la sera, disse Giustino, e poi quando
s'era messo a parlare della mostra canina, chi sa se non era
impazzito, voleva mandarlo alla mostra canina quel bruttissimo cane.

Anna dormí profondamente tutta la notte, perché era
stanca e perché aveva un po' dimenticato il bambino. Nella
notte sentí abbaiare il cane giú nel giardino, poi sentí cigolare il cancello, voleva affacciarsi a guardare ma subito riprese sonno. Nel suo sonno il cane abbaiava, sognò che Ippolito si vestiva da soldato e partiva per la guerra, anche
Giuma partiva per la guerra con una racchetta da tennis, la
guerra era nei prati oltre il fiume ed era solo un recinto di
legno tutto pieno di cani. Giustino venne a svegliarla, eran
le sei del mattino e bisognava partire, ma Ippolito non c'era
nella sua stanza, c'era solo il suo pigiama sul letto disfatto,
lui l'aveva cercato per tutta la casa e non l'aveva trovato.
Anna si vestí in fretta e uscirono nel mattino fresco, in giar-

dino il cane abbaiava, raspava in terra e si strusciava al cancello e abbaiava. Chi sa dov'era andato Ippolito, era proprio impazzito. Camminarono sul lungo fiume, arrivarono fino alla casa di Danilo ma lí pareva che dormissero tutti, le imposte erano ancora tutte chiuse. Aspettarono un poco sulla porta e venne fuori la moglie di Danilo che andava alla fonderia, no, da loro Ippolito non era venuto. Camminarono con la moglie di Danilo per un tratto. La moglie di Danilo consigliava di andare al giardino pubblico, Ippolito aveva preso l'abitudine di andare là a sedersi su una panchina a fumare la mattina presto, lei lo vedeva quando passava di là per far la spesa al mercato, certo era diventato molto strano da un po' di tempo. Lasciarono la moglie di Danilo al portone della fonderia, non c'era mercato quel giorno, le sarebbe piaciuto accompagnarli ma aveva fatto tardi. Il lungofiume cominciava ad affollarsi, l'aria si faceva polverosa e calda, un denso fumo bianco s'alzava dai comignoli della fabbrica di sapone. Il loro treno era partito da un pezzo, l'avevano sentito fuggire col suo sibilo acuto nella campagna. Entrando nel giardino pubblico videro attorno a una panchina un gruppetto di gente e due guardie, allora si misero a correre. Sulla panchina Ippolito sedeva morto, e accanto a lui per terra c'era il revolver del padre.

Era un vecchio revolver col manico d'avorio, era quello che il padre si teneva sul tavolo quando Danilo stava ad aspettare Concettina davanti al cancello. Non si vedeva molto sangue, solo una striscia lungo la sua guancia, e un poco sul colletto della camicia e sul bavero frusto della giacca. La piccola testa striata di biondo giaceva rovesciata all'indietro sulla spalliera della panchina, e si vedevano i bei denti candidi fra le labbra socchiuse, e quella sottile striscia di sangue sulla guancia ruvida di barba, come si radeva di rado da quando era stata vinta la Francia. E la mano pendeva bianca e vuota, la mano che aveva sparato e poi aveva lasciato cadere a terra il revolver del padre.

Un medico in camice bianco guardò la ferita, gli sbottonò la camicia sul petto e si curvò tenendosi all'orecchio una trombetta nera. E poi due uomini raccolsero il lungo corpo inerte sulla panchina e lo portarono a casa. Di colpo la casa fu piena di gente, c'erano le sorelle di Danilo e il nipote della signora Maria e il maestro di piano, e piú tardi arrivò di corsa la madre di Danilo, col seno ansante e col pettine conficcato per storto nel nuvolo di capelli. Ippolito l'avevano sdraiato sul letto nella sua stanza, gli avevano acceso intorno dei ceri e gli avevano legata stretta la faccia in un fazzoletto, Anna aveva dovuto cercare a lungo i fazzoletti nelle valige. In giardino il cane continuava a abbaiare e a raspare, aveva scavato un buco davanti al cancello e fiutava lí dentro e abbaiava. Comparvero Danilo e sua moglie. Ma sul viso di Danilo non c'era nessuno stupore, non c'era quasi neppure tristezza, era come se fosse successa una cosa che lui aspettava da moltissimo tempo. Sedeva sulla punta d'una poltrona in salotto come in visita, con l'aria compassata e prudente di quel giorno ch'era tornato dalla prigione. Sua moglie piangeva, ogni tanto dava in un singhiozzo che pareva una tosse. Venne poi anche il signor Sbrancagna, e sedette in poltrona con le mani incrociate sul manico del bastone, e chiese a Danilo se Ippolito non gli aveva parlato. No, disse Danilo, Ippolito non gli aveva parlato. E il signor Sbrancagna disse che aveva sentito subito una gran simpatia per Ippolito, fin dal primo giorno che l'aveva visto, e anche aveva avuto il sospetto che avesse un dispiacere segreto, forse una donna, chi sa. Era un ragazzo cosí silenzioso, non aveva parole d'amicizia o di pietà per nessuno eppure a stargli vicino ci si sentiva bene, come se da lui spirasse una gran forza d'amicizia e pietà. Forse pochi l'avevano capito. Lui il signor

Sbrancagna l'aveva capito, si sedeva tanto volentieri accanto a Ippolito, gli raccontava tutto di sé. Forse Ippolito non s'era mai consolato della morte del padre. Allora il maestro di piano prese a dire dell'abnegazione di Ippolito nell'assistere il padre, nel fargli le iniezioni e leggergli a voce alta. Giustino chiese a un tratto se non c'era modo di far tacere il cane. Ma poi ricordò che Ippolito aveva pregato d'aver cura del cane, e andò in cucina a preparargli la zuppa. Alle finestre svolazzavano le tende nere nel sole, il signor Sbrancagna chiese a Danilo cosa pensava della guerra.

Verso sera arrivò la signora Maria, a Concettina non avevano detto niente, Emilio era rimasto alle « Visciole » per dirlo a Concettina a poco a poco. Videro arrivare la signora Maria piccola piccola, quando succedeva una disgrazia si rattrappiva e si rimpiccioliva, e questa era una disgrazia che lei non riusciva a capire, era là col cappello di traverso e con un piccolo sussulto alla spalla. Voleva sapere chi era la ragazza che aveva rifiutato di sposare Ippolito, lo chiedeva a suo nipote, al signor Sbrancagna e al maestro di piano. A Danilo non lo chiedeva perché non aveva mai potuto soffrire Danilo, era sicura che ne aveva colpa Danilo se era morto Ippolito, non sapeva come ma era sicura che era colpa sua. Doveva pure esserci una lettera da qualche parte, doveva pure aver lasciato una lettera Ippolito, non avevano cercato bene. Era sicura che non sarebbe successo se lei fosse rimasta in città, lei dal viso di Ippolito avrebbe capito che soffriva d'un dispiacere, l'avrebbe fatto parlare e sarebbe andata dalla ragazza e avrebbe sistemato le cose. Disse al signor Sbrancagna che Ippolito aveva tanta confidenza in lei. Ma Giustino disse che non c'era nessuna ragazza, nessuna lettera, niente. La signora Maria si tormentava le mani e gemeva per essere partita, qualcosa nel suo cuore le diceva che non doveva partire, lei perché non aveva dato ascolto. S'inginocchiò ai piedi del letto di Ippolito a pregare, avrebbe voluto che anche Anna e Giustino s'inginocchiassero a pregare con lei, trovava che era stato uno sbaglio da parte del padre non permettere che i ragazzi s'inginocchiassero qualche volta a pregare. Il padre diceva che non bisognava mettersi in ginocchio davanti a nessuno, nemmeno davanti a Dio, e Dio non si sapeva se c'era o non c'era ma se c'era gli piaceva vedere le persone in piedi e a testa alta. Alla signora Maria pareva ora che il padre avesse detto molte cose sciocche, forse Ippolito non sarebbe morto se da piccolo gli avessero insegnato a pregare.

XV.

Furono tirati fuori tutti i ritratti di Ippolito, furono incorniciati e disposti in salotto sul pianoforte. Si cercarono altri ritratti per la casa, possibile che ce ne fossero cosí pochi, perché non si era pensato a fotografarlo di piú. Si cercavano anche nella memoria le parole che aveva detto. Ma aveva detto cosí poche parole. Adesso pareva impossibile di non avergli chiesto qualche altra parola ancora, pareva impossibile di non avergli mai chiesto se aveva forse bisogno di aiuto, di non averlo seguíto quando passeggiava solo, di non essersi seduti con lui quando stava a fumare sulla panchina. Dopo il funerale i cassetti del suo scrittoio vennero riordinati, raccolte e legate insieme le poche lettere, non c'era che qualche lettera del padre e qualche cartolina illustrata, non c'erano lettere di ragazze. E Anna e la signora Maria passarono una giornata a lucidare il pavimento a cera nella sua stanza, a riordinare i libri e gli scaffali e a lavare i vetri. Anna aveva dimenticato il suo bambino, se ci pensava si diceva che intanto certo era morto, lei aveva cosí singhiozzato e il bambino era morto nei singhiozzi. Poi quella stanza fu chiusa, i materassi arrotolati e coperti. Due giorni dopo il funerale arrivò Emanuele. Credeva d'arrivare ancora a tempo per il funerale, aveva còrso come un disperato con la sua macchina, ma per il funerale era già troppo tardi. Cadde a sedere su una poltrona in salotto e scoppiò a singhiozzare.

Anna e Giustino gli stavano davanti in silenzio, avevano già tanto singhiozzato e adesso non avevano piú lagrime, non avevano dentro che stupore e silenzio. Emanuele non si dava pace d'aver salutato cosí male Ippolito la mattina ch'era partito, solo un cenno dalla finestra, gli era rimasta nella memoria per sempre la figura di Ippolito alla finestra, e quel piccolo cenno della sua mano. E non si dava pace d'essere partito, era sicuro che se fosse rimasto Ippolito non sarebbe morto, non l'avrebbe lasciato pensare a morire, gli avrebbe detto che non era tutto finito. Prendeva ad uno ad uno i ritratti di Ippolito sul pianoforte, li guardava e ricominciava a singhiozzare. L'aveva saputo da una lettera di Danilo, una lettera cosí corta e fredda, dove non c'era neppure il giorno del funerale. Disse a Giustino di andare a cercare di Danilo, ma Danilo non c'era piú, l'avevano chiamato in questura e l'avevano spedito in un'isola, e là doveva restare fino alla fine della guerra. Sua madre diceva che in quell'isola c'era sempre il tifo, e forse il tifo era peggio della guerra. Sua moglie non aveva potuto seguirlo, non poteva perdere il posto alla fonderia. In cíttà per un poco avevano parlato di Ippolito, sottovoce e in segreto perché era un suicidio, ai fascisti non piaceva che si parlasse dei suicidi, sul giornale era uscita la notizia che un giovane era morto al giardino pubblico mentre puliva la sua rivoltella. Ma poi tutti avevano dimenticato Ippolito e avevan ripreso a pensare alla guerra. I soldati italiani avevano cominciato a sparare su per le montagne, i tedeschi stavano entrando a Parigi. Emanuele diceva che pure lui sentiva che non era tutto finito. Chiese alla signora Maria se lo lasciava dormire nel salotto, non aveva voglia di dormire da solo in casa sua. Zoppicò fino a tardi per il salotto parlando di Ippolito, non avrebbe mai piú avuto un amico come Ippolito, mai piú. Nessuno l'aveva conosciuto, lui solo poteva dire d'averlo conosciuto bene. E se lui fosse rimasto in città non gli avrebbe permesso di morire, l'avrebbe seguíto dovunque e gli avrebbe strappato dalle mani il revolver, gli avrebbe spiegato che i tedeschi potevano pigliarsi Parigi e magari anche Londra eppure non era tutto finito. Ripartí il giorno dopo. Caricò sulla macchina un'altra cassa di sapone, mammina aveva sempre l'angoscia di restare senza sapone, di doversi lavare con quei cubi verdastri che adesso c'erano in giro. Anna e Giustino lo aiutarono a caricare la cassa sulla macchina, e rimasero sul marciapiedi a salutare con le mani finché la macchina non fu sparita.

Partirono per le « Visciole », la signora Maria diceva che Concettina non doveva stare là sola, con quel bambino che la spaventava perché era il primo bambino che avesse mai visto, e col dolore di Ippolito e con la paura che suo marito lo chiamassero in guerra. In treno tutti parlavano del bombardamento di Torino, qualcuno ci s'era trovato, le sirene d'allarme eran suonate quando già gli aeroplani strisciavano sulla città. C'erano stati quattordici morti, dicevano i giornali, ma chi sa quanti ce n'erano stati invece, quello che dicevano i giornali bisogna moltiplicarlo per dieci se era male, mormorava uno, dividerlo per dieci se era bene. Era un vecchio venditore ambulante, con una cassetta piena di stringhe e bottoni legata al collo, era un po' ubriaco e seguitava a dire di moltiplicare e dividere, contava sulle dita e s'ingarbugliava. Raccontò anche d'un giovane che s'era sparato in testa al giardino pubblico, perché non voleva andare in guerra. I vicini lo fecero tacere. Il venditore ambulante aveva visto Giustino che lo guardava, e voleva vendergli per forza qualche paio di stringhe.

Concettina sedeva sotto la pergola e allattava il bambino. A vederli arrivare si mise subito a piangere, ma la moglie del contadino corse a dirle che non doveva piangere

quando allattava, se no il latte le diventava salato di lagrime. Adesso anche la moglie del contadino piangeva per Ippolito, e anche il contadino, e ricordavano quando l'avevano portato piccolino sul carro. Ma il cane correva dietro ai
polli e la moglie del contadino disse che era ricominciato
l'inferno per lei con quel cane.

Emilio veniva su nel tardo pomeriggio e ripartiva la mattina presto: la domenica si fermava per tutto il giorno. Non
era piú tanto quieto e fresco come prima, non pareva piú
tanto un vitellino che pascolava. S'era messo a pensare sempre a Ippolito, anche lui andava cercando nella memoria le
parole che Ippolito gli aveva detto. Quando passava per il
giardino pubblico gli pareva di vedere Ippolito seduto morto sulla panchina. Diceva che lui Emilio non aveva mai sofferto molto, anche quando voleva sposare Concettina e lei
non voleva non soffriva molto forte, aveva un senso oscuro
che un giorno si sarebbero sposati. Ma adesso gli era venuto
in mente che forse c'erano tante cose da soffrire, e che lui
non soffriva soltanto perché non sapeva pensarci, quando
voleva mettersi a pensare qualcosa di molto grande o di molto lontano gli mancava il respiro e lo prendeva come una
vertigine, e gli era venuto in mente che forse questo non
era tanto bello. Ippolito aveva pensato a tutto, era morto
pensando a tutto. E lui se lo chiamavano in guerra e gli succedeva di morire moriva cosí povero di pensieri, cosí povero di dolore, moriva senz'aver pensato tutto quello che c'e-
ra da pensare. Non si sentiva niente preparato a morire, se
c'era Dio lui cosa gli avrebbe portato a questo Dio, Dio gli
avrebbe chiesto cosa portava e lui non avrebbe saputo cosa
rispondere, aveva lavorato un poco nell'industria con suo
padre, sapeva un po' qualcosa sui monosulfuri e gl'idruri,
s'era macchiato un po' le mani con gli acidi, s'era messo la
camicia nera ed aveva sfilato nei cortei. Concettina si met-

teva a piangere, chiedeva perché anche lui doveva morire, era già morto Ippolito, lei perché doveva perdere tutti quelli che aveva. E allora Emilio le diceva per carità di non piangere, forse la moglie del contadino aveva ragione, forse a piangere il latte in qualche modo le si guastava. Insieme andavano a guardare il bambino. Aveva perduto il piumacchio nero, adesso aveva una testa tutta coperta d'una fine peluria che splendeva al sole. Il bambino si metteva a gridare e Concettina subito si spaventava, forse il suo latte non era piú tanto buono, si toccava il petto per sentire se il latte c'era sempre. Concettina diceva come era stata sciocca da giovane, si era tormentata tanto per il suo petto, s'affliggeva d'averne cosí poco, adesso c'era solo da sapere se quel petto che aveva andava bene per allattare il bambino. Emilio la lasciava sola e si metteva a girare come Ippolito per la campagna, con Concettina ormai non c'era modo di fare un discorso sensato, lei non sapeva piú parlare che di latte e bambini. Girava a lungo fra i vigneti e le querce, là dove sapeva che Ippolito era solito camminare col cane; e ogni pietra che urtava col piede si chiedeva se anche Ippolito l'aveva urtata, coi suoi piedi che adesso erano morti; e dovunque posava gli occhi sulla campagna pensava che anche Ippolito aveva guardato in quel punto, e pensava come era strano che gli occhi degli uomini passassero senza lasciare una traccia sulle cose, su quella verde campagna ronzante s'erano posati a migliaia e migliaia degli occhi di morti.

Anna non girava per la campagna, stava sdraiata sul letto nella sua stanza con le cortine tirate, non voleva guardare la campagna, non voleva guardare il ciglio della collina, là dove una volta si vedeva Ippolito passare e ripassare col fucile e col cane. I giorni scorrevano via, e lei adesso sapeva che quel suo bambino c'era sempre, aveva finito tutto il chinino, teneva le mille lire in una busta puntata alla sottoveste, pensava che un giorno sarebbe andata in città col trenino a cercare una levatrice, avrebbe detto alla signora Maria che aveva dimenticato qualche libro di matematica a casa. La levatrice se la immaginava un po' come la madre di Danilo. A poco a poco prese a immaginarla sempre piú bonaria e materna, non voleva neppure le mille lire e faceva tutto per niente, aveva troppa compassione di lei. Ma certe volte invece immaginava che avrebbe lasciato che quel bambino venisse al mondo, e andare con lui a vivere in una città lontana, lavorare duramente per mantenerlo, e d'un tratto Giuma capitava per caso in quella lontana città, aveva lasciato per sempre la ragazza Fiammetta perché s'era accorto che era un tipo impossibile. E Giuma voleva sposare lei ma lei ormai non lo voleva piú, scappava col bambino in un'altra città ancora piú lontana, lavorava ancora piú duramente, sedeva a un tavolo d'ufficio e sbrigava delle pratiche, le sbrigava con una velocità vertiginosa e il capufficio veniva a dirle che nessuno sapeva sbrigare tante pratiche come lei. E c'erano i tedeschi ma a un tratto si riusciva lo stesso a fare la rivoluzione. Lei e il capufficio correvano sui tetti, mettendo in salvo delle carte segrete. Ma bisognava anche mettere in salvo il bambino, la casa dove c'era il bambino aveva preso fuoco, lei e il capufficio si gettavano nelle fiamme per salvare il bambino.

Giustino veniva a sedersi nella sua stanza. La guardava un poco e le diceva che era molto ingrassata, se continuava cosí diventava una botte. Lei allora pensava che doveva andare dalla levatrice, presto, presto, prima che tutti si fossero accorti del bambino in lei. Giustino fumava, a lei il fumo adesso dava fastidio, cercava di non respirare per non sentire l'odore. Giustino le chiedeva se si scrivevano con Giuma, lei diceva di no, Giustino diceva che certo il grande Giuma non si degnava di scriverle. Giustino invece riceveva sempre posta, gli scriveva la ragazza alta e secca su una rigida carta azzurra con le iniziali stampate, Giustino quando riceveva quelle rigide lettere azzurre si nascondeva a leggerle nei boschi. Anna gli chiedeva di fargliele vedere, lui diceva di no, non sarebbe stato corretto verso la ragazza alta e secca, ma assicurava che erano bellissime lettere, quella ragazza sapeva scrivere molto bene. Risponderle era un po' faticoso, certe volte gli veniva mal di testa a cercare delle cose da dirle, per rispondere aspettava i giorni di pioggia, quando le figlie dei farabutti non venivano in piazza. Il caffè da un pezzo non si trovava e Giustino e le figlie dei farabutti bevevano il surrogato nel piccolo bar della piazza, e le figlie dei farabutti sapevano una canzone che diceva: « Il Piave mormorò: non c'è piú caffè nero ». Le figlie dei farabutti aspettavano l'ora acca, l'ora in cui la Germania sarebbe sbarcata in Inghilterra. Allora la guerra sarebbe finita e la Germania e l'Italia si sarebbero spartite le colonie inglesi, e dalle colonie inglesi sarebbe arrivato caffè e altro, gl'inglesi erano il popolo dai cinque pasti, perché avevano tutte quelle colonie. I giornali non parlavano che dell'ora acca. Un giorno corse voce che i tedeschi avevan già traversato la Manica con delle navicelle, una specie di piccole zattere a vela che filavano molto forte, il mare sulle coste dell'Inghilterra era tutto nero di uomini. Le figlie dei farabutti erano molto contente e i farabutti anche, non si parlava che di quelle piccole zattere in piazza, erano leggere leggere ed erano arrivate di notte sulle coste dell'Inghilterra, veloci e silenziose come frecce. Ma i giornali non ne dissero nulla e a poco a poco si dovette pensare che non era vero, la notizia era saltata fuori chi sa come, i farabutti ripreso a giocare a bocce, l'ora acca non era ancora suonata.

Giustino disse a Anna che non gliene importava niente di nessuna delle figlie dei farabutti, e neppure gli importava niente della ragazza alta e secca, non si era ancora mai innamorato, l'ora acca non era ancora suonata nemmeno per lui. Alla ragazza alta e secca non scriveva lettere d'amore, anzi in ogni lettera le scriveva com'era bella un'amicizia tra uomo e donna, la ragazza alta e secca chiedeva se poteva esistere e lui le giurava di sí. Aveva trovato la strofa d'una poesia francese che diceva: « *Si tu savais quel baume apporte – au cœur la présence d'un cœur – tu t'asséyerais sous ma porte – comme une sœur* ». Aveva copiato questa strofa per la ragazza alta e secca, cosí lei sapeva che doveva sedersi sotto la sua porta e basta, nient'altro. Con le figlie dei farabutti era diverso, le canzonava e ci flirtava un po'. Lui non era come Ippolito, che passava per strada senza guardare mai una donna. Anna e Giustino tacquero e insieme pensarono a Ippolito, come l'avevan trovato al giardino pubblico quel mattino. E allora Giustino disse che andava in cerca delle figlie dei farabutti, erano tanto sceme che lo tenevano allegro.

XVI

Anna uscí per andare alla macelleria un giorno che pioveva molto forte. La signora Maria le aveva detto che occorreva la carne, le aveva dato la sporta e le aveva raccomandato di far presto, Giustino s'era chiuso a chiave nella sua stanza e aveva gridato che andassero al diavolo con la carne. Certo stava scrivendo alla ragazza alta e secca. Anna camminava pensando alla ragazza alta e secca, che doveva sedersi sotto la porta di Giustino « comme une sœur ». Ma era pur fortunata la ragazza alta e secca a ricevere qualche lettera di Giustino, anche se lui scriveva soltanto nei giorni di pioggia. Giuma a lei non aveva mai scritto, era arrivato solo un biglietto da visita di mammina con le condoglianze. Ad Anna a un tratto parve spaventoso che Giuma non le avesse mai scritto, che non si fosse curato neppure di sapere se la storia con la levatrice era finita. La pioggia scrosciava forte sulla campagna, i sentieri erano rivoli fangosi e le spighe si piegavano a terra, frustate dal vento e dall'acqua. Lei correva sguazzando nel fango e pensava che nessuno le voleva bene, la mandavano fuori nella pioggia per un po' di carne. Pensava che lei non aveva né padre né madre, e aveva trovato suo fratello morto su una panchina e aveva dentro un bambino. Ma del bambino non aveva coraggio di dirlo a nessuno e neppure aveva coraggio di andare a cercare una levatrice nella città. Le pareva che avrebbe avuto coraggio soltanto di fare la rivoluzione. Correva disperata nella pioggia. Sulla piazza del paese c'era ferma una macchina, un uomo stava uscendo dalla tabaccheria e cercava di accendere una sigaretta nella pioggia. Aveva un lungo impermeabile bianco che pareva una camicia da notte, e un cappello tutto sbertucciato e grondante. Si guardarono un attimo in faccia e lei scoperse a un tratto che quella era la sola faccia che avesse desiderio di vedere al mondo. Gli corse allora incontro con un grido e si mise a piangere sulla spalla del suo impermeabile. Cenzo Rena tirò fuori un grande fazzoletto colorato per asciugarle gli occhi.

La condusse dentro la macchina e parlarono per un poco lí fermi al chiuso nella pioggia scrosciante, sotto il grosso ragazzo di pietra col gagliardetto e col fez. Lei raccontava com'era stato con Ippolito, come l'avevan trovato al giardino pubblico quel mattino. Cenzo Rena sapeva già tutto, aveva avuto una lettera da Giustino. Sospirava e si stropicciava tutta la faccia con le mani mentre lei raccontava. Uscirono dal paese e la macchina prese a sguazzare adagio per la campagna. In fondo non c'era bisogno di andare a casa subito, lui disse. Guidava tenendole un braccio intorno alle spalle, lei piangeva e parlava, non aveva bisogno di cercare le parole, gli diceva tutto a poco a poco e il suo cuore si faceva leggero, pensò a un tratto se dunque erano molto amici lei e Cenzo Rena, non aveva pensato molte volte a lui ma a vederlo aveva sentito una gran gioia, come se l'aspettasse da tanto tempo. Gli diceva com'era Ippolito mentre i tedeschi si prendevano la Francia, come passeggiava nella sua camera e rovistava nei cassetti la notte. Ma non era stato per una ragazza, era stato solo per i tedeschi, la Francia e la guerra, e forse ancora per tante altre cose che non si sapevano bene, delle cose lontane, chi sa. Pensò che finalmente c'era qualcuno che l'ascoltava, quando parlava con Giustino o con

Giuma sentiva sempre come una sfiducia che loro stessero davvero in ascolto. Non aveva bisogno di cercare le parole, a poco a poco gli disse del bambino che aveva, lo guardò e non vide sul suo viso né spavento né orrore, quel viso la guardava in ascolto e aveva pietà di lei. Tirò fuori la busta che portava puntata alla sottoveste per mostrargli le mille lire, gli disse di venire un giorno con lei a cercare una levatrice in città, forse bisognava girare a cercare per la città, con la macchina era tanto piú facile. Lui le chiese allora di chi era quel suo bambino. Disse che era di Giuma, di Giuma non le riusciva tanto facile parlare. Giuma era cosí, disse, aveva gli occhi azzurri, si scacciava sempre via i capelli dalla fronte e aveva dei denti piccoli e aguzzi, un pochino da volpe. Lui le chiese se si volevano bene. E lei disse che forse non si volevano tanto bene, Giuma aveva anche la ragazza Fiammetta, che sciava con dei pantaloni di velluto bianco. Le chiese perché avevano fatto l'amore se non si volevano tanto bene, le chiese se voleva vivere facendo l'amore un po' con tutti. Lei disse che non aveva ancora pensato come voleva vivere. Lui le chiese quanti anni aveva e lei disse che aveva sedici anni. Lui disse che a sedici anni una persona doveva cominciare a sapere come voleva vivere. Lei disse che voleva vivere facendo la rivoluzione. Lui allora si mise molto a ridere, aveva i denti piccoli ma non da volpe, aveva dei piccoli denti distaccati e allegri, come tanti chicchi di riso. Le disse che la rivoluzione adesso non c'entrava.

Lei riprese a parlare della ragazza Fiammetta, di Montale e del caffè che sembrava Parigi. Come sembrava Parigi, chiese Cenzo Rena. Sembrava Parigi, lei disse, Giuma trovava tanto che sembrava Parigi. Ma dopo non sembrava piú Parigi ed erano andati piú spesso fra i cespugli sul fiume. E forse non si volevano tanto bene, lei era mortificata e infelice quando ritornava a casa. Aveva capito che non gli voleva tanto bene quando Giuma le aveva dato le mille lire, s'era trovata con mille lire in mano e aveva capito che era finita la storia fra loro due, e anche aveva capito che era stata una storia molto stupida e povera, con Giuma che doveva rinunciare a comprarsi la barca. Prima forse lei aveva un po' creduto che si sarebbero sposati. E invece le aveva dato mille lire perché andasse da sola a cercare una levatrice nella città. E lei non sapeva dove stavano le levatrici, c'era la levatrice di Concettina ma da quella si vergognava di andare. Non l'aveva detto a Concettina, a nessuno l'aveva detto. L'aveva detto solo a lui Cenzo Rena, chi sa perché proprio a lui. Gli chiese se dunque erano molto amici, perché appena l'aveva visto aveva potuto dirgli le cose che taceva a tutti da tanto tempo. Gli disse che pure non aveva pensato molte volte a lui. E Cenzo Rena disse che anche lui non aveva pensato a lei molte volte. Aveva pensato di piú a Giustino, era venuto di piú per Giustino che per lei. Ma era felice che lei gli avesse detto tante cose. Le disse di non pensare piú tanto alle levatrici e alle mille lire, l'indomani l'avrebbe portata in città per risolvere quella cosa. Sguazzarono ancora a lungo adagio adagio per la campagna. Lei ogni tanto piangeva ma si sentiva quieta e serena, come tutta lavata dalle lagrime, come se fosse sgorgato via d'improvviso lo spavento e il silenzio dal suo cuore.

Arrivarono a casa che era tardi, e la signora Maria venne incontro a Cenzo Rena a mani tese e socchiudendo le palpebre e sospirando forte, per ricordare Ippolito insieme a lui. Ma Cenzo Rena aveva una faccia svagata e felice e colorita dal fresco, e sventolò alla signora Maria il suo cappello grondante, e si mise a tirar giú le valige. La signora Maria chiese a Anna dove aveva messo la carne, Anna si batté la mano sulla fronte, non si era ricordata della carne. Cenzo Rena disse

che non importava, lui aveva tante scatole di tonno sott'o-
lio e anche della birra, e si poteva fare una bellissima cena,
un banchetto di nozze. La signora Maria disse poi a Concettina che non si veniva con una faccia cosí felice da una
famiglia che aveva avuto una grande disgrazia. Ma Cenzo
Rena era sempre stato un po' matto, e in fondo lei era contenta che fosse venuto perché avrebbe parlato del raccolto
al contadino, era matto ma sapeva fare con i contadini. Cenzo Rena invece questa volta non fece festa né al cane né al
contadino, s'aggirava svagato per le stanze con le mani in
tasca.

Sedettero a tavola, e Cenzo Rena mangiava a cucchiaiate
il tonno sott'olio e parlava della guerra. Anna adesso che lo
vedeva tra gli altri aveva vergogna di tutto quello che gli
aveva detto. Cenzo Rena pareva che l'avesse dimenticata.
Ma d'un tratto alzò gli occhi su di lei e la fissò con uno sguardo fermo, sereno e profondo. Poi riprese a parlare della
guerra. Non credeva che ormai l'avessero vinta i tedeschi,
era quella una guerra dove nessuno avrebbe vinto o perduto, alla fine si sarebbe visto che avevano perduto un po' tutti. Di sicuro durava molti anni e non sarebbe stato niente allegro. Perché adesso c'erano tanti modi nuovi di fare impazzire la gente, c'erano i mitragliamenti, i bombardamenti a
tappeto, gli spezzoni incendiari, le corazzate volanti. E i tedeschi che uccidevano per uccidere, alleati o non alleati, cosí. Concettina stava ad ascoltare col bambino in collo, e i
suoi occhi si cerchiavano di scuro e chiese a un tratto perché
allora lei aveva messo al mondo quel bambino. Cenzo Rena
le disse di non chiedere cose sceme. Quel bambino l'aveva
messo al mondo per volergli bene e dargli il latte. I bambini
non si mettevano al mondo perché stessero bene, con tanto
da mangiare e i piedi caldi, si mettevano al mondo perché
vivessero quel che c'era da vivere, magari anche i bombar-

damenti a tappeto, le carestie e la fame. Ma poi le disse che quando ci fossero stati i bombardamenti a tappeto, poteva venire a rifugiarsi col bambino da lui al suo paese. Forse la guerra non sarebbe arrivata a quel suo nero paese, sperduto fra le colline. A proposito di tappeti, disse, gli dispiaceva d'essersi scordato di mandare a Ippolito il tappeto di Smirne che gli aveva promesso. Parlava di Ippolito senza abbassare gli occhi né la voce, parlava come se Ippolito fosse stato vivo nella stanza accanto. Solo un attimo si tolse gli occhiali e si fregò le palpebre e la faccia con tutta la mano. Poi la sua faccia riapparve, piú rossa e come piena di sonno. Adesso gli dispiaceva d'aver macchiato d'inchiostro il tappeto che a Ippolito stava a cuore, gli dispiaceva d'avergli portato via il cane quando lui voleva andare a caccia. E anche gli dispiaceva d'avergli detto delle parole cattive. Avrebbe voluto averlo ancora davanti per dirgli tutt'altre parole. Non si sarebbe mai perdonato le parole cattive che gli aveva detto. Gli aveva detto delle parole cattive perché s'era immaginato cosí d'aiutarlo a diventare un essere libero. E invece non l'aveva aiutato, l'aveva soltanto umiliato, vedeva ancora il suo sorriso storto. Emilio allora disse che Ippolito era stato un essere libero, aveva scelto da sé il giorno della sua morte. Ma Cenzo Rena disse che un uomo non aveva diritto di scegliere il giorno della sua morte. E del resto Ippolito non aveva scelto niente, s'era lasciato tutto aggrovigliare dai suoi pensieri, cosí da morirne. Era morto strozzato dai suoi stessi pensieri, era morto ancor prima di sedersi al giardino pubblico quel mattino. Emilio allora chiese se era un essere libero chi non pensava. E Cenzo Rena gli disse di non chiedere cose sceme. Era libero chi accettava di vivere quel che c'era da vivere. Era libero chi faceva dei suoi pensieri salute e ricchezza, non chi ne faceva una trappola per caderci strozzato. Poi cominciò a sbadigliare e a stirarsi agitando le sue lunghe braccia, e disse che se ne andava a dormire. Emilio domandò a Concettina se si sarebbe fermato molto tempo alle « Visciole » quel tipo, a lui non piaceva troppo, lui magari sapeva d'essere scemo ma non gli andava che glielo dicessero in faccia. E Concettina disse a Giustino di fare come faceva Cenzo Rena quando gli raspavano le mutande. Ma Giustino disse che non lo sapeva fare, era Emanuele che lo sapeva fare. E poi non gli andava che si canzonasse una persona subito dopo ch'era uscita via dalla stanza.

L'indomani mattina Giustino andò in cerca di vermi, perché sperava di andare a pescare con Cenzo Rena nel pomeriggio. Raccolse tanti bei vermi lunghi, ma nel pomeriggio Cenzo Rena disse che andava con Anna in città per comprarle un orologio, voleva farle un regalo e aveva visto che non aveva orologio. La signora Maria era molto contenta, pensò un piccolo orologio d'oro d'una buona marca, che Anna avrebbe portato al polso per tutta la vita. Ma Giustino era rimasto male e andò a pescare da solo, e non pescava niente e alla fine buttò via i vermi e si mise a mangiare delle grosse pagnotte di pane, come sempre faceva quando si sentiva triste. Gli pareva che Cenzo Rena l'avesse salutato distrattamente, gli pareva che non fossero piú tanto amici, eppure lui gli aveva scritto pregandolo di venire, ed era stato cosí contento la sera prima quando aveva visto la sua macchina giú al cancello. Passando vide in piazza le figlie dei farabutti ma non aveva voglia di figlie di farabutti quel giorno, pescare con Cenzo Rena sarebbe stata la sola cosa che gli sarebbe piaciuta, oppure anche scegliere l'orologio per Anna con loro due in città. Ma Cenzo Rena non gli aveva detto di salire in macchina con loro due, l'aveva salutato distratto con un cenno del capo.

Anna e Cenzo Rena correvano verso la città, c'era il sole e la strada era asciutta ma ancora non polverosa, la macchina traballava nei solchi profondi che aveva fatto la pioggia. Cenzo Rena disse che una volta aveva un amico medico in quella città, ma non sapeva se era ancora vivo e se abitava sempre allo stesso indirizzo. Disse che era meglio tenersi lontani dalle levatrici, le levatrici potevano anche uccidere, tante povere ragazze ci avevano lasciato la pelle. Anna aveva pensato tutta la notte una levatrice con la faccia della madre di Danilo. A un tratto ebbe paura, chiese cosa le avrebbero fatto, se era facile poter morire. Cenzo Rena disse di no, bastava andare da un medico, le levatrici a volte non si lavavano bene le mani. Se non trovavano più quel suo amico potevano forse rivolgersi al piccolo dottore coi capelli da pulcino. Ma Anna disse che si vergognava troppo del piccolo dottore, voleva una faccia che non avesse mai visto prima e che poi non dovesse rivedere mai più. Cenzo Rena fermò a un tratto la macchina, le chiese se voleva davvero buttar via quel bambino. Anna chiese cos'altro poteva fare, Giuma non l'avrebbe mai sposata e anche a lei forse non sarebbe piaciuto niente sposarlo, aveva sbagliato tutto e allora cos'avrebbe avuto quel bambino nel venire al mondo, solo una madre che aveva sbagliato tutto e non aveva coraggio. Cenzo Rena disse che nessuno si trovava col coraggio in tasca, il coraggio bisognava farselo a poco a poco, era una storia lunga e durava quasi tutta la vita. Erano fermi alle porte della città, si vedevano i tetti di lamiera della fabbrica di sapone. Le disse che fino a quel giorno lei aveva vissuto come un insetto. Un insetto che non sa niente oltre alla foglia dove sta sospeso.

Le chiese se lo voleva sposare. Così non avrebbe dovuto buttar via il bambino. Di bambini ce n'erano piene le strade e magari diventavano uomini con la faccia rincagnata e cattiva, eppure gli pareva triste che se ne potesse buttar via uno. Lui non si sarebbe ricordato spesso che quel bambino non era suo figlio, del resto erano tanto sceme quelle storie sulla voce del sangue, il suo sangue non aveva voce. Non s'era mai sognato di desiderare un figlio, ma visto che ce n'era uno da prendere se lo prendeva. Forse era molto vecchio per sposarla ma tutti gli anni che aveva alle spalle non pesavano molto, li aveva galoppati cosí presto, mai aveva voltato indietro la testa a contare le cose che perdeva. E quello che faceva diventar vecchi era tener la testa voltata indietro a contare, a contare si diventava d'un tratto vecchissimi, col naso aguzzo e con gli occhi foschi e rapaci. Lui era sempre galoppato via. Lei allora lo guardò stordita e pensò quanti anni poteva avere Cenzo Rena, cinquanta, sessanta, chi sa. Non c'era piú bisogno di cercare un medico che facesse chi sa cosa sul suo corpo per far sparire il bambino. Avrebbe sposato Cenzo Rena, finiva cosí la sua vita, non sarebbe venuto piú niente d'inaspettato e di strano, Cenzo Rena e Cenzo Rena per sempre.

Disse di sí, che lo voleva sposare. Ma gli disse che sentiva un po' freddo a pensare che aveva deciso una cosa per tutta la vita. Cenzo Rena disse che anche lui sentiva un gran freddo, lunghi brividi freddi nella schiena, ma chi aveva paura d'un brivido freddo non meritava di vivere, meritava di stare sospeso a una foglia per tutta la vita. E lei adesso doveva venir via dalla foglia, sulle foglie ci stavano gli insetti, con i loro piccoli occhi fissi e tristi e le zampine immobili, e il loro breve e piccolo triste respiro. Per sposarsi c'era da sapere se ci si sentiva liberi e felici insieme, con dei brividi freddi nella schiena perché la gioia è fatta anche di brividi freddi, con una gran paura di sbagliare e con la voglia di correre avanti. E lui non si era mai sentito cosí libero e felice come il giorno prima quando s'era messo a pensare che poteva sposarla, perché subito l'aveva pensato e tutta la notte era stato sveglio a pensarci, e aveva dei lunghi brividi fred-

di tanto che s'era alzato e aveva bevuto del cognac e s'era
infilato il maglione sopra il pigiama.

Tornarono indietro, si fermarono a un'osteria sulla strada. Cenzo Rena ordinò del vino, del salame e dei fichi. I fichi erano in un cestino coperto di foglie umide, il salame era
tagliato a fette ed era pieno di occhi bianchi e di granelli di
pepe. Anna chiese se doveva ancora dare l'esame di matematica a ottobre, Cenzo Rena le disse di no, brindarono al-
l'esame di matematica che era rotolato via. Cenzo Rena le
disse che si sarebbero sposati subito, fra pochi giorni, e poi
sarebbero partiti subito per il suo paese, tirò fuori una carta
dell'Italia e le mostrò dov'era il suo paese, lontano dove cominciava il Sud. Là sarebbe nato il bambino e nessuno mai
avrebbe saputo che quel bambino non era di lui Cenzo Rena, ma di un ragazzo coi denti da volpe. Là sarebbero rimasti fino alla fine della guerra, dopo lui avrebbe ricominciato
a viaggiare se c'era un dopo, adesso non valeva la pena pensarci. Lei poteva bruciare nella stufa tutti i libri di scuola,
adesso avrebbe imparato altre cose, forse avrebbe imparato
dalla Maschiona a fare la frittata con le cipolle. Disegnò la
Maschiona su un margine di giornale, la Maschiona era la
sua serva da quasi vent'anni. Disegnò una faccia a triangolo
sotto una specie di nuvola nera e due gran piedi che partivano dalle orecchie. La Maschiona era cosí, disse, tutta piedi e capelli. Le scrisse subito una cartolina per dirle che arrivava fra qualche giorno con una moglie e bisognava lavare
le scale.

Poi entrarono da un barbiere perché Cenzo Rena aveva
la barba lunga e gli dava noia. Nella bottega del barbiere si
guardarono insieme nello specchio e il barbiere aspettava.
Risero molto a vedersi cosí nello specchio, lui col suo lungo
impermeabile tutto pestato e lei spettinata e stordita con un
vestito che era stato una tenda. Non avevano niente l'aria

d'esser prossimi a una cerimonia nuziale, lui disse. Non avevano niente l'aria baldanzosa e trionfante. Sembravano due che fossero stati sbatacchiati l'uno accanto all'altra per caso su un piroscafo che andava a fondo. Per loro non c'erano stati squilli di fanfara, lui disse. E questo era il bello, perché quando il destino s'annunciava con alti squilli di fanfara bisognava sempre stare un po' in sospetto. Gli squilli di fanfara di solito non annunciavano che cose piccole e futili, era un modo che aveva il destino di canzonare la gente. Si sentiva una grande esaltazione e alti squilli di fanfara nel cielo. E invece le cose serie della vita coglievano di sorpresa, zampillavano a un tratto come l'acqua. Lei non aveva capito bene cos'erano gli squilli di fanfara, glielo chiese mentr'era seduto nella poltrona girevole con la faccia tutta insaponata. Gli squilli di fanfara, lui disse, gli squilli di fanfara. Quel modo che aveva il destino di canzonare la gente. Certi aspettavano per tutta la vita qualche piccolo squillo, e la vita passava senza squilli e si sentivano defraudati e infelici. E altri non sentivano che squilli e correvano di qua e di là, e poi erano molto stanchi e avevano sete ma non c'era piú acqua da bere. Non c'era piú che polvere e squilli. Nell'uscire gettarono ancora un'occhiata allo specchio, lei gli disse che ad ogni modo non voleva mai piú portare dei vestiti di tenda. Cenzo Rena le disse che aveva torto, i vestiti di tenda le stavano molto bene. Quando furono in automobile lui si chinò a baciarla, lei vide allora molto da vicino le macchie grige nei capelli e nei baffi e gli occhiali cerchiati di tartaruga e tutti i chicchi di riso.

Arrivarono alle « Visciole » che era buio, e la signora Maria aspettava davanti al cancello. Disse che dopo la cosa di Ippolito s'aspettava sempre delle disgrazie, il suo cuore non era piú tanto sano, appena buio le veniva l'affanno se non erano tutti a casa. Voleva vedere subito l'orologio, prese il

polso di Anna per guardare. Cenzo Rena si batté la mano sulla fronte, non se n'era piú ricordato ma c'era tempo per comprare orologi, c'era ancora tanto e tanto tempo. La signora
Maria rimase male ed era molto stupita, allora cos'avevano
fatto tante ore in città. Cenzo Rena disse che non erano stati in città. Si fermò a carezzare il cane e a fargli festa, gli
chiese scusa se non l'aveva salutato bene la sera prima all'arrivo. Entrarono in sala da pranzo, c'era Concettina che addormentava il bambino, Emilio e Giustino giocavano a scacchi. Cenzo Rena disse che lui e Anna si sposavano subito
appena pronte le carte, anzi bisognava parlare a quel maresciallo che una volta voleva picchiarlo, promettergli un regalo se si sbrigava a mettere insieme in fretta le carte, gli
doveva parlare la signora Maria perché lui non voleva vedere quella faccia di maresciallo. Disse cosí e rimasero tutti
fermi e in silenzio, e un po' guardavano Cenzo Rena e un po'
Anna, e Concettina a un tratto diede il bambino alla signora
Maria e venne davanti a Cenzo Rena e gli disse che finché
lei era viva non succedeva questa cosa sudicia. Gli disse di
guardarsi nello specchio, forse non s'era accorto d'essere un
brutto vecchio signore. Aveva dei soldi e allora credeva di
poter comprare tutto, ma loro non erano da comprare, il padre non li aveva messi al mondo perché a un certo punto
qualcuno li potesse comprare. Cenzo Rena disse che non
aveva poi tanti soldi, un po' sí. Nello specchio si guardava
sovente e sapeva da un pezzo d'essere un brutto vecchio signore. Ma forse a una ragazza poteva succedere qualcosa di
peggio che sposarsi con lui. A un tratto s'arrabbiò terribilmente, rovesciò il tavolino degli scacchi col ginocchio, qualcosa di peggio, gridava, qualcosa di peggio. Giustino s'era
chinato a raccogliere gli scacchi sul tappeto. Cosa ne sapevano loro di Anna, gridava Cenzo Rena e passeggiava su e giú
per la stanza, cosa ne sapevano uno dell'altro, avevano la-

sciato morire Ippolito su una panchina. Concettina allora si mise a piangere, non era colpa sua se Ippolito era morto, lei non aveva mai pensato che volesse morire. Singhiozzava col viso tra le mani e il bambino urlava, la signora Maria lo cullava piano piano sulle ginocchia e si guardava attorno con degli occhi sgomenti, Cenzo Rena era matto, era matto e adesso poteva succedere che sfasciasse tutta la casa. Il tavolino degli scacchi giaceva a terra con una gamba spezzata. Ma Cenzo Rena si calmò d'improvviso, chiese scusa a Concettina d'averla fatta piangere, aiutò Giustino a raccattare gli scacchi e guardò il tavolino con la gamba spezzata, si poteva benissimo incollare, era facile. Concettina disse che non dovevano mai parlare di quella panchina, mai mai, stava sempre cosí attenta a non pensare a quella panchina, cercava di strapparsela dagli occhi. Chiese scusa a Cenzo Rena d'avergli detto che era un vecchio brutto signore. Cenzo Rena le disse che aveva detto bene, lui era un brutto signore piuttosto vecchio, aveva quasi quarantotto anni. Ma non pensava a comprare nessuno e non voleva fare niente di sudicio, voleva fare il bene e non il male. Adesso erano tutti molto quieti e tristi, stavano intorno al bambino e facevano schioccare le dita perché smettesse di urlare, Concettina singhiozzava ancora piano piano e le diedero un bicchiere d'acqua, da bere a piccoli sorsi. Poi si ricordarono anche di Anna e diedero anche a lei un po' d'acqua, perché aveva il viso molto stanco e pallido. E Cenzo Rena disse a Concettina che voleva parlarle un momento da sola e salisse di sopra con lui. Giustino andò a prendere la colla e provò con Emilio a incollare la gamba del tavolino.

Concettina quando ritornò nella stanza da pranzo era molto fredda e severa. Sedette in poltrona e accese una sigaretta, la signora Maria disse che fumare non faceva bene al latte ma non le badò. Fumava e guardava di sbieco un po' la signora Maria e un po' Anna. Disse che la signora Maria doveva andare da quel maresciallo subito l'indomani, ci volevano subito le carte per il matrimonio. A Anna disse di andare a dormire e a Giustino disse di piantarla con la colla e salire nella sua stanza. Cosí rimasero soli, Emilio, Concettina e la signora Maria. La signora Maria disse che si sentiva girare la testa, succedeva davvero che Cenzo Rena e Anna si sposavano, a un matto davano da sposare Anna, a un matto cosí. E non avevano nemmeno chiesto a Anna se le piaceva di sposare quel matto, ma del resto anche se le piaceva di sposarlo non aveva importanza, chissà cosa le aveva raccontato quel matto, l'aveva innamorata chissà come. La testa le girava molto forte, chiuse gli occhi e puntò le dita sui braccioli della poltrona ma Concettina le disse che non credeva a quei suoi svenimenti, nei momenti difficili s'immaginava sempre di svenire ma non sveniva mai. Cenzo Rena non era matto un corno, disse Concettina. E lei non aveva voglia di dare tante spiegazioni, si sposavano e basta. Fumava e si lisciava il vestito sulle ginocchia. Cenzo Rena l'aveva persuasa, in fondo non era poi cosí vecchio, non aveva neppure quarantotto anni e c'erano tanti matrimoni che andavano bene lo stesso, uomini molto vecchi e donne molto giovani, o il contrario, non aveva nessuna importanza. Adesso lei voleva esser lasciata in pace, non voleva domande. La signora Maria provò a dire che c'era anche la storia del bere. Ma Concettina disse che la signora Maria era fissata sulla storia del bere, Cenzo Rena non beveva poi cosí tanto. Anzi doveva piacere alla signora Maria Cenzo Rena che aveva dei soldi, le era sempre tanto piaciuta la gente coi soldi, non faceva mai altro che gemere sui soldi che aveva avuto la nonna quasi un secolo prima. E del resto a Anna avrebbero dovuto stare piú attenti, nessuno si era mai curato di sapere niente di Anna, come viveva e che cosa pensava. Chissà cosa faceva la signora Maria tutto il giorno, pasticciava a tirar fuori dei vestiti dalle tende vecchie. La signora Maria fissava Concettina con degli occhi sgomenti, chissà perché a un tratto Concettina era diventata cosí cattiva con lei. Disse che Anna era una ragazza tranquilla, non c'era bisogno di starle poi tanto attenti, non era come Concettina da ragazza che aveva sempre tanti fidanzati, ne cambiava uno alla settimana, e Danilo sempre fermo al cancello. Anna non aveva fidanzati, usciva solo qualche volta con Giuma, che era un ragazzo educato e distinto e si conoscevano fin da bambini. Concettina fece segno di sí col mento, in fretta in fretta e aggrottando le sopracciglia. E quel giorno l'aveva lasciata uscire con Cenzo Rena perché le comperasse l'orologio, disse la signora Maria, e l'orologio non l'aveva comprato e l'aveva forse innamorata chissà come, era un uomo che non aveva niente da innamorare, lei non credeva che potesse succedere niente di male, pregò Concettina di dirle se c'era stato qualcosa di male. No, disse Concettina, no. Aveva finito di fumare e schiacciò la cicca nel piattino con rabbia, e pregò Emilio che la piantasse di cercar d'incollare il tavolino, erano pieni di tavolini alle « Visciole » e quello potevano anche buttarlo nel fuoco.

Anna e Cenzo Rena si sposarono due settimane dopo, la signora Maria chiedeva com'era possibile sposarsi cosí senza corredo ma Cenzo Rena le disse che il corredo l'avrebbero comprato per la strada, un po' di qui e un po' di là. La signora Maria si disperava a pensare cos'avrebbero comprato, e poi diceva ch'erano in lutto e avrebbero dovuto aspettare almeno un anno per un matrimonio, ma non c'era nessuno che le desse retta. Cenzo Rena e Anna si sposarono nella piccola chiesa del paese un mattino presto, e i testimoni erano Emilio e il dottore dai capelli di pulcino, era presto ma tutte le figlie dei farabutti erano venute in chiesa a guardare. E poi Cenzo Rena e Anna salirono in automobile e partirono per il famoso paese di Cenzo Rena, ma all'ultimo momento Cenzo Rena decise di portarsi via il cane, perché gli era parso che avesse un'aria molto infelice mentre lo salutava. Anna voltò indietro la testa un'ultima volta a guardare le « Visciole », Concettina e la signora Maria e Giustino al cancello, e poi ogni cosa scomparve in una nube di polvere, e anche loro che erano rimasti al cancello non videro piú quella piccola macchina grigia guizzata via nella polvere, e si sentivano soltanto i latrati del cane in distanza, forse avrebbe latrato cosí per tutto il viaggio, perché non gli piaceva andare in macchina e aveva paura. Giustino era rimasto male che gli avessero portato via il cane, s'era abituato a preparargli sempre la zuppa e a condurlo a sguazzare nel fiume, ed era offeso con Cenzo Rena che s'era preso il cane senza nemmeno chiedergli il permesso, e ce l'aveva con Cenzo Rena e con Anna perché si erano sposati, era una cosa che non si capiva, una cosa senza nessun senso. S'era aspettato che Cenzo Rena gli spiegasse perché si sposava, ma Cenzo Rena s'era quasi scordato di parlare con lui, pure una volta erano stati amici, andavano insieme a ballare con le figlie dei farabutti, e Giustino poi gli aveva scritto tante lettere, dove gli raccontava tante cose di sé. Non gli piaceva niente pensare Cenzo Rena e Anna sposati insieme, lontano a vivere insieme in quel famoso paese, Cenzo Rena gli aveva detto di venirli a trovare una volta o l'altra ma lui forse non sarebbe andato. Finita l'estate sarebbe tornato in città e sarebbe vissuto da solo con la signora Maria, e in città c'era la panchina di Ippolito, il lungofiume e la fabbrica di sapone. Giustino certe volte pensava che aveva voglia di andare in guerra, non gli avrebbe fatto impressione sparare là dove tutti sparavano, era sempre meglio che restare a casa con la signora Maria, col lungofiume e la ragazza alta e secca. Aveva smesso di scrivere alla ragazza alta e secca anche quando pioveva, la ragazza alta e secca era al mare e gli aveva mandato una fotografia in costume da bagno, lui aveva smesso di scriverle perché pensava che era troppo secca.

Parte seconda

I.

Il paese di Cenzo Rena si chiamava Borgo San Costanzo. Una volta ci passava il treno, ma non piú da quando c'era la guerra. Ora le rotaie giacevano arrugginite nell'erba grassa e fitta lungo il fiume, e la casa che era stata del casellante era diventata per qualche mese una sala da ballo, ma poi era venuto il divieto di ballare per via della guerra. Ora la casa del casellante non era piú niente, aveva i vetri rotti e le porte sfondate e ci venivano a dormire dei vecchi che non avevano dove dormire, e appendevano i loro pantaloni cenciosi sul recinto di legno, fra i girasoli disseccati e riversi. L'erba era grassa e fitta solo nelle vicinanze del fiume, ma salendo sui versanti delle colline si faceva ispida e arsa, e le colline a ponente non avevano case né alberi, a levante invece si vedevano i vigneti frustati dal vento fra i sentieri sabbiosi e le pietre, e piú in alto c'erano dei pini piccoli e irti, e là dove cominciavano i pini c'era la casa di Cenzo Rena, a strapiombo su uno sfasciume di pietre.

Il paese era tagliato in mezzo dalla strada, e lungo la strada passava il postale due volte al giorno, dondolando col carico della gente arrampicata sui predellini e sul tetto. Il postale si fermava qualche minuto sulla piazza del municipio, e scagliava il sacchetto della posta fuori dal finestrino, e poi andava oltre dondolando sulla strada sabbiosa. Sulla piazza del municipio crescevano quattro piccoli alberi, con le teste

tosate e rotonde, e c'era sempre ferma la carrozza della vecchia marchesa, e il cocchiere che faceva la guardia e scacciava a frustate i ragazzi che cercavano di salirci. Ogni tanto la
marchesa scendeva per una passeggiata, e allora la carrozzella dalla tettoia di canapa correva avanti e indietro lungo la
strada, e il boa di piume nere della marchesa sventolava nel-
l'aria. Il palazzo della marchesa era stretto fra i vicoli e i
rivoli d'acqua, fra le case storte e fumose e i recinti dei
maiali, e aveva un grande portone dai battenti di bronzo e
fregi azzurri dipinti sulla facciata, e su dal cortile s'alzava
una quercia tutta piena d'uccelli.

Così a Borgo San Costanzo, il paese di Cenzo Rena, e il
giorno che arrivarono Anna e Cenzo Rena sulla piazza del
municipio, tutta la gente era fuori a guardare che moglie
s'era presa Cenzo Rena, e rimasero male di quella piccola
moglie, spettinata e con addosso l'impermeabile di Cenzo
Rena che le arrivava fino alle caviglie. Trovavano che assomigliava alle figlie del negoziante di stoffe, ma in peggio, e
trovavano che non c'era bisogno di andare lontano per prendersi una moglie così. E anche la vecchia marchesa era affacciata a guardare dalla sua carrozza, con la faccia grassa e
incipriata e con gli occhi tinti d'azzurro alle palpebre e tut-
t'intorno, e a Anna parevano tutti contadini del Sud, anche
la vecchia marchesa e il negoziante di stoffe, in piedi sulla
porta del suo negozio con le dita infilate nel gilè. E dopo un
minuto lei aveva una voglia terribile d'essere di nuovo a casa sua, alle « Visciole » o nella casa della loro piccola città,
con Giustino e la signora Maria e senza contadini del Sud, e
appena s'era trovata sulla piazza del municipio anche Cenzo
Rena le era sembrato un estraneo, anche lui qualcosa come
un contadino del Sud, e lui a un tratto pareva averla dimenticata e s'era messo a parlare fitto fitto con un uomo su un
asino, erano molto amici e concertavano chi sa cosa insieme,

una cosa che riguardava il demanio. Facevano alte risate e si picchiavano sulla schiena, e lei era lí ferma ad aspettare fra quei quattro alberi, e accanto aveva la Maschiona con i suoi grossi piedi scalzi nella polvere, e cercava qualche parola da dire alla Maschiona ma non trovava nessuna parola, e la Maschiona la guardava con paura, e ogni tanto tirava un sospiro e si fregava il suo grosso naso bruno col palmo. Il cane invece era molto contento di non essere piú in automobile, e correva per la piazza abbaiando in un mucchio di bambini, e si rotolava in quella gialla polvere sabbiosa, e andava a raspare nel cumulo d'immondizia che era dietro al negozio delle stoffe.

Cenzo Rena fece fare subito al cane un collare a spunzoni di ferro, perché a Borgo San Costanzo qualche volta d'inverno scendevano i lupi, scendevano giú dalla pineta e tutti i cani avevano di quei collari per potersi difendere. Per via dei lupi la Maschiona non aveva mai acconsentito a dormire in quella casa ai limiti della pineta, e la sera prendeva il secchio con la risciacquatura dei piatti e correva a dormire giú a casa sua, in un mucchio di nipoti e sorelle, perché anche d'estate le pareva di sentire un latrato di lupi nella pineta la notte. La risciacquatura dei piatti era per i maiali, il suo e quello di Cenzo Rena, allevati insieme nel recinto di sua madre. Tornava al mattino presto, saliva coi suoi grossi piedi nudi su per quello sfasciume di pietre, e s'aggirava per le stanze con un fiasco, spruzzando acqua sul pavimento di mattoni.

La casa di Cenzo Rena erano grandi stanze quasi vuote, con degli armadi neri che parevano bare contro i muri bianchi, e con delle poltrone a sdraio di tela da spiaggia, Cenzo Rena non sopportava delle poltrone diverse da quelle. Intorno si vedevano le cose inutili e non belle che lui comprava quando andava in viaggio, borse da tabacco ricamate d'ar-

gento e lunghe pipe con le teste intagliate e casacche alla
tartara e berretti di pelo, ma niente riusciva a riempire quelle grandi stanze, con le fredde poltroncine da spiaggia.

Qualche volta alla casa di Cenzo Rena venivano i contadini. Venivano anche da borgate lontane, a chiedergli consiglio e a farsi scrivere delle lettere, su tutto gli chiedevano
consiglio, sulle malattie e sui matrimoni e sulla compra e
vendita dei poderi e sulle questioni del demanio e sul modo
come non andare in guerra. Qualche volta non avevano un
gran che da chiedergli, ma provavano gusto a star seduti su
quelle strane poltroncine di tela e vedere se la Maschiona
portava la grappa o il vino. Cenzo Rena li chiamava per nome e rideva forte con loro, e a Anna non piaceva il modo
come rideva con loro e dava gran manate sulla schiena e parlava il dialetto del paese. Le pareva che ci provasse gusto a
fare il protettore dei contadini. Quando non veniva nessun
contadino, Cenzo Rena era molto triste. S'aggirava fiacco
per le stanze e toccava le casacche tartare e le pipe e diceva
che moriva dalla voglia di andare di nuovo in viaggio, salire
in treno e lasciarsi trasportare via, scendere a una stazione
straniera e riempirsi le tasche di giornali stranieri e sedersi
a un bar e ordinare da bere qualcosa di verde. Malediva la
guerra che non lo lasciava viaggiare, e malediva l'odore del
castrato che la Maschiona cucinava per cena, carne nera e
vecchia di castrato era tutto quello che si poteva mangiare
a Borgo San Costanzo da quando c'era la guerra, e andava
via la voglia di mangiare a ricordare i grossi castrati di ritorno dal pascolo, con le vecchie pance incrostate di fango. Allora prendeva la macchina e correva con Anna oltre il paese
sulla strada sabbiosa, cercava altri paesi sparsi tra le colline
e altri contadini, c'era sempre qualcuno che gli faceva festa
e gli offriva del vino e parlava con lui del demanio. E cosí
Cenzo Rena era di nuovo contento. Anna sedeva in un an-

golo e buttava giú il vino a piccoli sorsi, e aveva una voglia terribile d'essere altrove, in qualche luogo senza contadini.

Cenzo Rena spiegava a Anna che quelli non erano paesi tra i piú disgraziati, i veri paesi disgraziati erano ancora piú a sud, paesi di contadini tutti poveri, senza né scuole né farmacie né dottori. A Borgo San Costanzo c'era il dottore e la scuola, ma il dottore se ne fregava delle malattie e la maestra se ne fregava di far scuola, con gli anni diventavano sempre piú tristi e piú cinici e si lasciavano marcire tra le mani il loro mestiere. E cosí era un paese abbastanza disgraziato anche quello, e dopo la guerra bisognava fare la rivoluzione. Anna a sentir parlare della rivoluzione si svegliava e chiedeva se le avrebbe lasciato fare la rivoluzione con lui. Ma fare la rivoluzione con Cenzo Rena voleva dire andare al comune e tirar fuori tutte le vecchie pratiche marcite nei cassetti, e far sputare dei soldi alla marchesa per aggiustare le fognature e per mettere su un ambulatorio, con un dottore in gamba che non si lasciasse marcire. Tutte cose che adesso parevano un sogno, perché c'era il fascismo e il fascismo voleva che la gente si lasciasse marcire. A Anna non piaceva quella rivoluzione, la rivoluzione per lei era sparare e scappare sui tetti, e si rattristava a pensare alla noiosa rivoluzione di Cenzo Rena, qualche pratica buttata in aria e la vecchia marchesa a litigare.

Un giorno vennero da Cenzo Rena a dirgli che a Borgo San Costanzo stavano per arrivare gli ebrei. La questura sparpagliava gli ebrei di qua e di là nei piccoli paesi, per paura che stando in città facessero qualche danno alla guerra. Ce n'erano già a Masuri, a Scoturno, solo San Costanzo sembrava fosse stato dimenticato. Adesso invece stavano per arrivare. Per un poco la gente di San Costanzo sperò negli ebrei, a Masuri e negli altri paesi erano arrivati degli ebrei molto ricchi, che spendevano tanti denari. Aspettarono gli ebrei sulla piazza del municipio. Ma gli ebrei che arrivarono a San Costanzo erano ebrei poveri, tre vecchiette cenciose di Livorno con un canarino in gabbia, e un turco che tremava di freddo in un soprabito chiaro. Le vecchiette di Livorno si misero subito a mostrare che scarpe avevano ai piedi, con la suola bucata fino alla calza. Il segretario comunale accompagnò il turco alla locanda che era proprio in piazza, al piano di sopra dell'osteria, e le vecchie le prese il sarto in una specie di granaio che aveva. Il canarino delle vecchiette morí subito, la Maschiona l'aveva predetto, quello non era paese per i canarini.

A poco a poco il turco e le vecchiette diventarono facce del paese, tutti s'erano abituati a vederli e avevano saputo ogni cosa di loro, e adesso tutti dicevano che gli ebrei erano gente come gli altri, chissà perché la questura non li voleva piú nelle città, chissà che danno potevano fare. E questi erano anche poveri e bisognava aiutarli, chi poteva gli dava un po' di pane o un po' di fagioli, le vecchiette andavano in giro a chiedere e tornavano col grembiale pieno. In cambio facevano dei rammendi, cosí ben fatti che non si vedeva niente, rammendavano non col filo ma coi loro capelli, era un uso di ebrei. Sovente salivano su alla casa di Cenzo Rena e la Maschiona le faceva sedere in cucina e gli dava il caffelatte, erano vecchie e lei pensava a sua madre, se fosse dovuta andare attorno a mendicare. Soltanto aveva schifo a pensare a quei rammendi che facevano coi loro capelli. Le vecchiette erano tre sorelle, una lunga lunga e due bassette e uguali, faceva senso vedere quelle due vecchiette gemelle, che non si distinguevano una dall'altra. Il turco stava sempre seduto sulla piazza del municipio, come una vecchia scimmia malata di freddo, e aveva addosso una giacca di lana a dadi rossi e gialli che era stata di Cenzo Rena, e aspettava sempre che Cenzo Rena scendesse in piazza per parlare in turco con lui. A San

Costanzo era venuto a un tratto l'inverno, dopo il lungo autunno polveroso e caldo come l'estate. L'inverno a San Costanzo era neve e vento e sole, un vento asciutto che mordeva la gola e sbatteva sul viso un pulviscolo gelido, e sibilava nei mattoni sconnessi dei tetti e squassava i vetri ingialliti dal fumo delle piccole finestre. I sentieri erano lastre di ghiaccio e grossi riccioli di ghiaccio pendevano dalle fontane, e la gente di San Costanzo si stupiva di tutto quel freddo, ogni anno si stupiva e si lamentava come se vedesse l'inverno per la prima volta, e le donne gemevano e rabbrividivano come colte di sorpresa, con le braccia nude e viola e al collo una sciarpetta che svolazzava. Anche la Maschiona aveva sempre il suo lacero vestito azzurro dell'estate, ma adesso aveva delle grosse calze di lana nera e delle scarpe da uomo, e una sciarpetta nera intorno al collo. Cenzo Rena molti anni prima le aveva regalato un cappotto col bavero di pelliccia, ma la Maschiona lo teneva dentro un armadio e non aveva coraggio di metterlo, andava qualche volta a carezzare il bavero e si strusciava le maniche sulle guance ed era tutta contenta, non lo metteva perché aveva paura che le ridessero dietro, a San Costanzo il cappotto non si portava.

Molti del paese erano partiti per la guerra, avevano fatto di tutto per restare a casa e quelli che avevano il maiale avevano regalato al brigadiere salami e prosciutti, erano andate di notte alla caserma le donne coi salami nascosti negli scialli. E qualcuno era riuscito coi salami a restare a casa ma pochi, o era poco il salame o anche il brigadiere non aveva potuto farci niente. E adesso quasi in ogni casa c'era uno in guerra e la famiglia che aspettava la posta. All'una si poteva sentire il bollettino radio sulla piazza del municipio, ma a sentirlo c'erano solo il turco, Cenzo Rena e il negoziante di stoffe, gli altri non venivano a sentire perché non capivano bene da quei bollettini cosa succedeva agli italiani, se stava-

no vincendo o perdendo, e preferivano farsi spiegare tutto
da Cenzo Rena, che spiegava sulla carta geografica.

Il turco era molto contento perché la guerra non andava
bene, in Africa gl'italiani scappavano per il deserto, in Grecia c'era una poltiglia di neve fangosa e gl'italiani non riuscivano a andare avanti. Ma Cenzo Rena gli diceva in turco
di non farsi troppe illusioni, la guerra sarebbe stata ancora
molto lunga, gl'italiani non erano bravi a combattere perché
non avevano scarpe e perché non gli piaceva la guerra, ma i
tedeschi avevano le scarpe e tutto, e la guerra gli piaceva
molto perché gli piaceva ammazzare. Il turco a sentir parlare dei tedeschi impallidiva e tremava, se i tedeschi vince-
vano la guerra cosa sarebbe stato di lui turco ebreo, non sarebbe mai piú tornato a casa. Con gl'italiani non ce l'aveva
molto, tutto quello che gli avevano fatto era stato mandarlo
lí a San Costanzo, l'avevano pescato a Roma che vendeva
tappeti per la strada e l'avevano messo per un poco in prigione e poi l'avevano mandato lí. Non ci stava male ma aveva un gran freddo, anche col maglione di Cenzo Rena e la
giacca a dadi rossi e gialli, nella sua stanza della locanda gli
mettevano solo un catino con un po' di brace, che scaldava
appena appena le mani. Si capiva che aveva venduto tappeti
perché teneva sempre le spalle curve, come sotto un gran
peso di tappeti, si poteva bene immaginarlo a camminare
con dei tappeti che gli pendevano dalle spalle.

II.

A dicembre cominciò a cadere una neve fitta e pesante, il paese ne era tutto coperto, il sole scomparve inghiottito da nuvole grige di neve e la Maschiona chiamava Anna a sentire il latrato dei lupi nella pineta, Anna tendeva l'orecchio ma non sentiva niente. Adesso la Maschiona non aveva piú niente paura di lei, la chiamava ogni minuto alla finestra per mostrarle qualcosa, il cane che mangiava la neve o il suo seduttore che passava di corsa sul carro, era una cosa successa tanti e tanti anni prima e il bambino era morto di poche ore, la Maschiona pensava che per questo non aveva piú trovato marito, perché non era mica tanto brutta una volta. Stropicciava il vetro della finestra con lo scialletto per veder bene il suo seduttore che correva via sobbalzando sul carro, era contenta che fosse ancora un bell'uomo con dei grandi baffi ancora tutti neri, non gli serbava risentimento dopo tanti anni, lui aveva poi sposato una di Masuri che aveva molta terra, erano pieni di figli e uno adesso combatteva in Grecia. La Maschiona era contenta che quel suo antico bambino fosse morto di poche ore, perché adesso poteva trovarsi a combattere in Grecia in quella poltiglia di neve, e lei ad aspettare qualche lettera. E cosí invece non aspettava piú niente, né il bene né il male. Ma il bambino di Anna che stava per nascere non avrebbe mai combattuto in nessuna guerra, diceva la Maschiona, perché Cenzo Rena sapeva tanti trucchi per non far andare la gente in guerra, ed era tanto ricco che avrebbe trovato il modo di non farcelo andare. La Maschiona si rallegrava di quel bambino che stava per nascere, e lavorava a maglia dei calzerotti di lana di pecora, e Anna sentiva vergogna a guardare quei calzerotti, e a pensare che quel bambino che stava per nascere nella casa non era di Cenzo Rena, ma di un lontano ragazzo coi denti da volpe. Lo sapevano lei e Cenzo Rena e Concettina e basta, Cenzo Rena aveva fatto giurare a Concettina di non dire mai niente a nessuno. E Giuma chi sa cosa sapeva e chi sa dov'era, lei gli aveva rimandato le mille lire a Stresa in una busta raccomandata. Ripeteva il nome di Giuma fra sé, com'era strano che fosse mai esistito un ragazzo chiamato Giuma, un ragazzo che leggeva Montale e mangiava il gelato al caffè di Parigi. D'un tratto si ritrovava in quella calda estate, con la Francia che aveva perso e Ippolito sulla panchina. Ma non voleva pensare a Ippolito, si strappava quella panchina dagli occhi, aveva paura che il bambino si sentisse male se lei singhiozzava.

Era diventata molto grande e pesante, e passava le giornate seduta con le mani in grembo, lasciando crescere il bambino dentro di sé. Stava accanto al camino e rovistava con le molle nel fuoco, pensava al bambino e lo vedeva con degli occhi azzurri e con dei denti aguzzi, le pareva che già appena nato dovesse avere in bocca tanti denti da volpe. Non sentiva nessun rancore per Giuma, cosí come la Maschiona non sentiva rancore per l'uomo che passava sul carro, anche a lei pareva che fossero trascorsi molti anni, si sentiva ormai una persona diversa da quella che era stata con Giuma nei cespugli sul fiume. Adesso se pensava « il fiume » non vedeva che il fiume di San Costanzo, quel fiume stretto e limpido fra l'erba lungo le rotaie arrugginite della ferrovia, un fiume che non c'era neppure sulla carta geografica. Il camino era acceso tutto il giorno e ogni tanto arrivava la

Maschiona e ci buttava un pezzo di legno e qualche pigna secca e soffiava. Faceva caldo solo a qualche metro dal camino e il resto della stanza era gelido, Cenzo Rena diceva che dopo la guerra avrebbe fatto mettere un impianto di termosifoni se c'era un dopo, ma chi sa se c'era un dopo, forse no. Aveva indosso due maglioni e una giacca foderata di pecora, e leggeva seduto al tavolo, aveva deciso di farsi una cultura visto che non viaggiava. Si sentiva la tromba del postale e la Maschiona s'affacciava alla finestra a guardare il postale che andava via, carico e traballante nella neve. Anna qualche volta s'immaginava che Giuma d'un tratto arrivasse a Borgo San Costanzo, per esempio con Franz che era ebreo e lo mandavano lí come avevano mandato il turco e le tre vecchie, d'un tratto dal postale scendevano Giuma e mammina e Amalia e Franz. Prendevano alloggio alla locanda, le veniva da ridere a pensare mammina alla locanda col turco, a mangiare il bollito di castrato. Ma quando aveva finito di pensare che Giuma arrivava non c'era da pensare piú niente di lui, che cosa avrebbero potuto ancora dirsi con Giuma, era sparito via dalla sua vita per sempre. Cenzo Rena prendeva il libro e veniva a sedersi al camino di fronte a lei, adesso aveva scoperto uno che si chiamava Ricardo, Ricardo con un *ci* solo, era un grande economista e aveva indovinato quasi tutto. Leggeva forte delle pagine di quel Ricardo, e ogni tanto si fermava e chiedeva se non era bello. Ma lei non stava a sentire Ricardo, come non stava a sentire Montale quando Giuma leggeva, e adesso invece di pensare a Ricardo pensava a Montale, e pensava che le sarebbe piaciuto avere le poesie di Montale con sé. Ma non c'erano le poesie di Montale fra i libri di Cenzo Rena. Cenzo Rena era suo marito, pensava, ma ancora non s'era persuasa che era suo marito, qualche volta lo chiamava ancora Cenzo Rena dentro di sé. Qualche volta al mattino quando si svegliava

non si voltava subito, per non vedere subito quella strana
testa grigia vicino a sé. Quella testa al mattino quando si
svegliava era ignota, come se nel sonno fossero andati perduti tutti i giorni che avevano passati insieme, e la coscienza d'essere marito e moglie. Allora si metteva a pensare che
Cenzo Rena c'era pure stato sempre nella sua vita, era stato
amico del padre, aveva mandato cartoline e cioccolatini da
tutte le parti del mondo, le cartoline che la signora Maria
infilava nello specchio del suo comò. Quella testa grigia vicino a lei aveva conosciuto Ippolito, Giustino e la signora
Maria. Eppure trovava strano voltarsi a quella testa sul
guanciale. Si voltava e cominciava il giorno, col fuoco nel
camino e la Maschiona e i pensieri che lei andava dipanando
pian piano, di nuovo immersa nel suo silenzio da insetto.
Com'era difficile essere marito e moglie, non bastava dormire insieme e far l'amore e svegliarsi con la testa vicino, non
bastava per essere marito e moglie. Essere marito e moglie
voleva dire fare dei pensieri parole, di continuo fare dei pensieri parole, e allora si poteva anche trovare non più strana
una testa accanto a sé sul guanciale, quando c'era un libero
fluire di parole che rinasceva fresco ogni mattina. Ricordava quei giorni alle « Visciole » quando aveva tanto parlato
con lui, adesso le riusciva difficile parlare, di nuovo aveva il
suo silenzio da insetto. Cenzo Rena le diceva di non fare
quella faccia da insetto. Si riscuoteva e si fregava gli occhi,
e cercava di soffiare via il silenzio dal suo cuore. Gli diceva
che non aveva capito un gran che di Ricardo, lui diceva che
lo sapeva bene ma non aveva importanza, soprattutto doveva ricordare che si diceva Ricardo con un *ci* solo, non due.
Le chiedeva se voleva fare una passeggiata nella pineta, uscivano con un lungo bastone a spunzoni di ferro per i lupi,
camminavano nella neve molle e profonda fra i pini, si vedevano impronte nella neve e Cenzo Rena diceva che erano

impronte di lupi, finché scopriva che erano invece le impronte del cane che era corso avanti. Cenzo Rena camminava battendo il bastone sui tronchi dei pini per far crollare la neve, le diceva di non tormentarsi se non capiva Ricardo, c'erano altre cose da capire prima, intanto fra poco c'era da capire il bambino. Rientravano e in stanza da pranzo trovavano i contadini. Anna tornava a sedersi al suo posto vicino al fuoco, e riprendeva le molle e rovistava nella brace. I contadini le davano un'occhiata e pensavano che Cenzo Rena s'era presa una moglie niente di speciale girando tanti paesi, una moglie che non intimidiva neppure tanto era bruttina e giovane, senza niente d'una signora. I contadini avevano il cappello in testa e delle sciarpette al collo, stavano intorno al tavolo e buttavano giú il vino, erano venuti solo un momento per sapere della guerra, ma non andava mica tanto bene e se era persa pazienza, purché fosse presto finita. E poi raccontavano della marchesa che scriveva delle lettere anonime contro Cenzo Rena alla questura della vicina città, ogni settimana ne scriveva una, ma in questura forse già conoscevano la calligrafia e cestinavano senz'aprire. La marchesa scriveva che Cenzo Rena teneva incatenata la sua serva chiamata la Maschiona e la frustava a sangue, oppure scriveva che Cenzo Rena era comunista perché stava sempre con i contadini, oppure scriveva di lui che teneva in cantina quintali di caffè. I contadini chiamavano la Maschiona perché facesse vedere i segni delle catene, e ridevano a lungo piegandosi sulle ginocchia, e buttavano giú dell'altro vino, e uno raccontava che la marchesa ogni mattina si faceva la barba, s'insaponava proprio col pennello. E anche Cenzo Rena rideva e beveva e dava gran manate sulla schiena a tutti. Ma appena i contadini erano andati via, si voltava a Anna e le chiedeva perché faceva quella faccia da insetto quando c'erano i contadini.

E Anna gli disse una sera che faceva la faccia da insetto non perché non le piacevano i contadini, ma perché non le piaceva lui Cenzo quando stava coi contadini, quelle manate nella schiena che dava e quel parlare in dialetto, come ci prendeva gusto a fare il protettore dei contadini. Cenzo Rena rimase un attimo zitto, e poi a un tratto diventò molto rosso e gli si gonfiarono le vene del collo, lui non faceva il protettore dei contadini, lui *era* il protettore dei contadini, era l'amico e l'interlocutore dei contadini, la sola cosa che avessero i contadini in quel nero paese, dove tutto marciva a poco a poco. I contadini andavano al comune e aspettavano ore e ore seduti per terra nell'androne e sulla scalinata, finché li chiamavano nella stanza dove c'erano il segretario comunale e il podestà dietro a un tavolo, e il segretario stava a sentire tagliandosi le unghie con un paio di forbicine ricurve, poi scriveva qualcosa nel registro e con la testa faceva segno di uscire. E loro si stringevano nelle spalle e sospiravano e uscivano, e sapevano che non sarebbe successo piú niente, tutto quel che chiedevano al comune cadeva in quel registro come un sasso in un pozzo. E anche il podestà che pareva uno di loro quando lo vedevano mungere le vacche nella sua stalla e vendere il latte, anche il podestà dietro a quel tavolo diventava il comune, un pozzo che inghiottiva le povere storie dei contadini, le inghiottiva e le faceva sparire per sempre come se non ci fossero mai state. Ma quando lui arrivava al comune il podestà prendeva paura e ridiventava un piccolo contadino, si scusava della sua scrittura vacillante, aveva passato la vita a zappare la terra. E il segretario prendeva paura e posava le forbici e si metteva a frugare tra archivi e registri! Cosí lui Cenzo Rena aveva fatto avere il sussidio ai poveri, pescando fuori vecchie pratiche marcite in fondo ai cassetti, e ogni mese andava al comune a vedere se avevano distribuito il sussidio, e anche andava in farmacia a vedere se c'era il siero contro i morsi dei serpenti, andava sempre a romper l'anima a tutti, al dottore e al veterinario e alla maestra, andava anche dalla maestra a vedere cosa insegnava, e anzi gli era toccata la noia d'una maestra che s'era innamorata di lui una volta e sperava di farsi sposare. E per dopo la guerra aveva molti piani se il fascismo andava per aria e se c'era un dopo, se c'era un dopo lui aveva un mucchio di piccoli piani carini che rompevano l'anima a tutti. Passeggiava su e giú per la stanza e parlava come fra sé. Ma d'un tratto si ricordò di lei e le disse di andare a dormire, il fuoco s'era spento e poteva prendere freddo. Era forse ancora un po' arrabbiato e fece solo un cenno con la mano mentre lei se ne andava.

III.

Arrivò una lettera della signora Maria che diceva che venivano a San Costanzo lei e Giustino verso Natale. Anna era molto contenta, mai aveva pensato di poter essere tanto contenta all'idea di vedere la signora Maria. Con la Maschiona si mise a pulire le stanze, e intanto raccontava della signora Maria che aveva sempre certe scarpette col fiocco, chissà come avrebbe fatto a salire su per quelle pietre con le sue scarpette, e chi sa se avrebbe mangiato il castrato, era sempre tanto noiosa con la carne e con l'odore che aveva. La Maschiona diceva di non pensare al castrato, nei giorni di Natale ci sarebbe stata la vitella. Quando il macellaio doveva ammazzare la vitella lo sapeva subito tutto il paese, e qualcuno fin dal giorno prima correva di nascosto dal macellaio a portargli dei regali perché gli lasciasse da parte un pezzetto di carne, e la notte alla porta della macelleria c'erano due carabinieri e una coda di donne, che aspettavano ore e ore e a poco a poco s'inferocivano e cominciavano a insultarsi, e la Maschiona era la piú feroce, piantata davanti alla porta a difendere il suo posto. Le notti della vitella si sentiva un gran rumore di voci sulla piazza davanti al macellaio, e poi a un tratto la porta che s'apriva e alte grida e un irrompere nella bottega e i carabinieri investiti e respinti. Cenzo Rena s'affacciava alla finestra e chiamava anche Anna a guardare e diceva che quello era il Sud, povera gente pronta a farsi calpestare per un pezzettino di carne, e tante volte dopo tutte quelle ore in piedi e quella gran battaglia non prendevano che un po' di polmone, perché i soldi che avevano non bastavano a comprare nient'altro. Ma anche la battaglia li divertiva, e la Maschiona quando sentiva parlare della vitella diventava allegra e feroce, a pensare come avrebbe aspettato e gridato alla porta del macellaio la notte.

Era una notte della vitella e Anna non poteva dormire, un po' per il rumore che c'era in piazza e un po' perché al mattino dovevano arrivare Giustino e la signora Maria. Si rigirava e si rigirava nel letto col cuore che batteva molto forte, e infine fu mattina e la Maschiona entrò a far vedere il grosso pezzo di vitella che aveva preso, e i lividi che aveva nelle braccia per i pizzicotti e i pugni. Anna e Cenzo Rena aspettarono sulla piazza del municipio, aspettarono molto e infine videro il postale da lontano traballante e carico, e poi dal postale sgusciò fuori la signora Maria con un mucchio di fagotti e di scatole e con un fiasco di caffelatte, e dal tetto scese Giustino e dopo un poco anche Emanuele, era stato a Roma per certi affari della fabbrica di sapone e aveva voluto vedere San Costanzo anche lui. Emanuele e Cenzo Rena si fecero una gran festa, pareva avessero dimenticato quel tempo alle « Visciole » che non erano tanto amici, adesso si battevano sulle spalle e si scrollavano forte, e risuonavano le risate di Emanuele, sempre come il tubare d'un piccione. Anna a sentire quelle risate ritrovava tutto a poco a poco, il giardino e le mura con l'edera della casa di fronte, e Ippolito e la radio e la Francia e insieme Giuma e i cespugli sul fiume, tutto ritornava al suo cuore in un soffio forte e profondo. Il cane era corso incontro e abbaiava addosso a Giustino e Giustino si chinava a carezzarlo e a parlargli all'orecchio, la signora Maria gli disse che faceva piú caso del cane che di sua sorella. La signora Maria si era vestita come per venire al Polo, con un grosso cappotto grigio e peloso che si era fatto fare quando era andata con la nonna a Saint-Moritz, e non aveva le scarpe col fiocco ma degli alti stivalini allacciati. Aveva le mani piene di borse e di scatole, la Maschiona gliele voleva prendere ma lei non le voleva dare.

Emanuele era tutto contento perché la guerra andava proprio male, gl'italiani se le prendevano un po' dappertutto e intanto i tedeschi non erano riusciti a sbarcare in Inghilterra, l'Inghilterra era sempre là nel suo mare e dell'ora acca nessuno parlava piú. Non erano piú i tempi della Francia, disse, quando lui passava le giornate a dormire per non sapere piú niente, e gli vennero le lacrime agli occhi a ricordare Ippolito, non poteva perdonargli d'aver voluto morire, adesso avrebbe potuto essere lí con loro a vedere le belle cose nuove che succedevano tutti i giorni. Adesso la storia della Francia pareva solo un piccolo episodio, allora sembrava tutto finito e invece si vedevano ancora delle belle cose. Lui aveva cominciato a sentirsi rinascere quando aveva sentito che gl'inglesi avevano ripreso Sidi-el-Barrani, era stato sveglio tutta la notte e continuava a ripetere: « Hanno ripreso Sidi-el-Barrani », e adesso ancora quel nome di Sidi-el-Barrani gli faceva battere il cuore, voleva andare a vedere Sidi-el-Barrani appena finita la guerra. Ma allora Cenzo Rena cominciò ad arrabbiarsi, cos'erano tutte queste belle cose che succedevano tutti i giorni, povera gente senza colpa che crepava in Africa e in Grecia, tanti poveri figli di madre. Passavano tra i vicoli stretti del paese e Cenzo Rena mostrava le case dove c'era qualcuno in guerra, e già erano arrivate notizie di morti o dispersi, facce che pareva ancora di vedere lí per quei vicoli, avevano portato i salami al brigadiere di notte per restarsene a casa, ma eran piccoli salami neri e il brigadiere non aveva voluto darsi da fare. Emanuele subi-

to si fece rosso e chiese scusa d'aver detto male, anche lui
pativa a pensare alla gente in guerra, se non avesse avuto
quella gamba gigia si sarebbe trovato in guerra anche lui.
Ma non ne aveva colpa della sua gamba gigia. Saliva su zoppicando e ansimando fra la neve e le pietre, e si asciugava il
sudore e guardava le case e le colline, e disse a Cenzo Rena
che San Costanzo era proprio come l'aveva immaginato a
sentirglielo raccontare. Disse a Anna che non era molto cambiata in quei mesi, non aveva preso un'aria molto da signora, salvo quella grande pancia era rimasta la stessa. Disse
che gli faceva senso vederla con quella grande pancia, se la
ricordava ancora quando andava a scuola con la cartella e
quando andava a passeggio con Giuma e Giuma le recitava
Montale, certo lei aveva dimenticato Giuma, il suo innamorato d'una volta. Adesso anche i poppanti pensavano a sposarsi, anche Giuma a un tratto aveva tirato fuori che si voleva sposare con una ragazza Fiammetta, si teneva la fotografia della ragazza Fiammetta sul tavolo e faceva il fidanzato.
Ma era stato fregato alla licenza, una fregatura senza uguali,
e adesso aveva ripreso a andare a scuola ed era zitto e cupo,
e aveva un po' smesso di leggere Montale e invece aveva sul
tavolo tutti i libri di Kierkegaard. La villa sopra Stresa l'a-
vevano lasciata andare, mammina nell'autunno aveva voluto ritornare in città e non pensava molto alla guerra, diceva
che era una piccola guerra che dava poco fastidio. E il povero Franz era stato spedito dalla questura in un paese circa
come San Costanzo ma ancora piú a sud, insieme con altri
ebrei stranieri e italiani, e Amalia era andata là anche lei e
avevano preso in affitto una specie di palazzo ducale, dove
stavano bene ma Franz moriva sempre di paura e riprendeva un pochino di fiato quando gl'inglesi acchiappavano un
pezzo d'Africa, tutto il giorno stava con l'atlante e la radio,
ma la notte quello che avevano acchiappato gl'inglesi gli

sembrava poco, svegliava Amalia per dirle com'era poco e lei allora gli faceva un'iniezione di canfora. Nella loro piccola città tutto era come sempre, ma lui Emanuele era solo, e quando passava per il giardino pubblico e vedeva la panchina di Ippolito non sapeva darsi pace che avesse voluto morire, non glielo poteva perdonare, voltava via gli occhi per non guardare quella panchina dove la gente veniva a sedersi, gli pareva crudele che la gente si sedesse lí. E anche Danilo era lontano e lui cosí non aveva piú amici, si chiudeva a lavorare nel suo studio alla fabbrica, ma anche lí era una disperazione perché veniva fuori quel sapone schifoso. Vedeva qualche volta la moglie di Danilo, andava a prenderla alla fonderia con Giustino e passavano la sera con lei, per tenerle compagnia e per consolarla degli sgarbi che le facevano le cognate e la suocera, da quando era partito Danilo la trattavano molto male.

A tavola tutti si stupirono della vitella e del pane bianco, in città la carne era razionata e ne davano due o tre fettine una volta la settimana, certo chi poteva comprava al mercato nero ma i prezzi salivano sempre. E il pane in città era razionato ed era una pappetta molle e grigia che non si poteva mai digerire, il pane assomigliava al sapone e il sapone assomigliava al pane, era diventato molto difficile lavarsi e mangiare. E mammina era sempre piú avara delle sue provviste in cantina, prima Emanuele riusciva a rubare qualche saponetta o un pochino di zucchero per la moglie di Danilo o per la signora Maria, ma adesso non c'era piú caso che mammina si separasse un minuto dalle chiavi della cantina, ed era sempre in cantina a passeggiare con l'occhialetto fra i sacchi e le casse e le damigiane. La Maschiona portò a vedere il sapone che lei faceva in casa con gli avanzi del grasso, Emanuele lo prese e si mise a fiutarlo per far capire che se ne intendeva e gridò che era una meraviglia, e tutti si passarono di mano in mano quel grosso sapone che aveva ancora incrostati dentro grumi di lardo fritto e tocchi di cotenna. Cenzo Rena disse che la Maschiona faceva in casa anche il pane, lo faceva anche quando non c'era ancora la guerra ed era famoso il pane della Maschiona a Borgo San Costanzo. Allora la signora Maria disse che anche lei s'era messa a fare il pane in casa, con la farina che le portavano dalle « Visciole », ma era poca quella farina e il contadino diceva del raccolto cattivo e dei quintali che bisognava dare all'ammasso, adesso c'era anche l'ammasso a imbrogliare le cose. Ma Giustino disse che lui preferiva ancora il pane molle e grigio della tessera al pane bianco e duro come il marmo che faceva in casa la signora Maria. La signora Maria disse che certo era duro il suo pane perché era pan biscotto, del resto non lo faceva per Giustino ma per Concettina che doveva allattare, e Concettina ne inzuppava tanto nella minestra e lo trovava molto sano e leggero. Il bambino di Concettina diventava sempre piú bello, disse la signora Maria, e subito prese a raccontare del naso e della bocca e degli occhi del bambino di Concettina, e prese a bisbigliare a quel bambino come se l'avesse avuto lí accanto. Giustino sospirò forte, a pranzo e a cena la signora Maria non faceva che intrattenerlo sul naso e sulla bocca e sugli occhi del bambino di Concettina. Quando la signora Maria se ne fu andata a riposare sul letto, Giustino disse che lui era stufo di stare da solo con la signora Maria, era diventata proprio noiosa e non gli dava pace, gli correva dietro per la strada con l'ombrello e la sciarpa e lo trattava come un bambino piccolo, e poi ogni sera invitava quel suo nipote e si offendeva molto se lui non restava in salotto a fare conversazione. Disse che era proprio stufo e voleva divorziare dalla signora Maria. Disse che appena data la licenza andava volontario in guerra. Emanuele gli disse che il giorno che lui dava la licenza la guerra era tre volte finita.

Cenzo Rena disse di no, ce ne voleva prima che finisse la guerra. E disse che era una bella ragione per andare volontario in guerra, la signora Maria che era noiosa e invitava quel suo nipote la sera, del resto fra poco anche quel nipote lo avrebbero chiamato in guerra, a poco a poco avrebbero chiamato tutti, forse anche lui Cenzo Rena che era vecchio e Emanuele che aveva la gamba cosí. Giustino disse che ad ogni modo lui era stufo e ci andava. Era stufo, e aveva voglia di vedere com'era una guerra, ma soprattutto era stufo. Emanuele gli mise un braccio attorno al collo ma Giustino buttò via quel braccio e si rincantucciò. Allora Cenzo Rena chiese a Giustino se non voleva uscire un poco in pineta e parlare da soli loro due.

In pineta venne fuori cos'aveva Giustino, s'era innamorato della moglie di Danilo e ci soffriva e voleva dimenticarla, perché era la moglie d'un suo amico e perché questo amico era al confino. Giustino raccontò a Cenzo Rena che era una donna straordinaria, sopportava tutte le cattiverie che le facevano le cognate e la suocera e non aveva mai una parola amara, e mangiava niente per mandare soldi a Danilo, gliene mandava anche Emanuele ma non bastavano mai perché Danilo s'era ammalato là all'isola e doveva fare delle cure costose. Emanuele la invitava a pranzo al ristorante per farla mangiare. Era una donna straordinaria, disse Giustino, e lui non avrebbe mai piú potuto innamorarsi di nessun'altra, e ogni giorno decideva di non vederla piú, ma invece andava sempre a prenderla con Emanuele alla fonderia, e sapeva che avrebbe continuato a vederla finché non riusciva a partire volontario in guerra. Passeggiarono molto a lungo Giustino e Cenzo Rena per la pineta, e Giustino pensava come una volta che Cenzo Rena era il suo amico piú caro, quello a cui si poteva dire tutto, ma quando ritornarono a casa a Giustino diede fastidio vedere Anna e ricordarsi che era la moglie di Cenzo Rena e perfino era incinta, gli pareva una cosa goffa e triste pensare Cenzo Rena e Anna che dormivano insieme.

Cenzo Rena guardava dalla finestra se venivano i contadini, aveva detto tanto che i contadini venivano sempre e adesso gli dispiaceva che proprio quel giorno non venisse nessuno. Ma due o tre contadini finalmente arrivarono. La signora Maria aveva preparato il tè, s'era messa in cucina con la Maschiona e le faceva vedere come si disponevano le tazze sul vassoio, con le fettine di limone tagliate sottili e lo stuzzicadenti infilato dentro e i tovaglioli, s'era portata dietro dei limoni da casa perché aveva l'idea che non se ne trovassero di limoni a San Costanzo, e difatti non se ne trovavano d'inverno e la signora Maria diceva com'era strano doversi portar dietro dei limoni quando si veniva a Sud, e com'era strano anche venire a Sud e trovare un inverno cosí freddo, da doversi vestire come a Saint-Moritz. La Maschiona non sapeva cos'era Saint-Moritz e stava a guardare la signora Maria che preparava il vassoio, la signora Maria voleva che si mettesse il grembiale bianco davanti per servire il tè ma la Maschiona non voleva perché c'erano i contadini, a vederla col grembiale bianco si sarebbero troppo messi a ridere. Cosí entrò nella stanza da pranzo col suo lacero vestito azzurro e la sciarpetta intorno alla bocca, e sbatté il vassoio sulla tavola e la signora Maria disse a Anna che a quella Maschiona c'erano da insegnare molte cose. I contadini bevvero il tè in silenzio, erano un po' intimiditi da tutte quelle facce nuove, ma intanto nel paese era corsa la voce che da Cenzo Rena c'erano facce nuove e si beveva il tè, e arrivarono altri contadini. E anche Emanuele era intimidito e felice a vedere tutti quei contadini, tutti quei contadini del Sud, sedeva molto serio e rosso in viso e arrischiava domande sul grano e il vino e i maia-

li e il demanio, con una voce incerta e sottile e con una gran
paura di fare delle domande sbagliate. E Giustino chiese
sottovoce ad Anna se non pareva un provinciale snob che si
trovi per la prima volta in un salotto pieno di duchesse. Anna disse di sí e scoppiarono a ridere forte, e allora si avvicinò
Cenzo Rena e chiese di che cosa ridevano, e lo dissero e rise
forte anche lui e Emanuele guardò verso di loro con sospetto, ma subito riprese le sue domande sulle cose dei contadini.

L'indomani Emanuele era entrato nelle cucine di tutti i
contadini, risuonavano per il paese le sue lunghe risate profonde, zoppicava eccitato per i vicoli e chiamava i contadini
per nome e gridava parole nel dialetto di San Costanzo, e faceva come se fosse lí a San Costanzo da molti anni, dava
gran manate sulla spalla e civettava coi contadini, e prima di
partire si fece fare una fotografia insieme a qualcuno di loro
sulla piazza del municipio. Giustino all'improvviso decise di
partire con Emanuele, corse a preparare in fretta la sua valigia e s'arrampicò sul postale che stava per andar via, e la signora Maria era sbalordita perché prima aveva detto che si
sarebbe fermato almeno una settimana, fino alla fine delle
vacanze. Emanuele si sporse dal finestrino a salutare col viso rosso e raggiante, e gridava parole nel dialetto di San Costanzo e agitava le braccia a dire addio ai contadini, si capiva che avrebbe assordato Giustino col grano e il demanio
per tutto il viaggio. La signora Maria si lamentava di Giustino che ripartiva, era appena arrivato e ripartiva, come
aveva poco affetto per sua sorella e chissà cos'aveva da fare
di cosí urgente in città, era diventato chiuso e strano da un
po' di tempo, e poi era diventato intrattabile, che cattivo carattere gli era venuto. Partito il postale Cenzo Rena si trovò
vicino il turco, era molto rattristato e severo perché non l'a-
vevano presentato ai parenti venuti da fuori, avevano invitato tutti i contadini a bere il tè e non s'erano ricordati di

lui. Adesso voleva essere presentato almeno alla signora Maria. Si piegò davanti alla signora Maria con un freddo inchino.

Tornarono a casa col turco e gli offrirono il tè, e a un tratto il turco e la signora Maria fecero una grande amicizia, si misero a parlare di tappeti e la signora Maria se ne intendeva molto di tappeti ed era felice di poterne parlare. Anna andò a chiudersi nella sua stanza per pensare a tutto quello che aveva saputo, Giuma che voleva sposarsi con la ragazza Fiammetta e teneva la sua fotografia sul tavolo, non leggeva piú Montale ma Kierkegaard, e mammina con l'occhialetto fra i sacchi della cantina, e Amalia e Franz nel palazzo ducale in un paese come San Costanzo. Tutte le cose nuove che aveva saputo battevano violente nel suo cuore. Giuma sposava la ragazza Fiammetta, la ragazza Fiammetta, d'improvviso Giuma era di nuovo vicino a lei, leggeva Kierkegaard, non piú Montale ma Kierkegaard, non c'erano i libri di Kierkegaard fra i libri di Cenzo Rena. E Giustino che s'era innamorato della moglie di Danilo, Cenzo Rena gliel'aveva raccontato la sera prima mentre si svestivano. Si sentiva mortificata per tutte le cose che succedevano cosí lontano da lei. Adesso per chi sa quanto tempo non avrebbe saputo piú niente, fuori la neve cadeva e si vedeva il piccolo paese con le case scalcagnate e storte nei forti soffi della neve e del vento, e la lunga strada coperta di neve con i solchi profondi del postale, e la casa che era stata del casellante e quel fiume cosí stretto e verde e le basse colline. E lei era là seduta alla finestra su una poltroncina da spiaggia, e lavorava a maglia per il bambino di Giuma, un bambino che non avrebbe mai saputo niente di Giuma e Giuma niente di lui, Giuma chi sa dove con la ragazza Fiammetta e con Kierkegaard, il bambino lí a San Costanzo a vedere per prima cosa le nere case frustate dal vento e le basse colline.

La signora Maria disse che sarebbe rimasta fino alla nascita del bambino. Cenzo Rena disse a Anna che era un guaio,
le avrebbero detto che il bambino nasceva prematuro ma la
signora Maria certo sapeva riconoscere i bambini prematuri
da quegli altri. Cenzo Rena disse che era colpa del turco,
senza il turco la signora Maria sarebbe ripartita, senza il turco che la veniva a trovare e bevevano il tè. Ma la signora
Maria non restava soltanto per il turco, s'era anche messa in
testa d'insegnare alla Maschiona una quantità di cose, voleva che lavasse i piatti con la soda e la Maschiona a spiegarle
che se lavava i piatti con la soda non poteva piú darla ai
maiali quella bella acqua grassa dei piatti, e la signora Maria
non capiva e versava sempre della soda nel mastello, e la
Maschiona si disperava per tutta quella risciacquatura che
si doveva buttare via. Finché Cenzo Rena proibí alla signora
Maria di ficcare il naso nella risciacquatura dei piatti. La signora Maria prese anche a girare per le cucine dei contadini,
e guardava i bambini e tornava a casa indignata a dire che
tutti i bambini avevano le croste in testa e i pidocchi. Cenzo
Rena disse che i pidocchi in testa erano il meno, tanti avevano anche quei pidocchi bianchi nella schiena e sul petto,
quei pidocchi che vivevano al caldo nella biancheria. La signora Maria gli chiese cosa faceva lui allora a San Costanzo,
cosa raccontava ai contadini, se non gli raccontava neppure
che dovevano togliersi i pidocchi. Cenzo Rena le chiese se
era facile spidocchiare tutto un paese. E i pidocchi erano il
meno, disse, i pidocchi non facevano morire, e c'erano invece altre cose di cui si moriva, la polmonite e la dissenteria.
La dissenteria era il peggio di tutto, ogni estate s'ammalava-
no tanti bambini, e lui andava nelle case a spiegare la dieta
e si tirava dietro il dottore, e lasciava anche i soldi per comprare il riso. Ma i contadini non compravano il riso e cuci-
vano i soldi nel materasso, e i bambini si trascinavano nei

vicoli e succhiavano torsi di cavolo e bucce di fichi, e piangevano e allora le madri li prendevano in collo e li portavano giú al negozio e gli compravano per poche lire dei pezzetti di mandorlato, e i bambini piangevano ancora e poi una
notte morivano, e li portavano al cimitero dentro una cassettina. Era quello un paese che non sapeva niente di piú
della propria miseria, e i contadini che venivano da lui Cenzo Rena e lo ascoltavano e lo capivano e gli volevano bene,
pure anche loro avevano a casa i soldi cuciti nel materasso
che non erano capaci di spendere nelle medicine e nel riso,
anche loro avevano i bambini nei vicoli a succhiare torsi di
cavolo e pezzetti di mandorlato, con la pancia nuda e i pidocchi e la dissenteria. E la miseria era contagiosa come la
dissenteria, perché anche i ricchi vivevano al modo dei poveri, con tutti i loro soldi cuciti nel materasso e niente da
coprirsi d'inverno e la dissenteria d'estate, e quella stessa
dieta di mandorlato e di torsi di cavolo, e sempre i pidocchi.
Ma Cenzo Rena poi ci pensò tutta la notte ai pidocchi, e il
giorno dopo chiamò la maestra e le disse di far rapare tutti i
bambini che venivano a scuola, anzi s'arrabbiò con lei perché ancora non ci aveva pensato.

Adesso nel paese non si parlava che di maiali, quelli dell'anno prima che bisognava ammazzare e quelli piccoli da
comperare, e la piazza del municipio era piena di maialini
che stridevano sui carretti e nelle gabbie di legno, e la gente
li veniva a comprare e se li trascinava via con una corda. La
Maschiona scappava continuamente a casa sua a veder preparare le salsicce e i prosciutti, e correva a Masuri e a Scoturno a comperare il sale, perché ce n'era poco in quell'anno
di guerra e bisognava andarlo a cercare per i paesi, e la signora Maria continuamente chiamava la Maschiona e la Maschiona non c'era, il fuoco si spegneva nel camino e la signora Maria doveva buttarci le pigne e soffiare, quando soffiava

molto si sentiva venire le vertigini. La Maschiona tornava di sera e faceva vedere le salsicce com'erano belle, ma la signora Maria non si commuoveva sulle salsicce, perché aveva paura che le facessero male al fegato. La signora Maria beveva il tè col turco e si sfogava con lui contro la Maschiona e tutto il resto, perché Anna invece non le dava retta e pareva che sposando Cenzo Rena avesse sposato tutto quel paese di San Costanzo, con la Maschiona e i pidocchi e i maiali.

La signora Maria non rimase fino alla nascita del bambino, perché arrivò una lettera di Concettina che diceva che suo marito era stato chiamato al distretto e di sicuro lo mandavano in guerra, non si sapeva dove. Concettina era disperata e la signora Maria decise di partire subito, partí riconciliata con la Maschiona perché la Maschiona fece una grossa torta di meliga per Concettina, e si riconciliò all'ultimo anche con Cenzo Rena, perché lui le disse di non preoccuparsi per i soldi e spendere in pace quel che c'era ancora alla banca e lui avrebbe pensato a mandare altri soldi se restavano senza. La signora Maria disse a Anna che si era sempre sbagliata sul conto di Cenzo, non era niente matto a conoscerlo bene, e poi c'era anche il vantaggio che non potevano chiamarlo in guerra perché non era piú tanto giovane. Salí sul postale con tutti i suoi pacchetti e le scatole e col fiasco di caffelatte per il viaggio, Cenzo Rena le aveva offerto un termos, ma lei non credeva nei termos, non ci aveva mai creduto. Disse che sarebbe tornata a vedere il bambino. E invece non tornò mai piú la signora Maria a San Costanzo.

IV.

Il bambino era una bambina e nacque al principio di marzo. Cenzo Rena voleva andare in macchina a prendere un dottore in città, perché non si fidava molto del dottore di San Costanzo, ma non fece a tempo e la bambina nacque fra le mani della Maschiona e della levatrice. C'era anche il dottore di San Costanzo, un uomo sempre molto pigro e triste, quel giorno era ancora piú triste perché aveva saputo chi sa come che Cenzo Rena voleva un altro dottore e non si fidava di lui. Alla bambina misero nome Silvana perché Cenzo Rena disse che era il nome del suo primo amore. Andò a cercare il ritratto del suo primo amore per mostrarlo a Anna: una signora con una sottana lunga fino ai piedi e stretta stretta, era stato molti e molti anni prima. La bambina fu tenuta a battesimo dalla Maschiona e dal dottore triste, Cenzo Rena diceva che bisognava un po' consolarlo perché aveva pensato che non avevano fiducia in lui. La bambina era bionda e magra e non rassomigliava a nessuno.

Venne una primavera fangosa e piovosa, nel paese si camminava nel fango e l'acqua scrosciava a doccia dalle grondaie, e il turco si lamentava perché nella sua stanza alla locanda ci pioveva dentro, lui doveva dormire con l'ombrello aperto. Cenzo Rena lo invitò a dormire da loro ma il turco non accettò, la sera sentiva la radio coi padroni della locanda, prendevano anche le stazioni straniere. Cenzo Rena si stupí a un tratto di non avere una radio, corse subito in città a comprarne una. Il turco venne a dormire da loro una notte, ma il brigadiere lo mandò a chiamare al mattino e gli disse che non gli permetteva di dormire da Cenzo Rena, perché la casa di Cenzo Rena era troppo lontana dalla caserma dei carabinieri, il turco non doveva mai allontanarsi dalla caserma dei carabinieri. Si venne poi a sapere che il brigadiere adesso ce l'aveva con Cenzo Rena perché aveva dato ordine alla maestra di far rapare i bambini della scuola, fra quei bambini c'era anche il figlio del brigadiere che aveva dei gran riccioli biondi, la madre gli metteva tutte le sere i bigudini di carta. Il brigadiere non aveva permesso che rapassero anche il suo bambino. Il brigadiere andava dicendo per il paese che questo Cenzo Rena adesso passava i limiti, chi era per dare ordine di rapare i bambini, chi era per comandare a tutti in paese. Ma aveva paura di Cenzo Rena perché Cenzo Rena gli aveva prestato dei soldi quando si era dovuto comprare la mobilia di casa, un po' di soldi glieli aveva restituiti ma pochi, si era fatto promettere il segreto e che figura ci avrebbe fatto se Cenzo Rena raccontava in paese d'avergli prestato i soldi per la mobilia di casa. Cosí lo salutava sempre con un grande inchino quando lo incontrava, e solo si sfogava a scrivere lunghe lettere anonime contro di lui, i contadini venivano da Cenzo Rena a raccontargli delle lettere anonime che mandava adesso anche il brigadiere alla questura della città, lettere dove accusava Cenzo Rena di proteggere gl'internati, cosí si chiamavano in questura il turco e le tre vecchie. Il turco si era molto spaventato di quel rimprovero del brigadiere e adesso non osava piú salire alla casa di Cenzo Rena, non osava piú far cento passi lontano dalla caserma dei carabinieri, e quando incontrava Cenzo Rena sulla piazza del municipio, sottovoce gli diceva che bella notte aveva passato in casa sua, con le lenzuola fresche di bucato e il materasso morbido, alla locanda aveva un materasso sottile e sentiva tutte le molle del letto. Sottovoce si lamentava della guerra, i tedeschi avevano aiutato gl'italiani in Grecia e gl'italiani avevano finito col vincere, e anche la Jugoslavia adesso l'avevano i tedeschi e gl'italiani, e gl'inglesi s'erano lasciati riprendere un gran pezzo d'Africa, era una storia che non finiva mai piú. A Scoturno era arrivata una famiglia di ebrei di Belgrado. Cenzo Rena volle andare a vederli, era sempre ansioso di vedere delle facce nuove. Si sedettero lui e Anna all'osteria di Scoturno ad aspettare che passassero quegli ebrei, videro infine una signora con un ombrellino bianco e un signore col bastone da passeggio, che si fermarono in un orto a comprare delle cipolle. Non sapevano spiegarsi bene in italiano e Cenzo Rena s'avvicinò ad aiutarli, volevano anche dell'insalata e Cenzo Rena li accompagnò a scegliere dell'insalata piccola e tenera. Loro lo ringraziarono molto, avevano fatto un lungo viaggio ed erano stati anche in prigione e adesso avevano solo voglia di un piatto d'insalata con le cipolle.

Finito il fango d'un tratto fu estate, il sole sorse improvviso e scottante e il fango diventò quella fine polvere sabbiosa dell'estate, e sul ciglio della strada tutta bianca di quella fine polvere crescevano alti papaveri già sfatti, e le colline erano già spinose e riarse e il fiume scorreva quieto e buio fra nuvole di zanzare. Anna andava con la bambina sul fiume a vedere la Maschiona che vangava il suo campo, veniva anche Cenzo Rena e si sedevano in terra e Cenzo Rena con una frasca di foglie mandava via le zanzare dal viso della bambina. La Maschiona gridava che non dovevano tenere la bambina con la faccia al sole e si strappava di testa il suo fazzoletto sudato perché la riparassero con quel fazzoletto, ma Cenzo Rena diceva che il sole non aveva mai fatto male a nessuno, litigavano lui e la Maschiona e si buttavano e ributtavano il fazzoletto. Passava gente e dicevano alla bambina « pace e sonno », e a Cenzo Rena dicevano « quando finisce? » e volevano dire la guerra.

Il marito di Concettina l'avevano mandato in Grecia, poi dalla Grecia in Jugoslavia e la signora Maria scriveva che non poteva venire, perché Concettina era triste e aveva bisogno di lei. Anche la signora Maria era molto triste, perché avevano mandato in guerra anche suo nipote, e Giustino studiava per la licenza e aveva i nervi e la trattava male. Cenzo Rena adesso che aveva la radio passava la sera a cercare di prendere le stazioni straniere, s'attaccava a quel filo di voce e raccontava poi ai contadini e al turco le notizie, il turco s'era presa troppa paura del brigadiere e non osava piú sentire le stazioni straniere coi padroni della locanda.

Una sera Anna era a letto e allattava la bambina e d'un tratto Cenzo Rena venne da lei e le disse che la Germania faceva la guerra contro la Russia. Era là con un fiasco di vino in mano, la sera quando sentiva la radio si teneva sempre un fiasco di vino accanto. Era felice perché la Germania aveva finalmente per nemico un paese molto grande e forte. Era molto felice e voleva andare a svegliare i contadini per dirglielo, ma aveva paura se usciva d'incontrare il brigadiere e di farsi vedere da lui con una faccia troppo felice. Camminava avanti e indietro per la stanza col fiasco, e diceva che adesso la guerra diventava piuttosto interessante. Diceva che la Russia era cosí forte e tra due o tre mesi poteva anche darsi che tutto fosse finito. A San Costanzo forse finita la guerra e saltati in aria i fascisti l'avrebbero voluto fare podestà, ma lui non avrebbe accettato. Come podestà andava bene un contadino suo amico che si chiamava Giuseppe, mandò al diavolo il brigadiere e uscí fuori col fiasco per andare a svegliare Giuseppe e dirgli che si preparasse a fare il podestà e bere con lui alla Russia che combatteva contro la Germania.

Cenzo Rena il giorno dopo decise che sarebbero andati al mare per un mese con la bambina, cosí non si faceva vedere dal brigadiere con una faccia troppo felice. La Maschiona era molto contenta di vederli partire perché cosí poteva lavorare tutto il giorno al suo campo, Cenzo Rena le disse che soltanto stesse attenta al cane, doveva portarselo dietro quando andava al suo campo perché se lo lasciava solo diventava selvaggio e triste. Andarono in città col postale e là salirono in treno, con l'automobile ci voleva troppa benzina e la benzina adesso si trovava solo a borsa nera e costava un bel po'. Fra il postale e il treno Cenzo Rena corse al mercato della città per comprare i costumi da bagno, agguantò a caso due costumi sul banco in mezzo ai busti e le giarrettiere e scappò via insultando la donna che gli voleva fare il pacchetto. Quella donna era di Masuri e lui la conosceva, e le scrisse poi una cartolina per spiegarle che il treno partiva e per questo l'aveva insultata.

I costumi erano di qualità cattiva e quando erano bagnati pendevano da tutte le parti. Mentre Anna andava a fare il bagno Cenzo Rena restava con la bambina all'ombra nel giardino dell'albergo, anche lí c'erano le zanzare e lui gliele scacciava con una frasca. Anna tornava col suo costume tutto molle e sfatto e lui rideva a guardarla, era proprio il piú brutto costume di tutta la spiaggia. Anna si pettinava e si spremeva l'acqua dai capelli e dai lembi del costume. Lui le diceva che aveva un po' meno la faccia da insetto da un po' di tempo, forse da quando era nata la bambina, guardavano insieme la bambina e lui diceva che era questa bambina che lei una volta voleva buttare via. Diceva che lui non si ricordava quasi mai che quella bambina non era sua figlia, del resto perché ricordarlo, era lui che le scacciava le zanzare e perfino la passeggiava qualche volta quando piangeva, e intanto il padre vero della bambina chi sa cosa stava facendo, forse dava la licenza e lo fregavano un'altra volta. Erano lí al mare quando ricevettero una lettera di Giustino, aveva dato la licenza e se l'era cavata e adesso aveva fatto domanda per andare in guerra. Anna pianse per tutta una giornata, era sicura che Giustino in guerra moriva, le pareva ancora di vederlo sul postale che ripartiva, con quel viso chiuso e buio che gli era venuto in quei mesi, da quando stava da solo con la signora Maria. Ma Cenzo Rena le disse che non avrebbe neppure fatto a tempo a partire Giustino, la guerra durava ancora solo un mese o due. Cenzo Rena remava e nuotava e gli si era scottata tutta la schiena, la notte doveva dormire a pancia in giú. Era sempre molto felice per la Russia ma a poco a poco cominciò a essere un po' meno felice, i tedeschi si stavano prendendo dei pezzi di Russia. Lí al mare non c'era modo di sentire le stazioni straniere e bisognava contentarsi del comunicato italiano nella *hall* dell'albergo, Cenzo Rena la prese in odio quella *hall* perché ci sentiva sempre delle brutte notizie.

A un tratto s'accorsero che avevano la nostalgia di San Costanzo tutt'e due, Cenzo Rena era sicuro che anche la bambina quando piangeva piangeva perché voleva che la riportassero a casa. Cenzo Rena diceva che lui aveva nostalgia dei contadini e perfino del mantello del brigadiere, e diceva che forse a poco a poco s'era abituato a essere un tipo che tutti conoscevano bene, lí al mare nessuno lo conosceva e non gli piaceva che nessuno lo conoscesse. Un tempo quando faceva quei suoi viaggi era felice di sbatacchiarsi da solo per gli alberghi e i treni e le città, senza un cane che sapesse chi era, e adesso invece forse cominciava a diventar vecchio, e aveva voglia solo dei contadini e del mantello del brigadiere, aveva voglia d'aver sempre le stesse cose davanti agli occhi. E Anna aveva voglia d'essere a casa con la Maschiona che spruzzava acqua dal fiasco sul pavimento al mattino. Al mare d'un tratto s'accorse che quella casa era diventata proprio la sua casa, quella casa con la pineta alle spalle e di sotto uno sfasciume di pietre. Al mare sulla spiaggia c'erano delle signore con gli occhiali neri che le facevano delle domande, e si stupivano che lei cosí giovane avesse già una bambina, e si stupivano che Cenzo Rena fosse suo marito cosí vecchio, non dicevano proprio « cosí vecchio » ma si stupivano e tiravano su gli occhiali neri per veder bene, e Anna a un tratto si vergognava d'avere un marito vecchio, e si vergognava dei loro costumi comprati al mercato. Ma lo disse a Cenzo Rena che si vergognava e lui le disse che era una cretina, a San Costanzo lei non piaceva ai contadini e li stupiva ma lui non si vergognava.

Tornarono a San Costanzo e Cenzo Rena si mise subito a litigare con la Maschiona perché il cane era diventato triste e selvaggio come lui aveva pensato, certo la Maschiona l'aveva lasciato solo davanti a casa legato a una corda, era andata a lavorare il suo campo e aveva trascurato il cane. Cenzo Rena stava sdraiato sul letto col cane addosso che lo sporcava tutto di terra, e parlava col cane e gli diceva male della Maschiona che l'aveva lasciato sempre solo, gli chiedeva se non era vero che l'aveva lasciato sempre solo e non aveva fatto che badare al suo campo. La Maschiona allora disse che loro piuttosto al mare avevano trascurato la bambina, l'avevano lasciata mangiare dalle zanzare e l'avevano fatta diventare ancora piú magra, un suo nipote nato un mese dopo era tre volte piú grasso. Cenzo Rena le gridò di non parlare dei suoi nipoti perché avevano la dissenteria, scendendo dal postale aveva incontrato il dottore e cosí aveva saputo che il paese era pieno di dissenteria. La Maschiona disse di sí, avevano un po' di dissenteria anche i suoi nipoti ma una cosa da niente, e Cenzo Rena le disse che certo lei gli comprava quei pezzi di mandorlato al negozio, e se un giorno la vedeva dare un pezzo di mandorlato alla sua bambina la scacciava per sempre. Dopo un'ora che era a San Costanzo Cenzo Rena era stufo a morte della Maschiona e di tutto, ma si ricordava che al mare era stufo del mare e pensava che doveva esser colpa della guerra se lui era stufo e in nessun posto si sentiva bene. Subito il giorno dopo si mise a girare per le case insieme al dottore triste, a vedere i bambini con la dissenteria, e litigava con le donne e anche col dottore perché gli diceva che non poteva fare il dottore con quell'aria cosí svogliata e triste.

Anna saliva su per la pineta con la bambina. La pineta era scura e fresca, uno dei pochi punti scuri e freschi in quel paese di sole e di polvere, e Anna si sedeva e metteva la bambina su un cuscino coi piedi avvolti in una coperta, la bambina scacciava la coperta e alzava su i piedi rossi e magri, Anna copriva di nuovo quei magri piedi e la bambina di nuovo li alzava su, poi si succhiava una mano con un mormorio lungo, per un poco faceva quel mormorio lungo e si succhiava la mano con dei forti schiocchi, e Anna stava a guardarla e non trovava niente da dirle, perché non sapeva bisbigliare come bisbigliava coi bambini piccoli la signora Maria. Appena la bambina era addormentata lei prendeva allora a dipanare i suoi lunghi pensieri, raccoglieva tutti i fili sparsi della sua vita e li intrecciava insieme, e poteva stare delle ore lí in pineta accanto alla bambina senz'annoiarsi, a intrecciare e disciogliere i suoi lunghi pensieri, la bambina che era stata per lungo tempo solo un po' di buio in lei, e poi a un tratto una vera bambina fra le mani della Maschiona, coi piedi magri e rossi e i lunghi e teneri capelli chiari e col nome del primo amore di Cenzo Rena, cercava il viso di Giuma sul viso addormentato della bambina ma non c'era nessuna traccia di altri visi su quel nudo viso addormentato, dalle piccole labbra strette e bianche nel breve respiro. Veniva Cenzo Rena e le portava la posta, Giustino era partito per la Russia, la signora Maria era andata a stare da Concettina e aveva affittato la casa a certi parenti di Emilio, Emilio l'avevano mandato in Russia anche lui, la signora Maria non poteva venire a San Costanzo perché aveva le caviglie gonfie e non ce l'avrebbe fatta a camminare su quelle pietre, le dispiaceva di non poter venire a vedere la bambina, bisbigliava sul bambino di Concettina e sulla bambina di Anna, riempiva pagine e pagine di quel suo bisbigliare. Stava bene dai signori Sbrancagna ed erano molto gentili ma anche con tutte le serve che c'erano le toccava lavorare molto, forse le eran venute le caviglie gonfie a stare troppo in piedi a stirare. Arrivò anche una lettera di Emanuele dove diceva che Giuma se l'era cavata questa volta alla licenza ma s'era messo in testa di studiare lettere e filosofia, invece mammina voleva che studiasse scienze commerciali, se no non poteva lavorare alla fabbrica di sapone. Giuma adesso diceva che non si sentiva fatto per la fabbrica di sapone. Emanuele scriveva che si sentiva ancora piú solo senza Giustino, vedeva ogni tanto Concettina e certo era diventata un po' noiosa Concettina, aveva sempre insieme il bambino e non si riusciva a fare con lei un discorso sensato, tutta assorta com'era a pettinare il bambino e a pulirgli le mani con il fazzoletto e a chiamarlo se si allontanava di un passo, ma era sempre Concettina e lui era molto contento quando la incontrava col bambino sul lungofiume, camminavano un momento insieme o si sedevano al caffè e ricordavano le stesse cose. Ma Concettina diventava molto di cattivo umore se passava la moglie di Danilo e lui Emanuele la chiamava e la salutava, Concettina diceva che era colpa di quella Marisa se Giustino s'era ostinato a partire, aveva fatto la civetta con Giustino che era solo un ragazzo finché gli aveva fatto prendere una cotta, ed ecco adesso Giustino dov'era, poteva essere ancora a casa a studiare e invece era partito con un'aria tragica, e a lei aveva lasciato sulle croste la signora Maria, che era molto noiosa ad averla tutto il giorno insieme. Emanuele allora le diceva che Marisa non aveva fatto la civetta per niente, del resto aveva altro per la testa che far la civetta col marito ammalato a cui doveva mandare dei soldi e con tutte le ore straordinarie che faceva alla fonderia, e le diceva che lei Concettina doveva avere rispetto per una donna che lavorava, lei che passava le giornate senza far niente, a lisciare e viziare il suo bambino. Concettina si offendeva molto, il suo bambino non era niente viziato, adesso si doveva avere rispetto per tutti quelli della fonderia. Ma poi facevano pace e lui tornava a casa e si sentiva triste quando s'affacciava alla finestra, a vedere i parenti dei signori Sbrancagna nella casa di fronte, e non piú le sottovesti nere della signora Maria appese ai fili di ferro, mammina invece era molto contenta di non vedere piú quelle sottovesti e anche era contenta perché i parenti dei signori Sbrancagna non concimavano i rosai col letame come faceva la signora Maria. Anna aspettava sempre la posta con un gran batticuore, ma poi appena lette le lettere si sentiva sempre come un po' mortificata per le cose che succedevano senza di lei.

v.

Passò l'autunno coi pomodori distesi a seccare davanti
alle case per la conserva, e poi col granoturco e i fagioli distesi a seccare, e la gente che veniva giú dalla pineta coi sacchi di pigne, c'era anche chi rompeva degl'interi rami di pino e arrivava il milite forestale col fucile e si sentiva un gran
correre giú per la pineta e il milite forestale che gridava e
sparava in aria. La pineta era piena anche di certe specie di
funghi bianchi che si chiamavano « recchiette » perché avevano la forma di piccole orecchie, eran dure da cuocere e
avevano un sapore come di midollo di legno, ma tutto il
paese ne faceva un gran mangiare. C'erano anche dei veri
funghi porcini ma pochi, tutti quelli che c'erano li trovava
un vecchino che stava di casa giú all'antica stazione. Era un
vecchino con una sporca giacchettina bianca e dei calzoni
bianchi rimboccati sulle ginocchia, da giovane era stato do-
mestico in casa d'un ufficiale di marina, e aveva avuto quella
divisa bianca in regalo. Scendeva giú dalla pineta la sera e
pareva in mutande, e portava appeso a un bastoncello un fagottino di veri funghi porcini, e Cenzo Rena se era sulla porta di casa comperava l'intero fagottino dei funghi, ed era
molto contento perché sapeva di fare un dispetto alla marchesa, che aspettava i funghi alla finestra, e quando il vecchino passava senza i funghi sotto la finestra della marchesa,
lei lo chiamava nell'androne e gli faceva una grande sfuria-

ta. Il vecchino giurava che non aveva trovato funghi, e la marchesa giurava che invece·l'aveva visto vendere i funghi a Cenzo Rena, e tirava fuori un paio di scarpe smesse del suo cocchiere e giurava al vecchino che gliele regalava se le portava i funghi tutte le sere. Ma il vecchino non ci credeva che gli regalasse mai quelle scarpe, la marchesa era avara e non regalava neppure uno spillo.

Passò l'autunno e cominciò l'inverno e Anna ormai conosceva bene tutta la gente del paese, da quel vecchino vestito di bianco all'uomo con la gamba a cavaturacciolo che passava col carretto delle stoviglie, dal seduttore della Maschiona al maniscalco che bruciava le zampe dei muli, davanti alla sua porta c'erano sempre peli di muli sparsi e un odore di pelle bruciacchiata. La famiglia del seduttore della Maschiona aspettava sempre notizie di quel figlio che era in guerra ed era stato dato per disperso, uno del paese che era ritornato dalla Grecia raccontava che l'aveva lasciato a un crocicchio e da allora non ne aveva saputo piú niente. La madre pensava sempre a quel crocicchio, le avevano detto che in Grecia c'erano tante strade accrocicchiate ed era facile sperdersi, veniva da Cenzo Rena a chiedergli se era vero, e si faceva scrivere le letttere per la Croce Rossa. La Maschiona si nascondeva quando veniva perché non voleva incontrarsi con la moglie del suo seduttore, e raccontava a Anna di quel disperso al crocicchio, un bel figlio era, grande grande e coi baffi neri come il padre. Ma ancora essere dispersi in Grecia era meglio che essere dispersi in Russia, diceva la Maschiona, perché in Russia faceva cosí freddo che cascavano gli uccelli stecchiti dal cielo, e la Russia era molto grande e tutta una sola spianata di neve, e chi si trovava sperso in quella neve mai piú ritrovava la strada per tornare a casa. Arrivavano di continuo notizie di morti in Russia e feriti e dispersi, quando a Masuri e quando a San Costanzo, a un tratto si sentivano alte grida passando per i vicoli, il comune aveva dato notizia che qualcuno era morto. La Maschiona voleva mettere Mussolini dentro una gabbia e farlo passare pian piano per i vicoli di tutti i paesi, in modo che ciascuno potesse fargli cosa gli voleva fare.

Nell'inverno Giustino ebbe una licenza di un mese perché era stato ferito a una spalla. La ferita era una cosa da poco e lui venne a San Costanzo qualche giorno verso Natale. Anche di San Costanzo ne eran venuti in licenza e stavano sulla piazza del municipio e raccontavano della Russia, tanti avevano avuto i piedi congelati per via delle scarpe che dava il governo, i tedeschi e i russi non gli si congelavano i piedi perché avevano altre specie di scarpe. Non si capiva bene chi perdeva o vinceva, era tutto un prendere e un lasciare. Là si aveva paura dei russi ma anche dei tedeschi, erano alleati ma lo stesso mettevano paura, tutti armati dalla testa ai piedi e ben protetti dal freddo. Giustino se lo videro scendere un giorno dal postale, non aveva avvisato che arrivava. Era strano in divisa da soldato e si era fatto crescere la barba, e gli cresceva tutta riccioluta e castana, un pochino piú chiara dei capelli. Stava là seduto in stanza da pranzo e si reggeva con una mano la spalla perché gli faceva ancora un po' male. Stava là seduto con un sorriso un po' storto che pareva quello di Ippolito, col viso nella barba riccioluta che lo faceva piú magro e piú vecchio, con i suoi occhi che avevano visto la guerra.

Gli fecero molte domande ma non aveva voglia di raccontare. Non era pentito d'essere andato in guerra perché aveva sempre avuto voglia di sapere com'era fatta una guerra, adesso sapeva che era una cosa fatta male ma non era pentito, lui voleva essere come gli altri, voleva stare né meglio né peggio degli altri. Disse che Emanuele quando lui stava per andare in Russia gli aveva fatto una grande sfuria-

ta, era troppo giovane perché lo chiamassero e poteva rimanere a casa, e invece andava volontario a combattere in una
guerra fascista, andava ad aiutare i fascisti a non perdere
quella loro guerra, perché forse si era messo ad amare la patria, forse aveva creduto a quelle stronzerie sulla patria che
insegnava il fascismo nelle scuole. Ma invece non era vero
un corno, disse Giustino, lui non se lo sognava neppure di
amare la patria, non pensava mai a nessuna patria quando
era in guerra a sparare. E del resto non ci pensava nessuno
di quelli che erano con lui. E anche nessuno mai si ricordava
che era contro i russi quello sparare. Era tutto uno sparare
per nessuno e contro nessuno, uno sparare coi piedi come
pezzi di ghiaccio nelle scarpe, con gli occhi abbarbagliati dalla neve. Lui quando era partito voleva solo sapere com'era
fatta una guerra, e poi era stufo di stare a casa con la signora
Maria, e poi aveva anche un'altra storia che non metteva
conto ricordare. Ma a poco a poco s'era accorto d'essere in
guerra per essere come gli altri, per avere freddo ai piedi
anche lui e aspettare la roba da casa e fissare un punto nella
neve e sparare. Non credeva d'aiutare i fascisti a vincere
la guerra, uno piú uno meno a sparare cosa contava, tanto la
guerra per i fascisti era bell'e persa, adesso avevano contro
anche l'America, di sicuro fra poco l'America entrava in
guerra anche lei. Ma Cenzo Rena disse che la guerra era ancora ben lunga, non se ne vedeva la fine, quando era entrata
la Russia aveva creduto che finisse subito, e invece la Germania s'era presa di grossi pezzi di Russia. E disse che lui
Giustino aveva fatto bene a andare in Russia pensando cosí
come pensava, d'essere uno come gli altri a sparare per nessuna patria, per la gente che era lí senza colpa e in fondo era
quella la patria, la patria erano i poveri figli di madre mandati in Russia da tanti paesi come San Costanzo, che avevano freddo ai piedi e sparavano per nessuno e contro nessu-

no. Anna guardava e guardava Giustino e continuava a pensare che in guerra sarebbe morto, lo guardava com'era adesso con quella barba tutta riccioluta e il sorriso di Ippolito, lo guardava perché si ricordava che non aveva mai guardato bene Ippolito e poi a un tratto era morto. Teneva in grembo la bambina e Giustino le prendeva un momento le dita con la punta delle sue dita, e diceva che era molto meglio del bambino di Concettina, lisciato e viziato e noioso fra Concettina e la signora Maria e tutte quelle nonne e quelle vecchie che gli stavano sempre intorno per paura che si facesse male. La signora Maria e Concettina litigavano sul bambino e sulle cose che doveva mangiare, la signora María si lamentava per le caviglie e per un dolore alla schiena che le era venuto a forza di stancarsi a lavorare e anche perché la villa dei signori Sbrancagna era umida, e perché c'era poco da mangiare e quelle serve mangiavano tutto. Diceva che una volta o l'altra sarebbe venuta a San Costanzo ma Giustino non credeva che sarebbe venuta, era diventata molto vecchia e ogni cosa la spaventava. Giustino aveva visto anche Emanuele e aveva rifatto la pace, Emanuele gli aveva chiesto scusa di tutte le cose cattive che gli aveva detto quando lui partiva per la guerra. Emanuele era pieno di grane per la fabbrica di sapone, e poi si preoccupava per Giuma che era stato piantato da quella specie di fidanzata e l'aveva presa sul tragico, e andava sempre a sedersi sulla panchina di Ippolito e andava sempre a guardare un ritratto di Ippolito che era sul tavolo di Emanuele, Emanuele aveva paura che pensasse di fare come Ippolito una volta o l'altra. Si era lasciato persuadere a studiare scienze commerciali ma non diceva più una sillaba in casa, non andava più a sciare né al *bridge* e si vestiva male e faceva il poeta maledetto. Giustino disse che in Russia lui aveva imparato molto bene a sciare.

Quando Giustino fu ripartito Cenzo Rena si batté sulla

fronte, non si era ricordato neanche questa volta di presentargli il turco, il turco che ci teneva tanto a essere presentato a quelli venuti da fuori. La Maschiona diceva com'era bello Giustino adesso con la barba, un bel figlio era, che peccato che dovesse tornare in guerra forse a morire. Cenzo Rena le gridava di stare zitta e non portare disgrazia, toccava un grosso ferro di cavallo che gli aveva regalato il maniscalco e che teneva appeso alla parete nella stanza da pranzo. C'era di nuovo la storia dei maiali che bisognava ammazzare e la Maschiona scappava sempre in cerca del sale e dei budelli di bue che dovevan vestire le salsicce, poi vennero le cose che si mangiavano appena morto il maiale, i sanguinacci e i ricciolini fritti di grasso che si chiamavano sfrizzoli, e le salsicce da mangiare subito che si chiamavano salsicce pazze, forse perché friggevano con dei gran salti e scoppi nella padella. Ma tutti si lamentavano dei maiali che quell'anno era stato impossibile ingrassare bene, perché non si trovava piú né crusca né vecce, li avevano tirati su a forza d'erba e patate. Ma ancora era fortunato chi aveva il maiale, diceva la Maschiona, perché anche con quei magri maiali si mangiava almeno fino alla fine di luglio, e invece tanti del paese non avevano né maiali né niente e tiravano avanti solo con la roba della tessera, la pasta grigia che sapeva di fango e il pane di polenta che facevano al forno comunale, e ancora erano fortunati ad avere quel po' di pane giallo perché si sapeva cosa c'era dentro, c'era dentro farina di polenta e basta, e invece nel pane grigio della città non si sapeva cosa c'era dentro, lo facevano con un po' di tutto e forse anche con le vecce per i maiali.

La bambina nell'inverno cominciò a correre carponi per casa, e aveva sempre le ginocchia rosse per quello strusciare sui mattoni del pavimento. Le sue guance erano rosse e ruvide per il vento e la neve, perché Cenzo Rena la portava sempre nella pineta, e la Maschiona dalla finestra della cucina gridava che in pineta c'erano i lupi, e chiedeva se quella bambina volevano farla morire di freddo. Cenzo Rena tirava avanti su per la pineta con la bambina in collo, ma quando erano un po' lontani dalla Maschiona si toglieva la sciarpa e l'avvolgeva tutta intorno alla testa della bambina, e chiedeva a Anna se davvero faceva troppo freddo, lui cosa ne sapeva di bambini, era quello il primo bambino che gli succedeva di tenere in collo. Anna diceva che anche lei non sapeva, anche lei quando mai aveva avuto da fare con un bambino, ma Cenzo Rena diceva che certe cose le donne devono saperle, lei non sapeva niente perché era sempre vissuta da insetto. Era sempre vissuta da insetto in uno sciame d'insetti, diceva Cenzo Rena, e Anna svolgeva un po' la sciarpa attorno al viso della bambina e Cenzo Rena la rinvolgeva, e d'un tratto lui s'arrabbiava molto e le dava la bambina e correva avanti, ma si fermava perché ricordava che in pineta c'erano i lupi. Chi era tutto quello sciame d'insetti, gli chiedeva Anna. Concettina, diceva Cenzo Rena, Concettina e la signora Maria. Solo Giustino non era un insetto, Giustino era una persona, com'era stato una persona il padre con tutte le sue stranezze e le sue follie. E anche Ippolito a modo suo era stato una persona, se pure aveva fatto quella morte da insetto. Perché una morte da insetto, chiedeva Anna e si metteva a piangere, di Ippolito lui non doveva parlare cosí. Perché non cosí, diceva Cenzo Rena, dei morti si doveva parlare come se fossero vivi, giudicarli come si giudicano i vivi, lui quando moriva non voleva essere adorato in ginocchio, voleva essere giudicato. Il vento soffiava forte e ritornavano a casa. Anna sedeva con la bambina e la faceva mangiare, adesso la bambina mangiava il pane della Maschiona inzuppato nel latte della mucca del podestà. Cenzo Rena guardava un poco la bambina mangiare e diceva che il podestà la sola cosa che aveva di buono era il latte delle sue mucche, ma non valeva niente come podestà. Si metteva vicino alla finestra e aspettava i contadini. Ma venivano di meno i contadini da un po' di tempo, venivano solo se avevano bisogno di qualcosa e non piú per discorrere, Cenzo Rena diceva che venivano di meno perché avevano paura del brigadiere, adesso che il brigadiere era contro di lui. Non meritava proprio la pena darsi da fare per quel marcio paese, diceva Cenzo Rena, lui ormai aveva un solo amico ed era il contadino Giuseppe, quello veniva sempre, ogni sera. Il contadino Giuseppe aveva in testa un cappello verde che non si levava mai, e raccontava sempre di quando era stato muratore a Roma e al cimitero aveva visto scritto sulla tomba di un tale: « Visse e morí socialista », cosí anche si sarebbe dovuto scrivere sulla sua tomba quando lui moriva. E poi raccontava di un libro che leggeva la notte mentre sua moglie dormiva, *Il tallone di ferro* di Jack London, Cenzo Rena voleva prestargli altri libri ma Giuseppe non credeva che niente fosse bello come *Il tallone di ferro*. Cenzo Rena stava con lui a sentire la radio e a bere il vino, e gli spiegava cos'avrebbe dovuto fare quando il fascismo saltava in aria e lo facevano podestà, Giuseppe diceva che non era sicuro di saper fare bene il podestà, era meglio fare podestà Cenzo Rena, discutevano chi di loro doveva essere podestà. Anna era già addormentata da un pezzo quando Cenzo Rena veniva a letto, ma lui la svegliava perché non era capace di spogliarsi in silenzio, andava e veniva per la stanza e scagliava in aria i vestiti e le scarpe e versava acqua nella brocca e spalancava gli armadi. Metteva il suo pigiama a strisce e s'infilava tra le coperte facendo sussultare tutto il letto, e diceva che uomo era il contadino Giuseppe, uno degli amici piú cari che lui avesse mai avuto. Anche il padre di Anna era stato un suo carissimo amico, avevano litigato soltanto

perché gli aveva dato da leggere il libro di memorie e Cenzo
Rena non aveva saputo mentire, aveva detto che il libro di
memorie era una cosa tutta senza senso. E allora avevano litigato e si erano detti delle parole che dopo non avevano potuto piú cancellare. Anche a Ippolito lui aveva detto delle
parole che avrebbe voluto poter cancellare, non le ricordava
piú molto bene ma ricordava che erano parole per mortifi-
carlo, vedeva ancora Ippolito sotto il pergolato delle « Visciole » col cane fra le ginocchia, lui l'aveva tanto mortificato e adesso era morto e non poteva piú chiedergli scusa.
Adesso voleva stare attento a non mortificare piú nessuno,
certe volte aveva voglia d'arrabbiarsi con Giuseppe per quel
suo leggere sempre *Il tallone di ferro*, sempre solo *Il tallone
di ferro*, certe sere aveva voglia di dirgli che in fondo *Il tallone di ferro* era una cosa da poco, e che anche era stufo di
sentir sempre ripetere: « Visse e morí socialista ». Ma invece non diceva niente. Non voleva piú mortificare nessuno,
c'era la guerra e il contadino Giuseppe poteva andarci e morire, e anche a lui Cenzo Rena in qualche modo gli poteva
succedere di morire in guerra, la guerra non sarebbe stata
sempre cosí lontana, da un momento all'altro poteva capita-
re anche lí da loro qualcosa che faceva morire, la rivoluzione o la guerra. Chiedeva ad Anna se pensava ancora sempre
alla rivoluzione. Anna diceva che ci pensava ancora quando
la bambina dormiva, invece quando la bambina era sveglia
non sapeva pensare che alle cose che facevano bene ai bambini, il sole e l'aria viva e il latte e il pane col burro, lunghi
giorni uguali dove nessuno sparava. Ma appena la bambina
s'addormentava si rimetteva subito a pensare a tutte le storie che pensava una volta, lei Anna che sparava sulle barricate, saliva col fucile sulle barricate appena la bambina s'addormentava. Cenzo Rena chiedeva con chi saliva sulle barricate, lei diceva che ci saliva con lui, col turco e col contadino

Giuseppe. Cenzo Rena rideva molto a pensare il turco sulle barricate, lui credeva che il turco si sarebbe tappato in casa se appena c'era una piccolissima rivoluzione. Stavano distesi nel buio fino a tardi a parlare, e al mattino quando si svegliavano Anna trovava quasi non piú strana quella testa vicino a sé sul guanciale. Entrava la Maschiona con la bambina, da quando era nata la bambina Cenzo Rena le aveva proibito di scendere a dormire da sua madre. Entrava e buttava la bambina sul loro letto, era sempre molto arruffata e torva al mattino, ce l'aveva molto con loro perché non la lasciavano piú andare a casa da sua madre la notte. Sbatacchiava il mastello con l'acqua calda sul pavimento e si metteva a scopare le stanze con un'aria feroce. Cenzo Rena sbuffava per quel viso feroce, entrava nel mastello e sguazzava per un pezzo lí dentro, e poi usciva fuori in accappatoio a guardare il mattino, le grandi chiazze d'erba che apparivano tra la neve sulle groppe delle colline, l'uomo con la gamba a cavaturacciolo che passava col suo carretto, il turco che andava a scampanellare alla porta della caserma, ogni tanto doveva scampanellare per far sapere che era sempre lí. Cenzo Rena gironzolava in accappatoio intorno alla casa e respirava il mattino, e diceva che si sentiva felice, stufo da morire di quel paese che si trovava sempre davanti agli occhi, stufo da morire e felice, non capiva come si potesse essere tanto stufi e felici nello stesso tempo.

VI

Nell'estate, Anna ricevette una lettera dalla signora Maria dove diceva con parole oscure che non voleva vedere mai piú Concettina, né la suocera di Concettina, era venuta via da quella casa per sempre. Scriveva da Torino, era in una pensione a Torino ed era molto malata, sarebbe venuta a San Costanzo ma non si poteva muovere. Cenzo Rena disse a Anna di andare a prenderla, Concettina era proprio una strega e lasciava crepare una povera vecchia in una pensione a Torino. Lui non poteva lasciare San Costanzo perché stava per cominciare il tempo della dissenteria, e non si fidava né del dottore né del farmacista, doveva stare dietro a tutt'e due. E poi si era messo a insegnare l'inglese la sera al contadino Giuseppe. Le disse di lasciare lí la bambina e andarsene via sola e libera, era il primo viaggio che faceva da sola in vita sua e chi sa se non si divertiva un po'.

Partí e in viaggio le batteva forte il cuore per il piacere di viaggiare da sola per la prima volta. Dimenticò un poco la signora Maria e ascoltò il forte pulsare del treno fra campi e città, ed era molto felice di non avere piú davanti San Costanzo ma uno scorrere veloce di cose in quel forte pulsare. Era un lungo viaggio, c'era da traversare una gran parte d'Italia. Anna prima di partire s'era fatto fare un vestito dalla sarta di San Costanzo, un vestito che le era sembrato bello nella stanza della sarta ma adesso capiva che non era

affatto bello a vedere i vestiti delle donne in treno, non assomigliava a nessuno di quei vestiti e invece assomigliava a
una tenda. Anna credeva che la signora Maria l'avrebbe trovato bello, perché assomigliava tanto a quei vestiti che lei le
faceva. Invece la signora Maria non lo trovò bello affatto, lo
guardò da tutte le parti e disse che era molto mal tagliato,
del resto era sgualcito dal treno e bisognava stirarlo. La signora Maria abitava in una pensione che si chiamava « Pensione Corona ». Anna la incontrò per la strada a pochi passi
dalla pensione, con una rete piena di piccoli pomodori verdi. Si stupí a vederla per strada, la credeva a letto malata.
La signora Maria disse che si era alzata solo quella mattina
e aveva delle vertigini di continuo, si portava due dita alla
fronte e barcollava come se stesse per svenire, era scesa solo
a comprare quattro piccoli pomodori perché lí alla pensione
non c'era da mangiare abbastanza. Salirono in camera e la
signora Maria si mise subito a tagliare i pomodori a fettine
e a versarci dell'olio da una bottiglietta da birra, solo ogni
tanto si ricordava che era·stata malata e barcollava un po'.
La camera era piena di tovaglie e d'asciugamani piegati, tutte le cose che aveva lasciato la nonna alla signora Maria, e
poi c'erano i vestiti e i cappotti e i cappelli della signora Maria e ne aveva moltissimi, ce n'erano sui letti e sulle sedie e
perfino di fuori sul balcone. Voleva che Anna mangiasse i
pomodori ma Anna non ne aveva voglia, allora si mise lei a
mangiare e intanto raccontava di Concettina, non aveva mai
creduto che Concettina potesse diventare cosí cattiva con
lei, certo era stata messa su dalla suocera, che era una vecchia avara e diffidente e veniva sempre a guardare cosa cuoceva in cucina la signora Maria, certe volte lei si cuoceva una
mela per mangiarsela nella sua stanza prima d'addormen-
tarsi, perché dormiva meglio se aveva mangiato una mela.
Un giorno aveva portato fuori il bambino e s'era messo un

po' a piovere, era entrata col bambino sotto un portone e non s'era quasi bagnato, e quando era tornata a casa Concettina aveva preso a gridare che era colpa sua se il bambino aveva mal di gola tante volte, tastava i piedi al bambino e diceva che erano tutti bagnati, allora lei aveva detto che era pure entrata in un portone, ma d'un tratto era arrivata la suocera di Concettina e tutt'e due gridavano contro di lei, Concettina e la suocera, e la suocera diceva che lei era sempre in cucina a pasticciare intrugli e consumava lo zucchero, le era perfino venuta addosso e l'aveva un po' scossa, la signora Maria aveva detto che non si lasciava mettere le mani addosso da nessuno. Solo il signor Sbrancagna l'aveva difesa, aveva detto che il bambino non s'era bagnato e che poi era una pioggia calda. Ma lei aveva fatto le valige ed era partita, fino all'ultimo mentre si preparava a partire credeva che Concettina venisse a chiederle scusa, ma Concettina era rimasta chiusa nella sua stanza. La signora Maria ricordava tutti i sacrifici che aveva fatto per Concettina, quando era andata a impegnare i gioielli per il suo corredo, e quando le aveva cucito il corredo tutto di vera tela, adesso con la guerra non si trovava più un pezzettino di vera tela in Italia. La signora Maria non voleva rivederla mai più Concettina, Concettina poteva trascinarsi in ginocchio alla pensione Corona ma lei ormai non l'avrebbe più perdonata. Le dispiaceva soltanto per il bambino che le si era tanto affezionato, bisbigliò per un attimo sul bambino ma subito smise. Disse che non veniva a San Costanzo perché non aveva la forza di camminare su per quelle pietre, e poi non voleva affezionarsi alla bambina di Anna, non voleva più affezionarsi a nessuno perché ne venivano solo dei dispiaceri. No, la pensione Corona era quello che adesso andava bene per lei, costava poco e del resto Cenzo Rena le mandava ogni tanto un po' di soldi, era un uomo che aveva capito la sua situazione.

Una volta lei aveva fatto un testamento dove lasciava a Concettina molto di quello che aveva, ma adesso l'aveva stracciato quel testamento, adesso quello che aveva lo voleva lasciare ad Anna. Fece un largo gesto verso le scarpe e gli asciugamani sparpagliati per la camera e disse: — Alla mia morte tutto questo sarà tuo.

Scesero a mangiare alla *table d'hôte* e Anna s'accorse che la signora Maria era felice in quella pensione Corona, forse le ricordava gli alberghi dov'era stata un tempo con la nonna, ma era solo una squallida pensione e la *table d'hôte* era una tavola a forma di ferro di cavallo dove mangiavano tante vecchiette come la signora Maria, tutte col loro boccettino d'olio, e mangiavano delle scodelle d'acqua calda con l'erba e due acciughe e otto ciliege per una. La signora Maria era molto amica di quelle altre vecchiette, e presentò Anna come sua nipote, le spiegò piano in francese che era inutile dilungarsi in tanti particolari. Nel pomeriggio Anna andò a passeggiare da sola perché la signora Maria aveva un gran da fare con quelle altre vecchiette, s'invitavano l'una con l'altra nelle loro stanze e bevevano il surrogato di caffè. Anna avrebbe voluto andare a trovare Concettina nella loro città, ma la signora Maria le disse che Concettina era andata in montagna col bambino e la suocera, ormai Concettina era tutta della suocera e non aveva piú sorelle o fratelli, si poteva fare una croce su di lei.

Anna passeggiò molto da sola in quei giorni che rimase a Torino, perché la signora Maria aveva sempre degli impegni con quelle vecchiette della pensione e con altre conoscenze che diceva d'avere a Torino, Anna la vedeva uscire con dei gran pacchi sotto il braccio e sospettava che andasse a vendere dei vestiti o degli asciugamani, le cose che la nonna le aveva lasciato. Ma di vestiti e asciugamani e scarpe ce n'era sempre un mucchio nella sua camera, ce n'erano persino sulla scrivania, fra un ritratto di Ippolito e il piatto coi pomodori.

Era il mese di luglio e le vie di Torino erano calde e deserte, l'asfalto si scioglieva e s'appiccicava alle scarpe, Anna camminava pian piano su quell'asfalto bruciante con dei grossi cartocci di ciliege e mangiava guardando le vetrine, non c'erano molte cose nelle vetrine ma lei si divertiva lo stesso a guardare perché a San Costanzo c'erano due sole vetrine, quella del negoziante di stoffe e l'altra degli alimentari col famoso mandorlato che mandava in furia Cenzo Rena. Si vedevano i giardini pubblici senza piú cancellate perché era stato requisito il ferro, e nei giardini pubblici si vedevano i chioschi di pietra e le frecce che indicavano i rifugi sotterranei, suonava l'allarme aereo e la gente scendeva giú senza fretta e senza fiducia per quelle scalette, non si spaventavano molto perché grossi bombardamenti non ce n'erano stati e tante volte la sirena suonava e poi non succedeva niente, del resto quei rifugi sotterranei si diceva che non erano scavati sottoterra abbastanza per essere sicuri davvero. In quei rifugi sotterranei andavano di solito le coppie per fare l'amore, la gente che scendeva alla sirena d'allarme ci trovava un mucchio di coppie che si baciavano sussurrando.

Anna un pomeriggio che passeggiava sul corso vide a un tratto Giuma che veniva verso di lei. Non l'aveva riconosciuta e camminava quietamente verso di lei, con la giacca buttata sulle spalle e col ciuffo sugli occhi. Si trovarono a un tratto di fronte e lui ebbe un sussulto, ma si riprese e le fece qualcosa come un piccolo inchino.

Camminarono insieme e scambiarono incerti qualche prima parola. Lui era lí a studiare, aveva detto a mammina che non ne voleva piú sapere della loro piccola città. Studiava scienze commerciali ma pensava sempre di prendersi una laurea in filosofia una volta o l'altra. Frequentava sempre anche le lezioni di filosofia. Abitava in una camera ammobiliata e mangiava a una mensa di studenti, la sera tante volte si cuoceva qualcosa da sé nella sua stanza per spendere meno. Adesso era in vacanza ma lo stesso non tornava a casa, a casa c'era mammina che lui non riusciva piú a sopportare. Aveva sbagliato tante cose della sua vita, disse, adesso voleva vivere in un altro modo. Anna vide che aveva delle scarpe polverose e fruste e dei pantaloni bianchi un po' sudici, erano i suoi vecchi pantaloni da tennis ma sudici e frusti, e non aveva piú l'orologio nel guscio nero, non aveva nessun orologio e chiese l'ora a uno che passava. Le propose di prendere con lui un surrogato di caffè. Entrarono in un caffè e sedettero al chiuso nell'ombra, lui a un tratto si spianò in viso e sorrise, pareva molto contento d'essere lí con lei a quel caffè. Le domandò se ricordava ancora il caffè di Parigi. Il padrone non aveva mai avuto i soldi per finire di restaurarlo e l'aveva venduto, adesso il caffè di Parigi era diventato una tabaccheria.

Le domandò notizie di Giustino in guerra. Disse che lui mai sarebbe andato in guerra, se la guerra durava molto e chiamavano la sua classe lui avrebbe fatto qualunque cosa per non andare, forse si sarebbe fatto venire qualche malattia grossa. O forse avrebbe fatto come Ippolito su una panchina. Pensava molto a Ippolito, aveva tante volte una gran voglia di fare cosí. Gli dispiaceva di non essere stato amico di Ippolito, adesso capiva quante cose avrebbero potuto dirsi, adesso tante volte era solo nella sua stanza e parlava con Ippolito come se l'avesse avuto davanti. Era stata una bella morte. Era stata una bella morte e lasciava un ricordo pieno e sereno a chi poteva capirla, certo c'era la gente volgare che non la capiva, che credeva che fosse vigliacco scegliersi una panchina per morire. Ma lui Giuma viveva pensando che poteva sempre scegliersi una panchina una volta o l'altra. Aveva avuto dei momenti difficili, disse, e chinò gli occhi intrecciando e distrecciando le mani. Dei momenti molto difficili e aveva pensato molto a delle panchine. Anna gli chiese se era stato perché la ragazza Fiammetta non aveva voluto sposarlo. Anche, lui disse, anche, e la sua voce si fece piccola e fragile, ma in fondo quella ragazza era solo un piccolo dettaglio nell'insieme. Soprattutto non aveva nessuno per parlare, e allora si metteva a parlare con Ippolito, un morto. Non era allegro parlare coi morti. Faceva anche fatica a ricordare il viso di Ippolito, l'aveva visto solo qualche volta cosí di sfuggita, andava nella stanza di Emanuele a guardare il suo ritratto. Che bel viso aveva avuto Ippolito, nessuno aveva un viso cosí bello tra la gente che s'incontrava. Ma Emanuele subito si spaventava a vederlo guardare il ritratto di Ippolito, gli chiedeva cosa aveva da guardare, e gli andava dietro quando lui usciva con un'aria tutta sospettosa. Gli andava dietro ma poi non sapevano cosa dirsi, Giuma quand'era con Emanuele si sentiva la gola stretta e non usciva fuori una sola parola. Era stato Emanuele a insistere con mammina perché lo lasciasse studiare a Torino. Ogni tanto veniva a trovarlo a Torino e gli faceva delle goffe domande, s'informava se non aveva ragazze. No, lui adesso non aveva ragazze. Non aveva neppure degli amici, stava chiuso nella sua stanza e leggeva i filosofi, non andava neppure mai al cinema e stava attento a non spendere soldi perché i soldi gli erano venuti in odio, lo facevano pensare alla gente che crepava di fame. Chiese a Anna se ricordava ancora i loro discorsi sulla giustizia, adesso a un tratto aveva capito che lei aveva ragione con la giustizia, ricordava che lui aveva riso quando avevano parlato della rivoluzione. Adesso a un tratto s'era messo a credere nella rivoluzione. Si fece portare certi dolci grigi e ne mangiò in fretta tre o quattro, disse che era la sua unica cena, non prendeva nient'altro. Anna gli chiese a un tratto se sapeva che le era nata una bambina. Sí, lui disse, l'aveva saputo, e di colpo si fece rosso e i suoi occhi fuggirono via da lei. Si mise a mescolare molto forte il suo finto caffè. E com'era San Costanzo, le chiese, Emanuele gliene aveva parlato ma nel suo solito modo superficiale e fatuo, Emanuele era un buon ragazzo ma tanto superficiale. Non poteva piú sopportare Emanuele e mammina, se andava un giorno a casa si sentiva scoppiare, mammina aveva sempre le sue provviste, le sue amiche e il *bridge*. Non capiva piú come avesse potuto vivere in quella casa per tanto tempo, trascinarsi con mammina per i salotti, pensare di occuparsi un giorno della fabbrica di sapone. Studiava scienze commerciali per far piacere a mammina ma non aveva nessuna intenzione di mettere mai piede in una fabbrica. Era tardi, Anna disse che doveva andar via, doveva prepararsi la valigia perché l'indomani partiva. Lui la pregò di restare ancora un momento, le voleva dire ancora una cosa, Anna aspettò col cuore che batteva forte. Lui si scacciò via il ciuffo dalla fronte e le chiese se l'aveva fatta molto soffrire, adesso anche lui aveva sofferto e sapeva cos'era, sapeva d'essere stato molto crudele con lei. No, Anna disse, no. Lui allora tirò un lungo sospiro e s'infilò la giacca e uscirono dal caffè. E dopo non riuscirono a dirsi quasi piú niente, lui soltanto seguitava a ripetere che adesso andava a leggere nella sua stanza e aveva già cenato, tutta la sua cena erano quei dolci grigi e quel finto caffè. Le disse addio sulla porta della pensione Corona, guardò un poco il davanti della pensione Corona e disse che sembrava Parigi, povera Parigi, disse, povera Francia, ora c'era il generale Pétain. Se ne andò col suo passo diventato cosí lento e molle, lei lo stava a guardare dalla porta, si voltò ancora un attimo a lei agitando la mano, sorrise coi suoi denti da volpe.

Lei prese a salire le scale della pensione e si chiedeva se era stato vero, se proprio aveva passato quel pomeriggio con Giuma al caffè. Ripartí da Torino la mattina dopo, lasciò sul marciapiedi della stazione la signora Maria che scuoteva il fazzoletto, cosí come scuoteva alla finestra lo straccio della polvere un tempo. All'ultimo momento la signora Maria aveva voluto regalarle una pellegrina, diceva che si portavano molto. Appena il treno si mosse Anna si levò la pellegrina, che era una mantella di seta color lilla chiaro.

Per tutto il viaggio non fece che parlare con Giuma, dirgli tutte le cose che non era stata capace di dire quando l'aveva avuto davanti. Per tutto il viaggio gli raccontò com'era quella bambina che era nata da loro due. Ma ricordava com'erano fuggiti via i suoi occhi quando lei aveva cominciato a parlargli della bambina, rivedeva i suoi occhi smarriti che fuggivano via. Cercava di cancellare il ricordo di quegli occhi smarriti, forse non erano fuggiti via, forse lui aspettava che parlasse a lungo della bambina e si era stupito che lei a un tratto tacesse. Le dispiaceva che l'avesse vista col brutto vestito della sarta di San Costanzo, era diventato sprezzante per i bei vestiti ma pure a lei dispiaceva che l'avesse vista cosí. S'era comprata un vestito abbastanza bello a Torino, con i punti della tessera della signora Maria, un vestito che aveva trovato fatto in un grande negozio. Ma quel giorno di Giuma non l'aveva indosso perché la signora Maria l'aveva già riposto nella valigia. Che mania aveva la signora Maria di far le valige sempre prima del necessario, Anna sentí una gran rabbia contro la signora Maria, che peccato che Giuma non l'avesse vista con quel vestito, era bello e non sembrava una tenda. Le venne rabbia anche contro la pellegrina e aveva voglia di scaraventarla dal treno, ma pensò che poteva darla alla Maschiona per quando andava la domenica a messa.

Alla Maschiona la pellegrina piacque moltissimo, ma la chiuse dentro l'armadio insieme a quel suo cappotto e non si decise mai a portarla. La bambina stava attaccata alle sottane della Maschiona ed era diventata torva e selvaggia, Cenzo Rena disse che la Maschiona faceva diventare torvi e selvaggi tutti quelli che le stavano insieme. Anna guardava il paese dalla finestra e s'accorgeva come l'aveva dimenticato in quei pochi giorni, a Torino quando cercava di ricordarlo non vedeva che l'uomo con la gamba a cavaturacciolo e i peli dei muli sulla porta del maniscalco. Adesso a poco a poco ritrovava tutto quello che c'era. Poi si mise a disfare la valigia e mostrò a Cenzo Rena il vestito comprato a Torino. Cenzo Rena lo guardò distratto e disse che non era tanto male. Ma a sentire quanto era costato si fece scuro e disse che era troppo, lui non aveva piú molti soldi, bisognava fare economia e limitarsi al puro necessario. Aveva dovuto fare un altro prestito al brigadiere perché sua moglie doveva essere operata di un tumore al seno, l'avevano portata in città con un'autoambulanza. Il dottore di San Costanzo non s'era accorto che era un tumore, continuava a dire che era niente, avevano dovuto chiamare dei medici a consulto dalla città. Cenzo Rena diceva che questo era troppo forte, bisognava liberarsi al piú presto di quel dottore. Avevano rifatto la pace il brigadiere e Cenzo Rena, il brigadiere aveva confessato arrossendo che era stato costretto a far tagliare i riccioli a suo figlio, perché la madre era all'ospedale e in casa nessuno sapeva mettergli quei bigudini la sera. Adesso senza i riccioli il viso del figlio del brigadiere appariva nudo e piatto come quello del brigadiere, si vedeva un grosso naso schiacciato e Cenzo Rena trovava che adesso quel ragazzo pareva un brigadiere piccolo, e trovava che in fondo non avevano avuto tutti i torti a lasciarlo coi riccioli tutto quel tempo. Il brigadiere soffriva ancora a pensare a quei riccioli tagliati, non sapeva come dirlo a sua moglie. Il brigadiere aveva anche due gemelli di pochi mesi e ancora non avevano riccioli, adesso non c'era che da sperare nei riccioli dei gemelli.

Cenzo Rena era molto di cattivo umore e gli seccava anche d'aver fatto la pace col brigadiere, perché adesso il brigadiere veniva sovente da lui, e bisognava consolarlo e dirgli che sua moglie guariva. Veniva tante volte anche la sera e trovava il contadino Giuseppe, e cosí non era piú possibile sentire la radio proibita col brigadiere davanti, il brigadiere stava seduto nel suo mantello e sul petto aveva un distintivo dov'era scritto: « Dio strammaledica l'Inghilterra ».

Anna chiese a Cenzo Rena perché non andava anche lui a fare un viaggio, perché non andava per esempio a Torino. Perché a Torino, chiese Cenzo Rena, perché adesso tutti dovevano andare a Torino, la città piú noiosa d'Italia. No, non voleva andare in nessun posto, voleva restare a San Costanzo e vedere se riusciva a far venire un altro dottore. Intanto il dottore aveva saputo che lui non ce lo volevano piú, e diventava ogni giorno piú triste. Cercava di darsi un po' da fare con la dissenteria. Quando incontrava Cenzo Rena gli diceva che lui non aveva proprio capito quella cosa della moglie del brigadiere, pareva una cosa tanto piccola, un nodulo, lui le aveva ordinato delle pappette di semi di lino. Un nodulo, diceva Cenzo Rena, un nodulo. E si metteva a spiegargli che era inutile che si ostinasse a fare il dottore. Il dottore chiedeva cos'altro poteva fare, aveva speso tutta la sua vita a fare il dottore, si era dato d'attorno per quelle strade d'inverno e d'estate. Adesso aveva quasi settant'anni. Da giovane aveva creduto che fosse bello guarire la gente, ma poi a poco a poco si era messo a chiedersi cosa li guariva a fare, erano contadini tutti uguali, chiamavano il dottore ma poi se ne infischiavano di quel che diceva, credevano in fon-

do soltanto nelle loro stregonerie. Quando un bambino aveva la tosse convulsa gli davano da bere l'orina, sí, questo facevano, del resto Cenzo Rena lo doveva sapere. Lui era diventato molto triste a poco a poco, ormai gli piaceva soltanto mangiare bene, quel momento del pranzo era il meglio
della sua giornata. Sí, gli rincresceva per la moglie del brigadiere, ma in fondo contro un cancro alla mammella non c'e-
ra niente da fare, sarebbe morta lo stesso anche se lui se ne
accorgeva prima. E del resto che vita aveva la moglie del
brigadiere, mica tanto meglio della vita dei contadini, si
strapazzava tra il bucato e i figli e raccontavano che il brigadiere la batteva. E poi erano tutto uno sfasciume quelle sue
mammelle, due sacche mosce che facevano pena, e lui cercava di guardarle il meno possibile quando lo chiamavano a vi-
sitarla.

Cenzo Rena disse a Anna che aveva compassione di quel
triste dottore, se succedeva davvero che ne chiamavano un
altro al suo posto. Ma disse che tutti gli uomini facevano
compassione a guardarli un po' da vicino, e in fondo uno
doveva difendersi da quella troppa compassione che nasceva
subito, a guardare un po' da vicino la gente. Era seduto sul
letto nella loro stanza, s'era levato la camicia ed era là a torso
nudo col suo petto grasso tutto pieno di peli grigi, si grattava la schiena e davanti fra i peli e faceva dei grandi sbadi-
gli, Anna gli disse che aveva visto una volta un leone al giardino zoologico e sbadigliava cosí come lui. Quando era stata
al giardino zoologico, lui chiese, non gliel'aveva ancora mai
raccontato. Anna disse che c'era stata una volta da piccola a
Roma, con Giustino e la signora Maria. Del resto c'erano
tante cose che non aveva fatto a tempo a raccontargli, per e-
sempio non gli aveva raccontato tutto di Torino, perché lui
non faceva che parlare del dottore e della moglie del brigadiere. A Torino, gli disse, aveva incontrato Giuma ed erano

stati insieme a un caffè. Cenzo Rena s'infilò il pigiama e si sdraiò sul letto, e smise a un tratto di sbadigliare e grattarsi. Taceva e guardava il soffitto, s'era tolto gli occhiali e la sua faccia appariva sempre molto strana senza quegli occhiali, come tutta stralunata e nuda. Taceva e sbatteva le palpebre e inghiottiva, e cresceva tra loro un profondo silenzio, Anna se ne stava accanto alla finestra ancora tutta vestita, aveva indosso il vestito comprato a Torino. Fuori era notte, una notte d'agosto, si vedevano le colline nella luna, e dalle finestre entrava un forte odore di polvere e d'erba appassita. E com'era adesso questo Giuma, chiese Cenzo Rena infine, com'era diventato adesso. Ma Anna non aveva piú voglia di parlare di Giuma, stava là nell'angolo della finestra e pensava com'era strano il nome di Giuma in quella stanza, com'era strana la voce di Cenzo Rena nel dirlo, Cenzo Rena e Giuma erano due cose che non si potevano pensare insieme. Cenzo Rena le disse di levarsi quel brutto vestito comprato a Torino. Che stupido viaggio aveva fatto, le disse, si era comprato quel brutto vestito e non era riuscita a portar via la signora Maria dalla pensione Corona, lui era ben contento di non avere la signora Maria lí nei piedi ma non poteva mica stare in eterno alla pensione Corona, per quanto poco spendesse pure in una pensione si spendeva sempre e lui non poteva mandarle in eterno dei soldi. Tutti volevano dei soldi da lui e lui fra poco non ne aveva piú. Anna si spogliò in fretta e spense la luce, e d'un tratto gli chiese se aveva fatto male a sedersi con Giuma a quel caffè. No, lui disse, no. E si voltò a lei e tutto il letto sussultava e le disse se non aveva capito che le voleva molto molto bene e aveva sempre un po' di paura che andasse via con Giuma o con un altro e lo lasciasse solo.

VII.

La moglie del brigadiere fu rimandata a casa dall'ospedale perché non c'era piú speranza, e morí nell'autunno, morí senza capire che moriva e tutta felice di non essere piú all'ospedale, ma distesa nel suo gran letto di mogano comprato coi soldi di Cenzo Rena, con la finestra aperta sulla piazzetta del municipio e sui miti giorni dell'autunno. La sua stanza era all'ultimo piano della caserma dei carabinieri, e ogni due o tre ore si sentivano le scampanellate del turco, che aveva avuto l'ordine dal brigadiere di scampanellare sovente, e il brigadiere adesso si disperava d'avergli dato quell'ordine perché quelle continue scampanellate disturbavano il riposo a sua moglie, s'affacciava a gridare al turco di scampanellare piú piano. Le tre vecchie bastava che scampanellassero una sola volta al mattino, perché era impossibile che potessero scappare via cosí vecchie, ma loro venivano lo stesso dal brigadiere tutti i momenti a lamentarsi di qualche cosa, ora qualcuno non le aveva pagate per quei loro rammendi, ora non avevano chiuso occhio perché i bambini del sarto che gli dava la stanza gridavano tutta la notte. Il brigadiere rispondeva che anche lui la notte non chiudeva occhio, perché i suoi gemelli piangevano e sua moglie si lamentava.

La morte della moglie del brigadiere commosse tutto il paese, non l'avevano mai potuto soffrire quel brigadiere, ma adesso s'intenerivano sul vedovo e sui piccoli orfani. I contadini avevano ripreso a venire da Cenzo Rena, un po' perché adesso lui aveva rifatto la pace col brigadiere, e un po' perché avevano da parlare del solfo per le viti che non si trovava, era scomparso anche il solfo per via della guerra, e la fillossera si mangiava quelle poche viti di San Costanzo, sempre scompigliate dal vento sul dorso della collina. I contadini speravano che Cenzo Rena sapesse dei trucchi per trovare il solfo, ma aveva anche lui delle viti e anche lui non trovava il solfo, portava i contadini a vedere le sue poche viti con le foglie malate, solo il podestà aveva il solfo e chi sa come aveva fatto a trovarlo. Il brigadiere non aveva viti, ma lo stesso era difficile che restasse senza vino, perché gliene portavano dei fiaschi la notte quelli che non volevano andare in guerra. Smisero presto di commuoversi sul brigadiere, perché s'era preso in casa una sorella giovane della moglie e dicevano che s'era messo subito a farci l'amore su quel grande letto di mogano, comprato coi soldi di Cenzo Rena. Tutti rimpiangevano la morta che era buona e mite, invece questa più giovane che il brigadiere certo avrebbe finito per sposare voleva comandare il paese, s'affacciava al balcone della caserma e chiamava le donne che venissero a lavare i panni o a badare ai gemelli e non si sognava mai di pagarle, ma nessuna osava rifiutarsi per paura del brigadiere. C'era anche la levatrice che era innamorata del brigadiere e adesso andava in giro con gli occhi gonfi e la faccia stravolta, da quando c'era alla caserma quella ragazza con due seni a pera, la levatrice diceva per il paese che erano uno scandalo quei due seni alla caserma dei carabinieri. Cenzo Rena si divertiva moltissimo a queste storie, che veniva a sapere dalla Maschiona e dai contadini, e c'era anche qualcuno che diceva che il brigadiere aveva fatto apposta a far morire sua moglie, forse non l'aveva proprio ammazzata ma aveva fatto in

modo che morisse portandola all'ospedale in ritardo, per
non avere piú in casa quelle mammelle malate ma invece due
seni a pera, e cosí se la moglie del brigadiere era morta non
era stata colpa del vecchio dottore ma del brigadiere. Il dottore nessuno ci pensava piú a farlo andar via, e anche Cenzo
Rena a poco a poco aveva smesso di pensarci, e diceva che
tutto era rimandato a dopo la guerra se ci sarebbe stato mai
questo dopo, adesso se chiamavano un altro dottore poteva
succedere di vedersi arrivare un altro vecchio impiastro ancora peggio di quello che c'era.

D'un tratto arrivò la notizia d'un grande bombardamento a Torino, con migliaia e migliaia di morti. Anna corse a
telefonare alla pensione Corona ma non era possibile ottenere la comunicazione, e Cenzo Rena passeggiava inquieto
davanti all'ufficio postale dov'era il telefono, restarono tutto un giorno davanti a quell'ufficio postale ad aspettare la
comunicazione. Cenzo Rena la sera disse che probabilmente c'era ormai un buco al posto della pensione Corona. Anna
si chiedeva se forse anche Giuma era morto.

Qualche giorno dopo ricevettero una lettera di Concettina. Lei a un tratto s'era vista arrivare un gran pacco d'a-
sciugamani tutti bruciacchiati, e poi aveva avuto una lettera
dalla padrona della pensione Corona, che le diceva che la signora Maria era morta sulle scale della pensione, travolta
nel crollo delle scale con una grossa valigia, dove c'erano
quegli asciugamani. Tutti gli abitanti della pensione erano
scesi in cantina alla sirena d'allarme, ma la signora Maria
non era scesa con gli altri, sempre a ogni sirena d'allarme
era l'ultima a scendere, perché trafficava nella sua stanza a
riporre scarpe e vestiti e asciugamani in valigia, e la padrona
doveva venire due o tre volte a bussare alla porta rischiando
la vita. E anche quella volta la padrona aveva bussato e la
signora Maria l'aveva trattata male, aveva gridato che era

vecchia abbastanza per badare da sola a se stessa. La padrona era scesa in cantina con gli altri pensionanti. E poi avevano sentito un immenso fragore, e quando erano usciti dalla cantina non c'erano piú che le mura della pensione Corona, e tutto il resto era fiamme e polvere, e la signora Maria l'avevano trovata nelle macerie delle scale, aggrappata alla sua grossa valigia.

Concettina diceva d'aver scritto piú volte alla signora Maria che se ne venisse via da Torino. Ma la signora Maria non aveva dato retta. La signora Maria s'era offesa con lei per una stupidaggine, del resto era tutta colpa della madre di Emilio, tutto per la storia d'una mela, Concettina adesso aveva litigato a morte con la suocera e non voleva piú stare con loro. Adesso era alle « Visciole » col bambino perché non si sapeva bene se era sicura la loro piccola città, con quella sciocca fabbrica di sapone che a qualcuno poteva venire in mente di bombardare. S'erano messi a bombardare cosí forte a Torino e a Milano e pareva di non poter essere piú sicuri in nessun posto. Giuma era tornato da Torino disfatto di spavento, era salvo per miracolo e l'avevano visto arrivare coi capelli ancora tutti pieni di calce, gli era crollata addosso la sua cantina. Lui era salvo perché si era un po' stretto in un angolo, contro il muro maestro che aveva tenuto. E adesso lui e mammina erano partiti insieme per il Lago Maggiore, solo Emanuele non s'era mosso e faceva un po' l'eroe, diceva che non poteva lasciare la fabbrica di sapone. Concettina non aveva piú notizie di suo marito da un pezzo, e nemmeno Giustino scriveva, chi sa se erano vivi loro due. Concettina se ne stava alle « Visciole », ricordava come s'era annoiata da ragazza alle « Visciole » ma adesso non le importava piú niente annoiarsi, le bastava che il suo bambino non conoscesse la guerra. Si faceva molti rimorsi per la signora Maria ma sapeva che era sciocco farsi tanti rimorsi, perché nessuno proprio ne aveva colpa se era morta cosí. Cenzo Rena scrisse una lettera a Concettina dove le diceva che invece aveva ragione se si faceva dei rimorsi, perché era stata una strega con la signora Maria, e l'aveva lasciata andare alla pensione Corona dov'era morta, e anche lui si faceva dei rimorsi a pensarla morta con la valigia sulle scale di quella pensione. Ma poi stracciò la lettera senza spedirla, ricordando che aveva deciso di non mortificare piú nessuno, e si rallegrava di non essersi mai arrabbiato col contadino Giuseppe in tutte le lunghe ore che avevano passato insieme, perché adesso anche il contadino Giuseppe era in guerra. E lui di nuovo aveva voglia di sentir dire: « Visse e morí socialista », e invece gli toccava passare le serate col brigadiere, perché probabilmente non era vero che il brigadiere faceva l'amore coi seni a pera, probabilmente se ne infischiava di quei nuovi seni se veniva a passare le sue serate con Cenzo Rena.

Passò un altro inverno, un altro lungo inverno con la gente che aspettava lettere dalla Russia, ma certo là i soldati ora non avevano tempo di sedersi a scrivere, perché ogni giorno dovevano scappare via. Adesso anche i tedeschi s'erano messi a scappare, pareva impossibile che scappassero loro che erano sempre corsi avanti, e il brigadiere sedeva triste nel suo mantello e diceva a Cenzo Rena che non gli piaceva quella piega che aveva preso la guerra. Cenzo Rena diceva che davvero era una piega strana, stava molto attento a controllare le sue parole quando parlava della guerra col brigadiere, e appena il brigadiere se n'era andato sbuffava e soffiava, perché erano diventate un supplizio per lui quelle serate col brigadiere, che portava sempre il discorso sulla guerra e bisognava stare attenti a rispondergli solo con mezze parole. Il brigadiere si lamentava sempre del turco che veniva ogni momento a scampanellare, anche nelle prime ore del pomeriggio quando lui si sdraiava a fare il sonno, non ne poteva piú di quel turco e pregava Cenzo Rena di dirgli che scampanellasse un po' meno. Cenzo Rena aveva cercato tante volte di spiegarglielo ma il turco era molto testardo, il brigadiere gli aveva dato ordine di scampanellare e lui scampanellava, e s'era messo in testa che se scampanellava sovente e si portava bene, forse avrebbero accettato in questura una sua domanda d'un trasferimento piú a sud, perché lí aveva proprio troppo freddo e la sola cosa che gli piaceva di San Costanzo era parlare in turco qualche volta con Cenzo Rena, succedeva cosí di rado di trovare qualcuno che parlasse turco in Italia. Diceva sottovoce a Cenzo Rena se adesso non era proprio una storia di pochi giorni la guerra, coi tedeschi che scappavano via e i russi che stavano entrando in Germania. Non voleva molto bene alla Russia perché non gli piacevano i comunisti, ma adesso si baciava la punta delle dita quando pensava alla Russia, non avrebbe mai creduto che da quella parte gli potesse venire tanto piacere. Una volta aveva paura dei comunisti ma adesso aveva paura solo dei tedeschi, pensava che se anche i comunisti si prendevano tutta la terra, non gli avrebbero dato fastidio a lui che andava in giro a vendere tappeti, i comunisti almeno non facevano niente agli ebrei. Aveva la sciatica e camminava sempre con una mano sulla schiena, e diceva che alla locanda mangiava sempre meno e aveva sempre piú freddo, e la guerra doveva finire perché lui non ne poteva piú. Cenzo Rena lo invitava a pranzo ma lui rifiutava per non allontanarsi dalla caserma, dove andava ogni momento a scampanellare.

Cenzo Rena diceva che forse davvero la guerra finiva tra poco, e il fascismo saltava in aria in Italia e in Germania, soltanto forse nel saltare in aria sfasciava la terra. Gli pareva che già adesso la terra cominciasse a sfasciarsi, con intere città che crollavano un po' dappertutto, gente che scappava via un po' dappertutto e quei lunghi treni piombati dove i tedeschi mettevano migliaia e migliaia di ebrei. Cenzo Rena ricordava gli allegri treni dove lui una volta viaggiava, e si chiedeva se un giorno un treno poteva ridiventare qualcosa di allegro, dove la gente saliva per viaggiare e divertirsi e arrivare. Aveva sentito parlare di quei treni piombati dagl'internati di Scoturno, che sapevano di loro parenti e amici perduti su quei treni, e andava apposta a Scoturno per parlare di quei treni, col turco non ne parlava perché il turco non sapeva che c'erano. Ma lui non poteva fare a meno di pensare il turco su quei treni ogni volta che lo incontrava, e allora era molto gentile e paziente col turco e lo lasciava lamentarsi della sua sciatica e del padrone della locanda, e parlare della guerra come di una cosa che doveva finire subito perché se no la sciatica non gli guariva. Passavano soldati e soldati sulla strada di San Costanzo, e cantavano *Lili Marlène*, una canzone che Cenzo Rena aveva imparato e che gli pareva tristissima, diceva che era la canzone della terra che si sfasciava.

Si svegliava al mattino e sguazzava un po' nel mastello, ma sguazzava senza gioia, e senza gioia usciva in accappatoio a guardare che tempo faceva. Il cielo era immobile e puro sui pini e sulle ispide colline, cominciava la primavera e si vedeva qualche ramo fiorito negli orti che scendevano al fiume, ma su quel cielo immobile e puro si vedeva a un tratto luccicare un piccolo aeroplano come un'unghia d'argento, Cenzo Rena sapeva che era un aeroplano italiano di ricognizione, ma pure sentiva angoscia e paura a vedere quell'unghia lontana, con un piccolo vapore bianco che si scioglieva adagio adagio nel cielo. Rientrava in casa e si tirava dietro la bambina, e chiedeva ad Anna se forse stava diventando molto pauroso nell'invecchiare, mai avrebbe creduto di sentirsi inquieto per un aeroplano che passava. Si sentiva sempre addosso un'angoscia da un po' di tempo. E Anna allora anche lei sentiva angoscia, e pensava alla pensione Corona e ai piccoli aeroplani luccicanti che avevano ammazzato la signora Maria. Cenzo Rena diceva che sentire angoscia era il meno che poteva succedere, perché la terra forse si sfasciava tra poco in un immenso fragore.

VIII.

Un giorno Anna vide scendere dal postale Franz. Era tutto vestito di bianco, come quando giocava nei tornei di tennis, e aveva in mano una grande valigia e delle racchette da tennis nella loro custodia, e si guardava attorno sulla piazza del municipio, e Anna gli andò incontro e lui allora s'illuminò di piacere. Emanuele gli aveva consigliato di farsi trasferire a San Costanzo, perché nel paese dov'era prima c'erano stati dei pettegolezzi che lui adesso non poteva spiegare.

Anna e Cenzo Rena lo condussero alla caserma dei carabinieri e poi al comune, e si misero con lui a cercare una camera per il paese. Ma a lui nessuna camera piaceva, spiegava che nel paese dov'era prima aveva preso in affitto un palazzo ducale, chiedeva se non c'era anche lí a San Costanzo qualche palazzotto disabitato. Il brigadiere mandò a chiedere alla marchesa se non voleva cedere una camera a quel nuovo internato, ma la marchesa aveva già saputo che era uno che conosceva Cenzo Rena e rispose male. Franz disse che solo nella casa di Cenzo Rena si sarebbe trovato bene, con quella grande pineta alle spalle dove avrebbe preso il fresco al mattino. Ma Cenzo Rena gli disse che lui non sopportava nessuno in casa sua, aveva orrore delle coabitazioni e per questo non gli andava il comunismo, perché aveva sentito dire che bisognava coabitare in tanti nella stessa casa.

Se no il comunismo gli sarebbe magari anche piaciuto. Franz finí alla locanda col turco, nella camera accanto a quella del turco, e mangiava col turco nel retrocucina il bollito nero di castrato e le altre cattive cose che cucinavano alla locanda.

Anna gli chiese dov'era sua moglie. Lui rispose in un modo un po' confuso, avevano avuto dei piccoli dissensi ma niente di serio, adesso lei era andata un po' da mammina sul Lago Maggiore, e stando un po' lontani si raccoglievano un momento a pensare. C'era stato un pettegolezzo nel paese dov'erano, una storia con una farmacista, lui non aveva toccato quella farmacista ma Amalia era sempre tanto gelosa. Adesso era contento di essere solo, nei matrimoni ci voleva pure un breve periodo di tregua di quando in quando, cosí uno si raccoglieva e pensava. Era molto contento dei tedeschi che s'erano messi tanto a scappare, durava ancora un mese, forse due, e dopo quel patema della guerra finiva per sempre. Chiese se a San Costanzo non c'era nessun campo di tennis. Cenzo Rena lo portò alla finestra e gli fece vedere San Costanzo, gli chiese se gli pareva un posto da campi di tennis.

Franz e il turco non fecero mai amicizia, anzi si presero in odio e si facevano dei piccoli dispetti, a tavola Franz apriva la radio sulla musica leggera e il turco la richiudeva. Franz apriva la finestra e il turco la richiudeva. Franz veniva da Cenzo Rena a sfogarsi contro il turco ma Cenzo Rena gli dava torto, il turco invece era una cara persona. Cenzo Rena diceva a Anna che Emanuele gli aveva fatto un bel regalo a mandargli quello sciocchino in calzoncini corti da tennis, begli amici aveva Anna, bei tipi erano quelli della casa di fronte. Anna gli diceva che lui aveva pur detto che non voleva piú mortificare nessuno, dunque doveva essere gentile anche con quel Franz, del resto era ebreo e poteva finire su quei treni piombati, Cenzo Rena allora si ricordava dei

treni piombati e si sforzava d'essere gentile con Franz, anche se gli faceva una gran rabbia vederlo arrivare da loro
saltellando su per le pietre, con le piccole gambe muscolose
nei calzoncini corti da tennis.

Franz era soltanto molto commovente quando giocava
con la bambina. Aveva una gran pazienza con lei e ci passava delle ore insieme, a buttarle la palla e a scavare in terra
con un cucchiaio, parlandole piano piano. La bambina adesso aveva due anni, e aveva perduto quei teneri capelli delicati, aveva adesso delle ciocche arruffate bionde e aride come la paglia, e aveva due occhi verdi come pozze d'acqua, e
una grande bocca sfrontata. Quelle ciocche le cadevano sempre a pioggia sul viso, e le scacciava con un gesto sfrontato
e imperioso, e Cenzo Rena si stupiva sempre a quel gesto,
si stupiva sempre di vedere un'aria cosí cupa e sfrontata in
quella piccolissima bambina. Era sempre molto sudicia, perché giocava tutto il giorno per terra, e gridava e si dibatteva
quando qualcuno si provava a lavarla. Se poteva scappava a
giocare nei vicoli coi bambini dei contadini, e Cenzo Rena
aveva paura che si prendesse la dissenteria, e Anna correva
a riprenderla e lei allora gridava e si dibatteva e picchiava in
viso sua madre con le sudice piccole mani. Stava a guardare
Franz che scavava in terra con un cucchiaio, lo guardava con
quieta indifferenza, in piedi davanti a lui con le mani dietro
la schiena, lui le parlava ma non rispondeva mai, e si scacciava quelle ciocche di paglia dal viso sfrontato. Quando vedeva Franz arrivare, gli andava incontro quietamente e gli
metteva in mano il cucchiaio perché scavasse. Franz diceva
ad Anna com'era bella e strana la bambina, lui avrebbe tanto voluto una bambina cosí. Invece non avrebbe mai avuto
bambini, Amalia aveva il bacino stretto e non ne poteva avere. Si rattristava molto a pensare che mai avrebbe avuto un
bambino. A poco a poco raccontò ad Anna e a Cenzo Rena

cos'era successo con Amalia lí al paese dov'erano, c'era una farmacista che a lui piaceva un poco, ci aveva fatto qualche passeggiata insieme la domenica quando la farmacia era chiusa, le aveva forse dato qualche mezzo bacio, delle cose senza importanza. Ma tutto il paese l'aveva saputo e avevano scritto delle lettere anonime ad Amalia e al marito della farmacista, che non faceva il farmacista ma il cancelliere. C'era stato un piccolo scandalo, lui aveva dovuto dar dei soldi al cancelliere perché si calmasse, e Amalia aveva avuto una crisi isterica, faceva delle grandi risate e piangeva insieme, e poi era caduta svenuta e lui si era preso una gran paura. Era là tutta pallida per terra e lui non sapeva cosa fare, voleva andarle a prendere qualcosa in farmacia ma in farmacia c'era la farmacista, infine le aveva dato da respirare un po' d'acqua di colonia e Amalia era tornata in sé. Lui le aveva chiesto perdono, le aveva giurato che se ne fregava di quella farmacista e nel pensiero le era sempre rimasto fedele. E cosí era davvero, gli era piaciuta un po' la farmacista perché era bella, Amalia poverina non era bella. E poi Amalia non andava a letto volentieri, se ne stava sempre tutta ferma e ogni volta era come se le si facesse un dispetto, lui se fosse andata a letto un po' piú volentieri non avrebbe forse guardato tanto le altre. Cenzo Rena gli disse di stare zitto, perché a loro non importava sapere in che modo andava a letto sua moglie.

Il giorno dopo dello svenimento Amalia era partita. Non gli aveva piú detto una parola, era tutta cupa e molto pallida, lui si disperava a pensare che facesse quel lungo viaggio da sola e magari svenisse di nuovo. Non gli aveva mai scritto, lui aveva saputo che era arrivata da una lettera di Emanuele. Lui aveva scritto a Emanuele pregandolo di mandargli sempre notizie. Era pure sua moglie e le voleva bene, come poteva stare senza notizie, tante volte la notte si strug-

geva a pensare a lei che l'aveva piantato e ai suoi genitori
che certo erano morti in Polonia, non ne aveva mai saputo
piú niente, tante volte la notte piangeva nel cuscino come
un ragazzo. Si sentiva molto disgraziato e molto solo. S'a-
sciugava le lagrime con le dita su tutta la faccia, e pregava
Cenzo Rena e Anna di scrivere a Emanuele che persuadesse
Amalia a tornare con lui. Non era colpa sua se gli piacevano
le ragazze, diceva, gli erano piaciute sempre tanto, e del resto a chi non piacevano, adesso lí a San Costanzo gli piaceva
la cognata del brigadiere. Aveva due bei seni a pera e bei
capelli crespi, e un piccolissimo naso a becco, un po' arcigno
e carino. Quando scampanellava alla caserma guardava in
alto per vedere se si affacciavano i seni a pera, e certo anche
al turco piaceva vederli affacciarsi, se no perché avrebbe
scampanellato cosí di continuo. Lui non sentiva di fare
un'offesa a sua moglie quando guardava quei seni, che bal-
lavano sotto la camicetta, su e giú. Pensava che Amalia non
si sarebbe trovata male a San Costanzo, non c'erano palazzi
ducali ma la gente era onesta e non pettegola, li avrebbero
lasciati in pace con le lettere anonime. Cenzo Rena gli disse
che stava fresco, San Costanzo era il regno delle lettere anonime.

Gl'inglesi battevano molto forte ogni giorno sulla Sicilia, e là era il contadino Giuseppe, non se ne avevano piú
notizie, ogni giorno la moglie di Giuseppe veniva da Cenzo
Rena a chiedergli cosa pensava. Lui pensava che Giuseppe
era morto, e faceva una gran fatica a non dirlo alla moglie, e
a sorridere e a carezzare i bambini che lei si tirava dietro,
le chiedeva se dava il riso ai bambini e se stava attenta alla
dissenteria. Ma appena se n'era andata sbuffava e soffiava e
s'asciugava il sudore, perché doveva sempre far fatica a tenere nascosti i suoi pensieri, e invece aveva voglia di dire a
tutti che era tutto inutile, perché la terra stava per sfasciar-

si. La notte si svegliava e si metteva a pensare al contadino Giuseppe, svegliava Anna e le diceva che certo era morto. Anna chiedeva allora se anche Giustino era morto. Il marito di Concettina aveva mandato una cartolina da un ospedale di Lubiana, era ferito ma una cosa abbastanza leggera, di Giustino non si sapeva piú niente. Cenzo Rena taceva su Giustino, sospirava e si agitava sul letto, Anna allora si metteva a piangere e diceva che lui pensava Giustino già morto, per questo taceva. No, lui diceva, no, Giustino aveva forse scritto tante lettere che non erano mai arrivate, la posta dalla Russia funzionava come poteva. Le chiedeva perdono se non sapeva consolarla bene, non aveva piú voglia di consolare nessuno e aveva voglia invece di trovare un tipo che lo consolasse, si sentiva un tale vuoto dentro. E c'era la moglie di Giuseppe che veniva da lui ogni giorno, e aspettava delle parole di speranza come acqua da bere, abitava con una cognata cattiva che ripeteva ogni momento che non c'erano piú speranze per Giuseppe con tutto quello che succedeva in Sicilia, dove gl'inglesi stavano per sbarcare. Lo diceva con aria di dolore e si asciugava le lagrime, e diceva che bisognava pure rassegnarsi al destino, e Giuseppe pagava il suo castigo perché era stato sempre un sovversivo, e leggeva dei brutti libri la notte. La moglie di Giuseppe era piccola e pallida, con un viso delicato e sciupato e la bocca tutta vuota di denti, quando rideva faceva senso vedere quella giovane bocca tutta vuota. Cenzo Rena si stupiva che avesse ancora voglia di ridere, col marito in Sicilia e la cognata cattiva, e una vita tutta di strapazzo a lavorare nei campi, e si stupiva che non avesse pudore a spalancare quella bocca vuota. Le diceva che uno furbo come Giuseppe se la doveva cavare per forza, e avrebbe fatto in modo di farsi prendere prigioniero, cosí se ne stava tranquillo in America o in India fino a quando la guerra era finita. La moglie di Giuseppe era tutta contenta, e correva via con un bambino in collo e l'altro per mano, correva a raccontare alla cognata che se uno era furbo riusciva a non morire in guerra.

C'era una gran dissenteria in paese ma Cenzo Rena aveva lasciato un po' perdere con la dissenteria, non andava piú tanto dietro al dottore nelle case dei contadini, del resto era inutile dirgli che comprassero il riso perché il riso non si trovava. Anche le notti della vitella parevano ormai una cosa lontana, non si ammazzavano piú vitelle da un pezzo perché i contadini preferivano venderle a borsa nera in città, lí in paese non osavano vendere a borsa nera perché avevano paura delle lettere anonime. Fu ammazzato un toro perché era vecchio e fu venduto al macello, e a tutti pareva ancora di vederlo quando passava per strada di ritorno dal pascolo, grande e nero e vecchissimo e stanco, era carne ben dura da mangiare ma ne mangiarono quelli che arrivarono in tempo a comprarla, e anche la Maschiona riuscí a comprarne un gran pezzo e Cenzo Rena ne mangiò per due giorni e diceva chi sa cosa gli succedeva adesso a mangiare carne di toro, ma diceva che dopo la guerra voleva andare a stare in città, perché non gli piaceva mangiare le bestie che aveva visto passeggiare vive.

IX.

Mussolini disse in un discorso che gl'inglesi non sarebbero mai riusciti a sbarcare in Sicilia, ma invece si sarebbero fermati sulla linea del bagnasciuga. Franz non la finiva piú di ridere sul bagnasciuga, che parola straordinaria era, chi sa Mussolini dove l'aveva pescata. Cenzo Rena gli disse di non ridere, sulla linea del bagnasciuga c'era forse il contadino Giuseppe. Per questo c'era anche molta altra gente, disse Franz offeso, mica soltanto quel suo contadino Giuseppe. Ma si poteva pure ridere un momento sulle parole buffe di Mussolini. No, disse Cenzo Rena, Mussolini non era piú buffo e non faceva piú ridere. Aveva fatto ridere per tanto tempo, quando portava le ghette e la tuba, e quando si faceva fotografare con in braccio dei cuccioli di tigre, e quando camminava con le mani sui fianchi fra i covoni e le massaie rurali. Ma di anno in anno era diventato una cosa sempre piú funebre. La sua grande faccia di statua passava in automobile per le città, si sporgeva grande e cerea dai balconi, di anno in anno sempre piú grande e piú nuda. E a poco a poco ogni cosa che si faceva in Italia si faceva come a immagine di quella faccia di statua, gli scultori scolpivano le loro statue con i tratti di quella faccia, perfino le fontane e le stazioni e gli uffici postali imitavano l'architettura di quella faccia, e i ministri e i gerarchi cercavano d'assomigliarle e ci riuscivano, non si sapeva come ma ci riuscivano, a poco a poco

veniva anche a loro un'immensa testa nuda e cerea, che faceva subito pensare a una stazione o a un ufficio postale. E
forse si poteva ancora un po' ridere, per tutti quegli uffici
postali che sedevano al Gran Consiglio. Ma adesso i veri uffici postali erano crollati, città intiere erano crollate e quella
grande testa cerea era scomparsa, non si sapeva cosa ne fosse successo, se appariva troppo spaventata o troppo disperata o troppo pazza, o se d'un tratto aveva avuto vergogna
d'essere cosí grande e cosí nuda. E poi era riapparsa d'un
tratto per spiegare che c'era il bagnasciuga. E non era una
parola da ridere, era una parola che aveva un suono lugubre
e sconcio, cosí come era lugubre e sconcia quella gran testa
nuda d'un tratto riapparsa. No, Mussolini non faceva piú
ridere, era lontano il tempo che si poteva ridere di lui, era
lontano il tempo della tuba e dei cuccioli di tigre. Mussolini adesso col bagnasciuga faceva orrore e anche un po' di pietà. No pietà, disse Franz, no pietà, ed era lí che scavava in
terra per la bambina e d'un tratto gettò via il cucchiaio, lui
non dava la sua pietà a Mussolini, lui non sapeva piú niente
dei suoi genitori ma sapeva che non li avrebbe piú rivisti vivi, e allora la sua pietà la teneva in serbo per se stesso e per
quelli come lui, che avevano perduto la famiglia chi sa come
e dove. Chiese scusa a Anna ma disse che se ne andava, perché non aveva voglia di star lí con Cenzo Rena a vederlo
commuoversi su Mussolini. Prese a scendere giú per le pietre, scendeva adagio perché forse aspettava che lo richia-
massero indietro, Anna voleva richiamarlo indietro ma Cenzo Rena disse di lasciarlo andare, era tanto ma tanto stufo
d'aver davanti quella sciocca faccia di Franz. La bambina
rimase un poco a guardare la schiena di Franz che se ne andava, e poi a un tratto gli tirò dietro il cucchiaio.

Franz tenne il muso per qualche giorno, ma poi ritornò.
Evitò di riparlare del bagnasciuga, del resto non c'era piú

niente da dire sul bagnasciuga, gl'inglesi l'avevano attraversato e in pochi giorni si presero la Sicilia. Arrivò la moglie
di Giuseppe con quella bocca vuota che rideva, Giuseppe
aveva scritto da Bari dov'era stato evacuato col suo batta-
glione, stava bene e forse fra poco lo mandavano a casa in
licenza. Cenzo Rena disse che Giuseppe era stato un impiastro, s'era trovato a due passi dagl'inglesi sul bagnasciuga e
non era stato buono a farsi prendere prigioniero, s'era fatto
evacuare a Bari, che parole sconce e lugubri aveva la guerra,
non gli piaceva niente pensare Giuseppe evacuato. Anna gli
disse che da un po' di tempo non era contento piú di niente,
aveva avuto cosí paura per il contadino Giuseppe e adesso
non sapeva nemmeno rallegrarsi che fosse evacuato. Sí davvero, disse Cenzo Rena, s'accorgeva d'essere diventato molto noioso e cattivo da un po' di tempo, ce l'aveva con tutti e
aveva voglia di andare in giro a predire delle cose lugubri, e
anche non si sentiva bene e gli faceva disgusto il dormire e
il mangiare. Era colpa della Maschiona che gli aveva fatto
mangiare quella carne di toro, adesso sentiva un sapore di
toro persino nel pane, anche il pane aveva preso un sapore
di toro con le cipolle. Ma se era passato almeno un mese da
quando avevano mangiato il toro, diceva la Maschiona, e
quando l'avevano mangiato non aveva mica detto che aveva
schifo, ne aveva mangiato per due giorni con tanto pane e
con tante cipolle, lei del resto cucinava cosa trovava.

Venne a San Costanzo una famiglia di sfollati da Napoli,
donne e materassi e bambini scaricati un mattino da un camion sulla piazza del municipio, e il brigadiere affannato a
cercare di sistemarli per il paese. Cenzo Rena pensava che
lui avrebbe dovuto prendersi in casa almeno quattro persone, pensava a tutte le stanze della sua casa, e invece non se
la sentiva di pigliarsi nessuno, non se la sentiva di coabitare,
andò in giro col brigadiere a cercare dove sistemarli. Ecco

lui com'era, disse ad Anna, tutto il giorno gemeva sulle case
crollate e poi venivano degli sfollati e non aveva voglia di
ospitarli, Dio come non ne aveva voglia, ecco dunque lui
che schifoso che era. Non aveva paura che gli sciupassero i
mobili, non era per questo, gli avrebbe ceduto volentieri
tutta la casa se avesse potuto andarsene altrove, quello che
gli ripugnava era coabitare. Guardava dalla finestra gli sfollati di Napoli che adesso andavano e venivano per i vicoli
del paese, portando materassi e bambini, guardava e diceva
com'era triste vedere tutti quei materassi portati di qua e di
là per l'Italia, l'Italia adesso aveva rovesciato fuori materassi dalle case squarciate. E forse anche a loro tra poco
sarebbe toccato scappare, con i materassi e la bambina e la
Maschiona e il cane e le poltroncine di tela, scappare via chi
sa dove nella polvere ardente delle strade, e lui aveva addosso una gran stanchezza e non si sentiva di portare i suoi
materassi in nessun posto. Quella famiglia di sfollati d'un
tratto aveva riempito il paese, dappertutto si vedevano quei
bambini neri e mezzi nudi, un giovanotto con un braccio al
collo in una benda nera e delle grosse donne coi sandali che
portavano materassi e si pettinavano per i vicoli e si lavavano alla fontana. Cenzo Rena aveva dato dei soldi al brigadiere per gli sfollati ma adesso pensava che era stato un cretino
a darli al brigadiere i soldi, il brigadiere certo mai piú si sognava di dar qualcosa agli sfollati e si teneva tutto per sé.
Cenzo Rena aveva avuto vergogna di portare i soldi a quelle
donne grasse che si pettinavano, e invece era cosí che avrebbe dovuto fare, ma la vergogna era la cosa che guastava gli
uomini, probabilmente senza la vergogna gli uomini sarebbero stati un po' meno schifosi. Ma adesso non c'era piú
tempo di ragionare sulla vergogna, non c'era piú tempo di
curarsi l'anima, le case costruite per gli uomini cadevano a
terra e materassi e bambini si rovesciavano fuori dalla terra

che si sfasciava. E Giustino, disse Anna, Giustino chissà do-
v'era. Giustino, disse Cenzo Rena, Giustino chissà.

Invece ebbero notizie di Giustino da una lettera di Concettina, lei aveva parlato con uno che l'aveva visto, era stato ferito nella ritirata del Don e adesso era in un ospedale a
Fiume, ancora troppo debole per scrivere ma vivo in un letto. Concettina era sempre alle « Visciole » e di là aveva visto
bombardare la loro città, era stata tutta la notte in giardino
e vedeva in distanza un fumo nero tutto punteggiato di scin-
tille, e pensava che forse bruciava la fabbrica di sapone. Invece la fabbrica di sapone non era stata colpita, e neppure
la loro casa e neppure la casa di fronte, era venuto Emanuele il giorno dopo a dirle che era ancora tutto in piedi dalla
parte del lungofiume, ma un intiero quartiere della città vecchia era crollato e lui aveva passato la notte a trasportare i
morti. Adesso Emanuele veniva qualche volta a dormire alle « Visciole », per riposarsi degli allarmi aerei, ma non aveva mai sonno e la teneva alzata fino a tardi a parlare, e raccontava sempre di quella notte che aveva fasciato i feriti e
trasportato i morti insieme col direttore amministrativo,
adesso era molto in pace col direttore amministrativo e non
voleva piú pesticciare il suo cappello per terra.

x.

Arrivarono il turco e Franz un mattino presto, Cenzo Rena era nel mastello che sguazzava e Anna alla finestra gli disse che Franz e il turco stavano arrivando insieme. Cenzo Rena uscí fuori in accappatoio, doveva essere successo qualcosa se quei due a un tratto venivano insieme da lui. Non c'era piú il fascismo, gli gridarono, non c'era piú Mussolini. Il turco sedette senza fiato su un sasso e si faceva vento col suo cappello di paglia, Cenzo Rena dovette dargli un cordiale perché stava per svenire, aveva fatto la strada di corsa trascinato da Franz. Dunque davvero avevano buttato giú Mussolini, disse Cenzo Rena assorto, il re aveva buttato giú Mussolini, giusto, chi si ricordava ancora del re. Sedette accanto al turco sul sasso, e s'asciugò la faccia con le maniche dell'accappatoio. Franz aveva preso un orario delle ferrovie e lo studiava, voleva partire subito da San Costanzo, voleva andare a Stresa da sua moglie. Adesso cascato giú Mussolini lui non era piú un internato, era un libero cittadino in Italia e poteva andarsene dove voleva. Anche il turco poteva andarsene dove voleva. Ma il turco seguitava a farsi vento col suo cappello e scuoteva la testa e diceva che la cosa non era poi tanto semplice, erano internati di guerra e la guerra durava ancora, l'orario delle ferrovie per adesso non lo voleva ancora guardare.

Poi prese ad arrivare la gente del paese, il maniscalco e

la sarta e il negoziante di stoffe e due o tre contadini, quei pochi che non erano andati la mattina presto nei campi, chi era nei campi non sapeva ancora niente di Mussolini. D'un tratto arrivò anche il brigadiere sudato e stravolto, si chiuse in una stanza con Cenzo Rena e lo pregò di testimoniare per lui. Era stato sempre contro Mussolini nel fondo dell'animo, Cenzo Rena doveva pure saperlo, Cenzo Rena era uno che capiva i pensieri degli altri senza tante parole. Aveva saputo cos'era successo sulla strada di Scoturno, dove andava a comprare un po' di ciliege per i suoi bambini, ed era tornato indietro per parlare subito a Cenzo Rena, aveva gettato in un fosso quel suo distintivo: « Dio strammaledica l'Inghilterra », del resto da un po' di tempo gli ripugnavano le parole di quel distintivo, era cristiano e non voleva che Dio strammaledicesse nessuno. Cenzo Rena gli disse che c'era poco da testimoniare, per adesso nessuno domandava niente, gli disse di restarsene tranquillo e continuare a fare il brigadiere. E gl'internati, chiese il brigadiere, cosa doveva fare con gl'internati, se scappavano lui cosa doveva fare. Niente, gli disse Cenzo Rena, niente. Come niente, disse il brigadiere, erano internati di guerra e la guerra non era ancora finita. Cenzo Rena gli disse di non pensarci e venire con gli altri a bere il vino.

La sarta raccontava di quando aveva nascosto la bandiera rossa nella culla del suo bambino, un bambino che adesso aveva vent'anni ed era stato fatto prigioniero in Somalia, ma forse ricordava ancora quella bandiera ficcata nel pagliericcio della sua culla una notte, mentre i fascisti sparavano intorno alla casa. E Anna raccontava di quel giorno che avevano bruciato i giornali, lei e Ippolito e Emanuele e Concettina, e la sarta disse anche lei cosa non aveva bruciato in quegli anni, abitava di casa accanto alla marchesa e la marchesa entrava ogni momento con una scusa o con l'al-

tra a spiare cosa stava bruciando. La sarta disse che adesso
saltato in aria il fascismo bisognava fargliele pagare care alla
marchesa tutte le lettere anonime che aveva scritto alla questura della città, e tutte le soperchierie che aveva fatto in
paese, una sua figlia era stata serva dalla marchesa e quando
se l'erano ripresa in casa sputava sangue perché la marchesa
le aveva dato un pugno nel petto, la marchesa aveva detto in
giro che era tisica ma non era tisica, le si era rotto qualcosa
nel petto. La Maschiona allora venne fuori a gridare la storia della gabbia, forse adesso la fabbricavano quella gabbia
con quattro ruote, da metterci dentro Mussolini e mandarlo
in giro per i paesi, ma dovevano fabbricarla ben grande, che
ci fosse posto anche per la marchesa e tanti altri che avevano fatto delle soperchierie, lei aveva la bocca piena di sputo
e non vedeva l'ora di sputare. Cenzo Rena andava e veniva
e sturava delle bottiglie, era ancora in accappatoio e non
pensava a vestirsi, buttava giú molto vino e teneva il brigadiere per il mantello, non voleva che se ne andasse via. Disse alla Maschiona di piantarla con la storia della gabbia, lui
l'aveva sentita troppe volte e non gli piaceva piú. Del resto
era inutile parlare ancora di Mussolini, Mussolini ormai nessuno ci pensava piú. Adesso c'era il re, il raccoglitore di monete, che a poco a poco s'era fatto coraggio e voleva provare a comandare. Il re avrebbe ripescato fuori chi sa che
vecchi ministri, perché l'Italia non ne poteva piú dei fascisti con i grossi toraci muscolosi e le parate sportive e aveva
una gran sete di vecchi signori canuti e mansueti, con le ginocchia storte e vacillanti. Di sicuro fra poco l'Italia sarebbe stata inondata di vecchi signori mansueti, vestiti da generali e da ministri, che si sarebbero trascinati dietro delle
vecchie mogli vacillanti e canute, e l'Italia avrebbe battuto
le mani a quelle vecchie mogli, stufa com'era delle donne
che il fascismo aveva messo di moda, poppe e cosce di bron-

zo incoronate di spighe sui ponti e sulle fontane. Il re sarebbe andato un po' a cavallo per l'Italia e l'Italia gli avrebbe
battuto le mani, lui mai s'era immaginato che le sue ginocchia storte potessero piacere all'Italia e adesso invece l'Italia salutava con gioia e sollievo proprio le sue ginocchia storte, e il suo muso avvizzito e dispettoso di scimmiottino sotto il berretto a visiera troppo largo per lui. Se qualcuno sparava un colpo in aria lo scimmiottino correva a rimpiattarsi
là dov'era stato per tanti anni, lo scimmiottino correva in
cantina là dov'era la sua collezione di monete, ma l'Italia
adesso era contenta e non pensava subito a sparare. Il brigadiere fece l'atto di alzarsi, perché non sopportava di sentir chiamare scimmiottino il re. Suo padre aveva avuto una
medaglia dalle mani del re. Cenzo Rena lo tenne fermo per
il mantello e gli versò dell'altro vino, forse piú tardi lui e il
brigadiere sarebbero diventati nemici ma non ancora quel
giorno, quel giorno dovevano bere insieme su Mussolini che
era rotolato via. Piú tardi messo da parte anche lo scimmiottino bisognava cominciare a fare qualcosa di bello, ma
lui non voleva dire al brigadiere cosa perché quel giorno
non voleva farlo soffrire.

La sera Cenzo Rena si sentiva molto male ed era crollato
sul letto, era tutto rosso e stralunato e sentiva in bocca sapore di toro, e non poté andare con i contadini al comune a
bruciare gl'incartamenti del fascio, i contadini vennero a
chiamarlo ma lui era sul letto nella sua stanza al buio e si
lamentava. Venne il dottore e disse che era una sbronza, ma
Cenzo Rena gli disse che come al solito si sbagliava, era anche sbronzo ma quello era il meno, si sentiva crescere addosso una malattia, il tifo o il colera. Non dormí per tutta la
notte e aveva quaranta di febbre, e non vedeva l'ora che fosse mattina perché lo sapesse il dottore, quando mai una
sbronza faceva venire la febbre. E diceva che adesso aveva

capito, era cosí fosco di umore da un po' di tempo e sentiva un disgusto di ogni cosa e credeva che si sfasciasse la terra, invece era solo lui Cenzo Rena che si sfasciava.

Dopo una settimana il dottore scoperse che Cenzo Rena aveva il tifo, ma Cenzo Rena non poteva rallegrarsi e trionfare, perché era senza conoscenza e borbottava delle parole sconnesse, con un pezzettino di faccia che spuntava fuori dal lenzuolo tutta gonfia e ispida di barba grigia, e la borsa del ghiaccio sulla fronte. Solo ogni tanto apriva gli occhi e diceva che il brigadiere di certo si era tenuto quei soldi per gli sfollati di Napoli, in fondo era una vera carogna quel brigadiere. E chiedeva a Anna se Mussolini era sempre fuori dai piedi. Sempre, diceva Anna, e Cenzo Rena diceva che bisognava anche spargli una volta o l'altra, non subito. E il bello era che bisognava sparare anche al re, e chi sa il brigadiere che faccia faceva, il giorno che sparavano anche al re. Ci voleva un piccolo processo e sparare. Cenzo Rena richiudeva gli occhi e si rinvolgeva nel lenzuolo e s'addormentava.

Franz non era riuscito a partire, il brigadiere gli aveva detto di non muoversi per adesso, come non si muovevano il turco e le vecchie e gli altri internati di Scoturno, erano internati di guerra e la guerra non era mica ancora finita. Soltanto potevano risparmiarsi di scampanellare. Franz era fuori di sé dalla rabbia contro il brigadiere, a San Costanzo adesso c'era anche il tifo, l'aveva Cenzo Rena e ce n'erano altri casi in paese, probabilmente era stato portato da quegli sfollati di Napoli, il giovanotto con la benda nera era morto. Franz diceva che se lui moriva di tifo era colpa del brigadiere. Stava sempre nella cucina della locanda a guardare se bollivano i cibi, e prima di mettersi a tavola faceva bollire forchetta e cucchiaio, e stava ben discosto dal turco perché il turco andava a trovare Cenzo Rena. Lui Franz badava a tenersi lontano dalla casa di Cenzo Rena, e quando vedeva Anna scendere in paese a fare la spesa, le faceva dei gran saluti con le mani molto da lontano, e scuoteva forte la testa additando la caserma, per far capire che ce l'aveva col brigadiere. Anna doveva scendere lei a fare la spesa perché la Maschiona se n'era andata a Scoturno di Sopra con la bambina, in un casolare in mezzo ai campi dove abitava sua nonna, una vecchia di piú di novant'anni. La Maschiona a Scoturno di Sopra piangeva tutto il giorno perché era sicura che Cenzo Rena moriva, e poi perché era sicura che anche lei e la bambina avevano il tifo, ma la bambina se ne andava al pascolo delle pecore con un lungo bastone, e andava con la nonna della Maschiona a far l'erba per i conigli.

Il turco veniva ogni giorno a trovare Cenzo Rena, si sedeva a capo del letto e si faceva vento col cappello, e stava lí delle ore zitto zitto a guardare quel pezzettino di faccia che spuntava fuori dal lenzuolo, e Anna che si muoveva per la stanza in punta di piedi col ghiaccio e le medicine. Anna quando il turco se ne andava scendeva ad accompagnarlo alla porta, erano diventati amici lei e il turco e si parlavano un po' sulla porta, il turco ogni giorno diceva che Cenzo Rena aveva un buon aspetto. Il turco se ne andava e lei si sedeva un attimo sulle scale di quella grande casa vuota, e aveva voglia di gridare al turco che restasse ancora un po' lí con lei, ma il turco era già lontano sui sentieri sabbiosi, e lei doveva tornare da Cenzo Rena a guardare la sua faccia gonfia e stralunata fuori dal lenzuolo, a riempire la borsa del ghiaccio e a contare le gocce nel bicchiere.

Il turco portava a Anna dei bigliettini di Franz. Erano bigliettini lamentosi dove Franz gemeva sul tifo e sul brigadiere, e su Amalia che non gli scriveva mai, mammina gli aveva fatto sapere che Amalia era molto scossa di nervi e forse bisognava chiuderla in una casa di salute. Anna pensa-

va un attimo a Amalia, a mammina e a Giuma, com'era strano che esistessero ancora tutte quelle persone, per lei adesso c'era solo il tifo, la grande casa vuota e silenziosa e la faccia di Cenzo Rena sempre piú stralunata e piú rossa. Scrisse
a Concettina se non poteva lasciare il bambino a qualcuno e
venire da lei. Concettina rispose che le dispiaceva ma non
era possibile, aspettava suo marito da un giorno all'altro e
forse anche Giustino ritornava. Concettina chiedeva inquieta se adesso a suo marito avrebbero fatto qualcosa di male,
perché lui aveva portato la camicia nera e aveva un po' sfilato nei cortei.

Il turco non faceva che dire com'era disgustoso quel
Franz. Dappertutto vedeva i bacilli del tifo, e quei bigliettini per Anna glieli buttava attraverso la tavola, e sempre gli
diceva che era pazzo perché andava a trovare Cenzo Rena, e
ogni volta chiedeva se almeno s'era disinfettato le mani.
Passava il giorno a gemere in cucina che non aveva piú soldi, perché il comune aveva sospeso quel piccolo sussidio
agl'internati e da sua moglie non aveva ricevuto piú niente,
e la padrona della locanda s'era commossa e gli faceva credito, ma Franz aveva al dito un grosso anello con un diamante e chissà perché non lo vendeva, invece di farsi mantenere
dalla padrona della locanda. Il turco era stato previdente e
aveva messo un po' di soldi da parte. Anna ricevette un
giorno una lettera di Emanuele, era a Roma e correva tutto
il giorno avanti e indietro da un appuntamento all'altro,
ogni tanto si ricordava della fabbrica di sapone ma metteva
via quel pensiero, adesso non aveva tempo per la fabbrica
di sapone. A Roma c'era anche Danilo, che era scappato via
da quell'isola il giorno della caduta di Mussolini, era molto
giú di salute perché all'isola s'era preso un mucchio di malattie, e forse avrebbe dovuto andare in montagna a curarsi
ma adesso chi pensava a andare in montagna, adesso c'era

da rifare l'Italia. Emanuele aveva sempre degli appuntamenti con Danilo e gli amici di Danilo, quelli che erano stati in carcere per tanti anni ed erano usciti la mattina del 25 luglio, fra la gente che batteva le mani. Emanuele mandava a Anna un assegno per Franz, quel Franz in fondo gli faceva pena ma non aveva voglia di scrivergli, adesso aveva altro per la testa che i casi di Amalia e di Franz. Il turco portò a Franz l'assegno e gli chiese se lo disinfettava.

Cenzo Rena stava sempre piú fermo e piú nascosto sotto il lenzuolo, ma una sera d'un tratto buttò via il lenzuolo e s'alzò a sedere sul letto, e vide il dottore che stava per andar via, e Anna che metteva il ghiaccio dentro la borsa con un cucchiaio. Cenzo Rena fece uno sbadiglio con un lungo guaito, e gli chiesero se stava meglio e se voleva bere un po' di brodo e lui disse di sí, ma stava sempre per morire, disse, non vedeva degli altri giorni da vivere, si trovava un gran buco nero davanti. Del resto non aveva voglia di vivere ma non aveva voglia nemmeno di morire, aveva voglia d'essere malato nel suo letto per sempre, col turco che veniva a trovarlo e la borsa del ghiaccio sulla testa. Anna portò il brodo e Cenzo Rena ne prese un poco, e il dottore disse che adesso cominciava a guarire, ma Cenzo Rena gli disse che come al solito si sbagliava, lui non si sentiva molto male ma si sentiva venire la morte. Nella schiena sentiva venire la morte, c'era un punto nella sua schiena che tremava e pulsava, proprio in fondo alla schiena dove cominciava il sedere, un punto tutto freddo e tremante. Il dottore se ne andò via e Cenzo Rena ritornò a sdraiarsi ma seguitava a parlare, parlò cosí per tutta quella notte e Anna era molto contenta, finalmente Cenzo Rena parlava e guariva. Non aveva piú la faccia stralunata e aveva occhi che guardavano, e carezzava Anna con la mano diventata piú bianca e piú liscia, povera Anna, diceva, un bel guaio se moriva lui. Un guaio perché in fondo lui non l'aveva mica mai fatta diventare una persona, in fondo lei era ancora sempre un insetto, un piccolo insetto pigro e triste sopra una foglia, lui era stato solo una grande foglia per lei. E adesso se le mancava la foglia lei cadeva perduta, con le piccole ali senza volo e i piccoli occhi fissi, lui non aveva saputo darle volo e respiro, era stato una foglia e non le aveva dato che un po' di riposo. Le chiese se ricordava ancora quel giorno che si erano guardati insieme nello specchio del barbiere, quel giorno avevano deciso di sposarsi e avevano dei brividi freddi ma si sentivano tutt'e due molto forti, aggressivi e liberi, non era vero forse che anche lei si era sentita aggressiva e libera quel giorno. Ma quel giorno come sembrava lontano e chissà cos'era successo dello specchio di quel barbiere, chissà se c'era cascata una bomba, se non moriva gli sarebbe piaciuto andare a vedere se quello specchio era ancora intero, specchiarcisi con lei un'altra volta. Non erano mai più stati forti e liberi come quel giorno, erano abbastanza contenti insieme ma solo come un insetto e una foglia, zitti zitti e contenti nella loro casa, lontano dal bene e dal male. Ma che cosa dovevano fare, chiese Anna, che cosa dovevano fare per non essere fuori dal bene e dal male. Cenzo Rena allora le disse di non chiedere cose sceme. Ma domandò perdono se faceva tutto quel parlare, erano tanti giorni che taceva con la faccia sotto il lenzuolo, stava con gli occhi chiusi come addormentato ma dipanava pensieri, e sapeva che il turco veniva sovente, il turco era una cara persona. Se doveva morire gli sarebbe piaciuto vedere ancora una volta il contadino Giuseppe, « visse e morí socialista », e spiegargli bene ancora una volta tutte le cose che bisognava fare quando sarebbe stato podestà. Povera Anna, disse, un bel guaio se lui doveva morire. Ma in fondo perché un guaio, disse, lei era giovane e aveva ancora tanta vita da vivere, e forse lui morto avrebbe smesso a un tratto d'essere un insetto e sarebbe diventata una donna dura e forte, coi denti stretti e con un passo ardito e libero, e non piú quei piccoli passi mansueti, non piú quei piccoli occhi tristi e mansueti. Perché la solitudine e il dolore erano la salute dello spirito, cosí almeno si leggeva nei libri e forse era vero. Lui di solitudine e dolore ne aveva avuto un poco nella sua vita ma poco, delle donne l'avevano piantato e lui era rimasto mortificato e stordito per qualche giorno, buttato in fondo a un bar d'una città straniera con davanti un bicchiere dove c'era qualcosa di verde. Sí, ricordava dei momenti cosí. Un bicchiere con dentro qualcosa di verde e tutt'intorno la città sconosciuta vacillante e ronzante, e lui sudicio e stanco e proprio solo. Ma erano stati dei momenti e gli bastava niente a ritrovarsi la terra sotto i piedi, la terra ferma e solida per camminare, e si sentiva a un tratto di nuovo fresco e felice, con una gran fame e sete di scoprire le cose della terra. Adesso pensava che forse era stato male per lui essere sempre cosí risparmiato, non cadere mai fino in fondo nei pozzi neri dove cascano gli uomini, la vita gli aveva dato tanto ma un vero pozzo nero ben profondo non gliel'aveva mai dato. E poi si era sposato con Anna e forse se lei l'avesse piantato sarebbe stato un bel pozzo nero per lui, perché aveva preso a volerle molto bene non sapeva come, quando l'aveva sposata non aveva l'idea di poterle voler bene cosí. Ma lei non l'aveva piantato ed era stata buona buona e quieta lí con lui. Era stata lí buona buona anche perché era molto pigra, era una che dove la mettevano stava. Molto pigra, disse, e le chiuse la bocca con la mano perché lei protestava. La bambina non era un insetto, disse, la bambina non era una che dove la mettevano stava. Povera Anna, disse, le avrebbe dato del filo da torcere quella bambina. Volle bere un altro po' di brodo e disse che era molto buono, disse che pure Anna a San Costanzo qualcosa aveva imparato a fare, per esempio aveva imparato a mettere a bollire un pollo e fare il brodo. Ma Anna disse che era venuta la madre del maniscalco a mettere a bollire il pollo, e Cenzo Rena allora rise a lungo, domandò se la madre del maniscalco veniva ogni giorno, e disse che il maniscalco e sua madre erano delle care persone. Si sentiva molto bene adesso che aveva bevuto il brodo, disse, si sentiva leggero leggero e fresco, ma aveva sempre nella schiena quel punto dove stava per morire, una piccola macchia di pelle tutta rattrappita e gelata, si tirò su il pigiama per farle vedere dov'era. E poi chiese uno specchio perché non si ricordava piú la sua faccia, si guardò a lungo le guance e le labbra e tutti i chicchi di riso, un pochino appannati dalla febbre. E poi prese a guardarsi le mani e i polsi e una vena azzurra sul braccio, e volle guardarsi anche i piedi e li tirò fuori dal lenzuolo, lui era brutto ma aveva bei piedi, disse, bei piedi lunghi e stretti da signore. E chissà cosa c'era per i morti, disse, forse niente ma forse invece qualcosa, probabilmente una gran noia, disse, una noia mortale. E c'era caso che gli facessero incontrare sua madre, credevano forse di fargli un piacere e invece lui non aveva niente voglia di rivedere sua madre, non erano mai andati d'accordo, era una vecchia capricciosa e dispettosa e giurava che lui sarebbe morto in miseria, perché imprestava i soldi ai contadini. Stava sempre seduta coi piedi su uno sgabello e tirava un calcio allo sgabello quando cominciavano a litigare. Lui ricordava sempre molto bene quel tonfo dello sgabello, e in quei giorni che era stato zitto con la faccia sotto il lenzuolo, da un momento all'altro s'aspettava di sentire quel tonfo, e voleva dire che era l'altra vita che cominciava.

L'indomani Cenzo Rena aveva di nuovo una gran febbre e non era piú stralunato e rosso, ma tutto pallido e sudato e ansante, e il dottore disse che gli pareva che ora avesse anche la polmonite ma non sapeva bene, e non si sentiva piú di curarlo e bisognava chiamare a consulto i dottori dalla città. Vennero quei dottori e dissero che Cenzo Rena doveva andare subito all'ospedale, e venne un'autoambulanza e tutto il paese era fuori a vedere Cenzo Rena che se ne andava in città all'ospedale, c'era il brigadiere sul balcone della sua caserma e i seni a pera e i gemelli, e la moglie del contadino Giuseppe che lavava le scale della caserma e piangeva, e il maniscalco e la grassa madre del maniscalco seduta su una seggiola di paglia fra i peli dei muli, e tutti i contadini zitti e tristi, e l'autoambulanza partí con un lungo grido, e dentro c'era Anna che piangeva con una valigia sulle ginocchia e Cenzo Rena pallido e sudato che borbottava.

XI.

L'ospedale non era lontano dalla piazza del mercato, quella piazza del mercato dove Cenzo Rena aveva comprato i costumi da bagno quando erano andati al mare, e Anna ora scendeva ogni tanto a quella piazza in cerca di limoni per Cenzo Rena, ma non ce n'erano quasi mai di limoni perché le strade erano mitragliate e a quel mercato nessuno portava quasi piú niente, l'unica cosa che si vendeva eran dei mucchi di broccoletti verdi, che crescevano a due passi dalla città. Il dottore di San Costanzo veniva ogni due o tre giorni a vedere Cenzo Rena, veniva in motocicletta e una volta s'era trovato per strada con un mitragliamento, ed era saltato giú dalla motocicletta e s'era buttato in un fosso, e arrivò all'ospedale bianco di paura, aveva sentito un gran rumore e un gran vento e gli era sembrato che l'aeroplano gli strisciasse sui capelli. Cenzo Rena era molto cattivo col dottore quando lo vedeva, diceva che era colpa sua se l'avevano portato in quel brutto ospedale, con delle infermiere sporche e senza mai un limone, lui aveva voglia di limoni e non c'era caso che se ne trovasse uno, gli spiegavano la storia dei mitragliamenti ma non capiva bene, si stupiva che ci fosse ancora la guerra. Con fatica ricordava la guerra, i suoi occhi si facevano piccoli e nebbiosi nel ricordare. E Mussolini era sempre fuori dai piedi, chiedeva, e il turco adesso dov'era, sempre a San Costanzo a scampanellare. Gli spiegavano che adesso il turco non scampanellava piú. E non c'era anche il coprifuoco, chiedeva, gli pareva d'aver sentito parlare anche del coprifuoco, una nuova parola della guerra. Ah, cosí la guerra c'era sempre. A lui pareva d'essere ammalato da molti e molti anni.

Cenzo Rena cominciò a guarire verso la fine di settembre. C'era stato l'armistizio ma lui non l'aveva saputo, stava troppo male in quei giorni ed era là con le labbra asciutte e sbiancate e due gran cerchi neri sotto gli occhi, e Anna in piedi da molti giorni e da molte notti, con le mani strette e sudate a veder passare un'ora dopo l'altra su quel corpo disteso. A lei pareva d'esser diventata vecchia vecchia e piccola piccola, con la testa confusa e rattrappita dove c'era solo sempre quella malattia di Cenzo Rena, che era stata prima un tifo e poi una polmonite e lo faceva morire, e ricordava a strappi tutte le cose della loro vita ma con orrore, tutto rotolava in quell'ospedale dove Cenzo Rena stava morendo.

Il giorno dopo l'armistizio erano arrivati i tedeschi in città, e avevano riempito di macchine la piazza del mercato, e avevano occupato i due alberghi e adesso sedevano a bere e a fumare sparsi per i caffè, e Mussolini non era piú fuori dai piedi, Mussolini era stato liberato e portato in automobile chi sa dove al Nord a governare di nuovo. E quando Cenzo Rena cominciò a migliorare Anna gli disse di Mussolini che non era piú fuori dai piedi, e gli disse dei tedeschi che erano dappertutto in città, ma Cenzo Rena era molto contento perché si sentiva guarire, e disse che certo era una cosa di pochi giorni quella lí dei tedeschi e tra poco gl'inglesi arrivavano da qualche parte in Italia. Era molto contento perché si sentiva guarire, e di nuovo sentiva fame e sete per le cose della terra, e a un tratto gli piaceva l'ospedale e le infermiere che erano carine cosí sporche, ma aveva voglia di tornare a casa e vedere la bambina e la Maschiona e il cane.

Era offeso perché il dottore di San Costanzo non si faceva piú vedere da un pezzo, come mai non era piú venuto a trovarlo, si muoveva soltanto per i moribondi allora. Anna disse che forse aveva paura dei tedeschi e Cenzo Rena disse che era un bel pauroso, non bisognava mica esagerare adesso con la paura dei tedeschi, un dottore del resto doveva circolare dappertutto. Cominciò ad alzarsi e a sedersi in poltrona vicino alla finestra, e di lí vedeva i tedeschi sulla piazza del mercato, ah quelli erano i tedeschi, disse, ah cosí.

Anna e Cenzo Rena tornarono a San Costanzo in una carrozzella pubblica, una carrozza che pareva un po' quella della marchesa ma piú grande, con la tettoia di canapa e le cortine a frange svolazzanti, e Cenzo Rena disse per tutto il viaggio com'era bello andare in carrozza, non aveva mica tutti i torti la marchesa a farsi scarrozzare su e giú. Il postale era stato requisito dai tedeschi, e la strada era tutta un andirivieni di macchine tedesche o italiane con la targa della *Wermacht*, con lunghi rami d'ulivo oscillanti sul tetto, e con dentro soldati tedeschi vestiti d'una stoffa giallina.

Anche a San Costanzo la piazza del municipio era piena di camion tedeschi, screziati di giallo e di verde, con le grosse ruote pesanti nella polvere della piazza. Davanti al negozio delle stoffe passeggiava una sentinella, e il negozio aveva la serranda abbassata e Cenzo Rena vide dietro la porta il negoziante di stoffe, che gli fece un piccolo cenno col mento e subito si nascose. Donne e bambini erano scomparsi dai vicoli, il paese pareva un paese di morti. Solo a un tratto scappò fuori la moglie del contadino Giuseppe, vide Cenzo Rena e rise spalancando la sua bocca vuota. Scosse la mano e rientrò dentro casa. Cenzo Rena e Anna salivano pian piano su per i vicoli, e Cenzo Rena era offeso e triste, va bene che c'erano i tedeschi ma perché nessuno veniva a salutarlo e rallegrarsi del suo ritorno. Eran tutti dei fifoni, disse, c'erano i tedeschi e allora non mettevano piú la testa fuori di casa. Ma ce n'erano un po' troppi di tedeschi, disse, cosa aspettavano quei fessi d'inglesi a venirsi a pigliare l'Italia. Saliva pian piano su per le pietre, appoggiandosi al braccio di Anna perché era ancora molto molto debole. A casa c'era la Maschiona che scopava le scale, e la bambina che urlava perché voleva tornare dalla nonna della Maschiona, e voleva le pecore e i conigli.

Cenzo Rena si buttò sul letto con un lungo sospiro. Ma d'un tratto la porta s'aperse e comparve il contadino Giuseppe, con la sua frusta giacchettina nera e il suo cappello verde, e Cenzo Rena prese ad abbracciare e baciare il contadino Giuseppe, e subito gli disse che era un impiastro perché non era stato capace di farsi prendere prigioniero dagl'inglesi in Sicilia. Giuseppe era scappato da Bari dopo l'armistizio, aveva buttato via la divisa e gli avevano dato dei vestiti, e lui era tornato a casa un po' a piedi e un po' su dei carretti, e adesso era lí seduto col suo cappello verde, e Cenzo Rena gli batteva forte sulle ginocchia e le spalle, un bel salame era stato, a quest'ora poteva essere prigioniero al sicuro in India, e invece eccolo lí. Arrivò allora anche la madre del maniscalco, e piangeva, i tedeschi andavano per le case a rubare i maiali e le galline, e non c'era piú nemmeno il brigadiere a dire le ragioni dei contadini. Il brigadiere appena aveva visto i tedeschi arrivare era scappato subito, e adesso era nascosto a Masuri in una casa di contadini, e non portava piú la divisa di brigadiere ma era vestito in borghese, e i bambini li aveva mandati dai suoceri, e i tedeschi erano entrati in caserma e avevano rotto a pezzi i mobili del brigadiere, avevano sparato nella specchiera e sfasciato la radio, e la bella trapunta di seta che copriva il letto del brigadiere era partita su un camion, e anche i materassi e il servizio dei piatti, e il brigadiere sapeva cos'era successo della sua roba ma non poteva far niente, era là nascosto a Masuri con una paura da morire. Ma il turco, domandò Cenzo Rena, il turco dov'era, quasi quasi lui aveva dimenticato il turco, gli si era indebolita la memoria. E allora la madre del maniscalco e Giuseppe raccontarono insieme che era venuto un giorno un camion tedesco a pigliarsi il turco e le tre vecchie, e cercavano anche di Franz ma Franz era saltato dalla finestra nell'orto e l'avevano nascosto dei contadini, invece il turco non aveva fatto a tempo a scappare, e aveva aiutato le vecchie a salire sul camion e poi si era messo in testa il cappello ed era salito anche lui. Le vecchie piangevano e gridavano fra tutti quei soldati col fucile, invece il turco stava tutto fermo e composto, e si frustava il bavero della giacca con un paio di guanti. E il camion era partito e non se n'era saputo piú niente.

Allora Cenzo Rena saltò su dal letto, e si mise a insultare Giuseppe e la madre del maniscalco, e la Maschiona che era entrata a sentire, e il brigadiere che era nascosto a Masuri, e il prete di San Costanzo e se stesso. Diceva che bisognava pensarci a nasconderli il turco e le vecchie, erano ebrei e chi non lo sapeva cosa facevano i tedeschi agli ebrei, e in quel marcio paese c'era stato qualcuno che aveva avvertito i tedeschi di venirsi a prendere il turco e le vecchie, un marcio paese tutto di spie. E si mise addosso l'impermeabile e disse che andava da quegli altri ebrei di Scoturno per avvertirli e cercare dove nasconderli, se i tedeschi non li avevano ancora portati via. Ma Giuseppe disse che gli ebrei di Scoturno erano già partiti su un carretto, mezzo sepolti fra dei sacchi di mele, e avevano trovato da nascondersi in un convento di frati in città. E Franz, chiese Cenzo Rena, Franz dov'era. Gli dissero che non si sapeva piú bene dov'era, per qualche giorno s'era messo a letto in una casa di contadini, e stava con la testa sotto le coperte e quasi non respirava per non farsi trovare, i contadini volevano dargli da mangiare qualcosa ma lui non mangiava. Poi aveva sentito parlare tedesco vicino alla porta, erano dei tedeschi che chiedevano uova, e lui allora era saltato dalla finestra nei prati ed era corso giú verso il fiume, una notte l'aveva passata nella casa del casellante col vecchio dei funghi, ma poi era scappato anche di lí.

Cenzo Rena camminava su e giú per la stanza e si sgualciva addosso l'impermeabile, il turco avevano portato via, il turco che era il suo migliore amico. L'unica cosa da sperare era che fossero già morti adesso il turco e le vecchie, l'unica cosa da sperare era questa, ma forse vivevano ancora e viaggiavano su quei treni piombati, quei treni a cui non si poteva neppure pensare. Cane d'un brigadiere, diceva, cane d'un brigadiere che non aveva lasciato liberi gl'internati dopo cascato il fascismo, cane d'una carogna fottuta d'un brigadiere. E nessuno che fosse stato capace di avvertire il turco di quei tedeschi che venivano a prenderlo, nessuno che fosse stato capace di farlo scappare. La madre del maniscalco se n'era andata ma Giuseppe non osava andarsene, era lí tutto umiliato e guardava far buio fuori della finestra, infine disse che c'era il coprifuoco e lui se ne doveva andare. Cenzo Rena gli disse di andare all'inferno col coprifuoco, lo prese per le spalle e lo spinse via.

Franz arrivò la notte alla casa di Cenzo Rena. Era in calzoncini corti da tennis e scarpette di tela, e aveva tutte le ginocchia graffiate e un piede gonfio perché nel correre s'era preso una storta, era stato a Masuri quei giorni ma non si sentiva sicuro perché aveva scoperto che c'era il brigadiere, allora appena aveva saputo del ritorno di Cenzo Rena era venuto via. Era passato per la pineta e aveva perso la strada, e allora si era tutto rannicchiato nel greto del torrente, e vedeva venire la notte e sentiva abbaiare dei cani, e credeva che i tedeschi lo cercassero con dei cani, ma poi aveva capito che era il cane di Anna e Cenzo Rena che abbaiava davanti alla casa. Franz si sentiva addosso la febbre e credeva di avere il tifo, perché aveva dormito una notte nella casa del casellante col vecchino dei funghi, e il vecchino dei funghi aveva dei piedi sudici come lui non aveva mai visto. Cenzo Rena gli mise il termometro e non aveva la febbre, e gli disse di piantarla ora con la paura del tifo, ora c'erano i tedeschi a far paura e non si poteva aver paura di troppe cose insieme. Ma era molto gentile con Franz e lo fece andare a letto con una tazza di brodo, e Franz beveva il brodo e tremava e piangeva e diceva come lui era solo, Amalia e mammina e Emanuele l'avevano lasciato perdere, l'avevano lasciato senza un soldo in quel paese dove erano venuti i tedeschi, nessuno s'era dato pensiero di venirgli in aiuto. Continuò a singhiozzare piano piano per tutta la notte, e Cenzo Rena era andato a dormire ma ogni tanto si alzava a vederlo, e a fargli degl'impacchi d'acqua fredda su quel piede che gli faceva male. Cenzo Rena era molto contento d'avere ancora qualcuno da nascondere e da salvare.

L'indomani, Cenzo Rena e il contadino Giuseppe caricarono Franz col piede fasciato sull'asino della Maschiona e lo accompagnarono a Scoturno di Sopra dalla nonna della Maschiona, perché il contadino Giuseppe diceva che i tedeschi avevano cercato ancora Franz per le case del paese e non era prudente tenerlo lí. Dalla nonna della Maschiona non c'era pericolo che nessuno venisse a pescarlo, dalla nonna della Maschiona poteva starsene fermo e quieto finché i tedeschi se ne andavano via.

XII.

Franz rimase un mese dalla nonna della Maschiona, ma poi ritornò. Disse che non poteva sopportare quelle lunghe giornate che passava da solo con la nonna della Maschiona, in quella cucina nera e stretta che si riempiva di fumo quando la nonna della Maschiona accendeva certe sue frasche verdi sotto al paiolo. Quel fumo restava in gola e Franz tossiva poi tutta la notte. E la nonna della Maschiona si muoveva piano piano per la cucina, una schiena tonda in uno scialle nero e uno strascichio di ciabatte, e Franz si sentiva impazzire a guardare quella schiena tonda, era là su uno sgabello nel fumo e si sentiva impazzire. Scappò via un mattino mentre la nonna della Maschiona era fuori a far l'erba per i conigli, il piede gli era guarito e scappò via a piedi correndo per i prati e la pineta, e arrivò di nuovo alla casa di Cenzo Rena, Cenzo Rena era seduto a leggere e se lo vide arrivare davanti. Franz s'affannò a spiegare la storia della schiena tonda, sapeva che a Cenzo Rena non piaceva coabitare ma lo pregava di coabitare per qualche giorno finché i tedeschi non se ne andavano via. Cenzo Rena gli disse che ora non era piú questione di coabitare o no, lui ora del resto coabitava col contadino Giuseppe, i tedeschi non cercavano piú soltanto gli ebrei ma anche i militari scappati, e Giuseppe era venuto a nascondersi lí in casa. Quella casa aveva dietro la pineta ed era comoda per nascondersi, perché non ci si metteva niente a saltare dalla finestra nella pineta, forse anche il brigadiere avrebbe finito col venire lí. Franz a sentire del brigadiere si spaventò moltissimo, e voleva ritornare subito indietro dalla nonna della Maschiona, ma Cenzo Rena gli disse che ormai che era venuto faceva bene a fermarsi, perché era pericoloso correre avanti e indietro da un posto all'altro. E del resto cosa voleva che gli facesse il brigadiere ormai, il brigadiere non era piú un brigadiere, aveva sotterrato l'uniforme ed era in maniche di camicia e bretelle ed era sempre verde di paura e si nascondeva. Cenzo Rena chiamò la Maschiona che portasse un mastello per lavare Franz, perché gli pareva molto sudicio, Franz disse che dalla nonna della Maschiona non s'era mica mai potuto lavare. La Maschiona era molto offesa con Franz e gli faceva il muso, perché non aveva voluto restare da sua nonna.

La Maschiona faceva il muso anche al contadino Giuseppe, perché era venuto a stare da loro e lei doveva rifare il letto e cucinare il pranzo a un contadino, lei era una serva ma non era una serva di contadini. E Giuseppe aveva messo un fucile in cantina fra i sacchi di patate, la Maschiona era andata a prendere delle patate in cantina e s'era trovata in mano quella lunga canna fredda, s'era presa un grande spavento ed era tornata di sopra furiosa, Giuseppe voleva che i tedeschi dessero fuoco alla casa, come avevano dato fuoco a un mulino dove c'erano delle armi nascoste. Quella notte che avevano bruciato il mulino la Maschiona era stata alla finestra a guardare le fiamme, lontano sulla riva del fiume, quante volte era andata al mulino a farsi macinare il grano, il mugnaio era un suo compare. Tutta la notte aveva pregato per il suo compare inginocchiata sul pavimento, e il giorno dopo aveva saputo che i tedeschi gli avevano fatto scavare una fossa lungo il muro del cimitero, e adesso il suo compare era là lungo il muro del cimitero, la Maschiona lo sentiva chiamare quando spingeva il cancello del cimitero la domenica, il compare voleva esser sepolto dentro il cimitero e non fuori. La Maschiona se ne andava di nuovo a dormire da sua madre, non voleva passare la notte in quella casa dove c'era un fucile, e la notte il compare le parlava, lei aveva troppa paura se non dormiva ben stretta a sua madre. La Maschiona aveva sempre creduto che Cenzo Rena fosse un uomo molto forte e furbo, l'uomo piú furbo e piú forte di tutto il paese, ma adesso era un po' delusa di lui, da quella notte che bruciava il mulino e lei era corsa da lui a pregarlo che andasse dai tedeschi a parlare per il compare, a spiegare che quelle armi nascoste non erano del compare, e Cenzo Rena aveva guardato il fuoco dalla finestra e le aveva detto che purtroppo non poteva far niente per il compare. Pareva che non ci pensasse molto ai tedeschi Cenzo Rena, se ne stava sempre seduto a leggere in stanza da pranzo col viso appoggiato alla mano, e dopo il tifo pareva diventato molto piú vecchio, piú tranquillo e pigro e gentile, la Maschiona gli aveva detto che voleva andare a dormire da sua madre e lui aveva detto di sí. Soltanto aveva preso la Bibbia e sulla Bibbia le aveva fatto giurare di non dire mai nemmeno a sua madre che lí da loro in casa c'era nascosto un fucile e il contadino Giuseppe e Franz.

La Maschiona se ne andava via prima che facesse buio e Franz aiutava Anna a sbucciare le patate per cena. Era grigio in faccia perché non usciva mai di casa, l'ultima passeggiata che aveva fatto era stata quando era scappato via da Scoturno di Sopra, e si lamentava molto di non poter mai passeggiare, lui che era stato tanto sportivo una volta. Nemmeno si affacciava mai alla finestra, per paura che la marchesa potesse vederlo dalle sue finestre e denunciarlo ai tedeschi, ma anche la marchesa non s'affacciava, perché aveva una gran paura dei tedeschi anche lei. Franz se ne stava tutto il giorno in cucina a giocare con la bambina e a sbucciare patate, vestito dei vestiti di Cenzo Rena e con le pantofole di Cenzo Rena nei piedi, la sua valigia era rimasta alla locanda e lui si lamentava sempre per la sua valigia, la Maschiona si era offerta di andargliela a ripigliare ma lui aveva paura, i padroni della locanda non dovevano scoprire dov'era lui, di sicuro i padroni della locanda erano spie. Ogni tanto s'inteneriva sulla Maschiona e su Cenzo Rena e su Anna, com'erano buoni con lui, e com'era buono anche il contadino Giuseppe, che la notte gli diceva di stare calmo quando lui non poteva dormire e si disperava. Si disperava per i tedeschi e poi perché non sapeva piú cos'era stato di Amalia, era sua moglie e non sapeva piú niente di lei, ma certo era molto malata in una casa di cura, perché se no sarebbe venuta a San Costanzo, a nascondersi con lui nel pericolo. E invece Emanuele e mammina l'avevano lasciato perdere, sapevano bene il pericolo che correva e se ne fregavano di cuore, Emanuele era a Roma lí a un passo e mai piú pensava a venire a vedere se lui era morto o vivo. Anna diceva chissà se Emanuele era morto o vivo, poteva darsi che l'avessero scoperto i tedeschi mentre faceva politica e l'avessero portato via. Mai piú, diceva Franz, mai piú, cosa se ne facevano di Emanuele i tedeschi, Emanuele era nascosto a Roma e beveva e mangiava.

Franz si lamentava con Anna perché Cenzo Rena lo mandava sempre in cucina a sbucciare patate, non lo lasciava stare in stanza da pranzo dove lui e Giuseppe discutevano chissà di cosa. Poi scoprí che discutevano la società nuova, non avevano niente altro di meglio da discutere coi tedeschi a un passo, progettavano un mucchio di cose da fare in paese non appena i tedeschi se ne andavano via. Ma chissà quando se ne andavano via, diceva Franz, e diceva a Anna di guardare i tedeschi sul ciglio della collina, erano là con dei rocchetti rossi e arrotolavano del filo di ferro, le loro voci risuonavano alte da un punto all'altro della collina. Dio com'erano vicini a lui, diceva Franz, mai piú s'era immaginato di doversi trovare tanto in pericolo, e non aveva nemmeno tanta paura, in fondo non aveva quasi paura e stava lí seduto a sbucciare patate. Certe volte si metteva a studiare una guida di Salerno che gli aveva dato Cenzo Rena, se venivano i tedeschi lui doveva dire che era un cugino di Cenzo Rena sfollato da Salerno e che aveva perduto le carte nei bombardamenti. Cenzo Rena gli aveva detto anche di lasciarsi crescere la barba per avere una faccia diversa, nel caso che i tedeschi avessero visto qualche sua fotografia in questura, e lui aveva cominciato a farsela crescere, ma appena fu un po' lunga Cenzo Rena gli disse di tagliarsela subito, con la barba aveva un'aria terribilmente da ebreo. Franz giurava che non era vero, lui non aveva niente un'aria da ebreo. Ma fu molto contento di potersi radere la barba perché gli pungeva troppo la pelle.

Ma quando se ne andavano via i tedeschi, chiedeva Franz, mai piú se ne andavano via, quei rocchetti rossi erano una stazione radio, certe volte Anna diceva a Franz che arrotolavano tutto il filo di ferro e Franz credeva che stessero per andarsene, invece poi tornavano a srotolarlo. Giorno e notte automobili e camion sfrecciavano lungo la strada, da San Costanzo alla città e dalla città a San Costanzo, e da San Costanzo a Masuri dove c'era il brigadiere nascosto, e chissà che paura aveva il brigadiere a sentire voci di tedeschi per i vicoli di Masuri, Franz era tutto contento a pensare alle paure del brigadiere. E invece lui quasi non aveva paura. Ma quando se ne andavano, chiedeva, non se ne andavano mai, quando venivano avanti gli inglesi, cos'era successo che stavano fermi a pochi passi da Roma e non venivano mai avanti. Si sentiva raccontare che a Roma mancava la luce e l'acqua e non c'era piú niente da mangiare, per le strade di Roma viaggiavano dei grandi carri di rape, e le vetrine dei negozi eran piene d'una cosa che si chiamava vegetina, una polvere verde che nessuno riusciva a mangiare. E le prigioni di Roma eran piene di gente, chi scoperto a fare manifesti e bombe e chi raccolto senza motivo per strada, e ogni giorno dai cortili delle prigioni partivano dei camion per la Germania, ma Franz era sempre sicuro che Emanuele era nascosto ben comodo a bere e a mangiare. E Giustino, diceva Anna, chissà cos'era stato di Giustino e di Concettina, di Roma si sentiva sempre raccontare qualcosa ma del Nord non si sapeva niente, l'ultima lettera di Concettina poco prima dell'armistizio diceva che Giustino era a Torino, ma poi non erano venute piú lettere e Cenzo Rena diceva che era inutile scrivere, l'Italia era tutta rotta e una lettera ci metteva giorni e giorni per arrivare e quando arrivava non era piú vero niente di quello che c'era scritto dentro.

XIII.

Certe volte per San Costanzo passavano dei fascisti, in camicia nera e fez giallo e con grandi pistole alla cintura, ma non facevano molto spavento perché erano facce conosciute, facce che tutti avevan sempre visto nei bar e sotto i portici della città, e uno di loro era figlio del farmacista di San Costanzo e tutti lo ricordavano dietro il banco a pesare su quella bilancina. I fascisti passeggiavano un po' per i vicoli e pigliavano vino e galline, passeggiavano per i vigneti e sparavano in aria, e la gente dalle finestre diceva al figlio del farmacista che era meglio se tornava dietro il banco a pesare su quella sua bilancina. I fascisti entrarono un giorno in casa del milite forestale e si misero a sparare nello specchio come facevano i tedeschi, e poi si presero gli stivali del milite forestale, il milite forestale era nascosto da un pezzo in un cascinale e in casa c'era soltanto sua moglie che piangeva e gridava, allora venne un tedesco a vedere cosa succedeva. Il tedesco rimase tutta la notte con la moglie del milite forestale, e i fascisti scapparono con gli stivali, e il giorno dopo la moglie del milite forestale mangiò la polvere per i topi, ma venne il dottore e la fece vomitare in tempo. La moglie del milite forestale quando si fu rimessa fece la valigia e andò a Teramo dai suoi genitori, quel tedesco le diede un passaggio su un camion.

Un giorno mentre Anna e Franz erano in cucina con le

patate, entrò Cenzo Rena a dire che non trovava piú il cane. S'arrabbiò con Anna perché restava seduta, dunque non le importava piú niente del cane, solo delle patate le importava, quante patate sbucciavano ogni giorno lei e Franz. Uscí nella pineta a chiamare il cane e Anna gli andò dietro, Franz rimase solo in cucina, e d'un tratto in cucina entrò un tedesco che aveva il cane tutto insanguinato in collo. Franz si alzò piano piano dalla sedia, il tedesco gli gridò in italiano che ci volevano delle fasce e dell'alcool. Aveva investito il cane con la motocicletta, non ne aveva colpa perché il cane gli aveva attraversato la strada, lui aveva frenato ma troppo tardi. Aveva saputo in paese di chi era il cane, gli avevano indicato la casa di Cenzo Rena su in alto. Se lo fasciavano subito forse potevano ancora salvarlo, moriva cosí tanta gente in guerra e bisognava almeno che vivessero i cani. Entrò Cenzo Rena e rimase zitto a guardare il cane per terra, che sussultava e tremava, si chinò e gli toccò piano piano la pancia coi peli grigi tutti intrisi di sangue. Il tedesco seguitava a spiegare come aveva frenato, aveva frenato cosí forte che per poco non era caduto. Cenzo Rena gli disse in tedesco che non sapeva cos'era per loro quel cane, per loro era come una persona, lo conoscevano da tanti anni. Franz era scomparso, il tedesco chiese dov'era andato quel tipo con l'alcool. Ma Cenzo Rena disse che l'alcool ormai non serviva, ed era meglio se il cane moriva subito perché poteva darsi che durasse ancora tutta la notte a tremare e a soffrire, disse al tedesco di sparargli dentro l'orecchio con la sua pistola. Il tedesco uscí fuori col cane e sentirono un colpo di pistola, e Cenzo Rena e Anna scavarono una buca davanti alla casa, e lí fu sotterrato il cane.

Il tedesco rimase a guardare mentre scavavano la buca, e continuava a ripetere come aveva frenato forte, gli faceva ancora male tutta la schiena dal sobbalzo di quella frenata.

Poi sedette in cucina e si mise a giocare con la bambina, la
bambina aveva un secchiello pieno di castagne d'india e lui
prese a scolpire delle facce nelle castagne col suo temperino.
Il tedesco era alto e giovane, con una lunga testa lucida e
bruna, e raccontò che prima della guerra faceva il cameriere
a Friburgo in un piccolo ristorante, e dopo la guerra avrebbe
ricominciato a fare il cameriere se c'era ancora bisogno di
camerieri dopo la guerra, ma chissà se avrebbe ancora saputo gironzolare fra i tavolini coi piatti, era un mestiere che
richiedeva molta pazienza e lui aveva perso la pazienza in
guerra. Aveva delle profonde cicatrici bianche sul dorso
delle mani, Cenzo Rena gli chiese se erano cicatrici di guerra, ma lui spiegò che un giorno nella cucina del ristorante
s'era versato addosso della minestra bollente da una zuppiera. Era colpa della sottocuoca che l'aveva urtato mentre lui
veniva avanti con la zuppiera. La sottocuoca andava a letto
con lui e aveva fatto un gran piangere su quelle sue mani.
Ma poi l'aveva lasciato, perché le veniva da piangere ogni
volta che gli guardava le mani. Le donne erano cosí, disse,
facevano il male e per rimorso scappavano via. Cosí erano
anche gli uomini tante volte, disse Cenzo Rena, e il cameriere disse di no, gli uomini erano diversi, per esempio lui aveva ammazzato il cane e non era scappato via. Cenzo Rena
allora gli disse di non parlare piú del cane, non sapeva cosa
gli aveva fatto ad ammazzargli quel cane, non poteva sapere.
Era molto vecchio e sarebbe morto lo stesso fra poco, ma
poteva morire in pace su un cuscino e invece era morto cosí.
Era il cane di un fratello di Anna che era morto. Il cameriere di nuovo chiese perdono, adesso che li aveva conosciuti
gli dispiaceva davvero tanto del cane. Chiese se quel fratello
di Anna era morto in guerra. Non in guerra, disse Cenzo Rena, non in guerra. Il cameriere disse chi mai adesso poteva
sperare un cuscino per morire, qualche cosa di morbido e

quieto per morire, chissà se mai si poteva ricominciare a morire su qualcosa di quieto, e salutare tutti e pronunciare tante gentili parole. Cenzo Rena gli raccontò come lui aveva avuto il tifo e per poco non era morto. Ma ci aveva pensato troppo, e quando pensava troppo a una cosa non gli succedeva piú. Tante volte aveva pensato di sposarsi, con tante donne, e invece s'era poi sposato a un tratto un momento che non ci pensava. Il cameriere si mise a ridere, gettava indietro la testa e non la finiva piú di ridere, e batté sulla spalla a Cenzo Rena e disse che persona simpatica era, non succedeva mica tanto spesso di trovare una persona cosí simpatica per parlare. Ma Cenzo Rena disse che non aveva voglia di ridere quel giorno che era morto il suo cane.

Quando il cameriere se ne fu andato, Cenzo Rena si mise a cercare Giuseppe e Franz in cantina e per tutta la casa, ma non si vedeva piú l'ombra di Giuseppe e di Franz. Cenzo Rena uscí fuori nella pineta a cercarli, aveva tanto cercato il cane quel giorno e adesso gli toccava cercare quei due scemi di Giuseppe e di Franz. Li trovò nel profondo della pineta, Franz teneva ancora stretta in mano la bottiglietta dell'alcool. Avevano sentito sparare e credevano che il tedesco avesse ammazzato Anna e Cenzo Rena e la bambina. Cenzo Rena li riportò a casa, disse che era morto solo il cane. E disse che quel tedesco era solo un disgraziato d'un cameriere di Friburgo e aveva raccontato una squallida storia d'una zuppiera. Di Friburgo, disse Franz. Lui a Friburgo aveva fatto le scuole e il cameriere poteva averlo incontrato chissà quante volte per strada, forse a quest'ora l'aveva già denunciato e fra poco lo venivano a prendere e lo portavano via. Tutto per colpa di quel maledetto cane. Cenzo Rena gli disse che se diceva ancora maledetto cane gli tirava uno schiaffo, era morto il cane, era vigliacco maledire i morti.

Franz non mangiò quella sera le patate che aveva sbucciato, stava con la testa sullè ginocchia e di tanto in tanto trasaliva e saltava su dalla sedia come se bruciasse, di Friburgo era il cameriere, di Friburgo dove lui aveva venduto impermeabili per tanti anni. Cenzo Rena cercava di spiegargli che il cameriere era giovane, probabilmente era ancora un poppante quando Franz vendeva impermeabili. I poppanti non portavano l'impermeabile. Ma Franz gli disse per carità di tacere, non capiva dunque come lui aveva paura, non capiva cos'era un ebreo in un paese pieno di tedeschi, come bruciava sotto i piedi la terra. Cenzo Rena rispose che capiva anche troppo, mai un solo minuto si dimenticava le tre vecchie e il turco sul camion, mentre i tedeschi li portavano via. Non aveva veduto ma era come se avesse veduto, sempre aveva negli occhi le tre vecchie fra i tedeschi e i fucili, e il turco che si frustava la giacchetta coi guanti. Del resto perché Franz non era rimasto a Scoturno di Sopra dalla nonna della Maschiona, adesso era impossibile tornare dalla nonna della Maschiona, c'erano sentinelle tedesche sulla strada per Scoturno di Sopra, e poi la nonna della Maschiona aveva fatto sapere che non lo voleva piú in casa quel piccolo signore difficile, mai contento né del dormire né del mangiare.

L'indomani Cenzo Rena prese a nolo quella famosa carrozzella che l'aveva riportato a casa dall'ospedale quando era guarito del tifo, e ci mise dentro Franz tutto involto di coperte e di scialli come se fosse molto malato, e lo portò in città al convento dei frati, dove c'erano nascosti degli altri ebrei. Per strada Cenzo Rena era di buon umore e cantava « Com'è bello andar sulla carrozzella » e anche Franz era di buon umore perché gli pareva che ci fosse un gran traffico di automobili e camion, e pensava che forse i tedeschi finalmente se ne andavano via. Un po' prima della città un aeroplano scese strisciando quasi sulla strada, Cenzo Rena e Franz e il cocchiere s'erano buttati giú dalla carrozzella e s'erano distesi in un fosso. Sentirono in distanza come un tac-tac di macchina da scrivere ma corto e forte, e videro un pennacchietto di fumo salire dietro a loro sulla strada. Risalirono in carrozza e il cocchiere diceva che dovevano dargli un po' piú soldi dato il pericolo che aveva corso, lui correva ogni tanto quel pericolo con la sua carrozzella perché il mangiare costava e lui aveva diversi bambini. Franz gemeva a pensare com'erano stati vicini a loro quegl'inglesi per un minuto, cosí vicini che avrebbero potuto raccoglierlo e portarlo in salvo, e ora eccoli di nuovo cosí alti e lontani nel cielo.

XIV.

Franz rimase circa un mese nel convento dei frati, ma poi
ritornò. I tedeschi erano entrati nel convento di notte e s'e-
ran messi a frugare in ogni stanza, Franz era chiuso in un ripostiglio tutto vestito da frate, e per caso i tedeschi non avevano guardato lí dentro. Avevano preso due ebrei che correvano su nel granaio, altri due s'erano salvati saltando giú
dal muro del giardino. Franz aveva passato la notte in quel
ripostiglio, con una grande madonna di gesso che lo guardava. Lui a un tratto s'era messo a pregare la madonna, era
ebreo ma pregava la madonna, le diceva di fare in modo che
i tedeschi non guardassero lí. Poi a un tratto gli era venuto
da ridere a pensare che pregava la madonna tutto vestito da
frate, lui Franz. Gli era venuto tanto da ridere che aveva
dovuto coprirsi la bocca con tutt'e due le mani per non farsi
sentire. E poi a poco a poco gli era quasi passata la paura.
E a poco a poco s'era messo a pensare che in fondo lui non
ci teneva poi cosí tanto a vivere, se viveva bene ma se no
pazienza. Se no pazienza, aveva pensato, l'aveva pensato
molto forte e si era sentito molto forte e calmo, e aveva ricordato il turco fra i fucili sul camion. Solo gli era venuta
una gran voglia di vedere ancora una volta Cenzo Rena se
doveva morire. Cenzo Rena non l'aveva mai preso sul serio
e l'aveva sempre trattato un po' male. Ma pure Franz pensava che Cenzo Rena era la piú cara persona che mai avesse

incontrato. Al mattino i frati erano venuti ad aprirgli la porta, lui si era levato la tunica e si era rimesso i suoi vestiti e i
frati gli spiegavano intanto che era stata quella madonna del
ripostiglio a proteggerlo dai tedeschi. Perché la tenevano
nel ripostiglio, chiese Franz. I frati gli fecero vedere che
aveva tutti e due i piedi rotti e per questo la tenevano lí.

Franz era venuto via dal convento e s'era messo a camminare a piedi verso San Costanzo. E la città era piena di tedeschi ma lui quasi non aveva paura. Aveva camminato per
un bel pezzo sulla strada indurita dal gelo, non era ancora
mai caduta la neve quell'inverno e il mattino era gelido e
chiaro, con quel vento che mordeva la faccia. Dopo un'ora
che camminava aveva incontrato l'uomo con la gamba a cavaturacciolo che spingeva avanti il suo carretto pieno di
pentole e di tegami e di scope. L'uomo con la gamba a cavaturacciolo aveva fermato il carretto e l'aveva aiutato a salire, e Franz a un tratto di nuovo era stato preso dalla paura
e s'era messo a pregare l'uomo con la gamba a cavaturacciolo di non denunciarlo ai tedeschi, si era tolto dal dito l'anello
col diamante e glielo aveva dato. E poi era saltato giú dal
carretto ed era corso alla casa di Cenzo Rena attraverso i
campi.

Cenzo Rena stette a sentire tutta questa storia e scuoteva piano piano la testa, e infine chiese a Franz se non era diventato un po' pazzo, perché s'era messo a fare delle cose
ben strane. E disse che Franz era come il burattino di Pie-
rino, un burattino che non serviva buttarlo giú dai burroni
e dai treni e nel mare perché ricompariva sempre. Franz gli
disse che era tornato da lui non per essere al sicuro ma per
stare con lui, con la bambina e Anna, nella loro casa. Perché
erano i piú cari amici che avesse mai avuto, e soltanto con
loro stava bene. Cenzo Rena gli disse di restare quanto voleva, una volta lui aveva delle balle riguardo al coabitare ma

adesso chi ci pensava piú a quelle balle lí. In casa adesso c'era anche il brigadiere che coabitava, piovuto giú da Masuri un giorno che s'era preso paura. E il cameriere di Friburgo veniva ogni giorno. Ma Franz disse che non aveva piú paura né del cameriere di Friburgo né del brigadiere. Allora Cenzo Rena chiamò la Maschiona che portasse il mastello per lavare Franz. E la Maschiona portò il mastello e faceva un gran muso perché adesso doveva di nuovo rifare il letto anche a Franz.

L'uomo con la gamba a cavaturacciolo venne il giorno dopo arrancando su per le pietre, e chiese di parlare a Cenzo Rena da solo e gli mostrò una specie di sacchettino bianco che aveva cucito nel di dentro della camicia, lí era l'anello col diamante che gli aveva dato Franz. Chiese se poteva davvero tenere per sé quell'anello, se quel Franz gliel'aveva regalato davvero, gli era sembrato un pochino giú di cervello quel Franz. Certo la gran paura dei tedeschi l'aveva messo un po' giú di cervello. Lui non si sognava di denunciarlo ai tedeschi, aveva una paura da morire dei tedeschi anche lui e se ne teneva ben lontano, e poi perché avrebbe dovuto denunciarlo, un poveretto che non faceva niente di male. In paese del resto chi si sognava di denunciarlo, sapevano tutti che era da Cenzo Rena col brigadiere e Giuseppe ma stavano zitti, forse c'era stato qualcuno che aveva denunciato il turco e le vecchie, forse quel disperato del figlio del farmacista, ma adesso il figlio del farmacista era al Nord. Si toccava il sacchettino sotto la camicia e chiedeva se era un anello di molto valore, dopo la guerra lui voleva venderlo al gioielliere in città e coi soldi farsi mettere dei pesi alla sua gamba malata, gli avevano detto che forse coi pesi poteva diventare piú diritta. Soltanto aveva paura che quei pesi facessero male. Chiese a Cenzo Rena se poteva fargli il piacere di andare con lui dal gioielliere dopo la guerra, se andava da solo il gioielliere poteva anche credere che quell'anello l'avesse rubato. Cenzo Rena promise di accompagnarlo dal gioielliere dopo la guerra. L'uomo con la gamba a cavaturacciolo tornò via contento, e saltava giú sulle pietre piegandosi da un lato fino a terra, col pantalone che s'arricciava tutto sulla gamba contorta a ogni passo.

Quando veniva il cameriere di Friburgo, il brigadiere e Franz e Giuseppe correvano giú per la scaletta e si nascondevano in cantina, e Cenzo Rena tirava un lungo sospiro e andava a intrattenere il cameriere. In cantina il brigadiere e Franz e Giuseppe giocavano a scopone sui sacchi di patate, il brigadiere non sapeva che c'era il mitra di Giuseppe nascosto sotto quei sacchi. Franz mangiava le mele strofinandosele forte sulla giacca per lucidarle, la Maschiona era molto avara di quelle mele e soltanto quando lui era nascosto in cantina ne poteva mangiare un po'. Da mangiare non c'era piú gran cosa, solo di patate si faceva un gran mangiare, e Franz aveva sempre un po' fame, perché le patate riempivano ma non davano nutrimento. A Franz piacevano molto quelle piccole mele rosse che la Maschiona teneva in cantina, e ne mangiava in fretta mentre non c'era la Maschiona a guardare. Sentivano i passi del cameriere che se ne andava, e Cenzo Rena apriva la porta della cantina e restava un momento sull'alto della scaletta con la lampada accesa. Sbuffava forte perché non si era divertito col cameriere, erano sempre le stesse storie di camerieri. Il contadino Giuseppe gli chiedeva quando lo mandava a spasso quello sporco ruffiano d'un cameriere, Cenzo Rena chiedeva come faceva a mandarlo a spasso, era un tedesco e per il momento era un padrone e non un cameriere. Giuseppe diceva che un giorno gli sarebbe piaciuto far fuori un tedesco, uno sporco ruffiano d'un tedesco qualunque, magari anche proprio il cameriere. Aveva sentito raccontare che al Nord la gente combatteva contro i tedeschi, la gente saliva sulle montagne e sparava, solo in quei loro tristi paesi di pecore nessuno era salito sulle montagne. Il suo mitra s'arrugginiva sotto le patate. Giuseppe tutto il giorno pensava cosa poteva fare contro i tedeschi, pensava se non poteva uscire di notte a spargere dei chiodini sulla strada, che bucassero le ruote delle macchine, oppure nascondersi in una siepe e sparare col suo mitra ad ogni macchina che passava. Ogni notte si proponeva di uscire ma poi sempre restava a casa, a giocare a scopone col brigadiere e con Franz. Gli faceva senso l'idea di fare una cosa cosí da solo, al Nord erano in tanti, organizzati proprio come un esercito, e allora si poteva anche non aver paura. Aveva perso un po' la stima per Cenzo Rena, perché Cenzo Rena non pensava a organizzare niente, e se ne stava in cucina a ricevere il cameriere, e parlava in tedesco e qualche volta fumava le sigarette del cameriere. Qualche volta anche Giuseppe fumava le sigarette del cameriere, quando il cameriere se n'era andato, e c'era un pacchetto quasi intiero dimenticato sul tavolo. Ma aveva una tal voglia di fumare e gli pareva che non ci fosse niente di male, perché il cameriere non era lí a guardare lui che fumava, Cenzo Rena invece accettava le sigarette dalla mano del cameriere.

E Giuseppe chiese a Cenzo Rena un giorno perché non facevano anche loro la resistenza ai tedeschi come nel Nord. Chiese perché Cenzo Rena non chiamava il maniscalco e il negoziante di stoffe e tutti i contadini, e studiavano tutti insieme di nascondersi dietro le siepi e sparare contro i tedeschi la notte, oppure almeno spargere dei chiodini lungo la strada. E allora Cenzo Rena disse che difatti sarebbe stato giusto fare cosí. Ma lui non si sentiva né di sparare né di spargere dei chiodini, qualche volta ci aveva pensato ma aveva capito che avrebbe avuto una gran paura, paura in tutto il suo corpo, e si sentiva le mani tutte molli e senza vo-

glia di spargere chiodini e sparare. Chiese perdono a Giuseppe, forse l'aveva deluso, forse adesso Giuseppe non aveva piú niente stima di lui. Adesso quando succedeva di sentire grida e pianti di contadini nei vicoli, Cenzo Rena usciva
a vedere ed erano tedeschi che frugavano le case in cerca di
uomini giovani da caricare sui camion e mandare a lavorare
in Germania, e Cenzo Rena si metteva a parlare in tedesco
e qualche volta era riuscito a tirar via i tedeschi dalle case e
a contargliela lunga perché lasciassero la gente in pace. Era
poco, disse Cenzo Rena a Giuseppe, era poco ma era tutto
quello che lui sapeva fare. Se gli avessero dato una pistola o
un mitra per sparare lui non avrebbe sparato giusto, avrebbe sparato tutto storto in un albero, e intanto si sarebbe
messo a pensare delle cose che non era niente giusto pensare. Giuseppe gli chiese che cosa si sarebbe messo a pensare.
E Cenzo Rena disse che si sarebbe messo a pensare che i tedeschi eran tutti dei camerieri, poveri disgraziati con dietro
un mestiere qualunque, poveri disgraziati che in fondo non
valeva la pena di ammazzare. Ed era un pensiero che in guerra non aveva senso, era un pensiero cretino ma a lui gli poteva succedere d'avere un pensiero cretino cosí. Forse il
contadino Giuseppe era un uomo della guerra, e allora andasse il contadino Giuseppe col suo mitra sulle colline. Il
contadino Giuseppe si mordeva le unghie e guardava Cenzo Rena scontento, come poteva andarsene da solo col suo
mitra sulle colline. Ma almeno spargere dei chiodini, disse,
almeno spargere tanti chiodini lungo la strada, che scop-
piasse qualche ruota ogni tanto. Forse spargere dei chiodini,
disse Cenzo Rena, perché no. Ma dov'erano tutti questi chiodini da spargere, chiese, lui non aveva in tasca che un solo
chiodino e lo tirò fuori, era un chiodino tutto arrugginito e
storto e lo teneva in tasca perché gli portasse fortuna.

Ma anche Anna era un po' scontenta e non le piacevano

quelle parole che Cenzo Rena diceva al contadino Giuseppe, e Cenzo Rena si sentiva intorno quelle facce incerte e scontente e si rattristava e si rattrappiva, e sembrava che diventasse sempre piú vecchio, quando si metteva a leggere con gli occhiali un po' bassi sul naso e la testa sepolta nelle spalle. Non c'erano uomini della guerra e uomini della pace, pensava Anna, era contro tutti la guerra e nessuno aveva diritto di dire che la guerra non la voleva fare. Le pareva che fosse vigliacco parlare cosí. E lo disse un giorno a Cenzo Rena e Cenzo Rena rimase zitto, e si stropicciava la faccia con le mani e poi la sua faccia riapparve, piú rossa e come piena di sonno. E disse che forse lei non ci credeva ma lui non era tanto vigliacco per sé, e quello che piú di tutto gli faceva paura era pensare il suo paese di San Costanzo incendiato, e la gente di San Costanzo ammazzata lungo il muro del cimitero. Era un piccolo paese da niente, una pulce in Italia, ma lui non voleva vederlo tutto incendiato, com'era stato incendiato il mulino del compare della Maschiona una notte. Ma Anna era sempre scontenta e pensava a Giustino, che forse adesso era sulle montagne a sparare là al Nord, e chissà se era ancora vivo o se non l'avevano già fucilato, lei vedeva la faccia di Giustino mentre lo fucilavano, una faccia con un sorriso come quello di Ippolito, un po' storto e triste. Anna avrebbe voluto essere con Giustino a sparare là al Nord, ed essere fucilata con Giustino lungo il muro d'un cimitero, si sapeva ben poco di quello che succedeva là al Nord, ma si sapeva che tanti morivano fucilati dai tedeschi ogni giorno, e intanto lei ogni giorno stava in cucina col cameriere, e accettava dal cameriere dello zucchero e della cioccolata per la bambina. Ma quando guardava il cameriere pensava che avrebbe potuto sparare contro tutti i tedeschi ma non contro il cameriere, seduto lí nella loro cucina con la bambina tra le ginocchia, con la sua lunga testa quieta e

seria tra le mani della bambina, che spettinavano quei capelli lucidi e bruni e tiravano forte quelle lunghe orecchie
rosse. La Maschiona diceva sempre che brava persona era il
cameriere, sempre portava zucchero e cioccolata per la bambina, e non c'entrava niente con gli altri tedeschi che avevano ammazzato il suo compare, lei gli aveva detto del suo
compare e lui aveva detto che gli dispiaceva tanto davvero.
La Maschiona trovava che era inutile che Franz e il brigadiere e Giuseppe scappassero in cantina quando veniva il
cameriere, il cameriere non c'entrava niente con quelli che
portavano via la gente sui camion, e se anche avesse saputo
che Franz era ebreo non l'avrebbe toccato, era un tedesco
che non si occupava degli ebrei. La Maschiona faceva sempre una gran festa al cameriere quando lo vedeva arrivare,
e gli versava il vino lei che era tanto avara delle provviste, e
diceva com'era educato il cameriere, beveva il vino che lei
gli versava ma non se lo versava mai da sé. Adesso la Maschiona di nuovo pensava che Cenzo Rena era un uomo immensamente furbo, perché aveva saputo farsi amico quel
cameriere con la scusa del cane, e perché andava a parlare
quando i tedeschi frugavano le case, andava a parlare e la
contava lunga coi suoi modi furbi, e i tedeschi gli davano retta e lasciavano perdere di frugare. La Maschiona adesso non
andava piú a dormire da sua madre la notte, perché si sentiva al sicuro lí in casa di Cenzo Rena, ed era di nuovo molto
fiera di Cenzo Rena quando scendeva al paese e vedeva Cenzo Rena discorrere con i tedeschi, com'era furbo e come gliela contava.

Franz diceva a Anna che bisognava aver fiducia in Cenzo
Rena, perché lui non poteva sbagliare né fare delle cose in-
giuste, e il giorno che Cenzo Rena sarebbe andato a spargere dei chiodini lungo la strada lui l'avrebbe seguito, perché
lui non aveva paura e non gl'importava quasi piú niente di

morire o di vivere, ma finché Cenzo Rena non andava voleva dire che era giusto non andare. E il brigadiere si spaventava moltissimo appena sentiva parlare di chiodini, per carità mettessero via quell'idea dei chiodini, a che cosa servivano i chiodini, qualche gomma bucata e nient'altro. Quando veniva il momento di sparare avrebbero sparato, adesso
non era ancora venuto il momento, lui il brigadiere appena
veniva il momento sarebbe stato il primo a sparare. Aveva
sotterrato il suo fucile a Masuri e sarebbe andato a prenderlo, e avrebbe raccolto tutti i fucili che c'erano a Masuri, a
Masuri c'erano fucili per tutti. Ma intanto bisognava aspettare che gli inglesi venissero un po' avanti, e finché c'era la
neve non potevano venire avanti, poi la neve cominciò a
sciogliersi e apparvero le prime macchie verdi sulle groppe
delle colline. E arrivò la notizia che gl'inglesi avevano fatto
un grande balzo in avanti, adesso si sentiva tuonare il cannone dietro le colline, gl'inglesi avevano preso San Felice,
un paese a pochi chilometri dalla città. Ma il brigadiere diceva che non era ancora il momento buono per sparare, a
che scopo aver fretta. Cominciarono le piogge di primavera.
E gl'inglesi di nuovo si fermarono e per molti giorni di nuovo tutto fu quieto nella pioggia scrosciante, il cannone taceva e i tedeschi eran sempre là coi loro rocchetti rossi, con
dei lunghi impermeabili lucidi e neri e degli alti stivali nella
pioggia, e poi di colpo nella pioggia apparve il sole chiaro e
caldo che mutava il fango in quella polvere fine e sabbiosa,
e su dagli orti s'alzavano i meli fioriti che il vento frustava
e spogliava, e ripresero a ronzare aeroplani nel cielo azzurro
fra stracci di nuvole, e il contadino Giuseppe friggeva perché non sapeva come se la cavava da sola sua moglie coi la-
vori dei campi, lui non si muoveva dalla casa di Cenzo Rena perché tanti contadini erano andati a lavorare nei campi
e i tedeschi li avevano caricati sui camion e portati via. I

bambini li aveva mandati a Borgoreale da certi parenti di
sua moglie. D'un tratto anche Cenzo Rena disse che Anna
doveva andarsene da San Costanzo con la bambina, San Costanzo era sulla strada e gl'inglesi nel venire avanti avrebbero combattuto sulla strada. Cenzo Rena un giorno accompagnò Anna e la bambina a Scoturno di Sopra dalla nonna
della Maschiona.

C'erano due sentinelle tedesche sul sentiero che portava
a Scoturno, ma conoscevano Cenzo Rena e guardarono un
attimo nella sporta e li lasciarono passare. Cenzo Rena camminava tenendo la sporta, pesava molto la sporta e lui diceva quante cose inutili Anna s'era presa dietro, e invece non
aveva pensato a portarsi dietro un termos, era contro i termos come la signora Maria. Chissà perché un termos, disse
Anna, cosa ne faceva di un termos col caldo che c'era. Ci
metteva la camomilla per la bambina la notte, disse Cenzo
Rena, non credeva mica che la nonna della Maschiona s'al-
zasse di notte ad accendere il fuoco e a preparare la camomilla. La bambina si voltò e disse che la camomilla non le
piaceva.

Era la fine di maggio e il sole scottava sul sentiero, e l'erba era ispida e arsa, e Cenzo Rena camminava dondolando
la sporta e tuffando i piedi in quell'erba arsa, e dall'alto
guardava San Costanzo e la piazza del municipio tutta piena
di carri armati e di camion, poi San Costanzo scomparve
dietro la groppa della collina. Anna si fermò d'un tratto e
chiese se era proprio necessario che lei e la bambina andassero a Scoturno di Sopra, Cenzo Rena le disse di non chiedere cose sceme, fra poco San Costanzo diventava un campo
di battaglia e tutti quelli che avevano bambini piccoli li portavano via. Anna pensava lunghi e lunghi giorni in cucina
con la nonna della Maschiona, in quel fumo che le aveva
raccontato Franz.

Trovarono la nonna della Maschiona che accendeva il fuoco sotto al paiolo, ma non c'era un solo filo di fumo, disse Cenzo Rena, si stava bene a Scoturno di Sopra e lui ci sarebbe rimasto cosí volentieri. E allora perché non restava, chiese Anna, e lui disse che anzi doveva ritornare subito indietro, perché doveva stare a San Costanzo a vedere sempre cosa succedeva. Niente succedeva, disse Anna, a San Costanzo potevano fare benissimo a meno di lui. Litigavano sottovoce mentre vuotavano la sporta sul letto, quante cose aveva portato Anna, lui diceva, un mucchio di asciugamani aveva portato, Anna era come la signora Maria. Anna si mise un po' a piangere nel ricordare la signora Maria. Era seduta sul grande letto duro della nonna della Maschiona e piangeva, pensava alla signora Maria e a Ippolito che erano morti, e pensava perfino al cane di Ippolito col suo tenero muso riccioluto, e pensava a Concettina e a Giustino che non sapeva piú se erano morti o vivi, e guardava Cenzo Rena e aveva paura di non rivederlo mai, tra poco sarebbe tornato a San Costanzo per il sentiero e poi sarebbero venuti gl'inglesi combattendo lungo la strada e a San Costanzo chissà cosa succedeva. E anche Cenzo Rena la guardava e pensava se l'avrebbe mai riveduta, ma non seppero dirsi niente di serio, continuarono a litigare sulle cose che Anna aveva portato e Cenzo Rena le disse che era una scema a piangere per la noia di restare con la nonna della Maschiona e Anna non seppe dirgli che non piangeva per quello. E Cenzo Rena le lasciò dei soldi e come sempre quando doveva tirar fuori dei soldi si lamentò che fra poco restavano senza ed era un bel problema. Poi se ne andò via nel pomeriggio caldo e quando arrivò in vista di San Costanzo il sole tramontava e faceva rosse le groppe delle colline. Lui pensava a Anna come l'aveva guardata mentre piangeva seduta sul letto, e la bambina che correva dietro alle pecore con la nonna della

Maschiona e non l'aveva quasi salutato, affannata dietro alle pecore con una lunga canna e i magri piedi scalzi nella polvere. Cenzo Rena pensava a loro e si chiedeva se era stata quella l'ultima volta che le aveva vedute, c'era la guerra e uno sempre pensava che ogni volta era forse un'ultima volta.

Intanto a casa era arrivato il cameriere e appena l'avevano sentito venire Giuseppe e il brigadiere e Franz erano filati in cantina, non se l'aspettavano il cameriere quel giorno perché Cenzo Rena gli aveva pur detto che lui se ne andava. In cucina c'era la Maschiona che lavava al mastello e il cameriere sedette e la Maschiona gli versò del vino, e lavava contenta e guardava il cameriere che beveva il vino pian piano e si dondolava sulla sedia, lontano dietro le colline si sentiva tuonare il cannone e il cameriere disse che tra poco arrivavano gl'inglesi a San Costanzo e loro se ne andavano a nord. Ma lui non aveva piú niente voglia di fare la guerra e gli sarebbe piaciuto restare a San Costanzo e farsi pigliare prigioniero dagl'inglesi e non sparare mai piú. E allora la Maschiona gli chiese perché non si nascondeva ad aspettare gl'inglesi, e lui le chiese se aveva dove nasconderlo, non c'era una cantina in quella casa. Sí, che c'era, disse la Maschiona e rise, e adesso in cantina c'era già un po' di gente nascosta, perfino un ebreo. Glielo diceva perché sapeva che lui non era di quei tedeschi che si occupavano degli ebrei. No, disse il cameriere, lui non si occupava degli ebrei. E per esempio adesso era in cantina l'ebreo. In cantina, disse la Maschiona, in cantina con le patate e le mele, se anche lui si cacciava lí dentro chi lo pescava piú. Ma d'un tratto ricordò che aveva giurato sulla Bibbia di non dire mai niente su Franz. E allora andò a prendere la Bibbia perché il cameriere giurasse di non dirlo mai. Ma quando tornò con la Bibbia il cameriere era alla porta della cantina e la spingeva a spallate.

Allora la Maschiona si mise a gridare. La porta della cantina si rovesciò con un tonfo e il cameriere in cima alla scaletta guardava giú con una lampada accesa, la lampada che aveva alla cintura, e gettava luce ora sulla legna e ora sulle patate e le mele e ora sul brigadiere e ora su Franz. E anche loro a tratti lo vedevano e la faccia del cameriere era quieta e seria, una lunga faccia cavallina che scrutava e fiutava, la testa d'un cavallo schiacciato in un libro, pensò Franz. Ma Giuseppe cercava il suo mitra fra i sacchi delle patate e lo caricava, e il cameriere alzò la pistola e non fece a tempo a sparare perché Giuseppe sparò prima, e il cameriere cadde giú dalla scaletta e la Maschiona gridava.

Cenzo Rena tornando da Scoturno di Sopra trovò la cucina deserta con in mezzo il mastello, e corse alla cantina e scavalcò la porta sfasciata in un salto, e là in cantina c'erano seduti il brigadiere e Franz e Giuseppe e la Maschiona che singhiozzava con le dita ficcate nei capelli, e solo dopo un momento Cenzo Rena vide anche il cameriere, con la lunga testa sporca di sangue fra i trucioli di legno e le patate. E Giuseppe gli chiese se aveva fatto male a ammazzare il cameriere. No, gli disse Cenzo Rena, c'era la guerra ed era giusto sparare. Ma adesso non c'era tempo di ragionare sul bene e sul male. Cenzo Rena disse che bisognava scavare una buca nella pineta e sotterrare il cameriere.

Uscirono fuori a scavare il contadino Giuseppe e Cenzo Rena. Ma Giuseppe aveva le mani che tremavano forte e non riusciva a scavare. E buttò via la zappa e disse che voleva scappare perché aveva paura. Ma dove scappava, gli chiese Cenzo Rena, e da là dov'erano potevano vedere tra i pini i tedeschi sulla piazza del municipio, ed era un miracolo che nessuno avesse sentito sparare e gridare, i tedeschi non stavano mai fermi e andavano e venivano sovente per la pineta, era un miracolo che nessuno quel giorno passasse di là.

Ma il contadino Giuseppe disse che lui voleva scappare, per esempio poteva cercare d'arrivare per la pineta a Borgoreale dove c'erano i parenti di sua moglie. E si mise a salire correndo su per la pineta e Cenzo Rena vide il suo frusto cappello verde sparire tra i pini e lo salutò con gli occhi e si disse che forse vedeva quel cappello per l'ultima volta.

Cenzo Rena aspettò che fosse buio e poi andò a prendere il cameriere e lo sdraiò nella buca che avevano scavato nella pineta. Ma era una piccola buca, troppo piccola per il grande corpo del cameriere. E Cenzo Rena si sentiva le mani molli e non aveva voglia di scavare ancora, e la pineta gli pareva piena di fruscii di passi. Allora di nuovo prese il cameriere tra le braccia e gli pareva di portare tra le braccia un cavallo, un grandissimo cavallo addormentato. Andò fino al torrente e sdraiò il cameriere nell'acqua, lo sdraiò lungo disteso nell'acqua e pensava che l'acqua era forte e poteva trascinarlo via. L'acqua del torrente andava al fiume e una volta nel fiume nessuno l'avrebbe piú ritrovato. Ma non restò a vedere se il torrente trascinava via il cameriere, era molto stanco e voleva scappare lontano da quel cameriere, lontano da quel torrente, era molto molto stanco e pensava che mai sarebbero andati a spargere dei chiodini sulla strada lui e il contadino Giuseppe, il contadino Giuseppe chissà se si salvava. D'un tratto vide Franz che lo guardava, in silenzio Franz l'aveva seguíto, e adesso era lí appoggiato al tronco d'un pino e lo guardava. Torna a casa, gli disse Cenzo Rena, razza di coglione. Franz disse che anche il brigadiere era scappato, tremava di paura ed era scappato con del pane e un fiasco di vino. In cucina c'era solo la Maschiona che singhiozzava. Era un miracolo se non era andata da sua madre, disse Cenzo Rena, guai se la Maschiona andava da sua madre, a raccontare tutto a sua madre che dopo un'ora lo sapeva tutto il paese. Tornarono a casa e Cenzo Rena

sciolse del bromuro in un bicchiere per la Maschiona, le tirò
su la testa e le disse di bere, la testa della Maschiona era
molle e inerte, solo scossa da quello stupido singhiozzare.
Cenzo Rena fece stendere la Maschiona sul letto e rovesciò
un secchio d'acqua sul pavimento della cantina, non c'era
niente sangue ma lui lo stesso lavò il pavimento molto bene
passando lo straccio, e poi versò un gran bicchiere di cognac
da una bottiglia che teneva in serbo in cantina e bevvero lui
e Franz. E poi Cenzo Rena rimase seduto accanto al letto
della Maschiona perché non voleva che anche la Maschiona
scappasse via. Franz s'era messo lí vicino per terra e ogni
tanto s'addormentava.

E allora Cenzo Rena pensò che se i tedeschi trovavano il
cameriere prendevano degli ostaggi a caso per il paese, co-
m'era scritto che facevano se trovavano un tedesco morto,
per un tedesco morto dieci italiani. E pensò che lui sarebbe
andato dal comandante a dire che era stato lui ad ammazzare il cameriere. Si mise a pensare in tedesco le parole che
doveva dire. Si versò dell'altro cognac e continuamente cambiava la frase che avrebbe detto in tedesco, e si sentiva molto bene con tutto quel cognac, soffi caldi e freschi per il corpo. Ma sentiva in fondo alla schiena quel punto dove stava
per morire quando aveva il tifo, una piccola macchia di pelle rattrappita e tremante, una piccola macchia gelata nel suo
corpo tutto acceso dal cognac, tutto quieto e forte. La paura era solo lí in fondo alla schiena e si toccò quel punto con
la mano, e bevve dell'altro cognac perché il sangue caldo nel
suo corpo fluisse a quel punto. E guardò la testa nera della
Maschiona sul cuscino e le disse addio, la Maschiona singhiozzava ancora mezzo nel sonno e si premeva sulle labbra
un fazzoletto tutto smoccicato. E guardò la testa di Franz
addormentata fra le ginocchia e disse addio anche a Franz. E
disse addio a Anna e alla bambina come le aveva viste quel

giorno a Scoturno di Sopra, la bambina affannata dietro alle pecore con la sua grande bocca amara tra quei capelli di paglia. E voleva ritrovare la faccia di Anna ma non sapeva piú ritrovarla, con angoscia voleva ritrovarla e non la ritrovava. E invece aveva davanti la faccia della nonna della Maschiona e gli faceva rabbia, una vecchia faccia rugosa e torva sotto il fazzoletto nero. Franz si svegliò e bevve dell'altro cognac, e rise un poco a ricordare com'era scappato il brigadiere, e invece lui non scappava perché non aveva paura, non gliene importava piú niente di morire o di vivere, era molto molto strano come non gliene importava. In quei giorni aveva pensato che era vissuto abbastanza stupidamente, quante cose stupide e inutili aveva fatto nella sua vita, era tutta una storia la sua vita e gli sarebbe piaciuto raccontarla. Ma Cenzo Rena gli disse per carità di non raccontargli niente perché lui adesso aveva altro per la testa. E Franz si lamentò che Cenzo Rena non lo prendeva niente sul serio e lo trattava sempre tanto male. E chinò la faccia sulle ginocchia e s'addormentò di nuovo.

Passò il mattino e a un tratto le campane della chiesa si misero a suonare molto forte, la Maschiona si tirò su stordita dal letto e si grattava in testa e cercava di ricordare. Cenzo Rena s'era un po' addormentato sul letto della Maschiona e lo svegliò la madre del maniscalco che lo scuoteva forte e piangeva. Si sentivano grida nei vicoli e voci di tedeschi, e quelle campane che suonavano, e la madre del maniscalco diceva che i tedeschi avevano preso suo figlio, avevano trovato un tedesco morto giú al fiume e prendevano gente per le case. Li fucilavano se non si trovava chi aveva ammazzato il tedesco. Avevano preso suo figlio e l'uomo con la gamba a cavaturacciolo e un fratello della Maschiona e tanti altri, dieci ne avevano presi, e li avevano messi nella stalla del podestà. La madre del maniscalco disse a Cenzo

Rena che doveva andare subito al comando tedesco a pregare che li lasciassero liberi, solo lui sapeva parlare in tedesco e solo lui li poteva salvare.

La Maschiona a sentire che avevano preso suo fratello si mise a gridare, Giuseppe aveva ammazzato il tedesco, Cenzo Rena doveva andare dai tedeschi a dirlo che era stato Giuseppe. Piangeva e gridava e batteva la testa contro il muro e chiamava suo fratello e sua madre, e voleva andare da sua madre ma Cenzo Rena disse alla madre del maniscalco di tenerla lí.

Cenzo Rena si versò ancora del cognac e s'infilò l'impermeabile e uscí fuori nel mattino chiaro, con le campane che suonavano forte e dei piccoli aeroplani lucenti nell'alto del cielo. Non sapeva perché s'era messo l'impermeabile, si chiese se non era un po' ubriaco, l'impermeabile era lungo e bianco e gli sembrava d'essere in camicia da notte. Scese a salti giú per le pietre, non passò per i vicoli del paese ma per un pendio d'erba alta, e i suoi piedi nudi nelle ciabatte frusciavano nell'erba dura e alta, d'un tratto si mise a correre. Gli scivolò dal piede una ciabatta e si chinò a raccoglierla, e vide Franz che gli correva dietro, torna a casa, disse Cenzo Rena, razza di coglione. Franz si fermò nell'erba e Cenzo Rena andò avanti, ma di nuovo la ciabatta gli scivolò via e si chinò a infilarsela, e Franz era sempre dietro a lui con la faccia tutta bagnata di lagrime, una faccia felice e disperata e un po' pazza, con un tremito alle mascelle e i capelli giú a pioggia sulla fronte. Torna a casa, gli disse Cenzo Rena, razza di coglione. Calzò la ciabatta e adesso correvano insieme. E furono tutt'e due a un tratto molto felici mentre correvano scivolando nell'erba alta, e le campane suonavano e la strada si stendeva bianca e polverosa di sotto al pendio, la strada dove non avrebbero mai sparso dei chiodini perché non c'era piú tempo.

Sulla porta del municipio c'erano le sentinelle e Cenzo Rena chiese di parlare al comandante. Si slacciò l'impermeabile per mostrare che non era armato, e le sentinelle gli chiesero chi era Franz, e Cenzo Rena disse che era un suo cugino di Salerno, diventato un po' pazzo poveretto per via della guerra. Salirono su per le scale una sentinella e Cenzo Rena, il comandante sedeva dove prima sedeva il podestà. E Cenzo Rena disse al comandante che aveva ammazzato il tedesco con un suo mitra e liberassero gli ostaggi dalla stalla del podestà.

Nella stanza entrarono dei fascisti e tenevano Franz per le braccia e uno gridava che l'aveva trovato sulla porta del municipio che parlava in tedesco alle sentinelle e voleva salire, e gridava che l'aveva riconosciuto ed era un internato ebreo tedesco, gridava il nome e il cognome di Franz. E Cenzo Rena di nuovo disse che era un suo cugino di Salerno e gli era venuto dietro perché gli andava dietro dappertutto, perché era pazzo per via della guerra. Il comandante batteva pian piano la penna sul tavolo e guardava Cenzo Rena fisso fisso, stropicciandosi il mento e facendo una bocca come se volesse fischiare.

Cenzo Rena e Franz rimasero per qualche ora nell'androne del municipio, dove un tempo i contadini sedevano ad aspettare. Tutt'intorno c'erano fascisti con le pistole e sentinelle tedesche, e dal portone socchiuso vedevano i camion e i carri armati nella polvere della piazza, e stivali e stivali di tedeschi, e Cenzo Rena chiedeva se avevano liberato gli ostaggi e nessuno gli ripondeva. Cenzo Rena si toccava sempre quel punto nella schiena dove aveva paura di morire. Una macchia di pelle tutta fredda e debole. Adesso la macchia s'era a poco a poco allargata, adesso quasi tutta la sua schiena era fredda e debole. Ma d'un tratto nello spiraglio del portone socchiuso vide la gamba dell'uomo con la gam-

ba a cavaturacciolo che correva via. E disse addio a quella
gamba felice che correva via. E pensò che se c'era un Dio lui
lo ringraziava per quella gamba felice, non sapeva se c'era
ma ad ogni modo lo ringraziava. Si chiese perché voleva tanto che l'uomo con la gamba a cavaturacciolo restasse vivo,
non capiva perché. Franz sedeva su uno scalino con la testa
appoggiata alla ringhiera e aveva gli occhi chiusi, e aveva un
labbro tutto sanguinante e gonfio perché il fascista che l'a-
veva riconosciuto gli aveva sbattuto la pistola sul labbro. E
Cenzo Rena si sentí allora infinitamente stanco e triste, col
cognac ormai molto lontano e la schiena tutta debole e fredda, e le ginocchia che tremavano e sussultavano e un freddo
sudore.

E poi furono portati fuori sulla piazza del municipio e
Franz fu preso e sbattuto contro il muro e ci fu l'ordine di
sparare e Cenzo Rena si coprí la faccia con le mani. E anche
lui fu sbattuto contro il muro e sentí l'urto del muro contro
la testa e campane e voci. E cosí morirono Cenzo Rena e
Franz.

XV.

Quando Anna tornò a San Costanzo non c'erano piú i tedeschi ma c'erano invece gl'inglesi e la bandiera americana e quella inglese e quella italiana sventolavano sul balcone del municipio. Le mura del municipio e le mura della caserma dei carabinieri e di qualche altra casa sulla strada erano tutte piene di buchi rotondi perché gl'inglesi avevano sparato il cannone.

I tedeschi avevano lasciato liberi gli ostaggi presi quel giorno ma poi nella notte erano tornati a pigliarne qualcuno, due figli della sarta e una sorella del seduttore della Maschiona e un pastore di quattordici anni, e li avevano portati nella stalla del podestà e avevano versato sulla stalla dei bidoni di benzina e avevano acceso il fuoco. Avevano cercato anche del maniscalco e del fratello della Maschiona ma loro erano scappati nei campi.

Adesso la stalla del podestà era un mucchio di cenere, e pareva ancora di sentire i muggiti delle vacche e gli urli di quel ragazzo pastore che chiamava sua madre. Non si era capito perché i tedeschi avessero bruciato la stalla con le vacche e la gente dentro, ma forse era soltanto perché avevano della benzina da buttar via. Del resto arrivavano da ogni parte storie di cose che avevano fatto i tedeschi prima d'andarsene, a Masuri avevano ficcato quindici persone in un cascinale, bambini e donne, e avevano sparato nelle finestre.

Adesso i tedeschi erano lontani, oltre Borgoreale, ma i contadini ogni tanto avevano paura che tornassero indietro. I contadini stavano a guardare gl'inglesi che fumavano seduti sui muretti degli orti, stavano incantati a guardare quei soldati vestiti come i tedeschi di tela giallina coi pantaloni corti e le ginocchia bionde e pelose. E chiedevano se i tedeschi sarebbero tornati indietro e gl'inglesi scuotevano la testa per dire di no. E i contadini erano tutti contenti di quei nuovi soldati che non li ammazzavano, e mangiavano contenti il pane insipido di farina di riso che loro buttavano via.

Era venuto il brigadiere a Scoturno di Sopra a dare a Anna la notizia di Cenzo Rena e di Franz. Il brigadiere la notte che era scappato col fiasco del vino aveva poi ritrovato il contadino Giuseppe e insieme erano andati a Borgoreale e lí s'erano nascosti. Il brigadiere adesso era di nuovo vestito da brigadiere col mantello e la sciabola, e venne a Scoturno di Sopra con un'aria funebre e solenne. Voleva dare la notizia a Anna con delicatezza e cominciò a fare un lungo discorso oscuro, che anche lui per esempio aveva perduto sua moglie di un tumore al seno. E i tedeschi gli avevano sfasciato la casa e si erano portato via il letto dove era morta sua moglie. Pure lui viveva per i suoi piccoli bambini. Certe volte aveva una gran voglia di buttarsi giú da un burrone ma era cristiano e non si buttava, e tirava avanti a vivere per i suoi piccoli bambini. E cosí anche Anna aveva quella sua bambina. E Anna guardava e guardava il grosso naso schiacciato del brigadiere e d'un tratto capí che Cenzo Rena era morto.

Restò molto tempo distesa sul letto della nonna della Maschiona, le ore passavano e le mosche ronzavano sulle pareti bianche. Non voleva vedere la bambina, d'un tratto aveva orrore della bambina, quando la bambina entrava lei subito chiamava la nonna della Maschiona che gliela portasse via.

Non voleva affacciarsi alla finestra e le faceva orrore il prato sotto la casa e il sentiero e le groppe delle colline.

E poi un giorno tornò di corsa a San Costanzo perché la nonna della Maschiona le disse che la Maschiona aveva dei guai con gli americani, un contadino aveva raccontato qualcosa, non aveva capito bene. Anna tornò a San Costanzo e seppe che era rimasta solo per due giorni sdraiata sul letto, a lei pareva tanto e tanto tempo. La Maschiona l'avevano portata dei contadini nella bottega del barbiere e la stavano rapando, perché dicevano che era stata lei a mostrare al tedesco dov'era la cantina. La Maschiona si dibatteva fra i contadini che avevano già cominciato a raparla, le avevano già tosato metà della testa. Anna gridò che la lasciassero stare.

Con fatica riuscì a tirar fuori la Maschiona dalla bottega del barbiere, fra i contadini che tempestavano e il barbiere che prendeva le parti della Maschiona, e scopava via i capelli della Maschiona dalla sua bottega. La Maschiona era cosí spaventata che non piangeva neppure, le avevano strappato il fazzoletto e si copriva la parte tosata con le mani. Anna e la Maschiona salirono su a casa. Lí i tedeschi avevano sparato negli specchi e avevano portato via i materassi e la radio, e vuotato gli armadi e sfasciato le poltroncine da spiaggia. Anna si mise a scopare via i vetri e la Maschiona intanto scavava con la zappa davanti a casa perché aveva sotterrato il suo cappotto da inverno, ma non si ricordava bene il punto dove l'aveva sotterrato e poi aveva paura che venisse fuori anche il cane.

La Maschiona andò poi a Scoturno di Sopra a prendere la bambina ma sua nonna si prese un tale spavento a vederla con quella mezza testa tosata che morí dopo qualche giorno, del resto era il suo tempo di morire perché aveva novantatre anni.

Non fu fatto podestà il contadino Giuseppe. Adesso non

si doveva dire piú podestà ma si doveva dire invece sindaco, ma a San Costanzo tutti continuarono a dire podestà. Non fu fatto podestà il contadino Giuseppe ma il seduttore della Maschiona, che aveva dei bei baffi neri e un bel portamento e aveva ereditato da quella sorella bruciata dai tedeschi molte e molte braccia di terra. E poi aveva molto sofferto per la guerra e i tedeschi e aveva avuto quella sorella bruciata e un figlio disperso in Grecia che non se n'era mai saputo piú niente. Il contadino Giuseppe disse che era molto contento di non essere podestà, e tornò a lavorare nei campi col suo frusto cappello verde, e qualche volta andava a trovare Anna e parlava molto male di tutto il paese e del nuovo podestà, chissà cos'avrebbe detto Cenzo Rena a vedere chi avevano fatto podestà, un filone che certo rubava al comune ancora peggio del podestà di prima. Si parlava in paese di mettere una lapide sulla casa di Cenzo Rena ma il contadino Giuseppe era sicuro che nessuno mai avrebbe tirato fuori i soldi per la lapide, San Costanzo era uno sporco paese e per questo sporco paese Cenzo Rena era morto.

I primi giorni dopo l'arrivo degl'inglesi un gruppo di contadini s'era deciso a entrare nella casa della marchesa e raparla, per farle pagare tutte le lettere anonime che aveva mandato in questura e tutte le soperchierie che aveva fatto sempre. E la marchesa era là sul suo seggiolone mezzo morta di paura, mentre c'erano ancora i tedeschi le era venuta una paralisi e aveva la faccia tutta storta. Da lei c'era il dottore e stavano giocando a scopa, e i contadini avevano preso le carte e le avevano fatte volare dalla finestra. E poi avevano spalancato gli armadi e avevano trovato un mucchio di vasetti di marmellata, la marchesa era famosa per la sua marmellata e s'eran messi a mangiare la marmellata a cucchiai. Il dottore era sceso a raccattare le carte nei rivoli dei vicoli e le puliva una per una sulla sua giacchetta. Ma d'un tratto arrivò la sarta e si mise a gridare di quei due figli che i tedeschi le avevano bruciato e di quella figlia che era stata serva della marchesa e s'era presa quel pugno nel petto e le si era spezzato qualcosa dentro e sputava sangue ancora adesso. E voleva rapare la marchesa e agitava il pennello. E le venne male dal gridare e cadde a terra pallida pallida e i contadini chiamarono il dottore che la piantasse di pulire le carte e salisse di sopra. E il dottore dovette sdraiare la sarta sul letto della marchesa e strofinarle con l'aceto le tempie. La marchesa gemeva e strideva sul suo seggiolone, e alla fine i contadini se n'erano andati perché avevano visto che era solo una povera donna.

E l'uomo con la gamba a cavaturacciolo girava sempre tra le rovine della stalla del podestà di prima. Quella volta che i tedeschi l'avevano preso come ostaggio gli avevano strappato la camicia e cosí lui aveva perduto l'anello col diamante che gli aveva regalato Franz. Adesso lo cercava tutto il giorno fra la cenere della stalla e si lamentava che mai piú si sarebbe potuto far mettere quei pesi alla gamba per farla diventare piú diritta.

Anna un giorno vide venire qualcuno che zoppicava su per le pietre e credeva che fosse l'uomo con la gamba a cavaturacciolo ma era invece Emanuele, e lei allora corse incontro a Emanuele piangendo e Emanuele la teneva abbracciata e piangeva un poco anche lui. Da un inglese che era passato da San Costanzo a Roma aveva saputo di Cenzo Rena e di Franz. E lui e Anna andarono insieme a guardare il muro del municipio dov'erano stati ammazzati Cenzo Rena e Franz.

Emanuele a Roma mentre c'erano i tedeschi era stato redattore d'un grande giornale segreto e due volte i tedeschi l'avevano incarcerato ma i suoi amici del giornale segreto erano riusciti a farlo venir fuori. Aveva dormito un po' in tutti i posti e perfino in un convento di monache e aveva mangiato quasi niente, per mesi e mesi solo delle code di rape, perché non aveva soldi e i pochi che aveva li dava al giornale segreto. Ma era diventato molto grasso. E Giustino era sempre al Nord e lui aveva saputo che faceva il partigiano sulle montagne e si chiamava Balestra. E Danilo era stato un po' a Roma e poi era andato al Nord, si era fatto calare da un aeroplano con un paracadute, e Danilo come partigiano si chiamava Dan. E mammina con Amalia e Giuma era in Svizzera e Giuma s'era sposato con una dottoressa americana che aveva conosciuto a Losanna. Lui aveva ogni tanto dei messaggi da loro attraverso la Croce Rossa. Di Concettina non sapeva niente.

Emanuele si fermò un giorno solo a San Costanzo perché aveva un gran da fare a Roma con quel giornale ora non piú segreto che ogni giorno bisognava mettere insieme.

Venne l'inverno e gl'inglesi se ne andarono via e la Maschiona sospirava per il suo cappotto, che a stare sottoterra s'era tutto sciupato. I capelli le erano un po' ricresciuti ma lei tremava ancora a ricordare cosa le avevano fatto, se ci fosse stato Cenzo Rena non le avrebbero fatto cosí. Andavano lei e Anna al cimitero la domenica, e la Maschiona pregava sulla tomba di Cenzo Rena e di Franz e del compare, che adesso era anche lui sepolto nel recinto del cimitero e aveva pace. La Maschiona s'inginocchiava e pregava, ma Anna non pregava perché il padre le aveva detto sempre che pregare è stupido, e se c'è Dio non importa pregarlo, è Dio e capisce da sé cosa bisogna fare.

Gl'inglesi se ne andarono via e arrivarono dei fascisti da Roma, che dovevano stare lí confinati e scampanellare sempre alla caserma dei carabinieri. I fascisti abitavano alla locanda e dormivano nella stanza del turco, e passeggiavano avanti e indietro sulla piazza del municipio come aveva passeggiato il turco, e si lamentavano del freddo e del cibo della locanda col brigadiere. Il brigadiere aveva finito per sposare quella sua cognata coi seni a pera, e adesso era incinta e non aveva piú i seni a pera, si vedeva solo una gran pancia e nessuna specie di seni, e i gemelli non avevano i riccioli perché la matrigna diceva che non aveva tempo di star lí a mettergli i bigudini la sera. I gemelli avevano due teste rapate e rotonde, e il brigadiere per consolarsi diceva che anche a Cenzo Rena piaceva che si rapasse la testa ai bambini. Si era rifatto un po' di mobili con dei soldi imprestati dai suoceri, ma i prezzi erano saliti e non aveva potuto ricomprarsi una specchiera.

Il brigadiere e il contadino Giuseppe rimasero amici per un po' di tempo, perché ricordavano insieme Cenzo Rena, che uomo era stato. E poi ricordavano insieme le partite a scopa sui sacchi di patate in cantina e quella notte che erano scappati a Borgoreale strisciando per la pineta e bevendo il vino dal fiasco. Ma poi cominciarono a litigare sul re. Il contadino Giuseppe non voleva il re e il brigadiere invece lo voleva, il contadino Giuseppe diceva che il re aveva tradito l'Italia perché dopo l'armistizio era scappato via, e voleva che lo impiccassero almeno in effige, invece il brigadiere non voleva che si parlasse cosí del suo re. Per un poco seguitarono a litigare ma poi smisero anche di litigare e non si salutavano piú quando s'incontravano per la strada, il brigadiere diceva a tutti che il contadino Giuseppe era un sovversivo e Giuseppe diceva che era morto di paura il brigadiere quella notte che erano scappati a Borgoreale e lui aveva dovuto portarlo quasi in braccio per la pineta.

E poi fu liberato il Nord e Mussolini fu ammazzato e appeso in piazza a Milano, e il contadino Giuseppe diceva che bisognava farlo anche al re. Quando si parlava di tutto quello che avevano fatto i partigiani al Nord il contadino Giuseppe diventava amaro e diceva che nei suoi paesi di pecore non c'era stato niente contro i tedeschi, solo Cenzo Rena era morto per quei tristi paesi. E se allora qualcuno gli ricordava che lui aveva pur ammazzato un tedesco, arrossiva e voltava via la testa perché era una storia che non gli piaceva ricordare.

Anna partí con la bambina per la sua città. Aveva avuto una lettera di Concettina che diceva che tutti erano vivi e l'aspettavano, Emanuele sarebbe venuto a prenderla con una macchina alla stazione di Roma. Doveva partire anche la Maschiona e Anna le aveva comperato un paio di scarpe col tacco, ma quando fu il momento di partire non si trovava piú la Maschiona e Anna poi la scoperse nella cucina di sua madre con le scarpe col tacco nei piedi che piangeva e non partiva piú. Si teneva stretta a sua madre e diceva che mai avrebbe camminato con quelle scarpe col tacco, le piaceva vedersele nei piedi ma non camminare. E i capelli non le erano ancora ben ricresciuti e la gente nel treno a vederle i capelli chissà cos'avrebbe pensato.

Cosí Anna e la bambina se ne andarono via sole su un camion americano, e tutto il paese era in piazza a vederle partire e gridavano di tornare presto perché chissà come si stava male al Nord e come si mangiava male. A San Costanzo erano ricominciate le notti della vitella ma il podestà aveva detto che tra poco si sarebbe venduta la vitella di giorno alla luce del sole e ce ne sarebbe stata per tutti.

Viaggiarono prima sul camion e poi su un treno-merci che tutti i momenti si fermava. E alla stazione di Roma c'era Emanuele ad aspettare e salirono in automobile e poi cominciò il viaggio tra i paesi dalle case crollate e tra certe cariatidi di camion bruciacchiate e contorte lungo la strada.

E Anna rivide Giustino che era stato Balestra e Concettina e Emilio e il bambino di Concettina, e rivide il lungofiume e la fabbrica di sapone e la panchina di Ippolito e la sua casa e la casa di fronte, dove c'era Amalia tutta vestita da vedova che scopava furiosamente il giardino. E mammina anche lei era vestita un po' da vedova ed era diventata molto vecchia, con i capelli grigi e la faccia tutta raggrinzita, e Emanuele diceva che era diventata molto avara e faceva patire a tutti la fame. Ma anche Concettina era diventata avara, diceva Giustino, perché non aveva capito che i prezzi erano cresciuti dopo la guerra. Non si riconosceva piú Concettina come si vestiva adesso con dei calzettoni di cotone che arrivavano al ginocchio, e un odore sempre di sudore e una faccia preoccupata e amara. Per tutto il tempo dei tedeschi erano rimasti alle « Visciole » lei e Emilio e lei aveva tenuto Emilio sempre in pigiama nella sua stanza perché aveva paura un po' dei tedeschi e un po' dei partigiani. Emilio adesso non sembrava piú niente un vitellino ed era ancora pallido e gonfio per il tempo che era stato rinchiuso, e quel pennacchio nero cosí allegro sulla sua fronte una volta s'era afflosciato e sbiadito e pendeva un po' da una parte. Anche lui era diventato avaro e studiava sempre come fare per risparmiare dei soldi. E il loro bambino era vestito da uomo con la cravatta e la brillantina ai capelli, e Giustino diceva che Emilio e Concettina erano una triste coppia e se ne stavano sempre fra loro due a bisticciarsi e a imbrillantare il loro bambino. Concettina non faceva che parlare delle grandi paure che s'eran presi alle « Visciole » fra un andare e venire di partigiani e tedeschi, il dottore dai capelli di pulcino curava i partigiani feriti e l'avevano preso i tedeschi ed era morto in Germania.

Anna chiese a Giustino se anche lei era molto cambiata e Giustino disse di sí. Era piú grassa e aveva un po' di capelli grigi, Giustino disse che aveva preso ad assomigliare alla madre nel ritratto. Il ritratto era sempre appeso nella stanza da pranzo, soltanto si era fatto piú buio con gli anni, si distinguevano un po' a fatica i tratti spaventati e stanchi di quel viso. Ma l'importante era non assomigliare a Concettina, Giustino disse. Cambiare anche lui era cambiato e non aveva piú voglia di niente. Quando era stato Balestra era molto felice, sulle montagne con Danilo a sparare, e Danilo allora era straordinario, non si poteva immaginare com'era Danilo quando faceva il partigiano e si chiamava Dan. Erano molto amici allora Giustino e Danilo e quando smettevano di sparare ricordavano insieme tante cose che credevano di non poter riavere mai piú, perché credevano di morire. E siccome credevano di morire non avevano piú niente vergogna e si dicevano ogni specie di cose, e Danilo gli aveva raccontato di sé e di sua moglie e come lui si tormentava perché dopo la guerra se non moriva doveva dire a sua moglie che non potevano piú stare insieme, lui aveva un'altra ragazza e avevano avuto un bambino. E Giustino gli aveva detto di non pensarci perché se la prendeva lui Giustino sua moglie. E avevano riso insieme di questo ma non era stato un brutto ridere, non era stato un ridere da cinici, era stato un ridere fresco fresco e leggero. Ma quando era venuta la liberazione Danilo aveva fatto un discorso lí in città, un grande discorso, e Giustino era rimasto un po' ad ascoltare e quell'uomo lontano lontano e alto alto sul podio era qualcuno che lui non conosceva e che non era niente suo amico. In fondo non faceva mica un brutto discorso, disse Giustino, e la gente batteva forte le mani. Anzi era un discorso un po' troppo bello, un po' troppo fatto bene, con le pause e gli scoppi di voce e perfino qualcosa per far ridere di tanto in tanto. Giustino si era chiesto a un tratto se non provava forse un po' d'invidia, per non essere lui Giustino là in alto sul podio fra le bandiere ma invece sperduto fra la gente in ascolto. Si era messo a pensare un discorso che avrebbe fatto lui se fosse stato là in alto. Un discorso tutto di parole come quelle che si dicevano lui e Danilo la notte quando andavano a far saltare i treni, e tutt'intorno avevano i tedeschi e credevano di morire. Chissà perché Danilo non aveva fatto il discorso con le parole di allora. Giustino era rimasto un po' ad ascoltare e poi se n'era andato, e sentiva quella voce che gridava e sentiva un po' freddo a quella voce. E gli pareva che Danilo fosse di nuovo com'era stato quando era uscito di prigione tanti anni prima con un cappello da poliziotto, e loro tutti gli stavano intorno e non lo conoscevano piú. Perché non era mica facile uscire di prigione bene, disse Giustino, come non era facile vincere bene e dire parole vere nei discorsi della vittoria. In fondo far saltare i treni era molto piú facile. Ma erano tutte sciocchezze e Danilo era un caro ragazzo, ce ne fossero come Danilo, Giustino disse. Danilo quando era sceso dal podio e aveva rivisto Giustino gli aveva chiesto perché non era salito sul podio a fare anche lui un discorso e aveva chiesto se il suo discorso era stato bello e Giustino aveva detto di sí.

Anna chiese a Giustino se avevano proprio fatto saltare i treni e Giustino disse di sí. Intanto era arrivata Concettina e disse che davvero Danilo era molto antipatico quando faceva quel gran discorso sul podio, e poi non aveva neppur pensato a ricordare Ippolito che era morto per non fare la guerra. Giustino disse allora che non c'entrava Ippolito nel discorso di Danilo e Concettina disse che invece sí. Ippolito era morto per far vedere che nessuno doveva fare la guerra. E poi avevano pure tenuto in casa i giornali loro tutti insieme, non si ricordava piú Danilo del tempo degli opuscoli e dei giornali, perché non dire quello che avevano fatto contro il fascismo loro tutti quanti insieme. E Giustino disse che non avevano fatto mica niente di straordinario con quei giornali e si misero a litigare lui e Concettina perché adesso litigavano sempre. E Concettina finí col dire che Danilo era uno schifoso perché aveva piantato sua moglie e aveva un bambino con una ragazza piú giovane.

Quando Concettina se ne fu andata, Anna chiese a Giustino perché non si metteva a vivere con la moglie di Danilo adesso che era rimasta sola. Ma Giustino disse che non aveva niente voglia di mettersi con una donna e la sola voglia che aveva era stupida, la sola voglia che aveva era essere ancora Balestra e nascondersi sulle montagne e avere i tedeschi intorno e far saltare i treni. Invece non c'erano piú treni da far saltare e lui doveva finire l'università e poi cercarsi un impiego per tirare avanti. Andava ancora a trovare la moglie di Danilo ogni tanto e parlavano insieme di Danilo e lei era molto brava e quando usciva dalla fonderia lavorava a maglia per quel bambino che Danilo aveva con l'altra ragazza. Non stava piú con i parenti di Danilo perché erano troppo cattivi, stava sola in una piccola stanza e tutto quello che le restava del suo matrimonio con Danilo era quel servizio di liquori sul comò.

Mammina fece chiamare Anna nel suo salotto e lei e Amalia vollero sapere ogni cosa della morte di Franz. Cosí Anna prese a raccontare tutto dal giorno che Franz era sbarcato con la valigia a San Costanzo sulla piazza del municipio. Fino al giorno che lui e Cenzo Rena erano morti sulla piazza del municipio. Amalia singhiozzava forte nel fazzoletto e mammina infine disse che era meglio smettere perché Amalia era troppo turbata. Mandò Amalia in camera a riposarsi e disse a Anna che le sarebbe piaciuto andare una volta a San Costanzo da quella Maschiona e riempirle la faccia di schiaffi, perché aveva detto al tedesco dov'era la cantina.

Uscirono in giardino e venne fuori Giuma con sua moglie. La moglie di Giuma era alta alta con un vestito tutto a bottoncini e aveva degli occhiali neri che si teneva sugli occhi come una mascherina. C'era un vassoio con dei bicchieri d'amarenata sul tavolo del ping-pong. La moglie di Giuma si mise a succhiare l'amarenata con una cannuccia e si guardava intorno per il giardino con un'aria ironica e severa. Non doveva piacere molto a mammina perché mammina s'agitava inquieta in poltrona e si toccava la collana e i capelli e infine disse che doveva andare da Amalia perché Amalia aveva bisogno di cure infinite e cosí scappò via.

Giuma parlava e parlava per riempire il silenzio di sua moglie. Era molto elegante con una maglia scura chiusa al collo e un fazzoletto annodato, e il ciuffo s'agitava e ballava sulla fronte accesa. Si vedeva che non era ancora niente abituato ad avere una moglie e ogni tanto si voltava dalla sua parte a vedere se c'era sempre. Si voltava dalla sua parte con un'aria un po' spaurita e timida, e insieme fiera di quella lunga moglie con quegli occhiali e tutti quei bottoncini.

Erano tornati dalla Svizzera da pochi giorni, disse, e fra poco lui cominciava a lavorare alla fabbrica di sapone. E sua moglie l'avrebbe aiutato e avrebbero studiato insieme la storia degli asili-nido e della mensa per gli operai. Perché l'unica cosa che c'era da fare in Italia erano degli asili-nido modello in ogni fabbrica. Tirò fuori delle riviste americane e svizzere dove c'erano delle fotografie di asili-nido con grandi palloni colorati e pavimenti di linoleum e belle bestie di stoffa. Lui aveva pensato tante stupidaggini nella sua vita, disse, e aveva letto tante stupidaggini e c'era stato un momento che per poco non si metteva dalla parte di Carlo Marx. Era in Svizzera ed era molto infelice e aveva un complesso di colpa perché se ne stava in Svizzera al sicuro invece che in Italia a fare il partigiano. Aveva un tale complesso di colpa che voleva morire. Ma aveva conosciuto quella ragazza che poi aveva sposato, e lei l'aveva portato da un medico e l'aveva fatto psicanalizzare e cosí in pochi giorni era guarito del complesso di colpa perché quel medico gli aveva spiegato che non tutti dovevano essere partigiani in Italia e rischiare la vita ma lui doveva starsene quieto per tornare in Italia dopo la guerra e fare qualcosa di bello della fabbrica di sapone. Si voltò verso sua moglie e sua moglie faceva sí con la testa. Adesso si era tolta gli occhiali e si vedevano dei piccoli occhi da cinese e una gran bocca ironica e curva con qualche goccia d'amarenata su dei piccolissimi baffi biondi. E Montale se lo ricordava ancora, chiese Giuma a Anna. E alzò le mani e disse: «Quando udii sugli scogli crepitare – la bomba ballerina». Ma adesso c'erano state le vere bombe e la bomba ballerina sembrava piccola piccola, piccola piccola e lontana lontana, e ballava crepitando felice su quei giorni lontani.

Passava la bambina per il prato trascinando una corda, e la moglie di Giuma chiese a Anna se era la sua bambina. E Anna disse di sí e Giuma era diventato molto rosso e i suoi occhi fuggivano via, ma tornarono poi alla bambina che veniva avanti adagio per il prato, con le sue lunghe gambe magre e il viso amaro e imperioso fra le ciocche degli aridi capelli. Per un attimo si guardarono in silenzio la bambina e Giuma, si guardarono con intensità e diffidenza, e risero coi loro denti da volpe. Un attimo e poi la bambina se ne andò via, trascinando quella lunga corda per il prato. Era sceso adesso anche Emanuele ed era tutto rosso e sudato perché aveva dormito, non si aveva una idea della vita che lui faceva a Roma, disse, passava le nottate al giornale e di giorno aveva ogni specie di riunioni e mai poteva passare un pomeriggio a dormire, per dormire doveva venirsene lí a casa. Ma fra poco lasciava lí il giornale e se ne andava da Roma per sempre, perché i giornali lui non li sapeva fare. Sapeva fare i giornali segreti ma non quelli non segreti, fare i giornali segreti era facile, uh com'era facile e bello. Ma i giornali che

dovevano uscire ogni giorno alla luce del sole, senza piú pericolo né paura, era un'altra storia. Bisognava mettersi a
sgobbare a un tavolo, senza piú né pericolo né paura, e venivano fuori delle parole ignobili e si capiva bene che erano
ignobili e ci si odiava a morte per averle scritte ma non si
cancellavano perché c'era premura di far uscire il giornale
che la gente aspettava. E invece era incredibile come la paura e il pericolo non dessero mai parole ignobili ma sempre
vere, strappate dal profondo. Giuma disse come sarebbe stata contenta mammina quando Emanuele piantava il giornale e tornava a casa per sempre. Emanuele buttò giú un gran
bicchiere d'amarenata con un mucchio di zucchero e Giuma
gli chiese se non ricordava che lo zucchero era tesserato e lui
cosí diventava ancora piú grasso. Disse ad Anna di guardare
che pappagorgia aveva Emanuele, se almeno il giornale e la
politica fossero serviti a levargli la pappagorgia. Emanuele
dava ancora in quelle risate come il tubare d'un piccione,
ma un poco piú corte e piú sorde, e aveva delle larghe oc-
chiaie scure e non zoppicava piú avanti e indietro, stava seduto quieto e ogni tanto fissava gli occhi a terra e s'imbam-
bolava. E il cane, chiese Giuma, cos'era capitato del cane.
Ma come non lo sapeva, disse Emanuele, l'aveva ammazzato il cameriere ed era sepolto a San Costanzo nella pineta.
Era sdegnato che Giuma non sapesse del cane. E Giuma gli
disse che era colpa sua che non gli aveva mai detto bene co-
m'erano andate le cose per Cenzo Rena e per Franz. E disse
che voleva andare a San Costanzo a vedere la piazza del municipio dov'erano morti Cenzo Rena e Franz. E tacquero
tutti insieme pensando a quelli che erano morti, solo la moglie di Giuma non aveva conosciuto nessuno di quelli che
erano morti, e restava fuori da quei pensieri e fumava e
guardava attorno per il giardino. Emanuele chiamò anche
Giustino dalla siepe e Giustino scavalcò d'un salto la siepe

e venne lí a sedersi e a dondolarsi e a fumare. E Giuma disse che voleva far vedere a sua moglie tutta l'Italia del Sud, e sua moglie avrebbe potuto far molto per l'Italia del Sud, per esempio se andava a San Costanzo chissà quante idee le venivano di cose da fare. E Emanuele soffiava e sbuffava e disse che andassero pure nel Sud a psicanalizzare i contadini. E la moglie di Giuma si offese e se ne andò via e Giuma corse dietro a sua moglie. Scendeva la sera e fischiavano le sirene della fabbrica di sapone. Sporca fabbrica di sapone, disse Emanuele, sporchissima fabbrica di sapone, adesso a lui gli toccava di nuovo lavorarci dentro, e vedere Giuma e sua moglie pasticciare con degli asili-nido che non sarebbero stati capaci di far funzionare. Che catafalco di moglie s'era preso Giuma, disse Giustino, un vero catafalco e come si vestiva con tutti quei bottoncini, lui aveva contato i bottoncini ed erano cinquantasei. E risero un poco ed erano molto amici loro tre insieme Anna Emanuele e Giustino, ed erano contenti d'essere loro tre insieme a pensare a tutti quelli che erano morti, e alla lunga guerra e al dolore e al clamore e alla lunga vita difficile che si trovavano adesso davanti e che era piena di tutte le cose che non sapevano fare.

Febbraio-agosto 1952.

Indice

Tutti i nostri ieri

Parte prima

Parte seconda

Stampato per conto della Casa editrice Einaudi
presso Mondadori Printing S.p.A., Stabilimento N.S.M., Cles (Trento)

C.L. 18741

Edizione								Anno			
6	7	8	9	10	11			2010	2011	2012	2013